Sara Biren

THE LIGHT IN YOUR EYES

Sara Biren

The Light in your Eyes

Aus dem Englischen
von Doris Attwood

cbt

Bei diesem Buch wurden die durch das verwendete Material und die Produktion entstandenen CO_2-Emissionen ausgeglichen, indem der cbj Verlag ein Projekt zur Aufforstung in Brasilien unterstützt.
Weitere Informationen zu dem Projekt unter:
www.ClimatePartner.com/14044-1912-1001

FSC
www.fsc.org
MIX
Papier | Fördert gute Waldnutzung
FSC® C014496

Wir produzieren
Klimaneutral
ClimatePartner.com/14044-1912-1001
Druckprodukt

Penguin Random House Verlagsgruppe
FSC® N001967

1. Auflage 2023
Erstmals als cbt Taschenbuch Juni 2023

Die Originalausgabe erschien unter dem Titel
»Bend in the Road« bei Amulet Books,
an imprint of ABRAMS, New York.
Published by arrangement with Rights People, London.
Aus dem Englischen von Doris Attwood
Umschlaggestaltung: Suse Kopp, Hamburg,
unter Verwendung eines Motivs von © Arcangel / Ildiko Neer
sh · Herstellung: UK
Satz und Druck: GGP Media GmbH, Pößneck
ISBN 978-3-570-31506-4
Printed in Germany

www.cbj-verlag.de

Für meine Eltern –
danke, dass Ihr immer an mich geglaubt habt.
Mom, Du bist die stärkste Frau, die ich kenne.
Dad, ich vermisse Dich jeden Tag.

Kapitel 1

GABE

Willkommen auf der Stone & Wool Farm.

Das Schild hängt an einer alten Steinsäule am Haupteingang der Farm. Hohe, ausladende Kiefern säumen eine Seite der lang gezogenen Einfahrt. Auf der anderen Seite malen Straßenlaternen Lichtkegel auf den Kies, einige von ihnen nur noch mit schwachem Schein, andere sind ganz erloschen. Franks Pick-up rumpelt durch die Spurrinnen der langen Straße zum Haupthaus.

»Bei Tag sieht hier alles besser aus«, sagt er.

Frank hat nicht viel gesprochen, seit er mich vor ein paar Stunden an der Gepäckausgabe im Minneapolis-St. Paul International Airport abgeholt hat. Ein grummeliges »Alles klar so weit, Kumpel?«, begleitet von einer festen, knochenbrechenden Umarmung. Ein paar Bemerkungen wie: »Also keine schicke Limo, was?« und »Hast du Hunger? Ich könnte jedenfalls 'nen Burger vertragen.«

Ich fand es schon immer gut, dass mein Onkel Frank ein Mann der wenigen Worte ist. Ein Mann, der weiß, dass man nicht jeden Moment der Stille mit bedeutungslosem Gerede füllen muss. Auf der ganzen Fahrt vom Flughafen hat er mich bisher nicht ein einziges Mal nach dem Album oder meiner seit Kurzem Ex-Freundin Marley gefragt, noch nicht mal nach Chris. Schlau ist er nämlich auch. Er weiß die Stimmung in einem Raum zu lesen. Oder die auf dem Beifahrersitz eines Pick-ups, wenn wir's ganz genau nehmen wollen.

Wir folgen weiter der Schotterstraße, bis Frank auf Grans Einfahrt abbiegt und auf das große weiße Haus mit der Rundumveranda und den Steinsäulen zurollt. Die Außenlichter sind an, so als wüsste jemand, dass wir kommen.

»Ich hab dich doch gebeten, das hier für dich zu behalten«, sage ich, meine Worte hart und kalt. Mein Puls rast und ich kann dieses vertraute Gewicht der Angst spüren, das tief in meinen Bauch sinkt.

»Ich hab's Laurel erzählt«, erwidert er. »Das ist alles. Ich musste schließlich dafür sorgen, dass die Hütte überhaupt bewohnbar ist, Gabe. Sie wird sicher keine Paparazzi anrufen, falls du dir deswegen Sorgen machst.«

Ich schüttle den Kopf. »Die Paparazzi sind mir scheißegal.« Das entspricht zwar nicht ganz der Wahrheit, aber auch das ist mir scheißegal.

»Deinem Dad hab ich nichts verraten, darüber musst du dir also auch keine Sorgen machen.« Er seufzt. »Laurel wird's ihm aber sagen, falls sie es nicht schon längst getan hat. Ist schließlich ihr Job.«

»Ich hab sie gebeten, es nicht zu tun. Komm schon, Kumpel, ein bisschen was kannst du mir schon zutrauen.«

Er hat recht. Ich weiß, dass ich Frank vertrauen kann. Darum hab ich ihn ja überhaupt angerufen. Ich atme tief durch und versuche, den Ziegel der Angst in meinem Bauch aufzulösen. Irgendwann werde ich mit Chris reden müssen, während ich versuche, aus diesem ganzen Schlamassel wieder rauszukommen. Aber noch bin ich nicht so weit.

»Danke«, murmle ich. »Ich wette, du warst nicht auf dieses ganze Drama vorbereitet, als du in diese Familie eingeheiratet hast.«

Er zuckt mit den Schultern und stellt den Motor ab. »So schlimm ist es gar nicht. Außerdem lohnt sich das bisschen Drama allein schon für die kostenlosen Konzerttickets und Backstage-Pässe, hab ich recht? Also, komm jetzt. Ich bin hundemüde, und die Kühe melken sich morgen früh nicht von allein.«

Wahrscheinlich hätte ich mir einen Wagen mieten sollen, anstatt einen Typen anzurufen, der jeden Morgen vor Sonnenaufgang aufsteht, um Kühe zu melken und was immer zur Hölle er sonst noch so macht. Sich den Arsch aufreißen, um eine Farm und eine Familie über Wasser zu halten. Und hier auf der Farm helfen. Aber ich *habe* ihn angerufen, und er hat alles stehen und liegen lassen und ist zweieinhalb Stunden zum Flughafen gefahren, weil ich erbärmlicher Blödmann inkognito bleiben und so tun wollte, als wäre ich niemand Besonderes und würde deshalb von einem ganz normalen Kerl mit Bart und einer Baseballmütze der Minnesota Wild in einer rostroten Carhartt-Jacke vom Flughafen abgeholt werden.

Die Wahrheit ist: Ich tue nicht nur so. Wie sich herausgestellt hat, bin ich wirklich niemand Besonderes.

Blätter rascheln unter meinen Füßen, als wir die Einfahrt und dann den Pfad hinauf zur Veranda trotten, an der die angegraute Farbe überall abblättert. Ich umklammere meine Gitarre noch fester, schwinge meine Reisetasche wieder auf meine Schulter und greife nach dem Holzgeländer, das unter meiner Berührung wackelt. Meine Erinnerungen an diesen Ort sind ziemlich spärlich und, wenn ich ehrlich bin, sehr verschwommen. Nach Grans Tod – vor inzwischen fünf, sechs Jahren? – hatten wir keinen wirklichen Grund mehr, hierherzukommen. Chris verbringt zwar immer noch jeden Sommer ein paar Wochen hier und auch zwischendurch mal ein paar Tage, aber ansonsten steht das Farmhaus leer. Leer und noch genauso, wie Gran es nach ihrem Tod hinterlassen hat. Laurel leitet die Farm. Sie fragt Chris hin und wieder, ob er möchte, dass sie die Schränke ausräumt oder Grans Habseligkeiten zusammenpackt, und er antwortet jedes Mal so was wie: »Das ist mein Problem, nicht deins. Ich kümmere mich schon drum, sobald es nötig ist.« Einmal, kurz nachdem Gran gestorben war, hab ich ihn gefragt, ob er vorhat, das Haus irgendwann zu verkaufen, weil er sowieso nicht oft dort ist. Er hat nur mit den Schultern gezuckt und gesagt: »Mal sehen.«

Frank hält mir die Schlüssel hin. »Pass gut auf den alten Schuppen auf.« Als ich einen Moment länger als nötig brauche, um etwas zu erwidern, fügt er hinzu: »Und du bist dir wirklich sicher? Du weißt, dass du bei uns zu Hause immer willkommen bist.«

»Nee, schon gut.« Ich schüttle den Kopf und nehme ihm den Schlüsselbund ab.

»Also, einer ist für die Rundscheune. Einer für die große Scheune. Dann für die Garage – aber komm bloß nicht auf Ideen, was den Mustang angeht. Laurel und Chris sind die Einzigen, die einen Schlüssel für den Wagen haben.« Er sagt es einfach so dahin, als wäre es keine große Sache. Aber ich hätte nichts dagegen, mich mal hinters Steuer von Chris' Oldtimer zu setzen. »Und der Rest ist für noch ein paar andere Schuppen. Aber das findest du dann schon selbst raus.«

Ich zucke mit den Schultern. Kein Grund, irgendwas rauszufinden. Ich werde schließlich nur ein paar Tage lang hier sein. »Welcher ist fürs Haus?«

Er nimmt mir die Schlüssel wieder ab, geht sie durch und hält bei einem in der Mitte an: ein goldener Schlüssel mit breitem, eckigem Kopf. »Siehst du?«, fragt er und fährt mit seinem schwieligen Daumen über die Oberfläche. »Der hier ist alt.«

Ich nehme ihm den Schlüssel wieder ab und schaue ihn mir genauer an. Eine Gravur, fast komplett abgewetzt: *Stone & Wool Farm 20.7.1964.*

»Der Hochzeitstag deiner Großeltern. Dein Urgroßvater hat ihnen die Farm als Hochzeitsgeschenk übertragen und ist schon am nächsten Tag in die Hütte am Halcyon Lake gezogen. Das Grundstück ist seit 1907 in Familienbesitz, aber es ist noch viel älter.«

Ich habe meinen Urgroßvater oder meinen Großvater, der gestorben ist, als ich noch ein Baby war, nie kennengelernt. »Danke für die Lektion in Familiengeschichte.« Ich kann den sarkastischen Unterton nicht verhindern. Ich bin müde und muss mich endlich wieder hinsetzen, sonst breche ich noch zusammen. Und überhaupt: Was macht das alles schon für einen Unterschied? Die Vergangenheit der Farm hat mit meiner Gegenwart nicht das Geringste zu tun.

Er ignoriert mich. »Letzte Chance«, sagt er.

»Wofür?« Ich weiß genau, wofür.

»Komm schon, Gabe. Du bist siebzehn Jahre alt. Du bist noch ein Kind. Du solltest jetzt nicht allein sein. Komm mit zu uns und häng ein bisschen mit Ted ab. Janie hätte dich wirklich gerne bei uns. Sie wird dich nach Strich und Faden verwöhnen und dir alle deine Lieblingsgerichte kochen.«

Meine Lieblingsgerichte? Nicht mal ich selbst weiß noch, welches meine Lieblingsgerichte sind, obwohl ich mich von unseren kurzen Besuchen und Sommerwochenenden in der Hütte noch gut daran erinnern kann, dass meine Tante Janie eine unglaubliche Köchin ist.

Ich schüttle erneut den Kopf. »Danke, aber ich brauch ein bisschen Zeit für mich allein. Um mir über ein paar Sachen klar zu werden, weißt du?«

Er nickt. »Das verstehe ich. Wie lange willst du bleiben?«

»Ein paar Tage. Höchstens eine Woche.«

»Ich ruf dich morgen an, Kumpel«, sagt Frank. »Komm doch zum Abendessen bei uns vorbei. Ted kann dich abholen.«

»Klingt gut.«

Mehrere lange Sekunden schaut er mich nur nickend an. »Und du bist sicher, dass es dir gut geht? Janie findet …«

Ich schneide ihm das Wort ab: »Mir geht's gut. Ich schwöre.«

Offensichtlich hat er die Fotos gesehen. Vielleicht kursiert sogar ein Video. Scheiße. Ich atme mit einem schweren Seufzen aus.

»Okay. Ruf an, wenn du was brauchst.«

Frank lässt mich auf der Veranda stehen, das grelle Licht der LEDs in den Wandleuchten steht in starkem

Kontrast zu der abgeblätterten Farbe und dem losen Geländer. Gefühlt endlose Minuten lang stehe ich einfach nur da und versuche, mich dazu zu bringen, reinzugehen. Aber was bleibt mir anderes übrig? Frank ist weg, seine Rücklichter längst in der Dunkelheit des Farmgeländes verblasst. Es ist kalt hier in Nord-Minnesota, obwohl erst Mitte September ist. Es waren um die fünfundzwanzig Grad, als ich heute Nachmittag in L. A. abgeflogen bin. Ich bin froh, dass ich daran gedacht habe, eine Jacke einzupacken, obwohl ich sie ganz zuunterst in meine Reisetasche gestopft habe und mir ziemlich sicher bin, dass sie für diese kalten Temperaturen sowieso nicht warm genug ist.

Geh rein, befehle ich mir stumm. Trotzdem bleibe ich weiter vor der Tür stehen, wie gelähmt vor Unsicherheit und meiner Enttäuschung über mich selbst. Doch dann höre ich in nicht allzu weiter Entfernung ein Heulen. Irgendwo im Wald, an der Grundstücksgrenze, vielleicht hundert Meter weit weg. Wölfe? Kojoten? Ich habe keine Ahnung, aber ich möchte es auch lieber nicht rausfinden.

Ich schließe die Tür auf, nicht sicher, was ich erwarten soll, als ich diese andere Welt betrete, dieses Farmhaus, an das ich mich kaum erinnern kann. Ich gehe ein paar Schritte den Flur hinunter, kaum erhellt durch das Licht, das in der Küche im hinteren Teil des Hauses schon eingeschaltet ist. Ich greife nach dem Treppengeländer, um mich festzuhalten, während ich meine Vans abstreife.

Ich hätte nicht gedacht, dass mir direkt eine so lebendige, so eindrucksvolle Erinnerung entgegenschlägt, aber es ist, als würde Gran vor mir stehen, sich die Hände an einem grünen Geschirrtuch mit Schottenkaro abwischen und Chris dafür ausschimpfen, dass er zu spät kommt, während sie mich mit weit ausgebreiteten Armen ansieht.

»Wer ist denn dieser Junge?«, ruft sie. »Das kann nicht mein Gabey sein. Du bist ja so groß geworden! Komm in die Küche. Die Zimtschnecken warten nur noch auf ihre Ahornsirupglasur. Du kannst mir helfen.«

Irgendwie riecht dieses Haus immer noch genauso wie an jenem Tag, nach Zimtschnecken und Pekannüssen und Ahornsirup. Ich kann nicht älter als sechs oder sieben gewesen sein. Wir waren zu Grans Geburtstag angereist. Spät in der Nacht hab ich Gran und Chris damals streiten gehört. *Du brauchst Hilfe, Christopher. Lass Gabe bei mir. Ich sehe ihn so gut wie nie. Er braucht seine Familie. Das tut ihr beide.*

Ich muss an Grans Beerdigung denken, das letzte Mal, dass ich hier war. An dem Tag, als sie gestorben ist, hat Chris mich von unterwegs angerufen und es mir erzählt. Ich kann mich noch daran erinnern, wie ich meiner Nachhilfelehrerin Persephone das Telefon wieder zurückgegeben und mir die Tränen und den Rotz mit dem Ärmel abgewischt habe. Chris und Elise waren damals noch zusammen. Elise hat irgendwo in Übersee gedreht, ist zur Beerdigung aber zurückgekommen. Sie ist reingerauscht, groß und zu dünn und wahrscheinlich high, und hat der kleinen weißen Kirche am Fluss sämtliche Luft entzogen. Sie hat ein schickes schwarzes Kleid und kilometerhohe Absätze getragen, einen eleganten Hut mit schwarzen Federn und einen kurzen Schleier, der schräg auf ihrem glänzenden platinblonden Haar saß. Damals fand ich, dass sie wunderschön aussah, glamourös, so bedeutend und besonders, meine fantastische Filmstarmutter. Perfekt. Aber was wusste ich schon? Ich war nur ein dummer kleiner Junge, der dachte, die ganze Welt würde sich um ihn und seine berühmte Familie drehen. Jetzt, in diesem Haus mit seiner Geschichte der harten Arbeit und Entbehrungen, kommt mir die Erinnerung an Elise an diesem Tag geradezu lächerlich vor, falsch und protzig.

Ich ziehe die Haustür hinter mir zu und schiebe den Riegel gegen die Dunkelheit und das jaulende Geheul draußen vor. Ich stelle meine Reisetasche und meine Gitarre auf dem Hartholzboden ab. Das Haus ist warm, ein Luftrausch pfeift durch alle Register. Ich sollte in einem der Schlafzimmer im oberen Stockwerk schlafen, aber ich bin mit einem Mal so erschöpft und kaputt, dass es mir wie eine unüberwindliche Aufgabe vorkommt, die Stufen hinaufzusteigen. Scheiß drauf. Ich gehe in dem winzigen Bad neben der Küche pinkeln und wasche mir die Hände. Ein frisches Handtuch und ein brandneuer Seifenspender, Duftnote Kiefernnadeln, warten auf mich. Ich trinke ein Glas Wasser aus dem Hahn in der Küche, lasse mich dann im Wohnzimmer aufs Sofa fallen und decke mich mit einer handgehäkelten Wolldecke zu.

Doch so müde ich auch bin, so lange dieser Tag auch war, ich kann nicht einschlafen. Mit Frank im Wagen, während wir durch die grelle, lebendige Nacht der Twin Cities und das stille, tiefe Schwarz von Nord-Minnesota fuhren – »Halt mit mir die Augen nach Rehen offen«, hatte er mich gebeten und ich habe mein Bestes getan, auch wenn ich mir nicht sicher war, wonach ich genau Ausschau halten sollte –, konnte ich mich auf meine Umgebung konzentrieren. Auf das bisschen, was ich ihm Licht der Scheinwerfer erkennen konnte. Ich musste nicht an Marley oder das Geld denken. An das Album. An diesen gottverdammten Ziegelstein der Angst.

Jetzt, im Wohnzimmer meiner toten Großmutter – unter eine Wolldecke, die sie vor Jahrzehnten gehäkelt hat, an der Wand über mir alte Fotos von Familienmitgliedern, die ich nicht kenne –, bricht alles auf einmal wieder über mich herein. Marley, die sturzbetrunken mit ihrem Gebrüll die Hochzeitsparty von völlig Fremdem am Strand sprengt. Die mit offenen Mündern gaffenden Gäste. Die Paparazzi, die wie immer aus dem

Nichts auftauchen. Der Restaurantleiter, der mit ausgestreckten Händen dasteht, nicht sicher, ob er Marley anfassen soll oder nicht. Ein Türsteher hat sie sich schließlich über die Schulter geworfen und sie, während sie mit den Fäusten auf seinen Rücken trommelte, raus auf den Parkplatz getragen, auf dem ich den Bentley von ihrem Dad abgestellt hatte. Ich hab den Schlüssel aus meiner Hosentasche geholt und auf *Entriegeln* gedrückt, aber Marley wollte nicht in den Wagen steigen und hat mich nur angeschrien, dass sie überhaupt nie wieder irgendwo mit mir hingehen wollte.

All diese grauenvollen Dinge schossen wie Pfeile aus ihrem Mund.

Ich hasse dich. Du hältst dich für so viel besser als den Rest von uns. Du glaubst, du stündest ganz weit über allem anderen. Aber dein Album ist scheiße, Gabe. Du *bist scheiße. Ich bin fertig mit dir. Ohne mich kommst du da nie wieder raus. Und willst du noch was wissen? Ich hab dich* nie *geliebt. Ich wollte* nie *mit dir zusammen sein. Es war alles nur gefakt, alles.*

Der Türsteher warf sie auf den Rücksitz und ich verriegelte den Wagen, in der Hoffnung, Marley wäre zu besoffen, um rauszufinden, wie sie die Tür wieder öffnen kann. Sie donnerte gegen das Fenster, brüllte, aber ich konnte mich nicht bewegen, konnte die Tür nicht öffnen und einfach einsteigen und wegfahren. Ich hockte mich vor die Fahrertür, mein Kopf in den Händen, und schnappte gierig nach Luft, die sich wie scharfe Stahlflammen durch meine Lunge schnitt.

Steig in den Wagen. Alles, was ich hätte tun müssen, war, in den Wagen zu steigen, dann hätte ich wieder atmen können.

Ich hab dich nie *geliebt. Ich wollte* nie *mit dir zusammen sein. Es war alles nur gefakt, alles.*

Wie konnte ich nur so dumm sein, nicht zu kapieren, dass sie nur wegen der Publicity mit mir zusammen war?

Zwei Tage. Sie hat zwei ganze Tage gewartet, bevor sie mit mir Schluss gemacht hat, nachdem ich ihr das Geld gegeben hatte, um das sie mich förmlich angebettelt hat. Sie wollte einfach nicht locker lassen, nicht mal, nachdem ich ihr gesagt hatte, dass ich pleite war, dass die Kohle von meinem ersten Album weg war. Sie wollte nicht locker lassen, obwohl ich ihr erklärt habe, dass ich Chris nicht um Geld bitten kann. Dass ich ihn um gar nichts bitten kann.

»Bitte, Gabe«, schluchzte sie. »Ich stecke echt in Schwierigkeiten. Lass mich nicht hängen. Ich brauche dich. Du bist der einzige Mensch, der mir helfen kann.«

Ihre Hände zitterten, und ich umschloss sie ganz fest mit meinen, um sie zu beruhigen. »Hey«, sagte ich, »was immer es ist, wir bringen es wieder in Ordnung.«

Sie schaute zu mir hoch, ihre warmen braunen Augen so verloren, so verzweifelt, und ich wurde von einer

Welle der Zuneigung zu ihr erfüllt. Meine älteste Freundin, mein Stern, meine Marley.

Ich wollte nicht wissen, wofür sie es brauchte, aber ich habe getan, was ich tun musste, um ihr dieses verdammte Geld zu beschaffen.

Jetzt atme ich ein paarmal keuchend ein und wieder aus und versuche, die grummelnde Übelkeit aus meinem Magen zu vertreiben, die immer in mir aufsteigt, wenn ich an das Geld oder Marleys Zusammenbruch denke. Ich schließe die Augen vor dem schmerzenden Film in meinem Kopf, dem Clip, der seit fast vierundzwanzig Stunden in Endlosschleife darin läuft.

In L. A. ist es inzwischen nach neun. Ich habe mich von sämtlichem Social Media, der Klatschpresse und all den Bloggenden ferngehalten, die meine Beziehung zu Marley Green seit zwei Jahren verfolgen und Spekulationen über uns anstellen, als wären wir die Royal Family oder so. Ich habe die Anrufe von Chris und meinem Manager ignoriert, und von diesem Widerling von der Plattenfirma. Sobald ich im Flieger saß, hab ich mein Handy ausgeschaltet und es seither nicht wieder angemacht.

Wir hatten einen Deal, Marley und ich, beide das Produkt von Rockstars und Hollywoodadel. Wir würden immer füreinander da sein, uns gegenseitig vor all diesen hinterhältigen Arschkriechern beschützen. Ich habe ihr vertraut. Ich habe *Gefühle* für sie, trotz des ganzen Hin und Hers, des Hollywooddramas und der ständigen Aufmerksamkeit, nach der sie so lechzt. Ich habe die Worte nie laut ausgesprochen, aber ich habe *etwas* empfunden, eine besondere Zärtlichkeit, nur für sie. Als die Drogen irgendwann mehr waren als nur ein gelegentlicher Spaß auf Partys, habe ich sie verteidigt, für sie gelogen. Ich habe für sie gestohlen.

Ich habe meinen Teil der Abmachung eingehalten. Ich schätze, irgendwann hat sie sich wohl selbst davon freigesprochen, dasselbe tun zu müssen.

Ich musste weg aus L. A., weg aus diesem Ort, den ich kannte. Diesem Ort, an dem ich dachte, ich wüsste, wer ich war. Diesem Ort, an dem ich hart dafür gearbeitet habe, etwas aus mir zu machen, an dem ich so verflucht hart dafür gekämpft habe, mehr zu sein als nur der Sohn von Chris Hudson und Elise Benson-Beckett oder Marley Greens On/Off-Rockstar-Freund.

Heute Nacht bin ich nichts von alledem. Ich bin allein, ich bin pleite, ich bin gearscht.

Und hier, in diesem Farmhaus in Nord-Minnesota, das sich ebenso vertraut wie fremd anfühlt, bin ich noch etwas anderes, das ich vorher noch nie war: Ich bin untergetaucht.

Kapitel 2

JUNIPER

Das hier ist meine liebste Tageszeit, meine liebste Jahreszeit, mein absoluter Lieblingsort: ein ruhiger, kühler Morgen am Aussichtspunkt im Naturpark. Ich bin schon ganz früh hierhergekommen, um den Sonnenaufgang zu sehen, ein Rausch aus Pink und Orange und Tiefblau, wie über den Himmel ausgegossene Wasserfarben. Die Wanderung verschafft mir jedes Mal neue Energie, wärmt und lockert meine Muskeln. Noch konnte nichts diesen Tag verderben, und in der frischen, rauchigen Herbstluft habe ich das Gefühl, dass es auch gar nichts gibt, das es tun könnte.

Das Leben auf der Farm läuft für uns im Herbst langsamer, die Welt wird ruhiger und wir bereiten uns auf die Stille des Winters vor. Jedes Jahr um diese Zeit empfinde ich nichts als Zufriedenheit und inneren Frieden. Alles bewegt sich im richtigen Tempo. Genau dieses Gefühl habe ich auch heute, während ich auf den schnell dahinfließenden Fluss blicke, über das Wasser hinweg, dorthin, wo das Farmland auf die Uferlinie trifft.

Wir hatten einen guten Sommer. Uns geht es gut, Mom und mir. Wir kriegen das hin.

Ich werfe einen Blick auf meine Uhr. Es ist fast neun. Zeit zu gehen. Mom wartet in der großen Scheune auf meine Hilfe. Blätter knirschen unter meinen Füßen, als ich dem Pfad wieder bergab folge, an der Südseite des Naturschutzgebiets entlang, wo der Fluss eine sanfte Biegung nach Westen macht, zum Grundstück der Hudsons.

Unser Haus, das rote, wacht über alles. Es steht der Hauptstraße am nächsten und wurde mit seiner Redwood-Verkleidung in den Siebzigern im typischen Ranch-Style erbaut. Früher hat es mal einem alten Hippie-Imker und seiner Frau gehört, einer Künstlerin. Als sie nach New Mexico gezogen sind, um näher bei ihrer Familie zu sein, hat Chris es gekauft. Er hat es immer den Bienenstock genannt. Meine Eltern haben die Familienfarm damals schon seit ein paar Jahren bewirtschaftet, aber in einem Mietshaus in der Stadt gewohnt, und Chris meinte, es wäre viel sinnvoller, wenn sie direkt auf der Farm wohnten. Drei Jahre später wurde ich geboren. Es ist das einzige Zuhause, das ich je gekannt habe.

Manche Leute nennen es auch das Verwalterhaus, obwohl Mom sich selbst nicht als Verwalterin bezeichnet, genauso wenig wie Chris und seine Familie. Ihre offizielle Berufsbezeichnung ist allerdings ein ziemlicher Zungenbrecher: Immobilienmanagerin des Hudson-Familienunternehmens Stone & Wool Farm. Fragt man sie wiederum selbst, antwortet sie stets, dass sie schlicht und einfach Farmerin und Künstlerin ist und Kunst aus natürlichen Fasern erschafft.

Ich biege vom Pfad im Park auf das Farmgelände ab und fange an, die Bäume entlang der Hauptstraße zu zählen, wie ich es immer tue. Zweiundfünfzig Amerikanische Rot-Kiefern von der Landstraße bis zum Farmhaus. Die Zahl ändert sich nie, eine Konstante in den sich wandelnden Jahreszeiten. Ich gehe an unserem Haus vorbei und steuere auf die große Scheune zu.

Aber ich komme gar nicht so weit. Mom steht auf der Veranda vor dem Farmhaus und unterhält sich mit irgendjemandem, der einen altmodischen schwarzen Wollcaban trägt, den Jackenkragen hochgestellt. Mir stockt der Atem: nicht nur irgendjemand – Chris' Sohn. Er trägt eine dunkle Sonnenbrille, hinter der er seine, wie ich zufällig weiß, atemberaubenden erdig-grünen Augen versteckt, genau wie die von seinem Dad. Er ist nicht besonders groß, aber gut einen halben Kopf größer als Mom, und steht auf seine Absätze gekippt, so als wollte er sich möglichst weit von ihr weglehnen. Eine zerzauste Lockenmähne, genauso schwarz wie seine Jacke, ergießt sich fast bis zu seinen Schultern. Mit seinem markanten Kinn, den hohen Wangenknochen und der langen, imposanten Nase wirkt er furchtbar ernst. Älter als seine siebzehn Jahre. Klassisch gut aussehend, wenn auch ein bisschen verlottert. Außerdem muss er in dieser dicken Jacke fast eingehen.

Er zieht über das, was Mom sagt, die Stirn in Falten. Ihre Hand zeigt nach oben und bewegt sich mit der Betonung und dem Rhythmus ihrer Worte, eine Geste, die ich sehr gut kenne, weil sie so immer versucht, ihren Standpunkt zu verdeutlichen. Er schüttelt den Kopf. Aus irgendeinem Grund erkenne ich diesen Ausdruck der Enttäuschung und Frustration wieder, diese Sorgenfalte zwischen seinen Augen, und mir rumort nervös der Magen. Irgendetwas stimmt nicht.

Nicht, dass mich das interessiert.

Ich kenne ihn nicht, jedenfalls nicht wirklich, aber ich würde ihn trotzdem überall wiedererkennen, den Sohn des liebsten – und manchmal missratensten – Sohns unserer Stadt: Gabe Hudson. *Der* Gabe Hudson, Superstar. Musiker, genau wie sein Vater. Seine Musik ist nicht schlecht – das erste Album zumindest, das mich an Dig Me Under, Chris' Band, erinnert. Grüblerischer, eindringlicher Grunge-Sound, teilweise etwas heavy, teilweise nachdenklich, teilweise laut. Gabes neuestes Album hab ich noch nicht gehört.

Er ist der letzte Mensch, den ich je hier erwartet hätte. Die Beerdigung seiner Grandma Leona ist schon Jahre her, das einzige Mal, dass wir uns je unterhalten haben. Und nachdem er an jenem Tag bewiesen hatte, dass die Gerüchte allesamt der Wahrheit entsprachen –

dass er eingebildet, angeberisch und unhöflich *war* –, wäre ich nicht enttäuscht gewesen, wenn er nie wieder hierher zurückgekehrt wäre.

Warum ist er jetzt hier? Ich mache einen Schritt auf ihn zu und ein Zweig knackt unter meinem Schuh. Gabes Kopf wirbelt in meine Richtung herum und auch Mom dreht sich mir zu. »Juniper!«, ruft sie. »Schau mal, wer hier ist!«

Er schiebt die Sonnenbrille auf seine Locken hoch, als ich mich nähere, und schaut dann wieder weg.

»Da ist Juniper«, sagt Mom mit strahlendem Lächeln. »Ihr seid beide schon so erwachsen.«

Er steckt die Hände in die Jackentaschen und nickt kurz, sagt aber nicht Hallo.

»Du erinnerst dich doch noch an Gabe, oder?«, lässt Mom nicht locker.

»Oh, wie könnte ich ihn jemals vergessen?«, frage ich und bin mir sicher, dass ihr die Schärfe meines Tonfalls nicht entgeht. »Aber natürlich kenne ich dich auch aus dem Internet, du weißt schon.«

Eigentlich sollte das eine weitere bissige Bemerkung sein, aber sie klingt eher, als wäre ich ein zwölfjähriges Mädchen, das online nach Fotos von ihm sucht und sie sich als Hintergrundbild aufs Smartphone runterlädt. Als wäre ich in ihn verknallt gewesen, wie alle anderen damals in der Middleschool. Und als würde ich auch jetzt noch in der Highschool auf ihn stehen und mir vorstellen, falls er jemals in die Stadt käme, würde er sich Hals über Kopf in eins der Mädchen hier verlieben, so als hätten wir hier alle ein besonderes Anrecht auf ihn.

Ich werde nie so sein.

»Aus dem Internet«, wiederholt er, schüttelt langsam den Kopf und schaut zu seinen Schuhen hinunter: solide schwarze Vans. »Natürlich.«

Einen unbehaglichen Augenblick lang sagt keiner von uns etwas. Mom blickt von Gabe zu mir und wieder zurück zu Gabe, bevor sie sagt: »Wir sind so froh, dass du nach Hause gekommen bist.« Sie legt eine Hand auf seine Schulter, drückt sie und nimmt die Hand dann wieder weg. Aber das hier ist nicht sein Zuhause. Das hier wird niemals sein Zuhause sein.

»Was immer du brauchst, sag einfach Bescheid«, fährt Mom fort.

»Ich brauche die Schlüssel«, erwidert er. »Für den Twister. Weißt du, wo Chris sie aufbewahrt?«

Direkt zum Punkt.

Ich kann nicht anders. Ich stoße ein Lachen aus, ein leises *Ha,* das ich noch hinunterzuschlucken versuche. Falls Gabe es hört, lässt er es sich nicht anmerken.

»Oh, da muss ich ihn erst fragen, Gabe.« Sie lächelt, ihre Augen freundlich und sanft. »Ich bin mir sicher, das weißt du.« Natürlich wird Mom ihm nicht einfach so die Schlüssel zu Chris' Mustang aushändigen, einem seltenen, restaurierten Modell aus den frühen Siebzigern in makellosem Zustand. Als er den Wagen vor ein paar Jahren gekauft hat – nachdem er den Grammy gewonnen hatte, nach Leonas Tod –, hat er die Garage komplett umgebaut. Und er hat sich noch einen neueren Mustang besorgt, einen petrolfarbenen Chevy: ein Pick-up mit kurzer Ladefläche, der ihn an den Wagen von seinem Grandpa erinnert hat. Außerdem hat er in L. A. auch noch eine ganze Garage voller alter Klassiker.

»Na schön«, sagt Gabe. »Ich brauche den Wagen nicht. Ich lass mir meine Lebensmittel liefern.«

Ich stoße ein Schnauben aus. »Von wem?«

Jetzt dreht er sich doch zu mir um. »Einem Lieferservice?«

»Einem Lieferservice«, wiederhole ich und schüttle den Kopf. Typisch arroganter Hollywood-Kinderstar.

»Schreib eine Liste«, schlägt Mom hilfsbereit vor. »Juniper kann heute Morgen für dich einkaufen, während du dich häuslich einrichtest.«

»Ich?«, platze ich heraus. »Was bin ich, seine persönliche Assistentin?«

»Juniper«, sagt sie mit warnendem Unterton. »Gabe ist unser Gast.«

Na, das ist schon näher an der Wahrheit, als ihn *zu Hause* willkommen zu heißen.

»Ich komm schon klar«, erwidert Gabe und macht einen Schritt rückwärts in Richtung Haustür. Er schaut mich direkt an, und mir fallen diese tiefgrünen Augen jetzt erst richtig auf. »Ich bin nicht hier, um Freunde zu finden«, sagt er so traurig, so leise, dass ich beinahe glaube, er hätte es gar nicht wirklich gesagt. Er macht die Tür auf, verschwindet im Haus und schließt sie mit einem leisen Klick wieder.

»Juniper!«, zischt Mom. Sie ist klein und hat ihre langen strohblonden Wellen – durch die sich mehr graue Strähnen ziehen, als ihr lieb ist – zu ihrem üblichen Pferdeschwanz zusammengefasst. Ihr braun gebranntes Gesicht ist von Sorgen und harter Arbeit gezeichnet, ihre Augen von Lachfalten umspielt. *Arbeite hart, liebe intensiv*. Das habe ich sie schon eine Million Mal sagen hören. Wir nehmen keinen einzigen Tag für selbstverständlich. »Ich kann nicht glauben, wie unhöflich du gerade zu ihm warst.«

»Ich? Und was ist damit, wie unhöflich *er* war?«

Ich habe Mom nie erzählt, was bei Leonas Beerdigung passiert ist. Dad war im Jahr zuvor gestorben, aber ich habe immer noch jeden Tag um ihn geweint und mich an die Worte geklammert, die Mom an dem Tag zu mir gesagt hat, als wir ihn verloren haben: »Ich weiß, dass der Schmerz jetzt fast unerträglich ist. Und morgen wird er es auch noch sein. Aber er wird dir nicht immer so unerträglich vorkommen, versprochen.« Ich habe damals dasselbe zu Gabe gesagt, als er diesen Schmerz empfunden haben muss, aber er hat überhaupt nichts erwidert. Er hat sich nur umgedreht und ist weggegangen, ohne mich anzusehen, ohne mir zu danken, ohne sich in irgendeiner Form so zu benehmen, wie es ein anständiger Mensch tun sollte. Ich wünschte, ich hätte diese Worte nicht mit ihm geteilt, diese Worte, die mir so viel bedeuteten. Worte, die er wie Abfall einfach weggeworfen hat. Es fühlte sich wie eine Beleidigung für meinen Vater, für sein Andenken an.

»Was macht er überhaupt hier?«, will ich wissen. »Ich meine, abgesehen davon, dass er ganz offensichtlich nicht hier ist, um Freunde zu finden?«

»Was spielt das für eine Rolle?« Sie stemmt die Hände in die Hüften. »So behandeln wir andere Leute nicht.«

»Und wie konntest du meine Hilfe einfach so anbieten, ohne vorher mit mir darüber zu reden?«, zicke ich sie an. »Als ich das letzte Mal nachgesehen habe, gehörten *Lebensmittellieferungen* nicht zu meiner Stellenbeschreibung.«

»Du hast keine Stellenbeschreibung«, kontert Mom. »Du tust, worum ich dich bitte.«

»Na, das war schon mal dein erster Fehler: Du hast mich nicht *gebeten*. Ich bin im Gewächshaus, falls du mich noch für irgendwas anderes brauchst. Irgendwas, das nichts damit zu tun hat, die Einkäufe für Gabe Hudson zu erledigen.«

»Diese Unterhaltung ist noch nicht vorbei«, ruft sie mir hinterher, als ich die Einfahrt zu unserem Haus wieder hinaufgehe. »Ganz im Gegenteil. Und vergiss nicht: Du bist mit dem Mittagessen dran, und ich lade Gabe zu uns ein.«

Falls es irgendjemanden gibt, der genauso stur ist wie ich, dann ist es meine Mutter. Ich weiß, dass sie diese Sache nicht einfach auf sich beruhen lassen wird. Aber ich werde genauso wenig klein beigeben.

Kapitel 3

GABE

Auf gar keinen Fall lasse ich mir von Juniper Blue meine Einkäufe liefern oder mich auch nur zum Supermarkt fahren, damit sie auf dem Parkplatz auf mich wartet, während ich einkaufe. Ich lasse sie *überhaupt nichts* für mich machen. Ich bleibe sowieso nicht lange in Harper's Mill und bin, wie ich ihr direkt gesagt habe, auch nicht hier, um Freunde zu finden.

Ich habe zwei Erinnerungen an Juniper Bell. Erstens, wie ich sie im Fernsehen gesehen habe, als sie bei den Grammys mit Chris über den roten Teppich lief, völlig überwältigt und wie erstarrt vor lauter Superstars und total unbeholfen in ihrem fluffigen blassrosa Kleid und den hohen Schuhen. Ihr Nachname ist Bell, aber Juniper Blue ist der Name, der sie bei den Grammy Awards vor ein paar Jahren für sage und schreibe dreißig Sekunden berühmt gemacht hat, als Dig Me Under den Song performt haben, den Chris für sie geschrieben hat.

Ich hab mir die Show damals live in Elises New Yorker Penthouse angeschaut – sie und Chris hatten sich mal wieder getrennt, sind aber natürlich wieder zusammengekommen, als er die Trophäe mit nach Hause gebracht hat – und mir hinterher Millionen von Clips auf YouTube angeguckt. Aber jedes Mal dachte ich dabei, *das hätte ich sein sollen,* obwohl ich mit meinem Vater und meiner Mutter, manchmal auch mit beiden, schon bei unzähligen Preisverleihungen gewesen war. Inzwischen bin ich selbst zu ein paar von ihnen eingeladen gewesen und hab meine erste Single, »Burden«, bei den Radio KidCo Awards performt, als ich für den Song des Jahres im Rennen war. Mein Song hat nicht gewonnen – zu heavy für dieses spezielle Publikum –, aber die Tatsache, dass ich mit der KidCo-Prinzessin zusammen war, hat mir wohl aus reiner Höflichkeit eine Nominierung beschert, schätze ich.

Meine zweite Erinnerung an Juniper, ein paar Monate später, ist ein wenig verschwommener: ein Moment in Grans Wohnzimmer nach der Beerdigung, das letzte Mal, dass ich hier war. Damals war sie ein ziemlich dürres kleines Ding, ihre Locken eher ein kaltes Weißblond als warmer, goldener Sonnenschein. Sie kam zu mir und hat praktisch gezittert, das einzige Mal, dass sie je mit mir gesprochen hat. Ich kann mich nicht mehr daran erinnern, was sie gesagt hat oder ob ich irgendwas darauf erwidert habe. Ich weiß nur noch, dass ich es so satthatte, dass mir alle ihr herzliches Beileid aussprachen. Ich hatte Minnesota satt, die schwere, feuchte Luft und den hässlichen braunen Fluss, der durch die Stadt und hinter Grans Haus vorbeifloss. Ich wollte nur noch nach Hause, oder besser gesagt: an den Ort, der einem Zuhause für mich am nächsten kam.

Es stört mich nicht mehr, dass »Juniper Blue« das Comeback für Dig Me Under bedeutet hat. Es ist mir egal, dass Chris einen Song für sie geschrieben und sie zu den Grammys mitgenommen hat. Es kümmert mich nicht, dass er an diesem einen Wochenende wahrscheinlich mehr gemeinsame Zeit mit ihr verbracht hat als jemals mit mir. Juniper ist nur ein Mädchen, das zufällig auf der Farm wohnt, das ist alles.

Ich muss allerdings zugeben, dass Juniper mich heute überrascht hat. Ich hatte nicht erwartet, dass sie so klein ist, das ist mal das eine, aber auch nicht, dass sie so … keine Ahnung … scharfzüngig ist. So faszinierend. Sie packt definitiv ziemlich viel Selbstbewusstsein in ihr Yoda-Format: Ihr blondes Haar hatte sie zu zwei lockeren, bis zu ihrem unteren Rücken reichenden Zöpfen geflochten, die khakigrüne Cargohose bis zu den Knöcheln hochgekrempelt, dazu trug sie ein langärmliges graues T-Shirt mit der Aufschrift *Mehr Wandern, weniger Sorgen* in blumiger Schrift und dazu abgenutzte Wanderstiefel. Ihre Wangen waren leuchtend rot von der kühlen Herbstluft und ihre eisblauen Augen haben vor Entrüstung aufgeblitzt.

Ich stehe in Grans Küche und begutachte den kleinen Lebensmittelvorrat, den Chris hier immer im

Schrank hat. Thunfischdosen. Dosen mit Tomatensuppe. Irgendein Mikrowellen-Reisgericht. Nichts davon wirkt sonderlich verlockend, aber zum ersten Mal seit Tagen habe ich tatsächlich ein wenig Appetit. Zum ersten Mal seit Tagen habe ich die ganze Nacht durchgeschlafen, obwohl das Sofa im Wohnzimmer nicht unbedingt bequem ist. Heute Morgen habe ich eine noch ungeöffnete Packung Kaffee gefunden und die Kaffeemaschine hat auch funktioniert, was ich als ersten Erfolg verbuche.

Aber ich muss was essen.

Und so sehr es mir auch widerstrebt, ich muss Verstärkung rufen. Ich schnappe mir meine Reisetasche, die ich im Wohnzimmer habe liegen lassen, und schütte den Inhalt auf dem Boden aus. Mein Handy steckt in der Seitentasche. Als ich es anschalte, vibriert es vor Nachrichten: Chris. Elise. Mein Manager. Rocky.

Mir krampft sich der Magen zusammen. Ich kann jetzt nicht an Rocky denken. Ich wische sie alle weg, klicke auf die Unterhaltung mit meinem Cousin Ted und schreibe: Hey, du hast wahrscheinlich schon gehört, dass ich in der Stadt bin. Ich wollte dich um nen Gefallen bitten.

Keine dreißig Sekunden später sehe ich, dass er zurückschreibt, und lese dann: Was brauchst du kann in 15 Min da sein.

Er ist in zehn da. Er trampelt die Verandastufen hoch, platzt zur Haustür rein, ohne anzuklopfen, und jagt mir dabei eine noch viel größere Scheißangst ein als die Wahrscheinlich-Kojoten letzte Nacht.

»Gabey Baby«, ruft er und durchquert das Wohnzimmer. »Deine Kutsche erwartet dich, Prinz Charming, zack, zack. Beweg deinen Hintern, ich hab noch anderen Scheiß zu tun.«

Wer braucht Juniper oder einen Lieferdienst, wenn er diesen Kerl hat?

Ich stehe auf und greife nach dem kurzen Wollmantel meines Großvaters, den ich vorhin über die Lehne einer übermäßig gepolsterten, geblümten Monstrosität von einem Ohrensessel geworfen habe. Die Jacke, die ich mitgebracht habe, kann gegen die Kälte hier nichts ausrichten. Der Caban ist mir zwar zu groß und riecht dank der Mottenkugeln in dem Zedernholzschrank oben, in dem ich ihn zusammen mit einer die letzten rund fünfzig Jahre umspannenden Garderobe entdeckt habe, ziemlich modrig, aber für dem Moment muss er reichen.

»Freut mich auch, dich zu sehen, Theodore«, sage ich. »Wie läuft's so?«

»Wie immer, bla, bla, bla. Wie läuft's bei *dir* so? Bist du also endlich diese Psychotante losgeworden, ja? Ehrlich, *das* nenn ich mal vernünftige Unterhaltung. Viel besser als ihre letzte KidCo-Serie.«

Ich zucke mit den Schultern. Ich bin mir sicher, dass unsere sehr öffentliche, sehr spektakuläre Trennung ziemlich großes Kino war, aber es tut trotzdem weh.

»Ich wusste gar nicht, dass du so ein KidCo-Fan bist. Magst du die Zeichentrickserien oder die Spielfilme lieber?«

Ted ignoriert mich. »War der Sex gut?«, fragt er grinsend. »Ach, vergiss es. Wer will schließlich Knochen vögeln, stimmt's?«

Ted wurde ohne Filter geboren, das komplette Gegenteil seines verschwiegenen Vaters. Er ist der klassische Farmersohn/Running Back der örtlichen Highschool aus dem Mittleren Westen, der später mal Geschichte unterrichten und drei Sportteams an seiner ehemaligen Schule trainieren will, dieselben drei, in denen er selbst Höchstleistungen gebracht hat: Football, Basketball, Baseball.

Er ist aber auch einer der nettesten Typen auf diesem Planeten, allzeit hilfsbereit, ohne Fragen zu stellen. Darin *ist* er genau wie sein Dad. Er ist groß, breitschultrig, muskulös, mit gesundem Teint, Flanellhemd, dreckiger Jeans und Allis-Chalmers-Truckerkappe. Ich vermute, dass er seinem Vater heute auf der Farm hilft. *Noch anderen Scheiß zu tun* bedeutet vermutlich, dass er tatsächlich Kuhmist schippen muss.

Wir sehen uns nicht oft oder quatschen viel. Aber wir haben früher in den paar Wochen in der Hütte immer zusammen rumgehangen und schicken uns hin und wieder Nachrichten. Chris hat die Familie ein paarmal nach L. A. einfliegen lassen und wir haben das übliche Touristenzeug unternommen: Hollywood Walk of Fame, Strand, Universal Studios, Disneyland. Letztes Jahr hat Ted mich gefragt, ob ich ihm Ariana Grande vorstellen kann und mir gesagt, dass ich mich selbst verarschen kann, als ich ihm erklärt habe, dass ich sie nicht kenne. Er ist einer von den Guten.

Ich atme langsam seufzend aus. »So gerne ich dich auch auf den neuesten Stand bringe«, sage ich, »ich könnte wirklich ein paar Sachen aus dem Supermarkt gebrauchen.«

Er prustet vor Lachen. »*Das* ist der Gefallen, um den du mich bitten wolltest? Eine Taxifahrt zum Supermarkt? Warum nimmst du nicht einfach eins von Chris' Autos?«

»Ich hab um den Mustang gebeten, aber die Bitte wurde abgelehnt.«

Ted lacht wieder. »Chris würde total durchdrehen, wenn dem 1970er Ford Mustang Mach 1 Twister Special was passieren würde.« Chris spricht immer mit »vollem Namen« von seinem Baby, worüber Ted sich bei jeder Gelegenheit lustig macht. »Oh, verflucht, mir ist gerade wieder eingefallen, wie du und Marley damals mit dem BMW die Küste raufgefahren seid …«

Ich hebe eine Hand, um ihn davon abzuhalten, mir noch mal detailliert zu erzählen, wie sich das Cabriodach damals nicht mehr schließen ließ und wir bei Sturm und Regen mit offenem Wagen zurückfahren mussten. Marley hat tagelang kein Wort mehr mit mir gesprochen, weil natürlich jemand Fotos von uns geschossen hat, klatschnass, frustriert und wütend aufeinander. Chris war allerdings noch schlimmer. Er hat mir mit dramatischer Geste die Schlüssel abgenommen und gedroht, mir eine gebrauchte Schrottkarre zu kaufen – was er auch getan hat: einen hässlichen orangefarbenen RAV4, erste Generation, der überraschenderweise den Abgastest bestanden hatte und auf dem Parkplatz der Barlow-Winston Academy nicht zu übersehen war.

»Ich erinnere mich.«

Er lacht wieder. »Okay, und warum kann Laurel dich nicht fahren? Oder Juniper?«

»Frag nicht.« Ich werde dazu nichts weiter sagen. Ich weiß, dass Ted und Juniper Freunde sind.

»Okayyyyy, dann mal los.«

Ted quatscht auf der ganzen Fahrt in die Stadt, labert ohne Punkt und Komma von dem Footballspiel gestern Abend – sie haben 17:14 gewonnen, und *es war übrigens das erste Spiel, das mein Dad je versäumt hat, weil er dich Penner vom Flughafen abholen musste* –, von der Farm, vom Major League Baseball, von den Minnesota Vikings.

In der Stadt lenkt er den Wagen vor Bjerke's Super-Valu in eine Lücke und stellt den Schalthebel auf Parken. Die meisten Parkplätze sind leer und ich bin ein bisschen erleichtert, dass wenigstens nicht die halbe Einwohnerschaft von Harper's Mill sehen wird, wie ich Lebensmittel einkaufe.

Ted greift nach dem Türgriff, hält dann jedoch inne. »Okay«, sagte er, »ich gehe mal davon aus, dass du nicht unbedingt sämtliches Social Media nach dem neuesten Klatsch und Tratsch durchforstet hast, aber du solltest wahrscheinlich wissen, dass deine feine Marley dich total den Löwen zum Fraß vorgeworfen hat.«

Ich zucke mit den Schultern, öffne die Tür, trete auf den rissigen Asphalt und knalle die Tür wieder zu. »Du interessierst dich also doch noch für was anderes als Sport?«

»Ihre Eltern haben sie wieder in die Betty Ford geschickt.« Wir überqueren den Parkplatz und betreten den Laden. »Irgendein Reporter behauptet, sie hätte in einem Exklusivinterview mit ihm gesagt, dass sie das Heroin von dir hatte und ihr zusammen gefixt habt.«

Ich setze eine finstere Miene auf und ziehe einen Einkaufswagen aus der Schlange. »Das ist Bullshit. Du weißt, dass das Bullshit ist.«

Wenn Marley in einer Entzugsklinik ist – wo sie definitiv sein *sollte* –, wie soll sie mir dann die Kohle besorgen? Für achtundzwanzig Tage – oder noch länger. Und was ist danach? Sie schuldet mir einen Sauhaufen Geld, aber wenn sie mich angelogen hat wegen … na ja, wegen allem, dann stehen die Chancen gut, dass sie auch dabei gelogen hat und sowieso die ganze Zeit vorhatte, mich über den Tisch zu ziehen. Gott, ich bin so ein Idiot.

»Vielleicht *ist* es Bullshit«, erwidert Ted. »Aber wenn du nicht die Hosen runterlässt, um es mal so zu formulieren, und erklärst, wo du bist und was du treibst, dann werden die Leute annehmen, dass du auch 'nen Entzug machst. Wie der Vater, so der Sohn, du weißt schon. Gerüchten zufolge bist du im Hazelden. Jemand hat am Flughafen Fotos von dir gemacht.«

Natürlich. Warum sollte ich wohl sonst nach Minnesota fliegen, wenn nicht, um demselben berühmten Therapiezentrum einen ausgedehnten Besuch abzustatten, das Chris nicht nur einmal, sondern gleich zweimal das Leben gerettet hat?

Als ich nichts erwidere, fügt Ted hinzu: »Gabe ... Ich hab das Video gesehen.«

Ich lache schnaubend. »Da musst du schon genauer sein. Welches Video?«

Er seufzt. »Das, in dem der Türsteher Marley auf den Rücksitz eines Bentleys wirft und du verflucht noch mal total ausflippst.«

»Ah. Dann *gibt's* also ein Video.«

»Ja. Und es tut nicht besonders viel dafür, deine Behauptung zu stützen, du hättest nichts genommen.«

Bevor ich richtig darüber nachdenken kann, entgegne ich: »Eine Panikattacke sieht nicht aus wie ein schlechter Trip.« Das glaube ich jedenfalls. Ich hab mir schließlich noch nie selbst zugeguckt, wenn es passiert. Vielleicht sollte ich mir das Video doch mal anschauen.

»Eine Panikattacke, ja? Also, diese spezielle sah aber schon aus wie ein schlechter Trip.«

»Was interessiert mich das? Sollen sie doch glauben, ich hätte Speed genommen oder was weiß ich.« Ich lenke den Einkaufswagen in den ersten Gang und steuere auf die kleine, ziemlich jämmerlich aussehende Obst- und Gemüseabteilung zu. Das Rad hinten links wackelt ein bisschen, deshalb lehne ich mich vor und zwinge den Wagen in die richtige Bahn. Vor einem Aufsteller mit Bananen bleibe ich stehen, aber sie sind alle voller brauner Flecken und überreif.

»Keine gute Idee«, findet Ted. »Also, wie sieht dein Plan aus?«

Wie mein Plan aussieht? Mein Magen gibt ein tiefes, grollendes Knurren von sich. Mit der ganzen Klatschpressesituation bin ich vertraut, aber ich befinde mich hier trotzdem auf Neuland, weil ich mir mein Essen selbst kaufen muss. Mein Plan ist, zumindest im Moment, mich in diesem Drecksladen von einem Supermarkt zurechtzufinden und mir zu überlegen, was zur Hölle ich in den nächsten paar Tagen essen soll.

»Tiefkühlpizza, schätze ich«, sage ich zu Ted. »Und mit einer Packung Makkaroni und Käse komme ich wahrscheinlich auch klar.«

Teds Handy klingelt und mir rutscht der Magen in die Kniekehlen. Er schaut nur flüchtig aufs Display, bevor er drangeht. »Jap, hab ihn«, meldet er sich. Dann reicht er mir das Smartphone. »Ich geh nur kurz … Ich warte draußen auf dich. Onkel Chris will mit dir reden.«

Kapitel 4

JUNIPER

Das Gewächshaus war nur eine Ausrede, und Mom weiß das. Ich musste allein sein. Gabe zu sehen hat mich irgendwie aufgewühlt, so als hätte sich etwas verändert, weil er hier ist. Er mag vielleicht aussehen wie Chris, aber sie wirken beide so verschieden. Sicher, Chris ist ein weltberühmter Rockstar, aber für mich ist er ein ganz normaler Kerl, der beste Freund von meinem Dad. Er tut nicht so, als wäre er was Besseres als der Rest von uns. Sein Sohn sollte sich echt mal eine Scheibe von ihm abschneiden.

Ich werkle ein bisschen vor mich hin, gieße alles und schaue nach der Teepflanze, die inzwischen zu blühen begonnen hat, bevor ich etwas Rucola und Basilikum pflücke. Das Gewächshaus war Dads Baby, sein Spezialprojekt. Kurz nachdem meine Eltern hierhergezogen sind, hat er angefangen, mit dem Beratungsservice der University of Minnesota für nachhaltiges Design zusammenzuarbeiten und Studien für sie durchzuführen. Er und ich haben hier drin eine Menge Zeit zusammen verbracht, aber ich werde nie das Gefühl haben, dass es genug war. Er hat mir die Grundlagen vermittelt, aber ich hab immer noch jede Menge zu lernen. Nach seinem Tod hab ich es lange nicht geschafft, das Gewächshaus auch nur zu betreten, ohne anzufangen zu weinen, deshalb habe ich es komplett gemieden.

Leona hat mich im Frühjahr vor ihrem Tod davon überzeugt, dass es an der Zeit war, es noch mal zu probieren. »Du hast den grünen Daumen von deinem Vater geerbt«, sagte sie. »Lass dieses Talent nicht einfach so verkommen, Juniper. Er wäre sonst sehr enttäuscht. Also, geh da rein, heul dich mal richtig aus, und dann fang an, wieder Sachen wachsen zu lassen. Das Leben ist kurz, darum muss man immer im Sonnenschein leben.« Sie erinnerte mich mit ihrem Rat natürlich an die alten Farmregeln dazu, wie man sein Leben führen sollte. Ihr Schwiegervater hatte die Regeln vor langer Zeit an die Wand der Rundscheune geschrieben: *Lebe im Sonnenschein, schwimme im Meer, trinke die wilde Luft,* ein Zitat von Ralph Waldo Emerson. Leona war damals schon krank und ihre Prognose war nicht gut.

Also bin ich ins Gewächshaus gegangen, hab mich richtig ausgeheult und dann ein paar simple Kräuter gepflanzt: Basilikum, Schnittlauch, Minze. Dort habe ich meine Trauer verarbeitet. Na ja, dort und mithilfe eines Therapeuten in Fred Lake, bei dem ich nach Dads Tod etwa zwei Jahre lang regelmäßig Sitzungen hatte.

Jetzt hilft mir Frank Sr. dabei, das Gebäude in Schuss

zu halten. Den meisten Platz nehmen die Beete ein – Kräuter, Salate, ein paar blühende Pflanzen für meine Tees –, der Rest ist meine Arbeitsecke, in der ich Pflanzen trockne und mit Teemischungen experimentiere. Ich hab sogar einen kleinen Schreibtisch aufgestellt – nur für den Fall, dass mich die Inspiration ereilt – und das schlichte Regal darüber ist mit Notizbüchern voller Rezepte und anderer Ideen, alten Ausgaben von *Mother Earth News* und *Old Farmer's Almanac* sowie einem Saatenkatalog gefüllt, den ich in einer Holzkiste gefunden habe und in dem Dad haufenweise Anmerkungen notiert hat.

Ich arbeite eine Stunde oder so vor mich hin, bevor ich über unseren Rasen zum Haus zurückgehe und mich um das Mittagessen kümmere – um das Mittagessen für *drei*, wie es aussieht. In der Küche ziehe ich mein Handy aus der Ladestation auf Moms Schreibtisch und öffne meine Nachrichten-App.

Amelia: Ich höre Gerüchte, dass Gabe in der Stadt ist? Und du schickst mir keine Nachricht?
Amelia: Hast du ihn schon gesehen? Ist er IRL auch so heiß?

Sie hat mir ein Foto von Gabe auf der Bühne geschickt, oben ohne, wie er ins Mikrofon singt, die Augen geschlossen, seine dunklen Locken im Scheinwerferlicht glänzend. Ernsthaft. Sie ist total albern.

Ich tippe eine Antwort: Ich hab ihn gesehen. Er ist unhöflich. Und ich vermute, er hatte den Mantel von seinem Grandpa an und hat nach Mottenkugeln gerochen. Echt megaheiß.

Ich öffne den Thread mit Ted. Er ist einer meiner ältesten Freunde, Amelia ist schon seit Ewigkeiten in ihn verknallt und er ist rein zufällig Gabe Hudsons Cousin.

Ted: Was treibst du? Ich hänge mit meinem berüchtigten Cousin ab. Ma sagt, ich soll dich und Laurel für heute zum Abendessen einladen. Lee Lee auch. Dann kannst du ihn endlich mal kennenlernen.

Teds Mom ist die netteste Frau auf diesem Planeten, deshalb ist es keine Überraschung, dass sie uns alle zum Abendessen einlädt. Für Janie, und eigentlich für alle Hudsons, gehören wir zur Familie. Ich wechsle wieder zu meiner Unterhaltung mit Amelia: Ted hat uns zum Abendessen eingeladen. Uns im Sinne von DICH auch, LEE LEE. 😍

Das sollte sie erst mal von dem oberkörperfreien Rockstar ablenken, der zurzeit im Farmhaus wohnt. Solange Amelia und ich befreundet sind – seit Anfang der Middleschool, als sie nach der Scheidung ihrer Eltern mit ihrer Mom und ihrer kleinen Schwester, Kat, nach Harper's Mill gezogen ist –, ist sie in Ted verknallt. Eines Tages, behauptet sie, wird sie den Mut aufbringen, es ihm zu sagen. »Heute *ist* ein Tag«, habe ich ihr schon hundert Mal gesagt.

Ich antworte Ted: Ich hab deinen berüchtigten Cousin heute Morgen schon kennengelernt. Schien mir ziemlich hangry.

Ted: rofl

Es trifft eine neue Nachricht von Amelia ein.

Amelia: Ich bin verliebt ich bin verliebt & mir ist egal, wer es weiß! 😍😍😍😍😍 JAAAAAAAAA zum Abendessen. Könnt ihr mich abholen? Mom braucht das Auto.
Ich: Heute ist ein Tag. SAG ES IHM.
Amelia: In meinen Träumen.
Amelia: Wird GABE auch da sein? Ist das Gerücht über ihn wahr?
Ich: Welches?
Amelia: Ist er zum Entzug in MN???? 😮

Gabe sah müde aus, ja, und er wirkte, als könnte er in Sekundenschnelle einen Burger plus Milchshake einatmen, aber er sah nicht aus wie ein Junkie. Zumindest nicht wie die Junkies, die mir bisher so begegnet sind, auch wenn sie größtenteils fiktiv waren. Abgesehen von Chris. Ich habe ihn nur ein paarmal zugedröhnt oder high erlebt. Er sah krank aus, sein Gesicht aschfahl und mit verschmiert-violetten Ringen unter den Augen. Er hat zu laut geredet und ständig das Gleichgewicht verloren. Mom hat ihn zusammengeschissen, weil er zu uns nach Hause gekommen war. Ich hab Dad damals gefragt, was mit Chris los ist, und er hat nichts beschönigt. Nach dieser Unterhaltung habe ich einen ganzen Nachmittag damit verbracht, online Artikel über Sucht zu lesen und mir geschworen, das Zeug niemals anzurühren. Meistens war Chris aber nicht hier, wenn es richtig schlimm war.

Ich: Wahrscheinlich nicht, wenn er hier ist?

Ich erzähle ihr nicht, dass ich mich vor ihm komplett zur Idiotin gemacht habe oder wie still und in sich gekehrt er wirkte.

Amelia: Warum bist du darüber nicht viel mehr aus dem Häuschen? Wenn bei mir ein heißer Rockstar die Straße runter wohnen würde, würde ich mich sofort an ihn ranschmeißen.
Ich: Oh, so wie du dich sofort an T rangeschmissen hast? Ganz schön große Worte.
Amelia: Das ist was anderes.
Ich: Inwiefern?
Amelia: Weil es bei T etwas bedeuten würde.
Ich: Aber bei Gabe nicht? Ist er für dich nur ein Lustobjekt?
Amelia: Ja, verdammt, und ob er ein Lustobjekt ist. Und überhaupt: warum nicht? PS: Das mit Ty ist schon ein Jahr her.

Ich seufze. Darauf werde ich *nicht* eingehen. Ich öffne stattdessen eine andere Unterhaltung und sende eine Nachricht an Chris: Alles okay?

Nicht, dass ich sofort eine Antwort von ihm erwarte. Er ist schließlich ein Rockstar. Aber ich frage mich, ob er weiß, dass Gabe hier ist und nicht in L. A. Allerdings habe ich auch keine Ahnung, ob *Chris* in L. A. ist. Er war seit Juni nicht mehr auf der Farm. Er könnte überall sein, auch wenn ich weiß, dass Dig Me Under gerade nicht auf Tour sind.

Ich nehme eine Frischhaltedose mit Kartoffelsuppe aus dem Gefrierfach und wärme sie auf dem Herd auf, während ich Brot und Truthahnreste von gestern für Sandwiches auf den Tisch stelle. Mom kommt herein, wäscht sich die Hände und deckt den Tisch für drei. Gabe taucht nicht auf, aber wir tun beide so, als würden wir den leeren Platz ignorieren.

Nach dem Mittagessen gehe ich den Flur runter zu meinem Zimmer, schließe die Tür hinter mir und klappe meinen Laptop auf. Ich habe Hausaufgaben zu erledigen, aber ich rede mir selbst ein, dass mich ein paar Minuten Detektivarbeit nicht allzu weit zurückwerfen werden. Ich tippe *Gabe Hudson Musiker* in die Suchleiste ein und der Bildschirm füllt sich innerhalb von Sekundenbruchteilen mit Schlagzeilen.

Absturz: Folgt Gabe Hudson den Fußstapfen seines berühmten Vaters Richtung Entzug?

Marley Green und Gabe Hudson
platzen (zugedröhnt?)
in Strandhochzeit

Green und Hudson:
Das Drama geht weiter

Gabe Hudsons zweites Album:
Embrace the Suck
macht seinem Namen alle Ehre

Rocket-Launcher-Bassist Parker Green weist
Tochter Marley zum dritten Mal in
Entzugsklinik ein - kommt Gabe Hudson auch
bald? Exklusivvideo einer wilden Nacht

Ich klicke auf den letzten Link und lese die Story über Marley Green, Superstar des KidCo Channel, Musikerin und Gabes On/Off-Freundin. Die ersten Absätze beschreiben die »wilde Nacht«, in der sie in irgendeine Hochzeit geplatzt sind, bevor der Artikel in die Beziehung der beiden eintaucht:

Marley war wieder einmal mit Gabe Hudson zusammen, dem Sohn des Dig-Me-Under-Frontmanns Chris Hudson und ebenfalls Musiker. Hollywoods jüngstes Teenie-»It-Couple« wurde im Abstand von nur sechs Tagen geboren und beide haben sich mehrfach getrennt und wieder versöhnt, seit sie sich vor achtzehn Monaten zum ersten Mal öffentlich als Paar zeigten. Obwohl Marley standhaft behauptet, Gabes Drogenprobleme wären dabei die größte Herausforderung des jungen Paares gewesen - ähnlich den Problemen, die auch Gabes Eltern in ihrer unbeständigen zwanzigjährigen Beziehung hatten -, bestreiten den beiden nahestehende Quellen diese Anschuldigungen vehement.

Exklusive Fotos und Videomaterial, das *Celebrity Insider* erhalten hat, legen jedoch einen anderen Schluss nahe. Keine vierundzwanzig Stunden nach dem Zwischenfall Freitagnacht zeigen Aufnahmen Gabe Hudson am Flughafen Minneapolis-St. Paul und befeuern Gerüchte, er hätte sich selbst in das Behandlungszentrum Hazelden Betty Ford eingewiesen, dieselbe Suchtklinik, in der auch schon sein Vater und seine Mutter - Elise Benson-Beckett, eine der bestbezahlten Schauspielerinnen Hollywoods - Hilfe suchten.

Nach einer kurzen Trennung im letzten Frühjahr hatten sich Marley und Gabe im Juni wieder versöhnt.

Ein Instagram-Post zeigte die beiden erst neulich eng umschlungen in einem unbekannten Nachtclub, während Gabe Marleys Wange küsst. Als Bildunterschrift schrieb Marley damals: »Ich habe meinen Seelenverwandten gefunden, als ich sechs Tage alt war. Nicht viele Leute können das von sich behaupten. Er ist es. Er ist der Eine. Ich kann mein *für immer* mit dir gar nicht erwarten, Gabe.« Der Post wurde inzwischen gelöscht.

Mir dreht sich mehrfach der Magen um, als ich bei dem ersten von zwei verlinkten Videos, die von Hochzeitsgästen aufgenommen wurden, auf Play drücke. Anfangs ist es ziemlich wacklig, mit lärmender Geräuschkulisse, Braut und Bräutigam im Hintergrund mit offenem Mund und starr vor Schock, als ihnen klar wird, was passiert. Gabe versucht, die rotgesichtige Marley zur Vernunft zu bringen, die ihn anbrüllt, dass er sie nicht anfassen und sich verflucht noch mal von ihr fernhalten soll, *gottverdammter Loser*. Autsch. So viel zum Thema Seelenverwandte. Eine weitere wacklige Stelle zeigt einen Türsteher, der sich Marley über die Schulter wirft. Wer auch immer die Szene gefilmt hat, ist ihnen auf die Straße hinaus gefolgt. Marley schreit immer noch, inzwischen haben die Tränen ihre Wimperntusche verschmiert. Der Türsteher lädt sie auf dem Rücksitz eines Autos ab. Ich erwarte beinahe, dass er sich die Hände reibt: Drecksarbeit erledigt. Die Aufzeichnung bricht ab.

Das zweite Video ist kürzer, nicht mal zwanzig Sekunden lang, mit ruhiger Hand gefilmt und Gabe darin herangezoomt. Er hockt vor dem metallic-grauen Fahrzeug, das Gesicht in den Händen vergraben, und zittert, während sich sein Brustkorb schwer hebt und senkt. Der Filmer unterhält sich mit irgendjemandem. Die erste Stimme, ein wenig im Hintergrund, fragt: »Was zur Hölle ist hier los?«, und die nähere Stimme antwortet: »Der Typ muss sich irgendwas eingeworfen haben. Er nimmt denselben harten Scheiß wie sein Dad.«

Dieses Video endet abrupt.

Das muss der Grund sein, warum Gabe nach Minnesota geflohen ist. Ist es wahr? Hatte er sich irgendwas eingeworfen? Oder war es etwas anderes?

Ich kehre wieder zu den Suchergebnissen zurück und lese den Artikel über sein neues Album. Er ist voller Beleidigungen, die geistreich oder clever sein wollen, in Wahrheit aber einfach nur gemein sind.

Ich kann mir überhaupt nicht vorstellen, wie es ist, im Rampenlicht zu leben, so völlig entblößt, oder wie das für ihn sein muss. Und auch wenn ich meinen Abend mit Chris bei den Grammys nie vergessen werde oder wie aufregend es war, dass er einen Song für mich geschrieben hat, ich würde niemals so ein Leben führen wollen.

Ich klappe den Laptop zu, verbanne die Klatschseiten und all die wilden Spekulationen und bin dankbar, dass die Tage auf der Farm so ruhig sind.

Kapitel 5

GABE

»Also«, beginnt Chris unser Gespräch, »willst du mir vielleicht sagen, was zur Hölle du in Minnesota treibst?«

Als ich nicht antworte, fügt er hinzu: »Okay, probieren wir's erst mal anders: Geht's dir gut?«

»Findest du nicht, dass du mit *der* Frage hättest anfangen sollen?«

»Hattest du diese Woche nicht schon genug Drama? Also? Geht's dir gut?«

Definiere gut, denke ich. Ich rolle den Einkaufswagen vor einem Pappaufsteller mit Halloween-Oreos mit orangener Cremefüllung hin und her. Ich schnappe mir zwei Packungen und lege sie in den Wagen. »Ging mir nie besser.«

Er atmet seufzend aus, als würde er um Geduld ringen. »Warum Minnesota? Warum nicht zu deiner Mom?«

»New York schien mir ... ich weiß auch nicht ... too much, vielleicht? Ich will mich nicht auch noch mit Elises Enttäuschung auseinandersetzen müssen. Außerdem dreht sie gerade in Australien.«

»Sie ist nicht enttäuscht von dir«, behauptet Chris.

»Doch, ist sie. Sie will, dass alles perfekt ist, und wenn es nicht perfekt *sein* kann, dann sollte es zumindest perfekt *aussehen*. Das weißt du besser als jeder andere.«

»Tja, da kann ich dir leider nicht widersprechen«, stimmt er mir zu.

Seit der Scheidung ist Elise wie verwandelt. Genau wie Chris hat auch sie es am Ende geschafft, clean zu werden – und zwar so richtig clean: keine Zigaretten, kein Koffein, kein Zucker. Sie hat kürzlich eine siebentägige Schweigekur gemacht, geht zu einem Naturheiler und meditiert stundenlang, wenn sie nicht gerade für ihre neue Reihe mit Yogavideos dreht. Sie hat ein veganes Kochbuch geschrieben, in dem sie in kurzen Passagen erklärt, wie sie ihren Körper mit dem richtigen Essen gereinigt und alles Toxische aus ihrem Leben verbannt hat – Chris und mich eingeschlossen, wie es scheint.

»Okay, lass uns mal einen Schritt zurückgehen«, sagt Chris. »Wir müssen nicht gleich überanalysieren, was du dir bei dem Album gedacht hast, wenn du nicht willst, aber ich finde, ein bisschen was bist du mir schon schuldig. Zum Beispiel eine Erklärung dazu, warum du dachtest, es wäre eine gute Idee, hinter meinem Rücken diesen Deal abzuschließen, mit einem zweitklassigen Möchtegernproduzenten zusammenzuarbeiten und ein beschissenes Album zu veröffentlichen.«

»Warum sagst du mir nicht, was du wirklich denkst?«, grummle ich.

»Ich *sage* dir, was ich wirklich denke: Wir haben zusammen ein verdammt noch mal großartiges Album produziert, als du *sechzehn* Jahre alt warst. ›Burden‹ ist ein Megasong. Du hast haufenweise Talent, mehr als ich, wenn ich ehrlich sein soll. Aber trotz dieses Erfolgs konntest du nicht auf mich warten. Was zur Hölle sollte das?«

»Wie lange hätte ich denn deiner Meinung nach noch warten sollen? Die Chancen standen besser, dass Oasis sich wiedervereinen und auf Tour gehen, als dass du endlich mal so weit bist.«

»Drei Monate«, antwortet er. »Du konntest nicht mal drei beschissene Monate warten.«

»Du hast vor sechs Monaten schon drei Monate gesagt.«

»Och, du Armer«, erwidert er. »Und *Embrace the Suck*. Wessen brillante Idee war das, bitte? So viel zum Thema selbsterfüllende Prophezeiung.«

»Oh, sehr geistreich«, sage ich. »Den Spruch hab ich ja noch nie gehört. Weißt du, ich bin mir nicht sicher, ob ich diese Unterhaltung wirklich vor dem Brotregal im SuperValu führen will.«

»Kauf dein Brot nicht im SuperValu. Geh zu Hartman's Bakery im Stadtzentrum.«

»Reden wir jetzt über Brot?« Es ist so typisch für ihn,

das Thema zu wechseln, sobald es ein bisschen unangenehm wird.

»Nein. Jetzt reden wir über das Video und Marley, und darüber, warum zur Hölle du in Minnesota bist«, antwortet er. »Lass die Leute über das Album sagen, was sie wollen. Wenn es ein Haufen Scheiße ist, ist es ein Haufen Scheiße. Schau nach vorne. Aber was du nicht ignorieren kannst, sind die Gerüchte über den Drogenmissbrauch. Du kannst nicht so tun, als würden die Leute nicht darüber reden, vor allem nicht nach der Nummer, die Marley neulich Nacht abgezogen hat, und nach diesem Video von dir, in dem du total durchdrehst. Du weißt, dass ich dich das fragen muss, Gabe. Wir leben unter einem Dach, aber ich hab dich in den letzten paar Monaten kaum gesehen. Ist irgendwas davon wahr? Nimmst du was?«

Als Kind musste ich dabei zusehen, wie meine Eltern beide gegen ihre Sucht ankämpften. Elise hatte sich eine üble Rückenverletzung zugezogen, als sie für *Kind der Rache* diese Szene im Turm des Teufels gedreht hat, und wurde danach von Schmerzmitteln abhängig. Die meiste Zeit ihres Lebens litt sie außerdem an einer Essstörung, und die Pillen haben alles nur schlimmer gemacht. Chris hat so ungefähr alles mitgenommen – Alkohol, Koks, Heroin, was immer eben in Reichweite war. Nach Grans Tod hat er es endlich geschafft, clean zu bleiben. Deshalb gehört das zu den wenigen Dingen, die ich mit absoluter Sicherheit weiß: Ich fasse dieses

Zeug nicht an, gar nichts. Ich trinke noch nicht mal Alkohol und musste mir deswegen von Marley und ihren Freunden jahrelang alles Mögliche anhören, schon bevor wir zusammen waren.

»Nein«, ist alles, was ich ihm antworte. »Wo bist du?«, frage ich dann, obwohl ich die Antwort bereits kenne. Er ist nicht in Minnesota.

»L. A. Ich versuche, in den nächsten Wochen mal vorbeizukommen. Ich hab im Augenblick ziemlich viel um die Ohren.«

»Ich bin mir sowieso nicht sicher, wie lange ich hierbleibe«, sage ich.

»Hör mal, Gabe«, erwidert er zögernd, »ich muss dir was sagen. Ich hätte es dir lieber persönlich erzählt, aber ich glaube nicht, dass es noch warten kann. Es macht keinen Sinn, es noch bis zu deinem Geburtstag aufzuschieben, vor allem nicht, wenn du gerade dort bist und dich an den Anwalt wenden kannst, falls du irgendwelche Fragen hast.«

Mir rutscht das Herz in die Hose. Ich wechsle das Handy an mein anderes Ohr und umklammere es noch fester. »Hast du Anwalt gesagt?« Ich versuche, meine Stimme ruhig klingen zu lassen. »Warum brauche ich denn einen Anwalt?«

»Warte kurz«, sagt er. »Hey, Wheeler, was machst du denn da? Sei vorsichtig damit. Gabe, ich bin gleich wieder da. Bleib dran.«

Scheiße. Ein Anwalt. Hat er das mit dem Geld rausgefunden? Vielleicht hätte ich diese Nachricht von Rocky doch lesen sollen. Ich nehme das Handy vom Ohr und scrolle, bis ich die Nachricht finde.

Rocky: Hi, Rocky hier. Ich hab gehört, was passiert ist, und wollte nur sichergehen, dass du noch alles im Griff hast.

Wir kennen alle einen Typen wie Rocky, der jede Nachricht damit beginnt, einem zu sagen, wer er ist, nur für den Fall, dass er nicht in den Kontakten gespeichert ist. Ich tippe eine schnelle Antwort, nur ein Wort: Ja.

Das Geld zu kriegen war einfacher, als ich gedacht hatte. Chris' Buchhalter, Rocky – jetzt auch mein Buchhalter –, arbeitet schon ungefähr seit dem ersten Album von Dig Me Under für Chris. Rocky ist cool, auch wenn er sich nie über den Langes-strähniges-Haar-mit-Flanellhemd-und-Chucks-Look hinausentwickelt hat. Er ist Chris – und damit auch mir – gegenüber absolut loyal. Aber der Typ lebt fürs Wochenende, den Moment, in dem er das Büro endlich hinter sich lassen, mit seinen Kumpels jammen und in Erinnerungen über die guten alten Zeiten in Seattle schwelgen kann, als er als Komparse in *Singles* dabei war. Wenn man also irgendwas von ihm will, sollte man ihn freitags kurz vor drei Uhr nachmittags erwischen.

»Dir ist schon klar, dass das nicht unbedingt legal ist,

oder?«, fragte er mich an dem Tag, als ich ihn in seinem Büro in Downtown L. A. überraschte. »Bestenfalls ist es, na ja, unethisch.«

»Rock«, sagte ich mit so viel Ernsthaftigkeit, wie ich in eine einzige Silbe packen konnte. »Du weißt, dass ich dich nicht darum bitten würde, wenn es nicht unbedingt sein müsste.«

Er seufzte, lang und schwer und verärgert. »Ich kenne deine finanzielle Situation, Gabe. Offensichtlich. Sie ist zwar nicht rosig, aber du befindest dich definitiv nicht in einer Notlage. *Noch* nicht. Steckst du in irgendwelchen Schwierigkeiten?«

Ich zögerte, nicht sicher, wie viel ich ihm erzählen sollte. »Nicht ich.«

Er nickte. »Aha. Mehr musst du mir nicht sagen. Mann, ich kenne dich seit dem Tag, als du total mürrisch das Licht der Welt erblickt und alle im Raum angebrüllt hast. Ich mache es, dieses eine Mal, für dich. *Ein*mal. Und nie wieder.«

»Ich schwöre, ich zahle das Geld wieder zurück. Spätestens in ein paar Tagen.«

Rocky schüttelte den Kopf, als könnte er selbst nicht glauben, was er da tat. »Und ob du das Geld wieder zurückzahlst. Chris schaut sich die Bücher ein paarmal im Jahr sehr genau an. Jahresultimo ist Ende Dezember. Die Uhr tickt, also mach keinen Mist. Die Sache könnte mich meinen Job kosten, oder noch Schlimmeres.«

»Ich weiß«, erwiderte ich.

»Versau es bloß nicht«, sagte Rocky und zeigte beinahe drohend mit dem Finger auf mich, bevor er schwer seufzte und sich wieder zu seinem Computer umdrehte. »Ich verlass mich auf dich, Gabe.«

Das ist gerade mal acht Tage her.

»Bist du noch da?«, schnauft Chris ins Telefon. »Verdammt, ich werde alt. Ich sollte keine Ausrüstung mehr schleppen müssen.«

»Ja, ich bin noch hier.«

»Gabe.« Er spricht meinen Namen aus, als wäre er ein ganzer Satz. »Ich komm direkt zur Sache, weil ich mich noch um was anderes kümmern muss. Also: Nach Dads Tod hat Mom das Testament geändert. Sie hatte es sich in den Kopf gesetzt, dass wir beide die Farm bekommen sollten, du und ich. Sie hat sie neunundvierzig zu einundfünfzig aufgeteilt und dich als Mehrheitseigner von Stone & Wool bestimmt. Sobald du achtzehn wirst, erbst du einundfünfzig Prozent der Farm.«

Heilige *Scheiße*.

Wenn ich achtzehn werde. In vier Wochen.

Ich stehe da, mit offenem Mund, eine Hand um das Smartphone geklammert, die andere fest um den Einkaufswagen gekrallt. »Du machst Witze«, würge ich hervor. Der vertraute Ziegel der Angst wächst auf das Zehnfache seiner üblichen Größe an. Er kann das nicht ernst meinen. Jetzt, neben allem anderen, soll ich auch noch für eine Farm verantwortlich sein, für einen Teil meiner Familiengeschichte? Einer Familie, die ich, wenn wir mal ehrlich sind, kaum kenne? Irgendwo in Nirgendwo, Minnesota? »Warum hat sie das gemacht? Was zur Hölle soll ich denn mit einer *Farm*?«

»Na, wie es aussieht, hast du ja jetzt jede Menge Zeit, um darüber nachzudenken.«

Der Ziegel presst sich gegen meine Brust. Meine Hände zittern. Ich ziehe am Ausschnitt meines T-Shirts, es ist zu heiß, zu erstickend. Diese Enge.

Panik. Das Video war schon schlimm genug. Das hier kann nicht in einem Supermarkt passieren. Ich muss hier raus.

»Ich muss los«, sage ich, meine Stimme heiser, meine Atmung viel zu schnell. Ich nehme das Handy vom Ohr und drücke auf *Beenden*.

Beruhig dich, verdammt noch mal, ermahne ich mich selbst. *Ganz ruhig.* Ich atme ein paarmal tief durch und überlege, was ich als Nächstes tun soll. Ich werde diesen beschissenen Einkaufswagen zur Kasse vorne im Laden schieben, die Sachen aufs Band legen, hoffen, dass meine verfluchte Karte nicht abgewiesen wird, Ted finden und zurück auf die Farm fahren, die ich nicht will. Oder verdient habe.

Kapitel 6

JUNIPER

Mom und ich holen Amelia auf dem Weg zu Ted ab. Sie hat ihr langes dunkles Haar geglättet und ungefähr zwölf Lagen Wimperntusche aufgetragen. Sie setzt sich auf den Rücksitz und fächelt sich selbst Luft zu. Ihre Nägel glänzen in einem glitzernden Kupferton.

»Seh ich okay aus?«, fragt sie, ihre Stimme dünn und zittrig.

»Wunderschön«, versichert Mom ihr. Da Amelia im Laufe der Jahre unendlich viel Zeit bei uns zu Hause verbracht hat und sich in Gegenwart meiner Mutter genauso wohlfühlt wie mit ihrer eigenen Mom, ist die Tatsache, dass sie unsterblich in Ted verknallt ist, kein Geheimnis. »Wirklich wunderschön.«

Amelia *ist* wirklich wunderschön, auch ohne die übermäßige Wimperntusche. Ihre braune Haut leuchtet förmlich, vor allem nach den Sommermonaten, und sie hat ein offenes, freundliches Lächeln. Sie ist das, was ich gerne als extrem extrovertiert bezeichne. Ihr Dad ist Hmong, Filmemacher und vor allem für eine Dokumentation über die Geschichte der Hmong in Minnesota bekannt. Ihre Mom ist weiß und war die Krankenschwester, die sich um ihn gekümmert hat, nachdem er in einer finstereren Gegend von Duluth überfallen, zusammengeschlagen und seiner kompletten Ausrüstung beraubt wurde. Amelia hat ihre Filmbesessenheit von ihrem Dad geerbt, genau wie ihr Bedürfnis, stets unter Leuten zu sein und sich deren Geschichten anzuhören. Sie scheint mit jedem Menschen, den sie kennenlernt, eine Gemeinsamkeit zu finden, und fühlt sich nie unwohl, wenn sie neue Leute kennenlernt oder an einem neuen Ort ist. Außerdem hat sie ihre, ich zitiere, »unerwiderte Liebe« zu Ted nie davon abgehalten, mit anderen Jungs auszugehen.

Ich wiederum hatte bisher nur einen Freund, falls man ihn überhaupt als solchen bezeichnen kann. Tyler und ich haben im Sommer vor der elften Klasse zusammen im Naturschutzgebiet gearbeitet. Auf dem Papier war er perfekt: Er hat sich sehr bei Wilderness Trek Youth engagiert, liebte Camping und Wandern und Erkundungstouren durch den Park. Er hat bei der Arbeit mit mir geflirtet, wir haben im Pausenraum im Naturzentrum Händchen gehalten, er hat mich in heimlichen Momenten bei Wanderungen sanft geküsst und wir haben uns bis spät in die Nacht Nachrichten geschickt.

In jenem Sommer waren wir *ein*mal zusammen im Kino und er hat darauf bestanden, dass wir dafür den ganzen Weg bis nach Duluth fahren.

»Ich will keinen der Filme sehen, die in Fred Lake laufen«, sagte er.

Amelia fand es seltsam, dass Tyler und ich uns außerhalb der Arbeit kaum trafen. Ich dachte mir nicht viel dabei, denn was wusste ich schließlich schon über Dates und Jungs? Am ersten Schultag musste ich dann erkennen, dass unsere Beziehung nicht wirklich das war, wofür ich sie gehalten hatte, als ich Hallo zu ihm sagte und er mich noch nicht mal richtig anschaute.

»Oh, hey«, sagte er. Mir schnürte sich bei seinem beiläufigen, distanzierten Tonfall der Magen zusammen. »Wir sehen uns dann später bei der Arbeit, June.«

Er war der Einzige, der je meinen Namen abgekürzt hat. Es gefiel mir nicht, aber weil er Tyler war und ich unbedingt wollte, dass das mit uns funktioniert, hab ich nie was gesagt.

»Irgendwas stimmt nicht«, fand Amelia.

Später, am selben Tag beim Mittagessen, kam Tyler in die Kantine, Hand in Hand mit der Klassensprecherin und Kapitänin des Schwimmteams, Lily Reynolds, und brach mein armes, naives Herz wie ein zerbröselndes Herbstblatt unter einem Wanderstiefel.

In der Schule ging Tyler mir aus dem Weg, aber im Park konnte er das nicht. Bei unserer ersten gemeinsamen Schicht wartete ich, bis die Kindergruppe mit ihrer Schnitzeljagd beschäftigt war, bevor ich ihn zitternd zur Rede stellte.

»Du hattest die ganze Zeit eine Freundin, stimmt's?« Ich machte mir nicht die Mühe, um den heißen Brei herumzureden. »Darum sind wir nie ausgegangen. Darum sind wir eine Stunde gefahren, um ins Kino zu gehen. Damit uns niemand sieht. Hab ich recht?«

Er zuckte mit den Schultern. »Tut mir leid, June. Ich dachte, du wüsstest das. Ich meine, Lily und ich sind schon seit der neunten Klasse zusammen. Das wissen alle.«

»Das ist schrecklich!«, brüllte ich ihn praktisch an. »Natürlich wusste ich das *nicht,* sonst wäre das alles überhaupt nicht passiert! Ich mochte dich wirklich, Tyler!«

»Beruhig dich wieder«, sagte er. »Es ist schließlich nicht so, als hätten ich und du irgendwas gemacht.«

Ich warf die Hände in die Luft. »*Du* und *ich*.«

»Das hab ich doch gesagt.«

»Du bist so ein Arsch«, fauchte ich.

»Und du bist prüde«, schoss er zurück.

»Und nenn mich nicht June. Nenn mich *überhaupt nichts* mehr!« Ich stampfte mit meinem schweren Wanderstiefel auf seinen Fuß, drehte mich blitzschnell um und ging wieder zu den Kindern zurück, die inzwischen an den tief hängenden Ästen eines nahen Baumes schaukelten.

»Bleibt auf den Wegen!«, schnauzte ich sie an.

Tyler und ich arbeiteten in jenem Herbst fast jedes

Wochenende zusammen und sprachen nur miteinander, wenn es gar nicht anders ging, und jede einzelne Minute war die reinste Folter. Ich war erleichtert, als er schließlich kündigte, um bei dem Outdoorladen in Fred Lake anzufangen. Danach schwor ich Jungs komplett ab, vor allem Kollegen.

»Ich weiß wirklich nicht, warum ich deswegen so nervös bin«, sagt Amelia jetzt und lacht leise. »Ich meine, es ist *Teddy*. Ich war schon tausendmal bei ihm zu Hause. Und es ist ein *Familienessen* am Sonntagabend, kein *Date* oder so.«

Wenn wir drei gemeinsam abhängen, was während der Footballsaison nicht so oft vorkommt, dann normalerweise bei Ted. Am Tisch der Thomas' ist immer Platz für die Freundinnen und Freunde ihrer Kinder.

Und anscheinend ist dort heute Abend auch Platz für den Anwalt der Hudson Family Farm, der bereits mit einem Bier an dem langen Esstisch sitzt, als wir eintreffen. Allan hat sein langes, schütter werdendes weißes Haar zu einem Pferdeschwanz zusammengefasst und sein gerötetes Gesicht ist voller schlaffer, faltiger Haut, wie bei einem Shar-Pei. Er trägt einen seiner typischen Minnesota-Twins-Hoodies, diesmal in verblasstem Marineblau mit dem TC-Logo.

»Mädels«, begrüßt er uns mit einem Nicken. »Laurel. Ihr seht an diesem wundervollen Abend alle ganz wundervoll aus.«

»Danke, Allan«, sagt Mom. »Schön, dich zu sehen. Ich wusste gar nicht, dass du auch kommst.«

»Ah, na ja«, erwidert er träge und trinkt einen Schluck von seinem Bier. »Chris hat mich angerufen und mich gebeten, vorbeizuschauen, falls Gabe irgendwelche Fragen hat.«

Er ist wegen Gabe hier? Ich schaue zu Mom, als sie seufzt und sich mit einer Hand die Stirn massiert.

»Verstehe«, sagt sie. »Dann weiß er es also? Seit wann?«

»Chris hat's ihm heute Nachmittag gesagt«, antwortet Allan. »Aber wenn ich ehrlich sein soll, hätte er lieber einen passenderen Zeitpunkt abwarten und es vorzugsweise in meinem Büro tun sollen.« Er zieht an den Kordeln seines Hoodies, bis beide Seiten gleich lang sind.

»Was ist denn los?«, frage ich.

Allan schaut von mir zu Amelia und wieder zu Mom. »Mir war nicht klar, dass Jane heute Abend so viele Leute eingeladen hat. Wir sollten die Diskussionen wahrscheinlich auf später verschieben.«

Janie kommt mit einer großen Platte mit Roastbeef, Karotten und roten Kartoffeln ins Esszimmer. Sie stellt die Platte in der Tischmitte ab. »Gute Idee. Ich wollte gerade alle reinrufen.«

Sie dreht sich zu mir um und begutachtet lächelnd mein Outfit: zwei geflochtene Haarknoten auf dem Kopf, eine weiße Bluse mit Puffärmeln und Kirschenmuster, eine schwarze um die Taille zusammengebundene Strickjacke, hochgekrempelte Jeans und Moms knallpinke Schlangenlederslipper aus ihrer Highschoolzeit.

»Hi, Mädels«, begrüßt sie uns. »Amelia, es freut mich sehr, dass du Zeit hattest. Juniper, du siehst einfach entzückend aus! Ich kann mich noch gut an diese Schuhe erinnern. Ich hatte genau das gleiche Modell, allerdings in Dunkelblau. Deine Mom war eben schon immer viel cooler. Habt ihr Teddy und Gabe gesehen? Sie waren draußen auf der Veranda und haben Football geguckt.«

»Noch nicht«, antwortet Amelia und schaut mich mit hochgezogenen Augenbrauen an.

»Was ist hier los?«, frage ich noch mal und kriege das Zittern einfach nicht aus meiner Stimme. »Was ist passiert?«

»Es ist alles in Ordnung«, sagt Mom. »Allan? Ich bin mir nicht sicher, was ich sagen darf und was nicht.«

»Im Moment darfst du noch gar nichts sagen«, stellt er klar.

»Aber *ich* darf es«, sagt Gabe, als er von der Veranda reinkommt. »Es werden sowieso bald alle erfahren.«

Einen Moment lang herrscht unbehagliche Stille, während wir alle Gabe anstarren.

Schließlich sagt Allan: »Vielleicht wartest du lieber noch ein paar Tage damit. Chris hatte gehofft, ich würde vorher noch Gelegenheit finden, unter vier Augen mit dir darüber zu sprechen.«

»Tja, Chris ist aber nicht hier, richtig?«, entgegnet Gabe, verzieht den Mund und legt die Stirn in tiefe Falten. Er wirft mir einen flüchtigen Blick zu und lässt ihn dann durch den Raum schweifen. »Gran hat mir die Farm hinterlassen.«

Allan seufzt. »Das ist die Kurzversion. Natürlich ist es in Wahrheit ein wenig komplizierter.«

Mir klappt die Kinnlade herunter und eine Woge der Übelkeit rauscht durch meinen Körper. Leona hat *Gabe* die Farm hinterlassen? Nicht Chris oder Janie? Nicht irgendjemandem, der wenigstens ein bisschen was darüber weiß, wie man eine Farm führt? Mein Gehirn schaltet auf Worst-Case-Szenario: Die Tatsache, dass Gabe nicht die geringste Ahnung von Landwirtschaft oder geschäftlichen Dingen hat, treibt uns in den Ruin. Oder er verkauft das Land an irgendeinen dubiosen Bauunternehmer, der billige Wohnungen mit astronomisch hohen Mieten darauf baut. So oder so, das war's für mich und Mom, die Farm, all die Schafe und mein Gewächshaus.

Ich klappe den Mund wieder zu. Ich schaue zu Mom, die eine besorgte Miene aufgesetzt hat, die Falten zwischen ihren Augen besonders tief. Sie lächelt, aber es ist nur ein halbes Lächeln und nicht besonders überzeugend.

Leona hat Gabe die Farm hinterlassen. »Aber … aber …«, stammle ich und Mom schüttelt kaum merklich den Kopf.

Ted platzt zur Tür rein. »Lasst uns was essen!«, ruft er. »Ich bin am Verhungern!«

Gabes Ankündigung wird vom Durcheinander über den Boden schabender Stühle, scheppernder Teller und dem Streit zwischen Frankie und Izzy, wer mit dem Tischgebet dran ist, verschluckt. Wir quetschen uns alle um den Tisch: Teds Familie, Mom, Amelia, Allan, Teds Großonkel Bud und ich. Gabe sitzt mir gegenüber, eingekeilt zwischen Ted und Allan, schaut mich jedoch kein einziges Mal an.

Irgendwann während des wahrscheinlich unbehaglichsten Essens meines ganzen Lebens lehnt sich Amelia zu mir und flüstert: »Das erinnert mich an diesen Film, *Am grünen Rand der Welt*. Du weißt schon, als …«

»Nein«, schneide ich ihr das Wort ab, laut genug, dass Gabe schließlich doch zu mir hochschaut. »Mein Leben ist kein Film«, füge ich leiser hinzu. »Vor allem nicht der. Die Szene mit dem Schaf …«

»Ich spreche doch gar nicht von dem Schaf«, erwidert sie.

»Und wir sind hier auch nicht im viktorianischen England. Das hier ist mein *Leben*«, zische ich.

»Du nimmst immer alles so wörtlich.« Sie schaut mich schief an.

Ich kann im Moment weder an *Am Rand der grünen Welt* denken noch irgendeiner der Unterhaltungen ringsum folgen. Ich lasse den Blick über den Tisch schweifen, von Mom zu Ted, seinen Eltern, seinem kleinen Bruder und seiner Schwester, zu Amelia. Meine Leute.

Gabe bringt das Gleichgewicht durcheinander.

Kapitel 7

GABE

Eins muss man der Familie Hudson lassen: Sie stehen in Krisenzeiten zusammen. Selbst Großonkel Bud, Grans ältester Bruder und der Letzte der Geschwister, der noch lebt, hat sich im Restaurant freigenommen, um zum Abendessen vorbeizukommen.

»Schön, dass du mal wieder hier bist, Junge«, sagt Bud. »Wie lange bleibst du? Wenn du dir ein bisschen was dazuverdienen willst, sag Bescheid. Ich kann immer einen Tellerwäscher gebrauchen.«

Ted gibt ein Schnauben von sich. »Ich würde gutes Geld dafür bezahlen, das zu sehen.«

Ich glaube nicht, dass ein Teilzeitjob im Bud's meine Probleme lösen würde.

Bud muss stramm auf die Neunzig zugehen, zieht aber immer noch jeden Morgen seine Bahnen im Schwimmbad und hat keinen einzigen Tag bei der Arbeit gefehlt, seit er Anfang der Fünfziger aus dem Koreakrieg zurückgekehrt ist und Uncle Bud's World Famous eröffnet hat, ein Diner in Fred Lake. Der Laden ist für seine Milchshakes, Pommes und den großen Favoriten auf der Karte bekannt: Uncle Buds weltberühmte Blaubeerpfannkuchen, rund um die Uhr serviert. Janies Braten und alles ist köstlich und zum Nachtisch gibt's garantiert noch Pie, aber, Mann, ich könnte jetzt definitiv einen Rocky Road Eisbecher aus dem Bud's verdrücken.

In ihrem seltsamen Fünfzigerjahre-Outfit mit den Kirschen auf der Bluse sieht Juniper aus wie eine wandelnde Werbekampagne für das Uncle Bud's, so als würde sie gleich in ein Paar Rollschuhe schlüpfen, um Zwiebelringe und ein Root Beer Float zu servieren. Sie *riecht* sogar nach Kirschen. Ich lehne mich vor und greife nach einem weiteren Brötchen, um die Tatsache zu verschleiern, dass ich versuche, ihren Duft über den Tisch hinweg einzuatmen. Nicht nur Kirschen. Auch Vanille und Mandeln.

»Arbeitest du zurzeit an irgendeiner neuen umwerfenden Ölmischung, Juniper?«, fragt Janie, und Juniper blickt von ihrem Teller auf. »Ich hab meine letzte Zitronen-Lavendel-Probe heute Morgen in der Kirche Sheryl gegeben.«

Juniper nickt. »Ich hab noch mehr davon, wenn du noch welche brauchst. Und ich arbeite an einer Eukalyptusmischung für die Grippesaison.«

»Hast du mal darüber nachgedacht, das Zeug zu verkaufen?«, will Frank wissen. »Ich kenne noch nicht mal die Hälfte von dem, was du diesen Sommer angepflanzt hast.«

»Das hab ich vor«, antwortet sie. »Ich hab hundert Roll-on-Fläschchen bestellt. Ich muss noch den letzten Feinschliff vornehmen, aber im Frühjahr sollte ich fünf oder sechs Mischungen fertig haben.«

»Willst du sie auf dem Farmersmarkt verkaufen?«, fragt Frank und schiebt sich eine Gabel mit Janies Roastbeef in den Mund.

»Ja, und vielleicht in einem Naturkosmetikladen in Fred Lake.«

»Bei Guinevere?«, fragt Janie.

Juniper nickt wieder.

»Was ist mit deinen Tees?«, erkundigt sich Janie dann. »Was war noch mal der letzte, den du Ted mitgegeben hast? Irgendwas mit Fall?«

»Oh, hat sie dir Fall Fireside geschickt?«, wirft Laurel ein. »Das ist bisher vielleicht meine Lieblingssorte.«

»Wir könnten wahrscheinlich auch ein paar von deinen Sachen über die Theke im Restaurant verkaufen«, bietet Onkel Bud an.

»Das wäre toll, Bud.« Juniper schaut wieder von ihrem Teller hoch, der abgesehen von der einen roten Kartoffel, die sie schon die ganze Zeit mit ihrer Gabel hin und her schiebt, völlig unberührt aussieht. Als sie Bud anlächelt, tauchen zwei tiefe Grübchen in ihren Wangen auf und ihre Augen glänzen im Licht des über dem Tisch hängenden Kronleuchters. »Vielen Dank.«

»Du bist langsam eine richtige Berühmtheit hier«, sagt Janie und dreht sich dann zu Allan um. »Warst du irgendwann mal mit dem Boot draußen, als das Wetter jetzt die ganze Zeit so schön war?«

Ich blicke mich am Tisch um. Es ist schon lange her, dass ich bei einem Familienessen war – bei irgendeiner Familie, von meiner eigenen ganz zu schweigen. Das hier erinnert mich an die vielen Wochen, die wir vor Grans Tod in der Hütte verbracht haben, auch wenn diese Erinnerungen im Laufe der Zeit immer verschwommener und weiter entfernt wirken. Frankie und Izzy streiten sich auf der anderen Seite des Tisches über weiß der Geier was. Onkel Bud sagt, dass er darüber nachdenkt, jemanden anzuheuern, der sich für ein paar Monate um seinen Diner kümmert, damit er den Winter über mit seiner Freundin nach Arizona ziehen kann. Frank Sr. schimpft mit Frank Jr., weil er das Wasser für die Hühner nicht frisch aufgefüllt hat. Junipers Freundin Amelia erzählt Ted von dem Hitchcock-Marathon, den sie sich auf irgendeiner neuen Streaming-Plattform anschaut. Ich tue mein Bestes, den Anwalt zu ignorieren, obwohl er mich nach der Schule in L. A. und nach meinen Plänen für die Zukunft fragt. Die Zukunft. Ich weiß ja noch nicht mal genau, wie meine Pläne für morgen aussehen.

Schließlich schiebt Allan seinen Stuhl zurück und legt seine Serviette neben dem leeren Teller ab. »Köstlich wie immer, Janie«, sagt er. »Gabe, warum kommst du nicht gleich morgen früh bei mir im Büro vorbei, damit wir alles besprechen können?«

Ich schaue ihn an, überrascht, dass er ohne Chris mit mir reden will. »Ich bin nicht unbedingt sonderlich bewandert in Nachlassdingen«, sage ich. »Vielleicht sollten wir lieber auf Chris warten?«

»Nicht nötig. Er ist auf dem neuesten Stand.«

»Aber was, wenn ich Fragen habe, die du nicht beantworten kannst?«

Allan gluckst. »Glaub mir, ich habe im Laufe der Jahre schon alles gehört. Ich bezweifle, dass du mich auf dem falschen Fuß erwischen könntest.«

Ich blicke mich am Tisch um, zu Laurel und Juniper, die beide versuchen, so zu tun, als würden sie unserer Unterhaltung keine Beachtung schenken. Gott, in meinem Kopf dreht sich alles. Alles, was ich wollte, war, für ein paar Tage alles hinter mir zu lassen.

»Ehrlich«, sage ich zu Allan, »ich würde wirklich lieber warten, bis Chris hier ist.«

»Warum begleite ich dich nicht, Gabe?«, schlägt Frank vor. »Wir können uns mit Allan treffen und anschließend zusammen frühstücken gehen oder so.«

Ich nicke ihm dankbar zu. »Ja, klingt gut.«

Allan erhebt sich. »Ausgezeichnet! Ich bitte Chickie, in meinem Terminkalender Platz zu schaffen, damit wir die Sache erledigen können.«

»Das ist nicht fair!«, ruft Izzy vom anderen Ende des Tisches. »Ich will auch die Schule schwänzen und Waffeln essen.«

»Das Leben ist nicht fair, gewöhn dich schon mal dran«, sagt Ted. Ein paar Minuten später schiebt auch er seinen Stuhl vom Tisch und steht auf. »Mama, ich weiß, dass ich mit Geschirrspülen dran bin, aber Frankie schuldet mir noch was. Gabey, hast du Lust auf 'ne Spritztour? Juniper? Amelia?«

Juniper sieht Ted an, ihre Augen weit aufgerissen, und blickt dann zu Amelia, die plötzlich ganz rosa Wangen hat.

»Mist«, stößt Amelia aus. »Ich kann nicht. Ich schreibe morgen eine Englischklausur über *Schöne neue Welt*.«

»Ja, tut mir leid«, stimmt Juniper ihr zu. »Ich bin … Ich muss an meinem College-Aufsatz arbeiten.«

»Musst du?«, fragt Laurel. »Ich dachte, du wärst fertig damit.«

»War ich auch«, erwidert sie. »Aber ich hab ihn neulich einer anderen Lehrerin gezeigt und will noch ein paar Sachen ändern.«

»Welcher Lehrerin?«, will Laurel wissen und es klingt beinahe, als ob sie ihr nicht glaubt.

»Marxen«, antwortet Juniper und zieht die Augenbrauen hoch.

»Schade«, findet Ted. Er dreht sich zu mir um. »Also,

worauf wartest du noch? Was willst du sonst heute Abend anstellen?« Da hat er nicht ganz unrecht.

»Wo geht ihr denn hin?«, fragt Janie.

»Nur ein bisschen rumfahren«, antwortet Ted. »Wahrscheinlich nach Fred Lake.«

»Wir haben dieses Wochenende ein Sonderangebot für Root Beer Floats«, verkündet Bud.

»Passt auf Wildwechsel auf.« Das kommt, natürlich, von Frank.

»Na«, sagt Ted, als wir von der Farm rollen, »damit hast du dein erstes Familienessen überlebt! Herzlichen Glückwunsch!«

»Hätte schlimmer sein können.«

»Was könnte bitte noch unbehaglicher sein, als am Sonntag mit einem Anwalt zu Abend zu essen?«

Ted fährt in die Stadt, vorbei an der Highschool, der Drogerie, dem SuperValu und dann wieder raus aus dem Ort und auf dem Highway gut dreißig Kilometer Richtung Osten nach Frederick Lake. Unterwegs halte ich die Augen die ganze Zeit nach Rehen offen. Fred Lake scheint einen richtigen Boom zu erleben: Mehrere Fast-Food-Restaurants sind im Bau, ein leuchtend grünes Transparent feiert die Neueröffnung eines Coop-Supermarkts und auf mehreren Feldern verkünden riesige Anschlagtafeln BAUFLÄCHE ZU VERKAUFEN, die Worte dick gelb und schwarz unterstrichen.

Wir fahren auf den Parkplatz des Uncle Bud's und Ted muss eine Weile suchen, bis er eine Lücke findet. Er holt sein Handy heraus und wählt. »Willst du irgendwas?«, fragt er mich.

»Überrasch mich«, sage ich.

»Violet, hey, ich bin's, Ted. Oh, du warst beim Spiel? Ja? Danke. Also, ich steh grade auf dem Parkplatz und – ja, ich nehm das Übliche, aber mach diesmal zwei draus. Du rätst nie, wer hier neben mir sitzt ... Gabe Hudson, höchstpersönlich.« Er schweigt, während Violet irgendetwas sagt. »Ehrlich? Das würdest du tun? Perfekt. Ich stehe hinten vor dem Lieferanteneingang.«

Er beendet das Gespräch. »Heute Abend geht alles aufs Haus *und* Violet schickt jemanden mit der Bestellung raus.«

»Wer ist Violet?«, frage ich.

»Buds Urgroßenkelin und damit unsere Cousine. Du hast sie schon mal getroffen. Sie hat bei Grans Beerdigung gesungen.«

»Ah«, sage ich, als würde ich mich daran erinnern.

Ein paar Minuten später bringt ein Typ mit verkehrt herum aufgesetzter Baseballkappe und einem leuchtend grünen T-Shirt mit über der Brusttasche aufgesticktem *Uncle Bud's World Famous* eine riesige weiße Papiertragetasche und zwei Getränke in einem Tragehalter heraus. Er reicht Ted alles durch das offene Fenster.

»Hey, Ted«, sagt der Junge mit brechender Stimme.

»Violet meinte, ich soll dir sagen: ›Mach bloß keinen Ärger.‹«

»Sag ihr vielen Dank.« Ted reicht mir die Tüte, aber als ich sie öffnen will, ruft er: »Hey, hey, hey. Immer schön ruhig mit den wilden Pferden, Cowboy. Du kannst das nicht hier essen. Das verlangt einen Ausflug in den Park.«

Wir fahren am Kino und an einem Secondhand-Buchladen vorbei, bevor Ted in den Riverview Park abbiegt, das Zuhause von Big Louie, einem sieben Meter hohen Trapper aus Holz. Die Sonne ist bereits untergegangen und der Park fast leer. Ich folge Ted über das Gras zu einem der Picknicktische neben der Statue, mit Blick auf den Lone Wolf River, der sich von hier nach Westen schlängelt, durch Harper's Mill und das Hudson-Grundstück.

»Jetzt darfst du die Tüte aufmachen«, erklärt Ted mir feierlich.

Ich tue es und entnehme ihr mit dramatischer Geste zwei mit Folie bedeckte Papierschälchen mit Bud's Spuds: knusprig frittierte Kartoffelpuffer unter einem Berg aus Käse, Speck, Sour Cream und grünen Zwiebeln.

»Oh, verdammt, die hatte ich seit Jahren nicht mehr«, sage ich. »Wie kannst du schon wieder Hunger haben?«

»Ich hab immer Hunger.« Er nimmt mir die Tüte ab und wühlt darin herum, bevor er Servietten und zwei Plastik-Göffel rausholt. Er reicht mir die Hälfte des Essens, hebt dann sein Getränk und stößt mit meinem an. »Cheers. Willkommen in Minnesota.«

»Cheers.« Ich nehme den Deckel von meinem Becher und schnuppere, bevor ich trinke. Root Beer. Ich mache den Deckel wieder drauf und trinke einen ausführlichen Schluck. »Das ist gut.«

»Ich wette, in L. A. findest du nirgends so leckere Spuds und Root Beer wie hier«, sagt Ted und lacht. »Falls du einen Grund brauchst, um hierzubleiben: Das könnte er sein.«

»Sehr lustig.« Ich steche in einen der Puffer, vergewissere mich, dass die Beilagen für ein perfektes Geschmackserlebnis gleichmäßig verteilt sind, und schiebe mir den Happen dann in den Mund. Ted hat nicht ganz unrecht, was die Spuds angeht.

»Also, was hältst du von der ganzen Sache?«, fragt er vorsichtig.

»Wie lange weißt du es schon?«, frage ich zurück.

»Das mit Grans Testament? Ungefähr so lange wie du, schätze ich.«

»Du wirktest vorhin nicht überrascht, als ich es dir erzählt habe.«

Er zuckt mit den Schultern. »Ich bin nicht überrascht. Und ich bin auch nicht sauer, falls du das denkst. Ich schätze, ich hatte einfach immer angenommen, dass sie alles Chris hinterlassen hat, weißt du? Ich hab sowieso nie geglaubt, dass ich was erben würde.«

»Aber, ich weiß auch nicht, würdest du das denn gerne?«

Er schiebt sich die nächste Gabel voll in den Mund und schüttelt den Kopf. »Nee«, sagt er beim Kauen. »Die Arbeit ist schon okay, aber ich bin nicht für ein Leben als Farmer geschaffen.«

»Noch nicht mal für die Milchwirtschaft? Wenn dein Dad sich zur Ruhe setzt?«

»Nee. Ich will im College Football spielen und anschließend unterrichten. Eines Tages als Coach arbeiten. Ich bin kein Milchfarmer. Das ist eher Frankies Ding.«

Ein paar Minuten essen wir schweigend weiter, dann fragt Ted: »Was, wenn du für eine Weile bleiben würdest?«

Ich schaue überrascht zu ihm hoch. »Bleiben? Hier?«

»Ja, auf der Farm. Was hält dich denn im Moment in L. A.? Ich meine, das soll jetzt keine Beleidigung sein, aber deine Karriere ist im Arsch – nur vorübergehend, natürlich –, deine Freundin hat dich sitzen lassen *und* dir so richtig eins reingewürgt. Scheint mir, als könntest du 'ne Pause gebrauchen.«

»Wow, wenn du es so ausdrückst …«

Er ignoriert mich. »Die Farm gehört im Prinzip dir. Warum bleibst du nicht hier und bist ausnahmsweise mal für eine Weile ein ganz normaler Highschoolschüler anstatt, ich weiß auch nicht, ein weltberühmter, preisgekrönter Rockstar?«

Ha. Ein ganz normaler Highschoolschüler, der demnächst eine Farm erbt. Der war gut. »Du meinst das ernst, oder?«

»Ja, verdammt, das meine ich ernst. Du würdest eine Zeit lang nicht mehr im Rampenlicht stehen und könntest obendrein mit mir abhängen. Was kann sich ein Kerl denn mehr wünschen?«

Mal sehen. Ich würde mit einem Koffer voller Geld anfangen und/oder mit einer Zeitmaschine, um in die Vergangenheit zu dem Moment zurückzureisen, in dem ich Marley gesagt habe, dass ich ihr das Geld beschaffen würde, und ihr stattdessen sagen, dass sie aus der Nummer selbst wieder rauskommen soll. Als zusätzlichen Bonus hätte sie mich dann vielleicht schon vorher abserviert. Und wenn ich schon mal dabei bin, würde ich direkt noch ein Stück weiter zurückreisen und das Album nicht versauen. Fall erledigt.

»Was hast du schon zu verlieren?«, fragt Ted, als ich nicht sofort antworte. Er greift nach seinem Getränk und saugt durch den Strohhalm, und das laute Gurgeln des leeren Bechers erfüllt die kühle Nachtluft ringsum.

»Ja«, murmle ich. Ich habe nichts mehr zu verlieren. »Hey, Ted, was glaubst du, wie viel Stone & Wool wert ist?«

Er verschluckt sich ein wenig und stellt den Becher weg. »Warum? Du würdest die Farm doch nicht *verkau-*

fen, oder? Weil das nämlich echt richtig scheiße von dir wäre, das weißt du, oder?«

»Ja, ja«, erwidere ich. »Ich denke nur an meine Kapitalanlagen, du verstehst? Damit ich eine Vorstellung davon habe, was sie wert ist, für mein, äh, Portfolio?«

»Deine Kapitalanlagen, ja?« Ted bedenkt mich mit einem skeptischen Blick. »Ich weiß nicht viel über Kapitalanlagen, aber ich weiß so einiges über kapitale Arschlöcher. Und nur ein kapitales Arschloch würde die Farm seiner Familie verkaufen, Gabe.«

»Ich weiß, ich weiß«, versichere ich und hebe beschwichtigend die Hände. »Vergiss einfach, dass ich gefragt habe!«

Bevor er es gesagt hat, wäre ich noch nicht mal auf den Gedanken gekommen, zu verkaufen. Aber er hat recht. Nur ein Arschloch würde das wirklich tun. Dieselbe Art von Arschloch, die jemanden darum bitten würde, Geld vom Konto seines Vaters auf sein eigenes zu überweisen, um es seiner drogenabhängigen Freundin zu geben.

Ex-Freundin. Die mir die Kohle wahrscheinlich nicht zurückzahlen wird, selbst wenn sie vor Ende des Jahres aus der Entzugsklinik kommt.

Ich seufze und schaue an Ted vorbei auf den Fluss. Chris hat mich auch mal hierher mitgenommen, im Sommer, nachdem er und Elise sich zum ersten Mal getrennt hatten, nach seinem ersten Aufenthalt in Hazelden, dem, der nichts gebracht hat. Wir saßen auf einer Bank nicht weit weg von hier und haben zugesehen, wie der Fluss an uns vorbeirauschte, derselbe Fluss, der an das Hudson-Farmland grenzt. Er erzählte mir von seinem Entzug und versicherte mir, wie leid ihm das mit der Trennung tat.

Und er quatschte endlos über den Fluss. Dass er stundenlang dasitzen und dem vorbeiströmenden Fluss zusehen könnte, dass der Fluss sich stetig verändert und doch immer derselbe bleibt. Er hatte damals dieses Buch gelesen, *Siddhartha*, und sinnierte darüber, dass man nie zweimal in denselben Fluss steigen könnte, weil der Fluss sich permanent verändert und man selbst auch. Big Louie, meinte Chris, wäre schon Zeuge zahlreicher lebensverändernder Momente geworden.

Ich glaube, ich verstehe jetzt, wie er sich an diesem Tag gefühlt hat.

»Weißt du, was?«, frage ich. »Ich könnte wahrscheinlich wirklich für ein paar Wochen hierbleiben.«

»Cool«, erwidert Ted nickend. »Mom kann dir bestimmt mit dem ganzen Schulkram helfen.«

»Cool«, sage ich. »Das wär spitze.«

Ich atme die kühle Luft tief ein, erfüllt vom Duft der Kiefern, vom Fluss und der Erde. Morgen fange ich an, meinen ganzen Scheiß zu regeln. Ich rede mit dem Anwalt und finde raus, was es genau bedeutet, dass ich demnächst die Familienfarm erben werde. Ich bitte

Janie, mir dabei zu helfen, mich an der Highschool anzumelden. Ich halte den Kopf unten und warte, bis sich die Gerüchteküche wieder beruhigt hat.

Aber heute Abend sitze ich mit Ted bei Big Louie. Wir schauen gemeinsam dem Fluss zu, wie er an uns vorbeizieht, wie er sich stetig verändert und doch immer derselbe bleibt.

Heute Abend bin ich ein Fluss.

Kapitel 8

JUNIPER

Montag Morgen wache ich früh auf, ziemlich groggy und irgendwie neben der Spur. Bevor ich dusche, mache ich deshalb einen kleinen Spaziergang zum Park und wieder zurück. Ich habe keine Zeit, den ganzen Weg bis zum Aussichtspunkt zu gehen, aber der Sonnenaufgang ist trotzdem spektakulär: blasse Blau- und Pinktöne, die sich zu einem rosigen Orange vertiefen. So früh am Morgen ist die Luft frisch, das Gras noch feucht und mit Eichen- und Ahornlaub bedeckt, goldgelb und dunkelrot. Ich kann mich immer auf diese kleine Wanderung verlassen, ganz gleich zu welcher Jahreszeit. Ich fülle meine Lunge mit der frischen, reinen Luft.

Schon viel besser.

Als ich wieder zu Hause ankomme, ist Mom bereits in der großen Scheune. Ich widme mich dem Rest meiner allmorgendlichen Routine: Bett machen, duschen, anziehen. Ich gehe nach unten, um mich ums Frühstück zu kümmern – Weizentoast mit stückiger Erdnussbutter und ein Glas Cranberrysaft, mein Start in den Tag seit der Vorschule. Dann koche ich eine frische Kanne

Proper Cuppa, meine traditionelle Englische Frühstücksteemischung mit einem Hauch von Brombeere und Haselnuss. Ich schenke mir etwas in meinen To-go-Becher, schreibe Mom eine Nachricht, dass die Erdnussbutter fast alle ist, und schnappe mir meinen Rucksack.

Ich setze rückwärts aus der Garage und warte, bis sich das automatische Tor wieder geschlossen hat, bevor ich tatsächlich losfahre. Ich muss daran denken, dass sich alles verändern könnte. Heute trifft sich Gabe mit Allan. Chris war dieses Jahr noch nicht oft hier. Vielleicht hat er sich bereits entschieden zu verkaufen, und muss nur noch Gabe davon überzeugen, sobald die Erbschaft durch ist. Und warum sollte Gabe auch nicht verkaufen wollen? Er hat schließlich überhaupt keine Verbindung zu diesem Ort. Ich aber schon. Das hier ist das einzige Zuhause, das ich jemals gekannt habe, der Ursprung all meiner besten Erinnerungen und der Ort, an dem ich Tag für Tag versuche, meinen Dad und die Arbeit, die er hier getan hat, in gebührenden Ehren zu halten.

Bei der Vorstellung, dass sich das alles verändern könnte – wegen Gabe –, schnürt sich ein sorgenvoller Knoten in meinem Magen zusammen.

Ich fahre auf demselben Weg zur Schule wie jeden Tag. Durch die Walnut Street abzukürzen würde mir vielleicht ein paar Minuten sparen, aber ich ziehe es vor, auf der Landstraße zu bleiben, die sich an den Fluss schmiegt. Ich höre Radio – wegen der Nachrichten und der Wettervorhersage. Mittwochs fahre ich ein paar Minuten früher los, damit ich noch Zeit habe, in Hartman's Bakery vorbeizufahren und mir eine Bärentatze zu kaufen, weil Hartman's jeden Mittwoch den kompletten Tagesgewinn an eine örtliche Wohltätigkeitsorganisation spendet. Freitagmorgens bringe ich den Schulsekretärinnen, den Hauswirtschaftslehrerinnen und -lehrern oder dem Technikteam im Medienzentrum Teeproben vorbei.

Ich mag meine Routine, was aber nicht heißen soll, dass ich total durch den Wind oder untröstlich bin, wenn die Bärentatzen mal ausverkauft sind oder ich auf dem Weg in die Schule noch tanken muss. Es ist eher so, dass ich, sofern möglich, gerne auf das Unerwartete vorbereitet bin – was total unsinnig ist, ich weiß.

Aber ich hatte schon genug Unerwartetes in meinem Leben, vielen Dank.

Ich will, dass alles so ist, wie es sein soll.

Ich will zur Schule fahren, auf meinem üblichen Parkplatz parken, mein übliches Mittagessen essen und die üblichen Dinge lernen.

Niemand kann mir deswegen einen Vorwurf machen.

Kapitel 9

GABE

Frank lenkt den Wagen in eine Parklücke in der Main Street vor der Anwaltskanzlei Keen & Clark, fünf Minuten vor neun am Montagmorgen. Ich habe kaum geschlafen und konnte nichts essen, deshalb trage ich nichts als Koffein und Unsicherheit in mir. Ich habe keine Ahnung, wie dieses Treffen laufen wird, aber ich bin froh, dass Frank bei mir ist. Ich öffne die Tür zu einer kleinen Lobby, die durch die dunkle Siebziger-Jahre-Holzverkleidung an den Wänden noch gedrungener wirkt. Eine Klimaanlage im Fenster bläst kalte Luft in den Raum, obwohl draußen sicher nicht mal zehn Grad sind.

»Ich bin Gabe Hudson, ich habe einen Termin bei Allan Keen«, sage ich zu der Frau mit dem aschgrauen Haar, die hinter dem Schreibtisch an der Rezeption sitzt.

»Hi, Gabe Hudson. Hi, Frank«, begrüßt uns die Frau. Ich höre das Brummen einer elektrischen Schreibmaschine, die sie ausschaltet, bevor sie sich erhebt und mir ihre Hand hinstreckt. Sie lächelt, als ich sie schüttle.

»Chickadee. Du kannst mich Chickie nennen. Freut mich, dich kennenzulernen. Nehmt doch bitte Platz, ich sage Allan, dass ihr hier seid.«

Frank und ich setzen uns auf orangefarbene, dick gepolsterte Sessel und warten. Ich lehne mich vor, die Hände auf den Knien, und atme mit einem *puuuuuh* aus.

»Nervös?«, fragt Frank. »Dazu gibt's wirklich keinen Grund. Vor Zehntausenden von Leuten auf einer Bühne zu stehen und zu singen? *Das* ist ein Grund, nervös zu sein, und das hast du schließlich schon zigmal gemacht. Dagegen ist das hier ein Kinderspiel.«

Gott, ich hoffe wirklich, dass er recht hat.

»Ihr könnt jetzt reingehen, Jungs«, sagt Chickie, als sie aus einem langen Flur wieder auftaucht. Ich lasse Frank zu Allans Büro vorgehen. Das Zimmer ist karg eingerichtet und ordentlich: ein Schreibtisch mit Laptop und ein paar Aktenordnern, in einer Ecke ein runder Tisch und ein breites Fenster mit Blick auf einen Parkplatz. An der Wand hinter Allan hängt ein Gemälde von einem Schiff bei Sturm, mit einer Plakette darunter: *Der Untergang der Edmund Fitzgerald*.

»Hudson Junior«, begrüßt Allan mich, nachdem ich mich gesetzt habe. »Frank. Schön, euch wiederzusehen. Also, kommen wir direkt zur Sache. Sag mir, wie viel du bereits weißt, Gabe, dann kann ich vielleicht ein bisschen was überspringen.«

»Angesichts der Tatsache, dass ich gar nichts weiß, warum fängst du nicht einfach bei null an?«

Die Falten in seinem Gesicht vertiefen sich, als er lächelt. Er lehnt sich vor und bildet mit den Fingern ein Zelt. Ganz offensichtlich ist er begeistert von dieser Aussicht und erzählt mir eine Geschichte, die mehrere Generationen zurückreicht und mit finnischen Einwanderern beginnt. Er erläutert mir, wie die Hudsons zuerst in den Besitz von Grans Farm und dann von der Milchfarm kamen. Ein paar Sachen kommen mir bekannt vor, weil ich sie wahrscheinlich irgendwann mal bei Chris oder in der Hütte aufgeschnappt habe.

»Gut«, sagt Allan schließlich und schweigt einen Moment. Er greift nach einer Tasse auf seinem Schreibtisch, schaut hinein und stellt sie dann wieder zurück, ohne daraus zu trinken. »An dieser Stelle wird es ein wenig komplizierter. Ich weiß, dass ich dir nichts über Chris' Kampf gegen die Drogensucht erzählen muss.«

Als ich nicke, fährt er fort: »Deine Großmutter hatte damals eine Menge um die Ohren. Ihr Mann war gestorben, Chris ist um die Welt gereist und hat Kokain geschnupft – tut mir leid, falls das zu unsensibel war, Gabe – und sie musste sich um zwei Farmen kümmern. Darum hat sie das Milchunternehmen an unseren Frank hier verkauft – alles klar, Frank? – und hatte Gott sei Dank Doug und Laurel, die Stone & Wool für sie gemanagt haben. Sie musste ein paar wichtige Entscheidungen treffen und ich kann dir sagen: Ich habe unzählige Stunden an ihrem Küchentisch gesessen, Kaffee getrunken und Kuchen gegessen, bis wir endlich eine Lösung gefunden haben. Bist du jemals in den Genuss des Kaffee-Sahne-Kuchens deiner Großmutter gekommen, Gabe?«

Ich lächle und schüttle den Kopf. »Nicht, dass ich wüsste.«

»Was für ein Jammer. Vielleicht hat Janie ja das Rezept. Aber ich schweife ab.«

Vieles von dem, was Allan erklärt, verstehe ich nicht wirklich, aber um es zusammenzufassen: Gran hat sich Sorgen gemacht, Chris – und Elise – könnten eine Überdosis nehmen und mich als obdachlosen Waisen zurücklassen, was damals gar nicht so weit hergeholt war. Sie wollte sicherstellen, dass ich immer einen Ort habe, an dem ich leben kann. Dann beginnt Allan mit seinen Ausführungen zu den gesetzlichen Einzelheiten der Erbschaft, die eine gefühlte Ewigkeit dauern.

»Also, willst du mich noch irgendetwas fragen, Gabe?«, endet er schließlich und lehnt sich auf seinem Stuhl zurück.

Ich kann auch ebenso gut das Arschloch sein und die Frage stellen. Ich lehne mich vor. »Was, wenn ich verkaufen wollte? Wie schnell könnte das passieren?«

Frank dreht sich überrascht zu mir um.

»Rein hypothetisch gesprochen, natürlich«, füge ich hastig hinzu.

»Na ja, angenommen, Chris ist damit einverstanden, dann könnte eine derartige Transaktion innerhalb von, oh, zwei oder drei Monaten über die Bühne gehen.«

»Verstehe.« Ich lehne mich wieder auf meinem Sessel zurück und die Rädchen in meinem Kopf fangen an, sich vor lauter *falls dies* und *falls das* zu drehen. Falls Chris verkaufen will. Falls ich einen Käufer finde – und zwar schnell. Falls sich sämtliche Puzzleteile im richtigen Moment an den richtigen Platz setzen, könnte ich das Geld am Ende des Jahres haben und wieder auf Chris' Konto überweisen, bevor er sich die Jahresbilanzen anschaut.

»Der beste Rat, den ich dir im Augenblick geben kann?«, sagt Allan. »Falls du dich am Ende tatsächlich dazu entscheiden solltest, zu verkaufen, dann lass es mich sofort wissen, damit ich dich während des gesamten Prozederes unterstützen kann.«

»Alles klar«, erwidere ich.

»Eine Sache wäre da noch, dann seid ihr wieder entlassen. Du warst ihr erstes Enkelkind, Gabe. Wenn man Leona so reden hörte, hätte man meinen können, die Sonne ginge mit dir auf und wieder unter. Als sie krank wurde, hab ich sie gefragt, ob sie nicht noch mal über ihr Testament nachdenken wollte, aber sie hat geantwortet, sie wüsste tief in ihrem Herzen, dass es das Richtige ist. Sie hat gehofft, dass du es als das Geschenk erkennen würdest, das es ist. Dass du lernen würdest, dein Erbe wertzuschätzen ... Sie wollte nicht, dass du deswegen einen Groll gegen sie hegst, aber sie wollte auch das Vermächtnis ihrer Familie schützen. Es ist ein schwieriger Balanceakt.«

Gran war ein guter Mensch. Zu gut für mich. Zu gut zu mir. Gott, sie wäre so enttäuscht, wenn sie wüsste, was mir gerade durch den Kopf geht.

»Ich stehe auf deiner Seite, Gabe«, fügt Allan hinzu. »Ich bin hier, um dir zu helfen.«

Er kennt mich nicht und weiß auch nicht, was ich getan habe. Wenn er wüsste, warum ich das Geld brauche, bezweifle ich, dass er mir so schnell seine Hilfe angeboten hätte.

»Also«, sagt Frank, als wir uns in einem Diner gegenüber von Allans Büro an einen Tisch setzen, »du hast eine ziemlich große Entscheidung vor dir. Pfannkuchen oder Waffeln?« Er lacht über seinen eigenen Witz.

»Sehr lustig. Arme Ritter, wenn du's genau wissen willst.«

Die Bedienung bringt uns Kaffee, Wasser und Orangensaft, bevor wir überhaupt die Speisekarte aufgeschlagen haben. Lange Zeit sagen wir kein Wort, während wir die Karte studieren.

»Und, hast du da eben alles verstanden?«, fragt Frank schließlich, nachdem die Bedienung unsere Bestellung aufgenommen hat.

»Was?«, frage ich. »Was Allan gesagt hat?«

»Ja.«

»Ja, größtenteils.«

»Gut.«

»Ja.«

»Also, Ted hat erzählt, du denkst darüber nach, vielleicht hierzubleiben?«, fragt Frank, nachdem er ein Glas Orangensaft geleert hat.

Ich nicke. »Für ein paar Wochen.« Ich schaue auf meine Uhr. Eigentlich sollte ich jetzt gerade in der ersten Stunde in der Barley-Winston sein. Ich frage mich, ob Chris dort angerufen und mich krank gemeldet hat, und muss innerlich lachen. »Ich schätze, ich muss noch die Sache mit der Schule klären.«

»Ich kann dich nach dem Frühstück hinfahren, dann kann Janie alles für dich regeln«, bietet er an. Ich nicke. Die Bedienung bringt unsere Teller, und ein paar Minuten lang sehe ich Frank ehrfürchtig dabei zu, wie er alles verputzt: Speck, Würstchen, Eier, Pfannkuchen, Kartoffelecken.

Ich esse die Hälfte von meinen Armen Rittern und lege dann die Gabel ab, als mir ein Gedanke kommt. »Was ist mit dir, Frank? Würdest du je darüber nachdenken, Stone & Wool zu kaufen?«

Er lacht, während er Eigelb mit einem Stück Toast aufsaugt. Dann blickt er zu mir hoch. »Ist das dein Ernst?«

»Na ja, ja. Warum denn nicht?«

»In einer perfekten Welt, was? Ich kann mich nicht um zwei Farmen dieser Größe kümmern, selbst wenn Laurel Stone & Wool weiter managen würde. Und ich denke, ich kann ganz ehrlich zu dir sein und dir sagen, dass ich mir das niemals leisten könnte.«

»Klar«, sage ich und versuche, meine Enttäuschung zu verbergen. Das wäre auch zu einfach gewesen.

»Aber danke, dass du an mich gedacht hast«, fügt Frank hinzu. »Du bist ein guter Junge, Gabe. Kopf hoch. Es wird alles genauso laufen, wie es soll. Das hat Leona auch immer gesagt.«

Mein Handy brummt und ich hole es aus meiner Hosentasche.

Chris: Ich konnte mich von hier aus um ein paar Sachen kümmern. Der PR-Typ vom Label hat eine Stellungnahme veröffentlicht. Alles in Ordnung.

Er hat einen Link zu einem Video mitgeschickt.

Ich: Und du bist nicht auf die Idee gekommen, das erst mal mit mir abzusprechen?

Chris: Was sage ich immer? Kontrolliere, was du kontrollieren kannst. Erzähl den Leuten die Geschichte, die sie hören sollen. Du solltest mir danken, anstatt mich anzukacken.

Ich seufze und sehe zu Frank hoch, während ich auf den Link klicke. »Tut mir leid, ich glaube, ich muss mir das anschauen.«

Einige Missverständnisse klären. Eine Panikattacke, absoluter Ausnahmefall. Verbringt Zeit auf der geliebten Farm seiner Familie, konzentriert sich darauf, neue Songs zu schreiben. Weiß die Zeit, die er mit Miss Green verbringen durfte, sehr zu schätzen, schickt ihr die besten Wünsche zu ihrer baldigen Genesung, bla, bla, bla.

Natürlich sagt er genau das Richtige. Trotzdem lese ich mir die Kommentare unter dem Statement nicht durch oder schaue mir die Reaktionen auf Social Media an.

Plötzlich bricht alles wieder über mich herein – das Album, die Videos, Marley, das Geld, natürlich das Geld –, aber es ist weniger Panik als Übelkeit, heiß und heftig und krampfartig. Ich schnelle hoch, während sich saurer Speichel in meinem Mund sammelt. »Toilette? Wo ist die Toilette?«

Frank runzelt die Stirn und zeigt auf eine Tür hinter der Gebäcktheke. »Was ist denn los?«, fragt er, aber ich habe keine Zeit, ihm zu antworten.

Ich schaffe es gerade noch rechtzeitig auf die kleine Toilette, um das Licht anzuschalten, die Tür zu verriegeln und mich vor die Kloschüssel zu knien, bevor ich mein Frühstück mit gewaltigen Spasmen wieder von mir gebe. Ich knie mehrere Minuten lang so da, nachdem längst schon nichts mehr in meinem Magen ist, komme wieder zu Atem und wische mir die brennenden Tränen weg. Schließlich stehe ich wieder auf, wasche mir die Hände, spritze mir Wasser ins Gesicht und kehre an den Tisch zurück. Die Bedienung hat unsere Teller bereits abgetragen und Frank unterschreibt die Rechnung.

Er schaut zu mir hoch. »Du siehst ein bisschen grün um die Kiemen aus. Alles okay?«

»Ich werd's überleben.« Ich zeige auf die Rechnung. »Ich würde gerne bezahlen.«

»Ach, das ist wirklich nett, Kumpel. Nächstes Mal?«

Ich nicke und folge Frank zur Tür. Er greift in eine Schüssel neben der Kasse und reicht mir ein kleines eingewickeltes Pfefferminzbonbon.

»Wie wär's, wenn ich dich zur Farm zurückfahre und du dich morgen um die Schule kümmerst? Dann kannst du dich richtig ausschlafen und auskurieren, was immer du dir eingefangen hast.«

Es ist die beste Idee, die ich den ganzen Tag gehört habe. Unglücklicherweise befürchte ich jedoch, dass sich mit einem Nickerchen nicht heilen lässt, was mich quält.

Kapitel 10

JUNIPER

Ich habe diesen Kampf verloren.

Chris besitzt eine ganze Garage voller Fahrzeuge. Ted wohnt nur gut einen Kilometer entfernt. Den Lebensmittellieferstreit konnte ich vielleicht noch für mich entscheiden, aber weder Geld noch gute Worte werden Mom in dieser Angelegenheit umstimmen. Sie ist der festen Überzeugung, es macht am meisten Sinn, wenn *ich* Gabe Hudson zur Schule fahre.

»Ich fühle mich nicht wohl dabei«, sage ich schließlich, mein allerletzter Strohhalm.

»Und weswegen fühlst du dich genau unwohl?«, will Mom wissen. »Wegen der Entscheidung an sich oder wegen der Tatsache, dass du nichts dazu zu sagen hattest? Oder fühlst du dich in irgendeiner Weise unsicher, wenn du in Gabes Nähe bist?«

Das nimmt meinem Argument, ungerecht behandelt worden zu sein, ein wenig den Wind aus den Segeln. »Nein, das ist es nicht. Es ist eher ein allgemeines Gefühl des Unwohlseins.«

»Verstehe. Okay, ein kleiner Rat von mir, Juniper:

Es wird in deinem Leben immer wieder Dinge geben, bei denen du dich unwohl fühlst. So ist das nun mal, wenn man seine Komfortzone verlässt. Du wirst dich wohl oder übel daran gewöhnen müssen. Wer weiß? Vielleicht werdet du und Gabe ja sogar irgendwann Freunde.«

»Mach dir da lieber keine allzu großen Hoffnungen«, zicke ich sie an. »Und ich mag meine Komfortzone ganz zufällig, okay?«

Und so sitze ich nun also wartend in der Einfahrt vor dem Haupthaus und trommle mit den Fingern auf das Lenkrad des Chevy Impala, der früher mal Janies Mom gehört hat, bevor sie ihn uns zu einem Spottpreis verkauft hat, als sie in eine Anlage für betreutes Wohnen gezogen ist. Fünf Minuten sind bereits verstrichen, aber immer noch kein Gabe. Ich habe seine Nummer nicht, deshalb schicke ich stattdessen Ted eine Nachricht.

Ich: Könntest du deinem berüchtigten Cousin bitte sagen, dass ich in seiner Einfahrt hocke und er, wenn er seinen Hintern nicht in den nächsten zwei Minuten hier rausbewegt, gleich am ersten Tag seiner staatlichen Schulausbildung zu spät kommen wird?

Ted: Bissig.

Ich: Stell meine Geduld heute nicht auf die Probe, Theodore.

Ted: Hier ist seine Nummer. Muss zum Krafttraining. Wir sehen uns beim Mittagessen.

Ich blicke wieder zum Haus, eine Art zweites Zuhause für mich. Ted und ich haben viel Zeit mit Leona verbracht, vor allem während der Sommermonate. Sie hat mir beigebracht, wie man Spüllappen häkelt, und ich habe ihr geholfen, Pfirsiche, grüne Bohnen und Gurken einzumachen. Ted und ich haben in den Maisfeldern Verstecken gespielt, sind zum Aussichtspunkt im Schutzgebiet gewandert und haben Leonas selbst gemachtes Trauben-Wassereis am Stiel – gefrorener Traubensaft in Minipappbechern – auf der Veranda vor ihrem Haus geschleckt. Als sie krank wurde und mit der Chemo angefangen hat, haben wir jeden Samstagmorgen das Haus geputzt und sind dabei besonders sorgfältig mit all dem Nippes und den Bilderrahmen im Wohnzimmer umgegangen, während sie uns Geschichten zu den Leuten auf den Fotos erzählt hat. Jetzt ist sie auch eine Erinnerung. Eine Geschichte, die wir weitergeben.

Ich speichere Gabes Nummer in meinen Kontakten und tippe eine scharfzüngige Nachricht, wie wertvoll meine Zeit ist und dass ich Respekt verdient habe – natürlich schicke ich die Nachricht nicht wirklich ab, aber war es nicht Abraham Lincoln, der sagte, man solle einen »wutentflammten Brief« schreiben und sich darin alles von der Seele reden, selbst wenn man ihn nie unterschreibt oder abschickt? –, als sich die Haustür doch noch öffnet und Gabe sich alle Zeit der Welt lässt, um über die Veranda zu gehen, die Stufen hinunterzutrotten und die Einfahrt zu meinem Wagen zu durchqueren. Ich beobachte seine Bewegungen und bin immerhin nicht zu sauer auf ihn, um zu bemerken, dass jede einzelne von ihnen lässig, geschmeidig und selbstbewusst wirkt, so als würde er sich in seiner Haut wohlfühlen. Er öffnet die Beifahrertür und steigt ein.

»Hey«, sagt er. Er trägt eine dunkle Jeans und ein hellgraues T-Shirt unter einer moosgrünen Armeejacke. Heute also kein lächerlicher übergroßer Wollmantel. Er muss sich langsam an die kühleren Temperaturen gewöhnen. Seine Locken sind nicht ganz so wild wie vorgestern, aber er hat eine dunkle Sonnenbrille auf, obwohl die Sonne noch nicht ganz aufgegangen und der Himmel noch immer in einem dämmrigen Blau gefärbt ist.

Ich habe vergangene Nacht kaum geschlafen, weil ich mir Sorgen wegen der Farm gemacht habe, darüber, was Gabe damit vorhat, sobald er achtzehn ist. Ich weiß schließlich, dass er sich gestern Morgen mit Allan getroffen hat. Außerdem habe ich mich selbst damit gequält, mir dieses Video immer und immer wieder anzusehen und mich durch Fotos von Gabe am Flughafen zu klicken. Heute Morgen hat ein Typ von der Plattenfirma in einem Video Gabes Stellungnahme verlesen, in der er erklärt, er hätte beschlossen, Zeit mit seiner Familie zu verbringen und wieder aufzutanken, bevor er beginnt, mit Chris an seinem nächsten Album zu arbeiten.

Ich bin genervt von mir selbst, weil mich das überhaupt interessiert.

»Hey«, erwidere ich und fahre rückwärts aus der Einfahrt. Ich schaue zu ihm rüber und lasse den Blick erneut über seine Jacke schweifen. Ist das – oh, mein Gott, das muss sie sein.

»Ähm, äh«, stammle ich, »ist das die Jacke, die Chris bei *Live in Berlin* getragen hat? Europatournee '97? Das ist sie, oder? Er hat sie dir geschenkt?«

»Na ja, er *ist* mein Dad«, blafft Gabe mich an.

»Na ja, sie gehört trotzdem in ein Museum«, blaffe ich zurück. »Oder wenigstens in ein Hard Rock Café.«

Gabe lacht schnaubend. »Warst du überhaupt schon mal in einem Hard Rock Café?«

Diese Unterhaltung läuft ungefähr so gut, wie ich erwartet hatte. »In der Mall of America, die sich, wie ich an dieser Stelle explizit betonen möchte, in *Minnesota* befindet, gibt es eins.«

»Ah, natürlich. In der Mall of America gibt's schließlich alles.«

»Na ja, nein, der American-Girl-Laden hat im März dichtgemacht.« Meine Wangen beginnen bei der Bemerkung zu glühen. Wahrscheinlich weiß er gar nicht, was American Girls sind. Ich biege auf die Landstraße ab. Es liegen nur noch acht Minuten dieser Unbehaglichkeit vor mir. »Ich schätze, was ich damit sagen will, ist, dass es ziemlich cool ist, dass Chris dir die Jacke gegeben hat. Ich habe viel über Watson nachgedacht. Über seine Geschichte. Bei wie vielen Einsätzen er gedient hat. Ob es ihm gut geht.« Und jetzt quassle ich ohne Punkt und Komma.

»Watson?«, fragt Gabe.

»Der Name. Auf der Jacke. Watson.«

»Oh, richtig.« Gabe fährt mit dem Finger über den Namensaufnäher. »Das ist … Ich schätze, ich hab noch nie darüber nachgedacht.«

»Das überrascht mich nicht.«

»Was soll das denn nun wieder heißen?«

Ich wedele vage mit der Hand. »Du weißt schon. Ich bin mir sicher, dass du genug damit zu tun hast, dich um deinen Ruf zu sorgen und all das.«

»Meinen Ruf«, wiederholt er und schweigt dann. Für den Rest der Fahrt sagt er kein Wort mehr.

»Sei um halb vier wieder hier, wenn ich dich nach Hause fahren soll«, sage ich, als er aussteigt. Er nickt, erwidert jedoch nichts und schaut mir noch nicht mal in die Augen. Ich sehe zu, wie er die Menge auf dem Parkplatz durchquert und die Stufen zum Schulgebäude hinaufsteigt. Alles an ihm wirkt hier fehl am Platz, auf unserem von Schlaglöchern und Asphaltrissen übersäten Parkplatz und zwischen den rostigen Pick-ups, Flanellhemden und Wanderstiefeln. Wir sind so ein Klischee.

»Wow«, höre ich hinter mir, schließe die Augen und

atme tief durch. Das hat mir gerade noch gefehlt. »In echt ist er sogar noch heißer.«

Chloe Harland, der Ted nach ihrem einzigen »Date« zum Schulball in der achten Klasse den Spitznamen Chloe Horror verliehen hat, als sie ihm noch während des Balls für Deacon Parsons den Laufpass gegeben hat, ist das typische beinahe-gemein Mädchen. In einer Stadt wie dieser, in unserer winzigen Highschool, spielt das allerdings keine große Rolle. Hier sind im Prinzip alle im weitesten Sinne des Wortes miteinander befreundet, und Freundschaften kommen und gehen in Wellen. Chloe hat mich allerdings immer ziemlich herablassend behandelt, weil ich die Tochter eines Farmers bin – oder genauer gesagt: einer Farmerin, die noch dazu alleinerziehende Mutter ist – und in einem Haus wohne, das uns nicht gehört, auf dem Grundstück von jemand anderem, der zu dem Zeitpunkt früher mal berühmt gewesen und jetzt nur noch ein abgehalfterter, drogensüchtiger Rockstar war. Als Dig Me Under allerdings »Juniper Blue« veröffentlichten und Chris nicht nur wieder clean, sondern auch wieder richtig berühmt war und Harper Mill's seinen geliebten verlorenen Sohn erneut mit offenen Armen empfing, nahm auch Chloe mich wieder in ihren innersten Kreis auf.

Wir drei – Amelia, Chloe und ich – haben in der Middleschool unzählige Pyjamapartys gemeinsam überlebt, bis wir in die Highschool kamen und Chloe sich in die eine Richtung entwickelte – Make-up, Jungs, Alkohol – und Amelia und ich uns in die andere – hauptsächlich Lernen und mit Ted abhängen. Dass ich eine Verbindung zu Gabe habe, so weitläufig sie auch sein mag, wird meiner Freundschaft mit Chloe aber ganz sicher neues Leben einhauchen.

»Hey, Chlo«, sage ich und drehe mich zu ihr um. Ihre elfenbeinweißen Wangen schimmern rosig in der kühlen Morgenluft, sie hat ihr rotblondes Haar zu perfekten Ringellocken aufgedreht und auch ihre Smokey Eyes sind natürlich makellos. Sie sieht umwerfend aus, wie immer. »Was geht?«

»Vielleicht solltest *du* mir sagen, was geht. Ich kann nicht glauben, dass du das vor mir geheim gehalten hast.«

Ich muss mich echt beherrschen, um nicht mit den Augen zu rollen. »Was meinst du?«

»Gabe Hudson ist endlich in der Stadt und du hast ihn ganz für dich allein behalten!«

Ich setze mich Richtung Eingangstür in Bewegung und Chloe folgt mir. »So würde ich das nicht unbedingt ausdrücken«, erwidere ich. »Ich hab ihn kaum gesehen. Und, ganz ehrlich, wenn du irgendwie bei Gabe Hudson landen willst, dann bin ich ganz sicher nicht das richtige Sprungbrett. Schmeiß dich an Ted ran, nicht an mich.«

Sie schüttelt die Locken über ihre Schulter. »Als bräuchte ich Hilfe, um irgendwo zu *landen*, Juniper.« Sie huscht davon, um Gabe einzuholen.

Einem klitzekleinen Teil von mir tut Gabe leid. Beinahe bin ich versucht, ihn vor Chloe Horror zu warnen. Ein anderer, etwas größerer Teil von mir will jedoch sehen, wie sich die Sache entwickelt und wie Mr Heißer Teeniestar mit ihr klarkommt.

Kapitel 11

GABE

Ich bin so bereit für meinen ersten Tag an der Harper-Renton High School, wie ich es eben sein kann. Gestern Abend hat Janie mir eine Nachricht geschickt, um mir mitzuteilen, dass alles organisiert ist und ich Dienstagmorgen in der Schule anfangen kann, dass sie mich im Sekretariat treffen und mir mit der Anmeldung helfen wird und dass Juniper angeboten hat, mich jeden Tag mitzunehmen. Sicher hat sie das.

Juniper hat ihr Haar heute zu einem hohen Pferdeschwanz zusammengebunden. Sie trägt eine braune Strickjacke, die mit krumm und schief aufgestickten orangefarbenen und weißen Füchsen übersät ist, und dazu einen khakifarbenen, knielangen Cordrock und braune Lederstiefel, die fast bis zum Saum reichen. Außerdem hat sie eine Brille auf, deren Gestell dasselbe leuchtende Orange hat wie die Füchse. Sie würde perfekt nach L. A. passen. Vielleicht nicht in meine vor Promis überlaufende, hochtrabende Privatschule, aber so ganz allgemein.

Die Fahrt zur Schule ist unbehaglich hoch zehn und

obwohl ich keine Ahnung habe, wo ich hinmuss, warte ich nicht länger als nötig, als wir endlich ankommen. Als ich die Eingangstür des alten, verwitterten Backsteingebäudes öffne, bin ich mir nicht sicher, was ich erwartet habe – eine Kulisse wie aus einem Film, vielleicht? –, aber hier gibt's weder Wachleute noch Metalldetektoren weit und breit. Nur kilometerlange Reihen aus meeresgrünen Spinden und selbst gebastelte Transparente an den Wänden, die das Footballteam feiern und den Homecoming-Ball ankündigen.

O Gott. Ich bin wirklich in der Highschool. Jetzt gibt es kein Zurück mehr.

Ich werde diesen Tag überstehen, und dann den nächsten. Was hat Gran immer gesagt? Es könnte schlimmer sein.

»Hey«, sage ich zu einem Mädchen in Jeans, einem Rolling-Stones-T-Shirt mit einem Dutzend verschiedenfarbiger Zungen darauf und knallroten Gummistiefeln. »Kannst du mir sagen, wo das Sekretariat ist?«

Sie kneift ein wenig die Augen zusammen. »Kenne ich dich von irgendwoher?«

Ich bin überrascht, dass sich die Neuigkeiten noch nicht herumgesprochen haben. Ich zucke mit den Schultern. »Glaube nicht. Ich bin eben erst in die Stadt gezogen.«

»Wie heißt du?«

»Gabriel.« Ich bin mir nicht sicher, warum ich ihr

meinen vollen Namen nenne. Elise und ihre Eltern sind die Einzigen, die mich je so genannt haben. »Großer Rolling-Stones-Fan?«

Sie verzieht den Mund. »Was?«

Ich winke mit einer Hand in ihre Richtung. »Dein T-Shirt. Du magst wohl die Stones?«

»Oh, richtig, die Band. Ich hab das Teil bei Target gesehen und es hat mir einfach gefallen, weißt du? Ich könnte schwören, dass ich dich von irgendwo kenne. Woher kommst du denn? Esko? Hast du dort Fußball gespielt?«

Ich schüttle den Kopf. Wer kennt bitte die Rolling Stones nicht? »Ist doch egal.«

Das Mädchen runzelt die Stirn. »Okay, Gabriel aus ist doch egal, du biegst unter dem Footballtransparent da rechts ab, dann kannst du es nicht verfehlen.«

Ich nicke und drehe mich in die Richtung um, als sie sich entfernt, aber knochige Finger auf meinem Arm halten mich zurück. Ich schaue zuerst auf die Finger – die Nägel sind in glänzendem, glitzerndem Pink lackiert – und dann hoch zu dem Gesicht mit blassem, spitzem Kinn, leuchtend rosa Lippenstift und roten Locken.

»Du bist Gabe Hudson«, sagt sie, streckt die Brust raus und bestätigt sich selbst mit einem Nicken. »Ich bin Chloe. Chloe Harland. Ich hab gehört, dass du Riley gefragt hast, wo das Sekretariat ist. Wenn sie auch nur einen Hauch von Manieren hätte, hätte sie dich hingebracht. Aber ich schätze, wir können eben nicht alle so großzügig und hilfsbereit sein. Ich zeige es dir gerne.«

Sie lächelt, aber ich runzle die Stirn und nehme ihre Hand von meinem Arm. Niemand fasst diese Jacke an. Ich muss daran denken, wie ich im Auto mit Juniper darüber gesprochen habe. *Diese Jacke gehört in ein Museum.* Ich kann mich nicht entscheiden, ob es cool ist, dass Juniper sie erkannt hat, oder ob es mich nervt. Ob ich es seltsam finde oder liebenswert, dass sie sich Gedanken über den ursprünglichen Besitzer der Jacke macht.

Chloe steht vor mir, klimpert mit ihren schweren Wimpern und wartet darauf, dass ich etwas sage.

»Schon okay«, erwidere ich. »Ich bin mir sicher, dass ich es alleine finde.«

»Nein, ehrlich! Es macht mir wirklich keine Umstände. Hast du dich schon angemeldet? Ich kann dir helfen, nur die besten Kurse zu wählen. Du gehst in die Zwölfte, oder? Ich auch.«

Sie packt mich wieder am Arm, und diesmal zerrt sie mich in Richtung des Footballtransparents in Richtung Sekretariat. »Ich hab mich so gefreut, als ich gehört habe, dass du bleibst! So gefreut! Du bist Teds Cousin, richtig? Ted und ich sind supergut befreundet. Du gehst bestimmt zu allen Footballspielen, obwohl, drei hast du natürlich schon verpasst.«

Mir ist klar, dass dieses Mädel sich nicht abschütteln lassen wird. Ich folge ihr den Korridor hinunter, begleitet vom Klappern der Absätze ihrer Stiefeletten, bis wir eine Glastür erreichen, die zum Sekretariat führt.

»Da sind wir!«, trällert Chloe. »Soll ich auf dich warten? Dir den Rest der Schule zeigen?«

»Oh, nein«, antworte ich. »Das hier könnte eine Weile dauern. Du weißt schon.«

»Bist du sicher? Es ist wirklich kein Problem.« Chloe schaut zu mir hoch, mit großen Augen und breitem Lächeln. Ich werde Ted fragen müssen, wie sie so ist: echt oder aufgesetzt. Gott, ich bin wirklich kurz vorm Durchdrehen, wenn ich glaube, irgendein Mädchen aus einer Kleinstadt in Nord-Minnesota hätte es auf mich abgesehen.

»Na, dann nichts wie rein mit dir. Die Damen im Sekretariat werden sich bestens um dich kümmern. Vielleicht sehen wir uns ja beim Mittagessen! Oder wir haben ein paar Kurse zusammen! Bye, Gabe!«

Chloe lässt mich an der Tür stehen und läuft mit klappernden Absätzen und auf ihrem Rücken hüpfenden Haaren den Korridor im Eilschritt wieder hinunter.

Die Damen im Sekretariat, wie Chloe sie genannt hat, heißen mich herzlich an der HRH willkommen und sprudeln förmlich über, als sie mich und meine Locken sehen – anscheinend sind sie genau wie Chris', als er in meinem Alter war. Janie kümmert sich um alles, wie sie es versprochen hat. Die Barlow-Winston Academy for the Arts hat gestern meine Unterlagen durchgeschickt, und Janie und die Rektorin der Highschool haben einen Stundenplan zusammengestellt, mit dem ich im Mai hier meinen Abschluss machen kann. Dieses Halbjahr: Weltgeschichte, Kreatives Schreiben, Gartenbau, Analysis und Unternehmertum & Wirtschaftslehre.

»Gartenbau?«, frage ich, als ich den Stundenplan überfliege. »Das soll jetzt keine Beleidigung sein, aber das ist nicht wirklich mein Ding, weißt du?«

Janie lacht. »Nun, Tatsache ist nun mal, dass Geowissenschaften hier Pflicht sind, und keiner der Kurse, den du an deiner schicken Kunstschule in L. A. belegt hast, erfüllt diese Anforderung. Gartenbau passt in diesem Halbjahr perfekt in deinen Stundenplan. Außerdem wohnst du jetzt auf einer Farm – einer Farm, die in ein paar Wochen teilweise dir gehören wird.«

Ah ja, das. Nicht, dass man mich daran erinnern müsste. Es ist das Einzige, woran ich die ganze Zeit denken kann, vor allem seit dem Treffen mit Allan: die Farm und das Geld. Immer das Geld.

Mir fällt wieder ein, was Ted im Park am Fluss zu mir gesagt hat: *Nur ein Arschloch würde verkaufen.*

Plötzlich wird mir ganz heiß und ich kann kaum noch atmen. Ich kralle die Hände in den Stundenplan, starre darauf, registriere die Worte jedoch kaum. Das Sekretariat ist ziemlich klein: Schreibtische, ein Kopierer und Regale sind in den engen Raum gestopft. Hier ist nicht genügend Luft. Ich muss hier raus.

»Du schaffst das schon, Gabe«, sagt Janie sanft. »Ich weiß, dass du das schaffst.«

Ich reiße den Kopf hoch. Diese Worte – es ist nicht der exakte Liedtext, aber fast. *Get through this, I know you will.* Der Text von »Juniper Blue«. Ich frage mich, ob es Janie überhaupt bewusst ist.

»Sicher. Danke«, murmle ich. Schweiß läuft meinen Rücken runter.

»Hier ist ein Plan von der Schule. Soll ich dich zu deinem ersten Kurs bringen? Oder soll ich Ted anrufen, damit er herkommt und dich abholt? Oder Juniper?«

Ich schüttle den Kopf. »Ich komm schon klar. Danke für alles, Janie.«

Ich verlasse das Sekretariat, lehne mich im Flur an die Ziegelwand, hole mein Handy raus und tippe in die Suchleiste. Handyempfang und WLAN sind in diesem Gebäude echt beschissen, aber nach ein paar Sekunden tauchen meine Suchergebnisse auf dem Bildschirm auf.

Geschäftsimmobilien Frederick Lake Minnesota.

Ich finde den Link zu der Firma, die ich auf den gelbschwarzen Schildern am Sonntagabend gesehen habe, und klicke auf *Jetzt anrufen.*

Kapitel 12

JUNIPER

Irgendwie schaffe ich es fast durch den kompletten Tag, ohne Gabe zu sehen, abgesehen von den paar Minuten, als ich in der Schlange beim Mittagessen zufällig direkt hinter ihm stand. Er hat kein Wort zu mir gesagt, und nachdem er bezahlt hatte, ist er einfach an dem Tisch vorbeigegangen, an dem Ted und Amelia saßen. Er hat die Tür zum Hof aufgestoßen und sich draußen an einen der Picknicktische gesetzt. Allein. Wie in: Er war der Einzige, der an einem für Nord-Minnesota typisch kühlen, bewölkten Herbsttag draußen auf dem Schulhof saß. Wenigstens hatte er Watsons Armeejacke an.

In der fünften Stunde, in Unternehmertum & Wirtschaftslehre, endet meine Glückssträhne jedoch, als Gabe – er hat die Jacke immer noch an – ins Zimmer schlurft und sich Mrs Marxen vorstellt, die angesichts seines verlotterten Rockstaroutfits die Augenbrauen hochzieht. Ich schaue auf mein Heft hinunter, meine blonden Locken vor dem Gesicht, und hoffe, dass er mich nicht bemerkt.

»Ich bin Gabriel Hudson«, sagt er. Ich höre überrascht, dass er seinen vollen Namen benutzt.

»Jaaaa!« Chloe Horror, die eine Reihe weiter schräg vor mir sitzt, ist alles andere als zurückhaltend, wenn es darum geht, ihrer Begeisterung Ausdruck zu verleihen. Sie dreht sich auf ihrem Stuhl zu mir um. »O mein Gott, ich hoffe, wir werden für das Projekt zusammen eingeteilt. Wäre das nicht total unglaublich?«

»Total unglaublich«, wiederhole ich.

»Ah, ja«, sagt Marxen. »Chris Hudsons Sohn. Ich habe schon gehört, dass du meinen Kurs mit deiner Anwesenheit beehren wirst. Ich Glückspilz.«

Ich pruste beinahe laut.

Marxen ist schon eine ganze Weile hier. Sie stammt ursprünglich zwar nicht aus Harper's Mill, ist jedoch bestens bewandert in der Hudson'schen Familiengeschichte.

»Ja, Ma'am«, erwidert Gabe. Jemand lacht, und Marxen schießt einen scharfen Blick in die Richtung.

»Nenn mich Mrs Marxen«, sagt sie, »nicht Ma'am. Hinter Juniper Bell ist noch ein Platz frei. Ich bin mir sicher, ihr beide kennt euch bereits. Vielleicht kann sie dir helfen und dich auf den aktuellen Stand bringen.«

Chloe dreht sich wieder zu mir um, ihr Mund offen und die Augen weit aufgerissen. »O mein Gott«, sagt sie noch mal. »Er ist so *heiß*.«

Ich verdrehe die Augen, während Gabe durch die

Reihen zu seinem Platz geht. Er sagt nichts. Nicht, dass ich das erwartet hätte. Er geht sogar so weit, seinen Tisch ein wenig nach hinten zu rücken, um den Abstand zwischen uns zu vergrößern.

»Perfektes Timing, Mr Hudson«, sagt Marxen, nachdem er sich gesetzt hat. Warum nennt sie ihn so? Sie nennt mich nie Ms Bell oder Chloe Ms Horror. »Heute werdet ihr in Paare für euer Halbjahresprojekt eingeteilt. Dank dir haben wir jetzt eine gerade Anzahl von Schülerinnen und Schülern.«

Sie erklärt uns die Projektaufgabe, wahrscheinlich nur seinetwegen, weil wir anderen sie bereits kennen: Wir sollen einen umfassenden Geschäftsplan für ein kleines Unternehmen erstellen, inklusive Businessplan, Firmenleitspruch, entscheidender Erfolgsfaktoren und so weiter. Marxen redet ewig weiter. Ich hoffe inständig, dass sie gar nicht mehr aufhört zu reden und es klingelt, bevor sie uns unsere Partner zuteilen kann. Ich drücke mir selbst sämtliche Daumen, dass sich Chloes Wunsch erfüllt.

»Und jetzt«, endet Marxen schließlich dramatisch, »der Moment, auf den ihr alle gewartet habt.« Sie greift nach einem Blatt Papier, bei dem es sich um die Liste mit den Projektpaarungen handeln muss. Mein Grauen wächst mit jedem Namen, der nicht meiner oder Gabes ist. Chloes Partnerin ist Olivia Parker, eine stille Elftklässlerin, die ihre Augen offensichtlich auch nicht von

Gabe abwenden kann. Chloe seufzt laut. Natürlich sind die letzten Namen auf der Liste meiner und Gabes.

»So unfair!«, flüstert Chloe absichtlich zu laut.

Ich höre keinen Ton von meinem Sitznachbarn hinter mir. Nichts. Keine Reaktion.

»Gut«, sagt Marxen, »dann steckt mal die Köpfe zusammen und schreibt eine Liste mit zehn potenziellen Firmenideen auf. Tauscht eure Handynummern oder E-Mail-Adressen oder Snaps aus, oder wie auch immer ihr miteinander kommunizieren wollt. Bis morgen müsst ihr diese Liste auf drei reduzieren. Und es darf nicht zweimal die gleiche Geschäftsidee sein, also werdet ein bisschen kreativ, Leute. Und, bitte, keine Coffeeshops oder Bäckereien. Coffeeshops und Bäckereien stehen mir bis hier.«

Die vierzehn anderen im Kurs stehen auf und setzen sich in ihren Paarungen zusammen. Gabe und ich nicht. Als ich mich zu ihm umdrehe, starrt er mich an.

»Was?«, zische ich, als ich doch halb aufstehe, um meinen Tisch näher an seinen heranzuschieben.

Er sagt nichts, sondern schaut mir nur direkt in die Augen, mit diesen wunderschönen, unvergesslich grünen Augen. So soll das also laufen. Ein Starrwettkampf. Ich glaube nicht, dass wir diesen Kurs bestehen, wenn wir einander nur anstarren. Ich ziehe eine Augenbraue hoch. Ich werde nicht als Erste was sagen. Das werde ich nicht. Ich werde ihn mit seinen eigenen Waffen schlagen, das schwöre ich.

»Hast du irgendeine Idee?«, platze ich heraus.

Er schüttelt den Kopf. »Keine einzige.«

»Oh, komm schon«, erwidere ich. »Das kann doch nicht dein Ernst sein. Ich bin mir sicher, dass du es kaum erwarten kannst, irgendeinen trendigen Foodtruck vorzuschlagen, der den ganzen Tag veganes Frühstück serviert. Oder irgendeinen Laden mit speziellem Rasierzubehör vielleicht? Mit Hipster-Bartöl? Irgendwas super L.-A.-Mäßiges?«

Er schüttelt den Kopf. »Das ist nicht das L. A., das ich kenne. Ich will ganz ehrlich sein: Dieses Projekt und dieser Kurs stehen auf meiner Prioritätenliste im Moment nicht ganz oben.«

Ich beiße mir auf die Unterlippe. »Hör mal, Gabe, ich weiß, dass bei dir gerade eine Menge los ist. Aber ich brauche eine Eins in diesem Kurs.« Ich sage ihm nicht, warum: weil ich es mir nicht leisten kann, mein Stipendium an der Cloquet Valley State University in Fred Lake zu verlieren. Ich habe vor, weiter zu Hause zu wohnen und zu pendeln, um mir die Miete zu sparen, und außerdem kann ich auf die Art auch meinen Job im Schutzgebiet behalten. Bis jetzt konnte ich das meiste von dem, was ich verdient habe, für Bücher und Studiengebühren beiseitelegen.

Eine Minute lang schweigt er und sagt dann: »Na schön. Fifty-fifty. Du lässt dir fünf Sachen einfallen, ich lasse mir fünf Sachen einfallen.«

Ich setze eine finstere Miene auf. »Okay.« Ich schlage mein Heft auf und reiße eine Seite heraus.

Trendiger Foodtruck mit ganztags veganem Frühstück
Spezielles Rasierzubehör
Musikstudio für unterprivilegierte Jugendliche
Farmstand am Straßenrand
Donutladen

Ich knalle den Stift auf den Tisch und schiebe das Blatt zu ihm rüber. Er wirft kaum einen Blick darauf.

»Musikstudio für unterprivilegierte Jugendliche? Was soll das überhaupt sein?«, fragt er.

Ich reiße die Augen auf. »Was, nicht altruistisch genug für dich?«

Er ignoriert mich. »Sie hat gesagt, keine Bäckereien.«

»Du *hast* also zugehört! Nur Donuts. Spezialitätenshop. Du bist dran.«

Er greift nach seinem Stift, beginnt zu schreiben, langsam und sorgfältig, und macht nach jedem Punkt auf der Liste eine Pause. Als er fertig ist, schiebt er mir das Blatt wieder hin und lächelt.

Sein Lächeln haut mich beinahe um. Makellose gerade, weiße Zähne, Grübchen wie zwei perfekt geschwungene Klammern links und rechts um seine Mundwinkel. Ich schlucke schwer, werfe dann einen Blick auf seine Liste und bin überrascht von seiner ordentlichen Handschrift in Großbuchstaben.

DRIVE-IN-RESTAURANT MIT ROLLSCHUHBEDIENUNGEN
FASHION-BRILLEN/INSTAGRAM-INFLUENCER
STYLIST FÜR VINTAGE-MODE
LEBENSMITTELLIEFERSERVICE
OLDTIMER-RESTAURATION

»Rollschuhbedienungen?«, frage ich. »Gibt's die noch?«

»Das könnte es.«

»Ist das nicht ein bisschen sexistisch? Hübsche Mädchen in kurzen Röcken, die Burger und Kirschlimo auf Rollschuhen servieren?«

»Niemand hat gesagt, dass es nur Mädchen sein müssen.«

»Männliche Rollschuhbedienungen?«

Er zuckt mit den Schultern. »Alle Geschlechter. Und Retro ist gerade total in.«

Ich lese mir die Liste noch mal durch und seufze. Ich vermute, der Lebensmittellieferdienst ist als Seitenhieb gemeint, aber insgesamt sind die Ideen definitiv nicht schrecklich.

»Gut genug?«, fragt er.

»Ja, gut genug.«

Es klingelt, und Gabe schießt praktisch aus seinem Stuhl hoch und zur Tür raus.

»Du Glückliche!«, quiekt Olivia Parker.

»Ich Glückliche«, grummle ich.

Beim Abendessen grillt Mom mich wegen Gabe.

»Wie war sein erster Tag? Hast du ihm alles gezeigt?«

Ich stecke mir einen Löffel voll Hühnersuppe mit Wildreis in den Mund und widerstehe dem Drang, mit den Augen zu rollen. »Nein, ich habe ihm nicht alles gezeigt. Soweit ich weiß, hat er es überlebt. Er hat auf der Heimfahrt kein einziges Wort gesagt, noch nicht mal *danke*, als ich ihn zu Hause abgeliefert habe.«

Mom legt ihren Löffel ab und faltet die Hände, die Ellenbogen auf dem Tisch abgestützt. »Habt ihr irgendwelche Kurse zusammen?«

»Einen. UWi. Und du ahnst es nicht: Wir wurden für das Projekt zusammen eingeteilt. Ich hätte lieber Chloe Horror als Partnerin gehabt.« Ich erkläre Mom die Aufgabe.

»Und? Habt ihr eure Liste auf drei Optionen begrenzt?«

Ich weiß, dass sie sich wirklich für unsere Ideen interessiert, schließlich managt sie selbst ein Unternehmen. Sie war total begeistert, als ich ihr eröffnet habe, dass ich in ihre Fußstapfen treten und Landwirtschaft und Gartenbau studieren will, dass ich gerne weiter auf der Farm bleiben und meine Arbeit in Dads Gewächshaus fortsetzen möchte. Ich würde für immer hierbleiben, wenn ich könnte.

Ich kann jedoch nicht aufhören, mir Sorgen darüber zu machen, was Gabe tun könnte, wenn er die Farm erbt. Ich tauche meinen Löffel in die Suppe, nehme ihn wieder hoch und lasse die Suppe zurück in den Teller tropfen.

»So weit sind wir nicht gekommen. Hoffentlich können wir es morgen auf dem Weg in die Schule klären. Danke übrigens, dass du mich zu seiner persönlichen Chauffeurin ernannt hast. Ist kein bisschen unbehaglich.«

Mom seufzt, geht ansonsten aber nicht auf meine Bemerkung ein. »Er ist doch erst seit ein paar Tagen hier, Juniper. Gib ihm etwas Zeit. Gib ihm eine Chance.«

Eine Chance, *was* zu tun? Ich schiebe meinen Teller weg und hebe den Blick. Moms Augen sind sanft, freundlich. Im Gegensatz zu meinen blauen sind ihre hellbraun. Ich habe vielleicht Dads Augen geerbt, aber ich komme in Sachen Körpergröße eindeutig nach Mom. Was ihr an Länge fehlt, macht sie mit ihrer Stärke mehr als wett, körperlich wie mental. Ich habe schon öfter gesehen, wie sie ein sechzig Kilo schweres Mutterschaf hochhebt, als wäre es gar nichts, und ich habe sie seit dem Tag, an dem Leona gestorben ist, nicht mehr weinen sehen. Sie ist sensibel und einfühlsam, was die Bedürfnisse der Menschen um sie herum betrifft, aber sie lässt sich nur selten von ihren eigenen Gefühlen überwältigen.

Das ist noch ein Punkt, in dem wir uns unterscheiden. Ich kann manchmal ein wenig bissig sein, wie Ted es gerne ausdrückt, und ich bin ziemlich nah am Wasser gebaut. Ich hab schon öfter geheult, weil ein Vogel im Wohnzimmer gegen das große Fenster geflogen ist.

»Wir haben im Laufe der Jahre schon einige Stürme überstanden«, sagt Mom, »darunter auch ein paar tatsächliche Stürme, zum Beispiel das heftige Unwetter, das uns die Kürbisernte im wahrsten Sinne des Wortes komplett verhagelt hat. Eine ganze Weile, nachdem dein Dad gestorben war, habe ich nicht geglaubt, dass ich das alles ohne ihn schaffen würde. Ich war so kurz davor, alles hinzuschmeißen und nach Wisconsin zu ziehen, in die Nähe meiner Eltern.«

»Warst du? Das hast du mir nie erzählt!«

Sie lächelt. »Es gibt ein paar Dinge, die man seiner kleinen Tochter nicht erzählt, wenn ihr Vater gerade an Krebs gestorben ist. Leona hat mir anvertraut, dass sie sich nach Hals Tod genauso gefühlt hat, dass sie den Gedanken nicht ertragen konnte, ohne ihn hier zu leben. Aber sie hat mir auch gesagt, dass ich eines Tages nicht mehr nur Schmerzen und Kummer um mich herum sehen würde. Und dass ich bleiben musste, weil es das Richtige für dich war, genauso, wie es das Richtige für Chris und Janie war, dass *sie* damals hiergeblieben ist, obwohl sie schon viel älter waren, als Hal starb. Und sie hatte recht. Sie hatte mit einer Menge Dinge recht.«

»Warum hat Leona Gabe die Farm hinterlassen?« Ich will nicht, dass Mom weiß, dass ich mir Sorgen mache, aber ich kann auch nicht anders, als ihr die Frage zu stellen. »Und warum nur einundfünfzig Prozent und nicht alles?«

»Das ist kompliziert«, antwortet Mom. »Aber sie hatte ihre Gründe. Es gab ein paar harte Jahre, bevor Chris endlich clean wurde. Sie fand nicht, dass Gabe davon wissen sollte, als er noch jünger war, weil sie ihn nicht auch noch diesem Druck aussetzen wollte. Er hatte schon genug andere Sorgen, mehr, als irgendein Kind jemals haben sollte.«

Ich nicke und sie fährt fort: »Ich nehme an, du weißt, was bei ihm gerade so los ist? Was in L. A. passiert ist?«

»Ja.«

»Dann weißt du auch, dass er gerade einiges durchmacht. Stell dir nur mal vor, wie einsam und fehl am Platz er sich fühlen muss. Er könnte ein bisschen freundliche Nachsicht gebrauchen, Juniper.«

Ich denke an dieses Video, wie er zusammengekauert vor dem Auto hockt, in schierer Panik. Und ich denke an Leonas Beerdigung und daran, dass er ganz allein in diesem Farmhaus ist. Vielleicht hat sie recht.

»Rede mit ihm, Schatz«, schlägt Mom mitfühlend vor. »Zeig ihm die Farm. Und vergiss nicht: Mit Honig fängt man mehr Fliegen als mit Essig.«

Während ich den Tisch abräume und das Geschirr ein wenig abbrause, bevor ich es in die Spülmaschine räume, höre ich ihre Worte erneut in meinem Kopf: *Mit Honig fängt man mehr Fliegen. Mit Honig fängt man mehr Fliegen.*

Das könnte die Antwort sein, nach der ich gesucht habe.

Kapitel 13

GABE

Wie sich herausstellt, ist eine staatliche Highschool auch nicht so viel anders als die Barlow-Winston, abgesehen von den fehlenden Uniformen und entschieden weniger Klatsch und Tratsch – bis auf ein paar Leute, die ich im Vorbeigehen im Flur habe tuscheln sehen – sowie der Tatsache, dass ich keinen Musikunterricht habe. Ich frage mich, ob das Absicht von Janie war oder ob die Schule einfach nichts in der Art anbietet.

Laurel hat mich bisher jeden Abend in ihr kleines rotes Häuschen zum Essen eingeladen, aber so gerne ich auch eine selbst gekochte Mahlzeit genießen würde, anstatt mir eine weitere Tiefkühlpizza reinzuziehen, ich habe jedes Mal abgelehnt. Dass ich zusammen mit Juniper in Unternehmertum & Wirtschaftslehre bin – oder UWi, wie sie es nennt –, ist schon stressig genug. Drei Dinge kristallisieren sich bereits heraus: Erstens behandelt sie mich wie irgendeinen x-beliebigen Typen auf der Straße, nicht wie den reichen Sohn zweier Superstar-Eltern mit einem eigenen Album auf Platz eins der Charts – und einem zweiten absolut beschissenen.

Zweitens bin ich mir nicht sicher, wie ich es finde, dass sie mich wie irgendeinen x-beliebigen Typen auf der Straße behandelt. Und drittens ist mir klar, wie abgefuckt es ist, dass ich darüber nicht begeistert bin.

In UWi am Mittwoch wählen wir unser Projektthema. Zuerst grenzen wir die Optionen auf drei ein: Farmstand am Straßenrand, Donutladen und Lebensmittellieferdienst, wobei Letzterer als Seitenhieb gemeint war. Falls Juniper das kapiert hat, lässt sie es sich nicht anmerken.

»Donutladen?« Marxen geht durchs Zimmer und schaut allen über die Schulter. »Ich habe doch gesagt: keine Bäckereien.«

Ich lächle vor mich hin, während Juniper sich mit einer Rechtfertigung abmüht. »Es ist ein Laden mit Gebäckspezialitäten, keine Bäckerei!«

»Komm mir nicht mit solchen Spitzfindigkeiten«, erwidert Marxen. »Ich habe euch beiden die Entscheidung gerade leichter gemacht.«

Als Marxen zur nächsten Paarung weiterzieht, sage ich: »Weißt du, es ist mir wirklich völlig egal. Such aus, was immer du willst.«

Ich weiß genau, was sie auswählen wird. Sie kreist *Farmstand am Straßenrand* auf dem Blatt ein.

»Ausgezeichnet«, sage ich, lehne mich auf meinem Stuhl zurück und strecke die Beine aus. »Ich hatte gehofft, dass du dich dafür entscheiden würdest. Du weißt schließlich schon alles, was es über das Geschäftsmodell Farmstand zu wissen gibt.«

Sie macht den Mund auf, um zu protestieren, klappt ihn wieder zu und öffnet ihn dann erneut. Ich kann beinahe sehen, wie sie sich auf die Zunge beißt.

»Na ja«, erwidert sie langsam, »die Stone & Wool hat nicht direkt einen eigenen Farmstand. Wir verkaufen Gemüse auf dem Farmersmarkt und manchmal kommen Kunden vorbei, die größere Mengen kaufen.«

»Klingt zumindest ähnlich.«

»Warum zeige ich dir heute nach der Schule nicht mal die ganze Farm, damit du einen besseren Eindruck davon gewinnst?« Sie klingt ... weniger angriffslustig? »Ich meine, du hast bestimmt so viele wichtige Termine im Kalender, dass du noch gar keine Zeit hattest, dir alles anzuschauen.«

Ah, da wären wir wieder. Beinahe muss ich lachen. Sie kann einfach nicht anders. Andererseits hat sie aber auch nicht ganz unrecht. Gleich nach der Schule kommt ein Typ von der Immobilienfirma vorbei, »um sich mal umzuschauen«.

»Sicher«, erwidere ich. »Ich hab zwar tatsächlich einen Termin in meinem sehr wichtigen und vollen Kalender stehen, aber der wird nur ungefähr eine halbe Stunde dauern, also, klar, du kannst mir gern alles zeigen.«

»Gut. Dann komme ich zu dir ins Farmhaus.«

Das könnte ein Problem sein, falls der Immobilienmakler noch da ist. Ich denke hastig nach. Das Gewächshaus steht hinter dem kleinen roten Haus und ist von der Straße aus nicht richtig zu erkennen, deshalb würde sie den Typen von dort aus vielleicht nicht sehen. »Wie wär's, wenn wir uns stattdessen am Gewächshaus treffen? Du arbeitest doch sowieso da, oder?«

Sie kneift misstrauisch die Augen ein wenig zusammen. »Ja«, antwortet sie zögernd. »Rein zufällig arbeite ich sowieso im Gewächshaus.«

»Perfekt«, sage ich.

»Perfekt«, wiederholt sie. »Und nach der großen Führung engagierst du dich hoffentlich ein bisschen mehr bei unserem Projekt.«

»Vielleicht werde ich das«, erwidere ich, als es klingelt.

Aber wahrscheinlich nicht, solange ich mir noch um ganz andere Dinge Sorgen machen muss.

Es steht ein teurer schwarzer SUV in der Einfahrt, als Juniper mich zu Hause absetzt. Ich vermute, der Immobilienmakler hat beschlossen, schon früher vorbeizukommen.

»Wer ist das?«, fragt sie.

»Keine Ahnung. Vielleicht ist Chris endlich hier und hat sich einen Mietwagen genommen?«

Die Lüge kommt selbst mir sehr dünn vor. Also steige ich aus dem Auto aus und knalle die Tür zu, bevor sie mir irgendwelche Fragen stellen kann.

In dem SUV sitzt niemand und ich kann auch den Makler nirgends entdecken. Zum Glück ist Juniper schon auf halbem Weg zu sich nach Hause, als der Typ hinter der Garage auftaucht.

»Gabe, nehme ich an?«, fragt er. »Eric Dunbar, Riverside Commercial Properties. Ich bin sehr froh, dass Sie die beste Immobilienagentur in ganz Nordost-Minnesota angerufen haben – und das werden Sie garantiert auch sein. Hier ist meine Karte.«

Eric Dunbar, Riverside Commercial Properties, muss knapp zwei Meter groß sein, hat dichtes braunes Haar und blassweiße, von Sommersprossen übersäte Haut. Er trägt einen schlecht sitzenden anthrazitfarbenen Anzug mit leuchtend roter Krawatte und dazu braune, dreckverkrustete Halbschuhe. Sein Händedruck ist fest, aber verschwitzt.

»Ich hoffe, es macht Ihnen nichts aus, dass ich ein wenig zu früh dran bin«, sagt er, bevor ich etwas auf seine aufdringliche Begrüßung erwidern kann. »Aber ich habe aufgepasst, dass mich niemand sieht. Wir wollen schließlich nicht, dass sich die Verwalterin irgendwelche Gedanken macht, nicht wahr?« Er kichert vor sich hin. »Ich habe mich ausführlich umgeschaut und mir einen guten Eindruck verschafft. Sie haben hier wirklich ein fantastisches Anwesen, Gabe, fantastisch. Der Fluss auf der einen Seite, das Naturschutzgebiet auf der anderen. Grundstücke wie dieses sind äußerst gefragt. Ich glaube, für den richtigen Käufer könnte das hier ein sehr attraktives Stück Land sein. Also, an welchen Zeitrahmen hatten Sie denn gedacht?«

»Ehrlich gesagt bin ich mir nicht ganz sicher«, antworte ich. »Die ganze Sache hat mich ziemlich überrumpelt und ich überschaue noch nicht alles komplett. Ich habe mich erst vor zwei Tagen mit meinem Anwalt getroffen.«

»Gut, gut.« Eric Dunbar nickt.

»Im Augenblick bin ich nur an einer Schätzung interessiert«, füge ich hinzu.

»Sicher, sicher.« Er nickt wieder. »Idealerweise sollten wir die Immobilie natürlich auf den Markt bringen, bevor der Schnee rieselt, aber sagen Sie mir einfach Bescheid, sobald Sie über alle Einzelheiten verfügen. Haben Sie sonst vielleicht noch irgendwelche Fragen?«

»Ja«, antworte ich. »Wollen Sie noch mit ins Haus kommen oder …«

»Nein, nein, meine Zeit ist heute Nachmittag ein wenig begrenzt.« Seine Stimme dröhnt förmlich über den Hof. »Darum war ich auch schon früher hier. Natürlich habe ich keins der Gebäude betreten, auch wenn ich bezweifle, dass das letzten Endes eine Rolle spielen wird. Ich nehme an, Sie würden jetzt gerne eine Summe von mir hören, richtig? Oder wer Interesse an einem Grundstück wie diesem haben könnte, solche Sachen? Ich werde ein oder zwei Tage brauchen, um alle Informationen für Sie zusammenzustellen. Klingt das für Sie in Ordnung?«

»Ja«, sage ich wieder. »Genau das möchte ich wissen. Ich habe aber noch ein paar Fragen, also ...«

»Ausgezeichnet«, schneidet er mir erneut das Wort ab. »Hat mich sehr gefreut, Sie kennenzulernen, Gabe. Ich melde mich wieder. Rufen Sie mich gerne jederzeit an, falls Sie noch weitere Fragen haben.«

Dieser Typ ist ein Vollidiot, aber ich habe das Gefühl, er ist ein Vollidiot, der mir möglicherweise zu einer satten Stange Geld verhelfen könnte, und das ist im Augenblick das Wichtigste.

Sein Handy klingelt, als er die Einfahrt zu seinem SUV überquert. »Eric Dunbar hier«, meldet er sich, steigt in den Wagen und ist schon mit dem nächsten Deal beschäftigt, bevor er überhaupt losgefahren ist.

Kapitel 14

JUNIPER

Ich habe kaum mit den Bodenproben begonnen, an denen ich für mein Jahresprojekt arbeite, als Gabe im Gewächshaus auftaucht, viel früher als erwartet.

»Das ging ja fix«, sage ich. »Ist Chris zurück?«

»Nein«, antwortet er. Er wirkt nervös, aufgewühlt.

»Und wer war dann bei Leonas Haus?«

»Oh, ein Freund von Chris. Eric irgendwas. Kennst du ihn? Er wollte irgendwas mit Chris besprechen und wusste nicht, dass er noch gar nicht hier ist.«

Ich blicke auf das Fläschchen in meiner Hand hinunter und versuche, gelassen und, na ja, nicht misstrauisch zu klingen. »Ich kenne keinen Eric. Woher kam er denn?«

»Brauchst du hier noch lange?«, fragt Gabe zurück, ohne meine Frage zu beantworten. »Ich muss bis morgen noch einen Aufsatz fertigschreiben.«

Ich will ihn fragen, für welchen Kurs oder seit wann er sich plötzlich für Hausaufgaben interessiert, schlucke die bissige Bemerkung jedoch hinunter und erinnere mich selbst an die Sache mit dem Honig.

»Ich kann das hier auch später machen«, sage ich. »Also, das hier ist das Gewächshaus. Normalerweise bauen wir unsere Markterzeugnisse auf den Feldern an – Sommer- und Winterkürbisse, Rettiche, Tomaten. Das Gewächshaus nutzen wir hauptsächlich für Kräuter und Salatpflanzen. Hier ist die Wahrscheinlichkeit geringer, dass sie von Hagel zerstört oder von irgendwelchen Viechern gefressen werden.«

Er geht die Reihen rauf und runter und begutachtet, was von unseren Sommerpflanzen noch übrig ist. Ich kann nicht sagen, ob es ihn wirklich interessiert oder ob er nur Zeit totschlägt. Er stellt mir keine Fragen und macht auch keine Bemerkung, also rede ich weiter.

»Mein Dad wollte das Gewächshaus in ein Wintertreibhaus umbauen, damit wir es das ganze Jahr hindurch nutzen können«, erkläre ich ihm. »Aber er wurde krank, bevor er die Änderungen vornehmen konnte, deshalb habe ich hier eine kürzere Anbauzeit. Trotzdem wollte ich immer dort weitermachen, wo er aufgehört hat. Wir werden sehen.«

Immer noch nichts von Gabe.

»Sollen wir weitergehen?«

Er nickt und folgt mir nach draußen. Der Himmel ist inzwischen grau und es nieselt ein bisschen, nicht ungewöhnlich für diese Jahreszeit.

»Großartig«, murmelt Gabe, als wir in den Nebel hinaustreten. »Eine Führung bei Regen.«

»Regen ist normalerweise etwas Gutes für Farmer«, entgegne ich.

»Können wir schnell machen?«

Eine schnelle Führung bei einer Farm dieser Größe? Ich schüttle den Kopf und gehe an unserem Haus und der alten Weide vorbei und auf das Kürbisbeet auf dem Nordfeld zu.

»Stone & Wool ist im Prinzip für zwei Dinge bekannt«, erkläre ich ihm. »Für Wolle, natürlich, und für Kürbisse im Herbst. Wir hatten überlegt, im Herbst auch ein Feld zum Selberpflücken anzubieten, aber für Mom und mich alleine ist das zu viel. Deshalb konzentrieren wir uns auf den Farmersmarkt.«

»Verdient ihr damit denn genügend Geld?«

Wie interessant, dass es bei seiner ersten Frage ums Geld geht. Ich will nicht, dass er denkt, der Farm ginge es nicht gut. Ich will ihm schließlich keine Munition liefern.

»Ja«, antworte ich und mache mir nicht die Mühe, auszuführen, dass auf einer Farm manche Jahre besser sind als andere oder dass sich fünfzehn Minuten Hagel oder ein heftiger Sturm auf ein ganzes Jahr auswirken können.

Wir überqueren die Straße zum Westfeld und inzwischen regnet es so stark, dass sich das Wasser in Rinnsalen im Kies sammelt.

»Auf diesem Feld bauen wir Zucchini an, Drehhalskürbis ...« Ich verstumme, als Gabe mir nicht folgt, sondern stattdessen die Straße runter zu den Scheunen geht. »Okay, dann …«

Wir gehen am Farmhaus vorbei in die große Scheune. Ich schalte das Licht an und schüttle die Regentropfen aus meinem Haar, sobald wir drin sind. In der großen Scheune lagern wir hauptsächlich unsere Maschinen und das geerntete Gemüse und bereiten uns außerdem jede Woche auf den Farmersmarkt vor. Ich erkläre ihm alles kurz. Hier gibt es nicht viel zu sehen, aber Gabe scheint sowieso nicht im Geringsten daran interessiert zu sein.

»Also, wegen des Farmstandprojekts«, sage ich. »Wir müssen uns entscheiden, ob der Verkaufsstand eher am Straßenrand unseres hypothetischen Farmgrundstücks oder auf dem eigentlichen Gelände stehen soll. So oder so, wir müssen über einen Lagerraum nachdenken und darüber, ob sich das Lager an derselben Stelle befinden soll wie der Verkaufsstand.«

»Was immer du meinst«, erwidert Gabe. »Du bist die Expertin. Wie viel haben wir noch vor uns?«

Ich hole tief Luft. Er stellt meine Geduld wirklich auf eine harte Probe. »Die Rundscheune. Die Schafe.«

»Sind die Schafe für unser Projekt wichtig?«

»Nein. Es ist ein Farmstand, richtig? Mit Gemüse.«

»Ich glaube, dann hab ich das Prinzip verstanden.«

»Das war's? Du willst den Rest der Farm nicht sehen?« Ich kann meinen gereizten Unterton nicht verbergen.

»Ja«, sagt er geistesabwesend. »Aber danke für die Führung.«

Gabe lässt das Scheunentor offen stehen und sprintet über den Hof zum Farmhaus. Ich sehe zu, wie er durch den Regen rennt, und starre ihm noch lange nach, nachdem er bereits die Stufen hinaufgespurtet und im Haus verschwunden ist. Ich bleibe im Türrahmen stehen, bis es so heftig regnet, dass ich das Farmhaus und die Bäume nur noch verschwommen erkennen kann.

Kapitel 15

GABE

Ich hatte eigentlich erwartet, dass Juniper sauer auf mich ist, nachdem ich sie bei ihrer Farmführung so abrupt habe stehen lassen. Aber als sie mich am Donnerstagmorgen abholt, reicht sie mir einen Thermobecher.

»Was ist das?«, frage ich.

»Heiße Schokolade.«

»Warum?«

»Na ja, ich hätte dir Kaffee mitgebracht, aber ich war mir nicht sicher, wie du ihn trinkst.«

»Schwarz.«

»Wie deine Seele?«, fragt sie und lacht. »War nur Spaß.«

»Ich wusste gar nicht, dass du Sinn für Humor hast«, bemerke ich trocken.

»Es gibt eine Menge, was du nicht über mich weißt«, kontert sie.

»Danke«, sage ich. »Für die heiße Schokolade.«

Sie zuckt mit der Schulter und fährt vom Hof.

»Tut mir leid, dass ich die Führung gestern einfach

abgebrochen habe«, entschuldige ich mich. »Der Regen und dann die Hausaufgaben, du weißt schon …«

»Wirklich?«, fragt sie. »Heute soll den ganzen Tag die Sonne scheinen, bei knapp fünfzehn Grad. Willst du nach der Schule weitermachen, wo wir aufgehört haben?«

»*So* leid tut's mir dann auch wieder nicht«, antworte ich. Ich trinke einen Schluck von Junipers heißer Schokolade, während sie eine finstere Miene aufsetzt.

Marxen gibt uns im Unterricht Zeit, an unserem Businessplan zu arbeiten. Juniper hat auch darüber bereits nachgedacht.

»Wir müssen eine Liste mit Gemüsesorten inklusive Anbauzeit zusammenstellen und entscheiden, von was für einer Menge wir ausgehen wollen. Wie groß die Fläche des Verkaufsstands sein soll und wie viele Angestellte wir brauchen. Oh, und wir brauchen einen Namen.«

Juniper reicht mir das Arbeitsblatt für den Businessplan, das Marxen uns vorhin ausgeteilt hat.

»Was soll ich damit machen? Du bist diejenige mit den ganzen Antworten.«

»Deine Handschrift ist schöner als meine«, erwidert sie. »Fifty-fifty, schon vergessen?«

Wir gehen die Fragen auf dem Arbeitsblatt durch. Alle paar Minuten fragt Juniper mich nach meiner Meinung und schnaubt dann frustriert, wenn ich nicht interessiert genug klinge. Mein Handy vibriert mit einer

Nachricht und ich hole es aus meiner Hosentasche, um nachzuschauen. Eric Dunbar, Immobilienmakler-Vollidiot. Das muss heute schon die vierte oder fünfte Nachricht von ihm sein. Ich schalte das Handy aus.

»Pass bloß auf, dass Marxen dich nicht damit erwischt«, warnt Juniper mich. »Sie hat eine ganze Schreibtischschublade voller konfiszierter Handys.«

»Das soll sie ruhig mal versuchen.«

»Ich vermute, du nimmst an, weil du *der* Gabe Hudson bist, würde sie es nicht wagen?«

Ich widerspreche ihr nicht.

Bei der letzten Frage, die wir beantworten, geht es um den Namen des Farmstands. Als Juniper Beet Street vorschlägt, widerspreche ich ihr auch nicht, vor allem, weil ich das hier endlich hinter mich bringen will. Ich hab in meinem ganzen Leben noch nie Rote Bete gegessen.

»Ich kann nicht glauben, dass du noch nie Rote Bete probiert hast.«

»Juniper. Ich kann dir wahrscheinlich gerade mal fünf Gemüsesorten aufzählen, die ich in meinem Leben jemals gegessen habe.«

Ihr klappt die Kinnlade herunter. »Fünf? Welche fünf?«

Ich denke darüber nach. »Karotten. Erbsen, die ich übrigens hasse. Grüne Bohnen – von denen bin ich auch kein Fan. Zählt Kopfsalat und anderer grüner Salat? Mal sehen, damit wären wir bei vier. Oh, richtig. Gran hat immer Schokoladen-Zucchini-Kuchen gebacken. Hast du den auch mal gegessen? Man hat die Zucchini überhaupt nicht rausgeschmeckt.«

»Du machst Witze.«

»Wegen des Kuchens? Nein.«

»Gabe. Du lebst in L. A. Du hast schon die ganze Welt bereist. Ich meine, du hast Zugang zu den unglaublichsten Restaurants überhaupt. Und du hast bisher erst *fünf* verschiedene Gemüse gegessen?«

»Ich glaube nicht, dass Geografie irgendwas damit zu tun hat. Ich mag kein Gemüse.« Ich erschaudere richtig.

»Wie kannst du das wissen, wenn du es noch nie probiert hast? Und was, wenn du in einem Restaurant isst und das Spezialgericht des Küchenchefs mit Spargel oder so serviert wird?« Sie schnipst mit den Fingern. »Oder du bist, ich weiß auch nicht, beim Dinner irgendeiner Preisverleihung und als Vorspeise gibt's in Räucherschinken eingewickelten Spargel. Was machst du dann?«

»Ich esse ihn nicht. Restaurants in aller Welt gehen durchaus auf wählerische Esser ein, weißt du?«

»Und was ist mit Frühlingsrollen? Mit dem Gemüse drin versteckt?«

»Esse ich nicht.« Ich grinse. Sie wird wegen meiner Essgewohnheiten geradezu wütend. Was irgendwie Spaß macht.

»Okay, was ist mit Pizza?«

»Was soll damit sein?«

»Kannst du wirklich hier sitzen und mir erzählen, du hättest noch nie eine Pizza Supreme gegessen?«

Ich schaue sie mit hochgezogenen Augenbrauen an. »Kannst du das etwas genauer ausführen?«

»Pizza Supreme: Peperoni, Wurst, Zwiebeln, grüne Paprika.«

»Okay, na schön. Vielleicht hatte ich auch schon sieben verschiedene Gemüse.«

»Aha!«, ruft sie aus und lehnt sich mit verschränkten Armen auf ihrem Stuhl zurück.

»Du bist wirklich sehr … leidenschaftlich, was Gemüse angeht, Juniper«, sage ich lächelnd.

Sie schüttelt ungläubig den Kopf.

Es klingelt, und Juniper gibt unser Arbeitsblatt ab, als wir an Marxens Schreibtisch vorbeigehen. Ich hole mit extragroßer Geste mein Handy aus meiner Hosentasche, als würde ich vor der Lehrerin meine Nachrichten checken, aber sie rollt nur mit den Augen. Sie kann sehen, dass es gar nicht an ist.

Juniper redet auf der Heimfahrt nicht viel. Vielleicht habe ich sie mit meinem Gemüsegeständnis zu sehr geschockt. Aber als sie in die Einfahrt abbiegt und vor dem Farmhaus anhält, sagt sie: »Du weißt, dass du uns jederzeit zum Abendessen willkommen bist. Ich fürchte allerdings, heute Abend gibt's Shepherd's Pie und Mom mischt manchmal Mais unter die Hackfleischmischung. Streng genommen ist Mais ein Getreide und kein Gemüse, aber ich wollte dich trotzdem schon mal vorwarnen.«

»Sehr lustig«, sage ich.

Ich habe mich die ganze Woche von Tiefkühlpizza – nur Peperoni, nicht Supreme – und Sandwiches ernährt. Ein heißes, selbst gekochtes Essen klingt einfach traumhaft.

»Ich denk drüber nach.« Ich öffne die Tür, um auszusteigen. Ich werde wirklich darüber nachdenken. Heute war ein guter Tag. »Danke fürs Mitnehmen.«

»Keine Ursache«, erwidert sie. »Sechs Uhr, falls du es einrichten kannst.«

Ich steige aus, lehne mich dann aber noch mal ins Auto. »Ich mag Mais, vor allem den mexikanischen Mais am Stiel von diesem Taco-Stand in der Nähe meiner Schule.«

Ich schließe die Tür und sehe zu, wie Juniper rückwärts aus der Einfahrt rollt. Mir knurrt bereits der Magen. Noch bevor ihr Auto auf der Straße verschwindet, vibriert mein Handy. Ich hole es aus meiner Jackentasche und öffne die Nachricht.

Rocky: Hey, ich bin's, Rocky. Wie läuft's in Minnie? Hast du den Topf voller Gold am Ende des Regenbogens schon gefunden?

Vielleicht bin ich doch nicht so hungrig, wie ich dachte.

Kapitel 16

JUNIPER

Am Freitagabend quetschen Amelia, ich und unsere Freundinnen Bunny und Youa uns in Bunnys alten Saturn Vue und fahren die dreißig Kilometer rauf nach Eveleth, der Heimat des größten Hockeyschlägers der Welt, um uns das Spiel der HRH gegen die Golden Bears anzuschauen. Die Besuchertribüne ist vollgepackt mit Screamin'-Eagles-Fans, alle in Grün und Gold gekleidet – abgesehen von Gabe Hudson, Rockstar, der von Kopf bis Fuß schwarz angezogen ist. Er trägt sogar eine schwarze Wollmütze, die er in einem der Kleiderschränke bei Leona gefunden haben muss. Er sitzt bei Frank und Janie und ein paar der anderen Football-Eltern und ich kann mich nicht entscheiden, ob ich mich an dieser Tatsache weiden oder ob er mir leidtun sollte.

Heute, kurz vor dem Klingeln, hat Marxen uns unsere Arbeitsblätter wieder zurückgegeben. Sie hat den Businessplan für Beet Street abgelehnt, mit der Begründung, er wäre zu allgemein. *Hier ist nicht genug los*, hat sie oben drüber geschrieben. *Wie wollt Ihr dafür sorgen, dass Euer Stand aus der Menge heraussticht?* Die überarbeitete

Version ist am Montag fällig. Ich kann der Tatsache nicht aus dem Weg gehen, dass Gabe und ich an diesem Wochenende daran werden arbeite müssen.

Nicht lange nach Spielbeginn geht die HRH dank eines blitzschnellen Touchdowns von Ted in Führung. Amelia jubelt laut und wir springen alle auf und klatschen, während die Musikkapelle eine triumphierende Melodie spielt.

»Oh, wow«, sagt Youa. »Ich wäre so enttäuscht, wenn dieses Spiel ein totaler Kantersieg würde. Auf geht's, Golden Bears! Macht es uns ein bisschen schwerer!«

»Du bist verrückt«, findet Bunny.

»Nein«, widerspricht Youa ihr, ohne den Blick vom Spielgeschehen abzuwenden. »Aber willst du wissen, wer verrückt ist? Meine Tante Chia. Okay, also, wir waren letztes Wochenende unten in St. Paul, zum Geburtstag meiner Cousine Mailee, und, Amelia, du kannst wirklich froh sein, dass das die *andere* Seite meiner Familie ist.«

»Ich hab sie mal kennengelernt«, erwidert Amelia. Sie und Youa sind Cousinen, ihre Väter sind Brüder. Ihre Mütter wiederum sind beste Freundinnen geworden, während Amelias Eltern noch verheiratet waren, was einer der Gründe dafür war, dass Amelia nach der Scheidung ihrer Eltern in Harper's Mill gelandet ist. »Weißt du nicht mehr? Bei der Party zu deinem sechzehnten Geburtstag oder so?«

Ich grinse. Youas Geschichten über ihre Großfamilie sind oft das Highlight dieser Spiele. Aber so sehr ihre Verwandtschaft sie auch stresst, sie kann von Glück sagen, dass sie sie hat. Ich habe Mom, und natürlich Ted und seine Familie, aber das wird nicht immer so sein.

»O Gott, stimmt ja«, sagt Youa nickend. »War das, als sie versucht hat, Tapioka zu machen? Sie ist die mieseste Köchin aller Zeiten. Ich hab wirklich keine Ahnung, wie sie und Mommy verwandt sein können. Wie dem auch sei, es war Mailees Fünfzehnter und sie hat Chia gefragt, ob sie mit ihren Freundinnen in die Mall of America gehen darf, also, allein, schon klar? Ohne Chia? Und Chia meinte, na klar, na klar. Also lädt Mailee sich ein paar Freundinnen ein und sie kommen alle am Samstag nach dem Mittagessen vorbei, um zusammen mit der Bahn in die Mall zu fahren. Und plötzlich kommt ihr Bruder Chewy runter und sagt, er wär auch startklar für die Mall.«

»O nein, das hat sie nicht«, wirft Amelia ein.

»Und ob sie das hat.«

»Dein Cousin heißt Chewy?«, fragt Bunny.

»Chewy ist sein Spitzname, *Bunny*. Er ist ein totaler *Star-Wars*-Fan, okay? Er trägt immer diese Han-Solo-Jacke aus, keine Ahnung, *Das Imperium schlägt zurück?* Aber abgesehen davon, dass er klein ist, sieht Chewy *überhaupt nicht* wie Han Solo aus. Er hat diese Pilzkopf-Frisur, eine dicke schwarze Clark-Kent-Brille und er ist *so* dürr.«

»Chewy sollte Mailee und ihre Freundinnen also in die Mall begleiten, während er wie Han Solo aussah?«, fragt Amelia.

»Ja.«

»Aber ist er denn nicht jünger als Mailee?«

Youa nickt. »Ein Jahr jünger, ja. Also, Mailee flippt, wie ihr euch vorstellen könnt, total aus. Sie kreischt völlig hysterisch rum, weil Chia ihnen nicht mal genug vertraut, um sie allein in die Mall gehen zu lassen, und weil Chewy so ein Trottel ist und, eben, weil er jünger ist als sie und sie nicht mit ihm gesehen werden will. Und das läuft alles vor ihren Freundinnen ab, okay?«

»Was total peinlich gewesen wäre«, bemerkt Amelia, »nur, dass ihre Freundinnen zu Hause wahrscheinlich genau dasselbe durchmachen?«

»Korrekt«, bestätigt Youa. »Okay, jedenfalls kommt im nächsten Moment *meine* Mom ins Wohnzimmer – sie war in der Küche und hat versucht, Chias Albtraum von einer Speisekammer besser zu organisieren –, nimmt mich beiseite und sagt ...«

»O nein«, wirft Amelia ein.

»O ja. Sie sagt: ›Chia, Mailee, beruhigt euch wieder. Ich hab die Lösung! Youa kann mit den Mädchen in die Mall fahren.‹«

»O nein«, wiederholt Amelia.

»Moment mal«, sagt Bunny. »Hattest du Samstag Abend nicht Tickets für das St. Paul Kammerorchester?«

»Ja!«, ruft Youa aus. »Im *Ordway*! Und es war Schumanns *Klavierkonzert*.«

»Bitte sag mir, dass du es noch rechtzeitig aus der Mall zurückgeschafft hast«, sagt Amelia. Youa spielt Klavier, Cello und Klarinette und nimmt seit Kurzem auch Gitarrenunterricht. Dass sie die Tickets für das St. Paul Kammerorchester ergattert hat, war eine Riesensache für sie.

Sie schüttelt den Kopf. »Natürlich nicht! Mailee musste nach ihrem kleinen Trotzanfall ihre Haare und ihr Make-up noch mal auffrischen, und als wir endlich in der Mall ankamen, war es schon nach zwei, und abgesehen von ihrer Shoppingtour mussten die Mädels auch noch absolut *alles* im Nickelodeon Universe ausprobieren, sogar die Hinterhofzwerge-Schaukel. Es war furchtbar.«

»Und was war mit deinen Tickets fürs Ordway?«, will ich wissen.

Sie schüttelt den Kopf. »Tja.« Sie seufzt. »Sie sind immerhin nicht einfach verfallen – auch wenn sie an Chia wahrscheinlich total verschwendet waren.«

»Sag nicht, dass *sie* hingegangen ist?!«, ruft Amelia aus.

»Ist sie. Sie und Mommy haben die Tickets übernommen.«

»Uff«, stöhnt Bunny.

»Das kannst du laut sagen«, stimmt Youa ihr zu. Dann knufft sie mich mit dem Ellenbogen in die Seite.

»Aber genug von mir und meiner durchgeknallten Familie. Was ist da auf eurer Farm los, Juniper, und stell dich *nicht* dumm. Du weißt genau, wovon ich spreche, und ich will ein paar Antworten.«

Amelia lacht. »Ja, Juniper, warum gibst du uns nicht ein paar Antworten?«

Ich wünschte, ich hätte welche.

»Was willst du denn wissen?« Ich weiß es besser, als zu versuchen, Youa abzuwimmeln. Sie ist sehr hartnäckig.

»Na ja, er sitzt in Weltgeschichte direkt neben mir und sagt kaum ein Wort, noch nicht mal, wenn ich ihn direkt anspreche. Ich meine, offensichtlich ist er sehr, *sehr* gut aussehend und ich stehe total auf seine Musik – na ja, zumindest auf sein erstes Album –, aber wie *ist* er denn so? Wart ihr sofort beste Freunde? Wart ihr, oder? Dein Dad, sein Dad, schon als Kinder beste Kumpels und so. Und jetzt erbt Gabe die Farm, also, ich meine, *natürlich* tretet ihr da in ihre Fußstapfen.«

»Ich hab schon genug beste Freunde, vielen Dank«, erwidere ich. »Gabe ist okay.«

»Warte kurz«, wirft Bunny ein, ohne den Blick vom Spielfeld abzuwenden. Heute Abend hat sie ihr langes rotes Haar zu einem einzelnen dicken Zopf zusammengebunden und sich eine Screamin'-Eagles-Baseballkappe tief in die Stirn gezogen. Der Quarterback ist ihr jüngerer Bruder Bucky, er geht in die Elfte und ich glaube,

Bunny hat noch kein einziges seiner Spiele verpasst. »Oh, schöner Pass! Habt ihr das gesehen? Wie dem auch sei, Chloe Horror war neulich abends im Laden, stand eine geschlagene halbe Stunde bei mir an der Kasse und hat mir erzählt, wie sehr sie am Boden zerstört war, weil sie Gabe bei irgendeinem Projekt nicht als Partner gekriegt hat. Sie hat tatsächlich die Worte ›einer der heißesten Stars in L. A.‹ benutzt. Ihr wisst, dass ich nicht mit Chloe Horror rede, wenn es sich irgendwie vermeiden lässt, aber – alles, was du zu sagen hast, ist: *Er ist okay?*«

»Ich würde nicht behaupten, dass er einer der *heißesten* Stars in L. A. ist«, erwidere ich.

»Er ist aber schon ziemlich heiß«, findet Amelia.

»Sie hat nicht die Art von heiß gemeint«, sage ich.

»Er sieht total jämmerlich aus, wie er da drüben bei seiner Tante und seinem Onkel sitzt«, bemerkt Youa. Sie knufft mich erneut mit dem Ellenbogen in die Seite. »Das kann ich ziemlich gut nachfühlen.«

Ich kaue auf meiner Unterlippe herum und denke an meinen Plan. Vielleicht sollte ich Gabe doch fragen, ob er sich zu uns setzen will. Ich sollte mir mit ihm mehr Mühe geben. Er hat das Abendessen und den Shepherd's Pie mit uns sausen lassen, aber er schien kurz davor zu sein, die Einladung diesmal anzunehmen. Ich mache also Fortschritte, richtig?

Ich stehe auf. »Bin gleich wieder da«, versichere ich meinen Freundinnen.

»Hi, Juniper!«, begrüßt Janie mich, nachdem ich mich über die Tribüne zu ihrer Sitzreihe durchgekämpft habe. »Gefällt dir das Spiel?«

»Klar«, antworte ich. »Ted ist heute Abend echt in Bestform. Hi, Frank. Hi, Gabe.«

»Hi, Kleines«, erwidert Frank.

Es ist eine Sache, dass Gabe im Unterricht mit mir spricht oder sich fürs Mitnehmen bei mir bedankt, wenn wir allein sind, aber ich bin mir nicht sicher, was ich hier von ihm erwarten soll, in der Öffentlichkeit. Gut möglich, dass er mich einfach ignoriert oder meine Anwesenheit nur mit diesem typischen Rockstar-Nicken zur Kenntnis nimmt. Ich bin überrascht, als er mich direkt anschaut und sagt: »Hi. Alles klar?«

»Ich, äh, wusste gar nicht, dass du heute Abend auch zum Spiel kommst.«

Er zeigt mit dem Daumen auf seine Tante. »Janie kann sehr überzeugend sein.«

Ich schnaube zustimmend. »In der Tat.«

»Na, ich wollte einfach nicht, dass er an einem Freitagabend ganz allein in diesem großen, leeren Haus rumsitzt«, sagt Janie.

»Chris ist also immer noch nicht da?«, frage ich.

»Seine Rückkehr verzögert sich noch«, sagt Gabe scheinbar gleichgültig. »Er ist sich nicht sicher, wann er kommen kann.«

Oh.

»Ich dachte, vielleicht willst du dich zu mir und meinen Freundinnen setzen.« Ich versuche, heiter und sorglos und … aufrichtig zu klingen. »Wir sind gleich da drüben. Siehst du, da ist Amelia, die hast du ja neulich Abend schon kennengelernt. Youa ist in deinem Kurs in Weltgeschichte und die andere ist Bunny. Bunny kennst du noch nicht.«

Janie lacht. »Diese Youa ist wirklich einmalig.«

Gabe macht den Mund auf, um etwas zu erwidern, bekommt jedoch nicht die Chance dazu.

»Gabe! Ich bin so froh, dass du hier bist!«, höre ich die schrille Stimme, bevor ich sie sehe. Chloe Horror gesellt sich zu uns und stößt mich praktisch zur Seite. Sie trägt ein weißes HRH-Crop-Top und schwarze Capri-Leggings. Es sind höchstens zehn Grad. »Du hast doch gesagt, du kommst nicht zum Spiel. Du solltest dich zu uns setzen!«

Gabe schaut Chloe an und dann wieder zurück zu mir, beinahe so, als würde er abwägen, welches das kleinere Übel ist. Er erhebt sich.

»Oh, hi, Chloe«, sagt er. »Danke für die Einladung, aber ich häng mit Juniper und … den anderen ab. Können wir, Blue?«

Ich reiße die Augen auf, als ich den Spitznamen höre, und mache einen Schritt rückwärts, als er näher kommt und dann auch noch eine Hand um meinen Arm legt. Er *berührt* mich, und ich bin mehr als nur ein bisschen geschockt von dem warmen Kribbeln unter seinem Griff.

»Tut mir leid«, sagt er zu Chloe, klingt jedoch kein bisschen, als täte es ihm leid. Sie zieht einen Schmollmund und ihr Pferdeschwanz fliegt in die Luft, als sie herumwirbelt und wieder zu ihren Freundinnen im nächsten Tribünenabschnitt zurückgeht.

»Danke für die Rettung«, sagt er. »Sie ist zwar nicht der reinste Horror, aber sie ist scheißnervtötend.«

Oh, sie *ist* der reinste Horror. Und scheißnervtötend. Beides.

Wir bahnen uns einen Weg zurück zu den Mädels.

»Hey«, grüßt Gabe in die Runde. »Wie läuft's?«

»Amelia kennst du ja«, sage ich, während die Kapelle dröhnend »Proud Mary« anstimmt. »Das ist Amelias Cousine Youa und das da ist Bunny. Nicht ihr richtiger Name.«

»Und falls du jemals rausfindest, wie sie mit richtigem Namen heißt«, warnt Amelia ihn, »mach bloß nicht den Fehler, sie so zu nennen. Und frag mich auch nicht, wie er lautet, weil ich ihn dir ganz sicher nicht verraten werde.«

Bunny winkt grob in unsere Richtung, folgt aber weiter aufmerksam dem Spielgeschehen.

»Sie meint das ernst«, bestätigt Youa. »Bunny sieht nett und freundlich aus, aber sie kann sehr böse werden, wenn man ihr dumm kommt – kleiner kostenloser Rat.

Hier, setz dich, bevor dich noch jemand anbrüllt. Du versperrst die Sicht, Mann.« Sie zieht Gabe am Arm und er landet unsanft auf der harten Metallbank zwischen Youa und Amelia. Ich setze mich auf der anderen Seite neben Youa.

»Wie gefällt dir die HRH bisher so?«, erkundigt sich Youa.

»Sie ist okay«, antwortet Gabe. »Anders.«

»Inwiefern anders? Ich meine, abgesehen von so offensichtlichen Dingen wie dem Wetter und den ganzen Stars?« Youa lächelt ihn an.

»Na ja, in einer Musikakademie würde ich zum Beispiel sicher keinen Kurs in Gartenbau belegen.«

»Moment mal, was?«, kreischt Youa beinahe. »Du warst auf einer Musikakademie?«

Ah ja. Das ist der Beginn einer wunderbaren Freundschaft zwischen den beiden.

»Auf einer Kunstakademie, ja«, bestätigt Gabe.

»O mein Gott, natürlich«, sagt sie. »Na, sei nicht allzu genervt, weil du hier keinen Musikkurs belegen kannst. Unsere Band und unser Chor sind erbärmlich. Richtig peinlich, ehrlich gesagt. Ich fahre zum Unterricht immer nach Fred Lake, und selbst das ist qualitativ fragwürdig.«

Sie unterzieht ihn einem wahren Verhör über seine Schule, seine Lehrer und die Kurse, die er belegt hat. Selbst wenn sich Musiker an entgegengesetzten Enden der Stilskala befinden, bleiben die Grundlagen dieselben.

»Verflucht, Youa«, geht Amelia nach ein paar Minuten dazwischen. »Gönn dem armen Kerl mal eine Pause.«

Youa stöhnt und streckt ihrer Cousine die Zunge raus. Mich überkommt ein Gefühl der Dankbarkeit für diese Freundinnen und der Behaglichkeit in dieser kühlen Herbstnacht in Nord-Minnesota, in der die Luft vom Geruch von Lagerfeuern und Kiefern erfüllt ist.

Bunny murmelt: »Kommt schon, kommt schon«, und blickt nervös auf die Anzeigetafel. Wie kann es sein, dass wir sieben Punkte zurückliegen? Ich hab überhaupt nicht aufgepasst. Wir richten alle den Blick aufs Spielfeld, als Bucky den Snap annimmt und den Ball zu Ted passt, der ein paar Tackles ausweicht und ihn in die Endzone bringt.

Bunny, Amelia und Youa springen johlend auf, umarmen einander und ich kann nicht mehr sehen, was auf dem Spielfeld passiert, weil sie mir die Sicht versperren. Ich kann kaum den Stadionsprecher hören, der das Ende der ersten Halbzeit verkündet. Youa packt Gabe und zieht ihn mit in ihre freudige Umarmung. Er schaut zu mir runter und lächelt mich an – ein breites, echtes Lächeln –, und irgendetwas tief in mir flattert. Ich wende den Blick ab.

»Hoch mit deinem faulen Hintern«, brüllt Youa und zieht mich auch in ihre Gruppenumarmung, und dann hüpfen und jubeln wir und führen uns auf wie Idioten und es fällt mir nicht schwer, dieses wunderhübsche Lächeln zu vergessen.

»Ich muss superdringend pinkeln«, verkündet Youa. »Und wir müssen uns Brezeln besorgen. Juniper? Kommst du mit?«

Ich schüttle den Kopf und setze mich wieder hin.

»Gabe?«, fragt Youa.

»Nee, danke.« Er setzt sich auch wieder.

Dann sind Amelia, Youa und Bunny verschwunden, die Menge um uns dünnt sich aus und es sind nur noch Gabe und ich da. Er rutscht näher zu mir ran, aber nicht so nahe, dass wir uns berühren.

»Was machst du da?«, frage ich.

»Ich dachte nur, es wäre seltsam, wenn alle anderen weg sind und diese riesige Lücke zwischen uns klafft.«

Ich lache. »Es war nur eine winzige Youa-große Lücke.«

»Sie hat eine Menge zu sagen für eine so winzige Person.«

»Winzige Person, riesige Persönlichkeit.«

»Ich verstehe, warum ihr beide Freundinnen seid.«

»Was soll das denn nun wieder heißen?« Ich runzle die Stirn.

»Winzige Person, riesige Persönlichkeit«, wiederholt er. »Ich mag deine Freundinnen, Blue.«

Wieder dieser Spitzname. Chris nennt mich Juniper Blue, nach dem Song, natürlich. Aber bisher hat noch niemand die Kurzversion Blue daraus gemacht. Es gefällt mir.

Und ich kann nicht anders, als mir einzugestehen, dass mir auch gefällt, dass es von Gabe kommt.

»Na«, sage ich und räuspere mich, »wenn du sie so sehr magst, dann solltest du nach dem Spiel auf jeden Fall noch mit uns Pizza essen gehen. Das ist eine Tradition. Ich bin mir sicher, Bunny wird es nichts ausmachen, dich anschließend nach Hause zu fahren.«

Gabe bekommt keine Gelegenheit, etwas darauf zu erwidern, weil Youa in diesem Moment zurückkehrt und sich dramatisch neben ihn auf die Bank fallen lässt.

»Ja, auf jeden Fall«, bekräftigt sie. »Gott, die Schlangen sind *so* lang. Aber ich hab 'ne Stahlblase. Ich geh nach dem Spiel in der Pizza-Ritze pinkeln.«

Gabe klappt die Kinnlade runter, aber er macht den Mund sofort wieder zu. »Äh? Pizza-Ritze?«, fragt er.

Youa nickt. »Das Beste daran, den ganzen Weg hierher zu einem Spiel zu fahren: Kartoffelpüree und Brathähnchen in der Pizza-Ritze. Und Pizza, natürlich, wenn das dein Ding ist.«

»Pizza *Ranch*«, stelle ich klar, obwohl es auch nicht viel besser klingt. »Komm schon, Youa, du bist so derb.«

»*Komm schon,* Juniper«, äfft Youa mich nach. »Vertrau mir, Gabe. Du hast nicht gelebt, solange du dich nicht am endlosen Buffet in der Pizza-Ritze ergötzt hast.«

Ich zucke zusammen, aber Gabe grinst und erwidert: »Das verpasse ich auf keinen Fall.«

Kapitel 17

GABE

Die Pizza-Ritze ist ganz anders als jedes andere Lokal, das ich jemals gesehen habe – und das will was heißen, wenn man bedenkt, dass ich schon überall auf der Welt war und in einigen sehr ungewöhnlichen Restaurants gespeist habe.

Zunächst mal spielen sie hier christliche Rockmusik, was mich ziemlich unerwartet trifft, aber keine der anderen scheint es zu bemerken oder sich daran zu stören. Die Wände zieren Kunstwerke mit Westernthema: Cowboys, Wagenräder, Hufeisen, Schilder mit Zitaten wie »Geh nie mit Sporen in die Hocke« oder »Lass den Teufel nie aufsteigen. Er will immer die Zügel in die Hand nehmen«.

Wir bezahlen an der Kasse für das »legendäre« Buffet – zu dem Preis sollte es auch besser legendär sein –, die Kassiererin reicht uns große Plastikbecher und lässt uns dann auf einen riesigen Raum mit zwei Buffettischen in der Mitte und einer Getränkestation am Rand los.

»Nimm dir ein Tablett«, sagt Youa. »Ich zeig dir, wie das hier läuft.«

Ich folge ihr um die Buffets herum, wo sie ihren Teller mit Brathähnchen, Kartoffelpüree, grünen Bohnen, Makkaronisalat und Brötchen füllt.

»Was zur Hölle sind das für Pizzen?«, frage ich und betrachte mit zusammengekniffenen Augen die Schilder darüber. »Stampede? Round-up? Wo ist die Peperoni?«

»Sag nicht Hölle, Gabe«, ermahnt mich Bunny von der anderen Seite des Buffettischs. »Dies ist ein sehr frommes Lokal.«

»Das sehe ich.«

Ich nehme mir ein paar Stücke von der Bronco, die ausschließlich mit Fleisch belegt zu sein scheint, von der Buffalo Chicken, häufe mir was von dem Kartoffelpüree auf, von dem Youa so geschwärmt hat, und versorge mich mit ein paar Hot Wings. Ich fülle meinen Plastikbecher mit Eis und Cola und folge Amelia in den Gastraum zu einem großen runden Tisch in einer Ecke. Juniper gesellt sich ein oder zwei Minuten später zu uns, ihr Teller überladen mit Salat und einem Stück Pizza, auf dem viel zu viel Gemüse ist.

»Ist auf der Pizza auch irgendwas Fleischiges?«, frage ich, als sie sich setzt.

»Nein, warum?«

»Es ist keine Pizza, wenn kein Fleisch drauf ist.«

»Falsch«, widerspricht sie mir. »Und wie ich sehe, hast du überhaupt kein Gemüse auf deinem Teller.« Sie beißt einen gigantischen Happen ab und eine riesige Tomatenscheibe klatscht ihr ans Kinn. Sie lacht.

Youa setzt sich mit einem Seufzen zu uns und blickt sehnsuchtsvoll auf ihren Teller. »O mein Gott, es ist schon so lange her«, sagt sie. Sie taucht ihre Gabel in den Berg aus Kartoffelpüree und Soße und schaufelt sich genüsslich stöhnend den Mund voll. »Es gibt nichts Besseres als die Ritze! All-you-can-eat, Baby!«

Ich mag dieses Mädchen.

»Na, schaut euch das an«, sagt Bunny und zeigt mit dem Strohhalm auf Juniper, bevor sie ihn in ihr Glas steckt. »Juniper isst *genau das Gleiche* wie beim letzten Mal.«

Youa kneift die Augen zusammen und lehnt sich über den Tisch, um besser sehen zu können. »Und alles ist in *genau derselben Reihenfolge* auf ihrem Teller.«

Juniper verdreht die Augen. »Würdet ihr es bitte gut sein lassen?«

»Was gut sein lassen?«, frage ich. »Ich verstehe nicht.«

»Keine Ahnung, ob du das von Juniper schon wusstest«, sagt Youa, »aber sie ist *sehr* festgefahren in ihren Gewohnheiten. Sie isst schon seit Jahren immer das Gleiche in der Pizza-Ritze. Einen großen langweiligen Salat und *ein* Stück Pizza Toskana Roma. Falls sie sich noch Nachschlag holt, dann immer zwei Hähnchenschenkel und Kartoffelgitter, in Barbecuesoße gedippt. Nachtisch? Kirsche. Pfirsich nur, wenn Kirsche aus ist.«

»Na und?«, verteidigt sich Juniper. »Ich mag eben, was ich mag.«

»Aber was ist mit diesem Kartoffelpüree?«, schreit Youa förmlich. »Gib ihm eine Chance, Juniper. Du wirst es niemals wissen, wenn du es nicht probierst.«

Juniper zuckt mit den Schultern. »Ich weiß nicht. Es ist ... klumpig. Es sieht längst nicht so gut aus wie das Kartoffelpüree im Happy's.«

»Was ist das Happy's?«

»Ein Laden in Harper's Mill mit dem besten Brathähnchen überhaupt«, antwortet Juniper.

»Ja«, ergänzt Youa. »Mach dir noch nicht mal die Mühe, Brathähnchen von irgendwo anders vorzuschlagen.«

»Es ist köstlich!«, bekräftigt Juniper und lacht. »Und perfekt knusprig.«

»Arme Juniper, alle machen sich über dich lustig«, sagt Amelia. »Aber das Happy's macht wirklich die besten Brathähnchen.«

»Aber es könnte doch sein, dass die Dessertpizza mit Apfel hier so unglaublich ist, dass du es gar nicht fassen kannst«, beharrt Youa. »Und du wirst das dein Leben lang verpassen.«

Juniper seufzt. »Ich mag, was ich mag«, wiederholt sie. »Und ich mag meine Routine.«

Youa hat absolut recht, was dieses Kartoffelpüree angeht. Das ist die beste Mahlzeit, die ich seit Wochen hatte, abgesehen von Janies Sonntagsbraten, natürlich. Vielleicht hätte ich Junipers Einladung zu Shepherd's Pie gestern Abend doch annehmen sollen, anstatt die restliche Tiefkühlpizza zu essen.

Wir holen uns alle noch eine zweite Runde vom Buffet, einschließlich Dessertpizza mit verschiedenen Füllungen und Softeis. Youa hat schon wieder recht: Juniper kehrt mit zwei Hähnchenschenkeln, ein paar Kartoffelgittern, einer winzigen Schüssel Barbecuesoße und einem Stück Kirsch-Dessertpizza zurück. Ich starre demonstrativ auf ihren Teller.

»Wage es ja nicht«, warnt sie mich.

»Okay, Gabe«, sagt Youa. »Ich hab ein paar Fragen an dich.«

Bunny stöhnt. »Musst du das wirklich mit jeder einzelnen Person machen, die du neu kennenlernst?«

Das dürfte interessant werden. Youa wartet nicht auf eine Erwiderung von mir, sondern beginnt sofort, mich mit Fragen zu bombardieren.

»Euer Haus in L. A., wie weit ist es vom Strand entfernt?«

»Ein paar Blocks. Und wir haben einen Pool.«

»Dann solltest du eigentlich ein bisschen braun gebrannter sein. Kein großer Sonnenanbeter?«

»Meine Großmütter hatten beide Hautkrebs. Eine von ihnen ist schließlich daran gestorben. Deshalb benutze ich immer Sonnencreme.«

»Gutes Argument«, erwidert sie. »Wie alt warst du, als du Gitarre spielen gelernt hast?«

»Sieben. Chris hat mir diese unglaubliche Martin-Akustikgitarre gekauft, eine Sonderedition zum hundertfünfundsiebzigsten Firmenjubiläum. Sie haben nur einhundertfünfundsiebzig davon gebaut. Sie ist immer noch meine Lieblingsgitarre.«

»Sieben? Ich hab irgendwo gelesen, dass du schon zehn warst. Du hast die ganze Welt bereist – was ist dein Lieblingsort?«

»Das ist einfach: Liverpool.«

»Beatles-Fan, ja? Was ist dein Lieblingssong von den Beatles?«

Ich schüttle den Kopf. »Wie könnte jemand nur *einen* Lieblingssong haben?«

Sie macht ein Geräusch wie von einem Buzzer. »Falsch! Die korrekte Antwort ist ›Let It Be‹.«

Ich lache.

»Wie ist es, mit einem Superstar wie Marley Green zusammen zu sein?«

Die hatte ich nicht erwartet. Mir dreht sich der Magen um und ich bedaure das letzte Stück Buffalo Chicken Pizza. Ich kann die Last von Marley und dem Geld einfach nicht ablegen, nicht mal für einen Abend.

»Äh. Na ja. Interessant. Und nie langweilig.«

»DC oder Marvel?«

»DC.«

»Wirklich? Warum?«

»Wonder Woman. Die Frage stellt sich doch überhaupt nicht.«

»Siehst du, Youa?«, wirft Amelia ein. »Ich bin nicht die Einzige!«

»Was hältst du von der Ritze?«

Ich glaube, ich würde jede Woche in die Ritze zurückkehren und mich an diesem legendären Buffet ergötzen, wenn es bedeuten würde, dass ich mit diesen Mädels abhängen kann. Der Einzige, der fehlt, ist Ted. Ich strecke die Hand zu Junipers Teller aus und schnappe mir eins von ihren Kartoffelgittern. Sie schlägt meine Hand weg, aber ihr Mundwinkel zuckt.

Sieht so wahre Freundschaft aus?

Youa, Juniper und ich quetschen uns auf den Rücksitz von Bunnys SUV, nachdem wir aus der Pizza-Ritze gerollt sind. Amelia stöhnt auf dem Vordersitz, dass sie viel zu voll ist, während Bunny ächzt, sie hätte lieber nicht noch ein viertes Stück Kaktusbrot essen sollen.

Ich lehne den Kopf ans Fenster und höre den Mädchen zu, wie sie über das Spiel und ihre Pläne fürs Wochenende reden. Youa muss mit ihrer Mom zweihundert Frühlingsrollen für irgendeine Veranstaltung in ihrer Kirche am Sonntag machen. Bunny trainiert für eine 110 Kilometer lange Wanderung auf dem Willard

Munger State Trail und hat eine Nachmittagsschicht in der Drogerie. Juniper arbeitet morgen früh ab acht im Schutzgebiet. Ich wusste noch nicht mal, dass sie einen Job hat.

Als Bunny mich zu Hause absetzt und ich das große, leere Haus betrete, fühle ich mich unwillkürlich ein kleines bisschen einsam. Es war eine lange Woche und ich hab nicht gut geschlafen. Ich schlafe oben in Chris' altem Kinderzimmer, aber ich kann dort jedes einzelne Geräusch hören: das Knarren des Hauses, den stotternden Ofen.

Es ist spät. Ich sollte ins Bett gehen. Stattdessen klappe ich den Deckel des Klaviers im Wohnzimmer auf. Ich hatte schon den ganzen Tag eine Melodie im Kopf und spiele ein bisschen damit rum. Sie ist langsam und ein wenig schwermütig und ich versuche, das einsame Heulen der Kojoten darin widerzuspiegeln. Ich finde einen Notizblock in dem alten Sekretär mit Rollklappe im Arbeitszimmer und schreibe die Noten auf. Es passt noch nicht richtig, aber ich will nicht wieder vergessen, was ich bis jetzt habe. Nach einer Weile gebe ich es auf und spiele ein paar Lieder, die ich schon seit Jahren auswendig kann: »Levon« von Elton John, »A Whiter Shade of Pale« von Procol Harum, »Let It Be« und »Fool on the Hill« und, wie immer, Pink Floyds »High Hopes«.

Ich sitze fast eine Stunde am Klavier, ziehe dann mit der Martin auf die Couch um und spiele, bis mir die

Finger wehtun. Ich vermisse meinen Unterricht in der Barlow. Ich vermisse es, zu spielen. Ich vermisse es, im Studio zu sein. Ich vermisse das aufregende Gefühl, etwas Neues zu erschaffen, etwas Gutes.

Ich bin müde, als ich nach oben in Chris' altes Zimmer gehe. Ich öffne das Fenster und die frische, kalte Luft kühlt den Raum sofort herunter. Ich lege mich ins Bett und konzentriere mich auf die Geräusche der Nacht: die raschelnden Zweige der Bäume, das gelegentliche Heulen eines Kojoten, Grillenzirpen. Ich bin entspannt und erschöpft und fühle mich wohl. Ich denke an das Spiel und an Pizza mit Juniper und ihren Freundinnen. Heute Abend hat … Spaß gemacht, schätze ich. Ich hatte schon lange nicht mehr solchen Spaß. Und Juniper wirkte heute Abend auch anders. Sanfter, irgendwie. So als könnten wir vielleicht doch Freunde werden.

Vielleicht wäre das ja gar nicht so schrecklich.

Kapitel 18

JUNIPER

Am Samstagmorgen arbeite ich im Schutzgebiet mit einer Jugendgruppe aus einer Kirchengemeinde in Fred Lake. Ich bin seit zwei Jahren bei der Parkbehörde angestellt und arbeite als Wanderführerin und Gruppenleiterin im Rahmen des Besucherprogramms Adopt-a-Trail des Schutzgebiets. Im Sommer und Herbst leite ich zwei- bis dreimal im Monat Gruppen wie diese. Neben allgemeinen Aufräum- und Instandhaltungsarbeiten entfernen wir auch invasive Arten und sammeln manchmal Samen für die Baumschule und Gärtnerei des Parks. Israel, der Wald- und Naturschutzexperte, und ich haben schon mal mit dieser Gruppe zusammengearbeitet, deshalb müssen wir nicht viel Zeit darauf verwenden, ihnen die Aufgaben für diesen Tag zu erklären oder alles zu demonstrieren. Hauptsächlich passen wir auf die Kinder auf, helfen ihnen, die verschiedenen Pflanzen zu bestimmen, und beantworten Fragen.

Heute ist der letzte Programmtag in diesem Jahr und normalerweise fällt er mit dem ersten Frost zusammen. Nach dieser Woche übernehme ich wieder meine Nebensaisonaufgabe im Naturzentrum auf der Nordseite des Schutzgebiets. Teil meiner Rolle ist es, den Teilnehmern zu vermitteln, wie wichtig das Programm im Speziellen und Umweltschutz im Allgemeinen ist, und nachdem die zwei Stunden um sind, gratuliere ich der Gruppe zu allem, was sie geschafft haben. Ich versichere allen, wie sehr sich andere dank ihrer Bemühungen an den Wegen erfreuen werden, und erkläre ihnen, was sie tun können, um unsere natürlichen Ressourcen auch in den Herbst- und Wintermonaten zu erhalten und zu schützen.

»Danke euch allen für eure harte Arbeit«, schließt sich Israel an, als ich fertig bin. »Und jetzt ein Applaus für Juniper und ihre tolle Anleitung und Unterstützung in diesem Sommer.«

Die Kinder und die Begleitpersonen packen ihre Sachen zusammen und gehen den Weg zurück zum Parkplatz. Wir folgen ihnen ein wenig langsamer. Ich glaube, wir sind beide ein bisschen traurig, dass die Saison schon wieder vorbei ist. »Haben sie dir schon gesagt, was du im Zentrum machen wirst?«, fragt Israel.

»Ich wäre überrascht, wenn sie mich nicht in den Souvenirladen oder in den Imbiss stecken.« Ich seufze. »Aber ich hoffe wirklich, dass ich auch ein paar Kurse unterrichten kann.«

»Ich hab gehört, dass sie drüber nachdenken, dir die Geburtstagsfeiern zu geben«, sagt Israel.

»Bitte nicht«, stöhne ich. »Ich mag Pflanzen, keine Menschen.«

Israel knufft mir seinen Ellenbogen in die Seite. »Das ist mein Spruch, junge Dame. Und selbst wenn du noch so steif und fest behauptest, dass du keine Menschen magst – was ich dir nicht eine Sekunde lang glaube –, kannst du nicht leugnen, dass die Menschen dich mögen.«

Israel arbeitet schon im Park, seit ich noch ein Kind war. Er ist groß, hat dunkelbraune Haut und zerzaustes graues Haar. Er ist ungefähr in Moms Alter, vielleicht ein bisschen älter. Seine Frau ist vor ein paar Jahren gestorben und ihr einziger Sohn ist erwachsen und hat selbst einen Sohn. Israel hat sein Haus in der Stadt verkauft und ist in eine Ein-Zimmer-Hütte noch weiter draußen auf dem Land gezogen. Er scherzt immer, dass er jetzt mit Mutter Natur verheiratet ist.

»Was tut sich im Moment so in deinem Gewächshaus?«, erkundigt er sich.

Ich bringe ihn auf den neuesten Stand, bevor ich mich verabschiede und dem Weg weiter bergab in Richtung zu Hause folge. Heute ist ein untypisch warmer Herbsttag. Die Wärme der Sonne fühlt sich wie echter Luxus auf meiner Haut an, als ich über den Hof zum Gewächshaus schlendere. Ich öffne die Tür, schicke Gabe eine Nachricht und versuche, mir keine Sorgen wegen unseres UWi-Projekts zu machen.

Dies ist der Ort, an dem ich mich am meisten wie ich selbst fühle und mit verschiedenen Anbautechniken und Geschmacksrichtungen herumprobieren kann. Ich habe vor ungefähr zwei Jahren begonnen, Tee herzustellen und sogar einen Strauch *Camellia sinensis* gepflanzt, eine Teesorte, die drei bis fünf Jahre braucht, um zu reifen. Bislang konzentriere ich mich hauptsächlich auf Kräuterteemischungen oder kaufe Basistees von einer Kooperative in Duluth. Vor ein paar Monaten habe ich angefangen, mit der Herstellung meiner eigenen ätherischen Öle zu experimentieren, aber noch läuft es eher nach dem Versuch-und-Irrtum-Prinzip.

Heute bin ich jedoch voller neuer Ideen, was keine Überraschung ist, schließlich habe ich den Morgen draußen im Park verbracht. Ich habe mich schon immer von der Natur inspirieren lassen, was meine kreative Seite angeht. Noch so eine Angewohnheit, die ich von Dad habe.

Wir waren als Familie nicht oft im Urlaub oder haben Kurztrips übers Wochenende gemacht, aber Dad und ich haben es zweimal geschafft, eine ganz besondere Wanderung außerhalb der Stadt zu unternehmen, beide Male zu Beginn des Frühjahrs, bevor auf der Farm richtig viel zu tun war. Einmal sind wir ein gutes Stück hinter Duluth am Lake Superior gewandert. Das andere Mal haben wir im Banning State Park gezeltet, ungefähr eine Stunde südlich von hier, und sind einen sechs Kilometer langen Rundweg gewandert. Ich war damals neun und hab mich fast den ganzen Weg beschwert, dass mir die Füße wehtun. Ich würde alles dafür geben, diese Zeit mit ihm zurückzubekommen.

Ich erledige schnell meine täglichen Aufgaben und setze mich dann an den Schreibtisch. Ich nehme ein Buch über Kräutertees und ein Notizbuch aus dem Regal und schreibe meine Idee für einen Cranberry-Zimt-Tee für Thanksgiving auf. Ich muss schnell machen, weil noch ein ganzer Berg Hausaufgaben auf mich wartet, unter anderem die Überarbeitung des Beet-Street-Businessplans. Keiner von uns hat ihn bei dem Spiel gestern erwähnt, und Gabe hat auch noch nicht auf die Nachricht geantwortet, die ich ihm deswegen nach der Arbeit geschickt habe.

So sehr ich auch versucht habe, mir wegen des Projekts und der Farm keine Sorgen zu machen und das alles heute Morgen im Park zu vergessen, so sehr kann ich nichts daran ändern, was ich fühle. Das hier ist unser Leben, unser Zuhause.

Ich brauche eine Tasse meiner Trostteemischung, jetzt sofort, und ich muss bei meinem Freundschaftsplan mit Gabe Hudson dringend mehr Gas geben. Gestern Abend war ein Anfang. Es schien ihm wirklich Spaß zu machen, mit uns abzuhängen. Youa kann manchmal ein bisschen viel auf einmal sein, aber er hat sich wacker geschlagen. Und dieses Lächeln, das er mir geschenkt hat, als die HRH kurz vor der Halbzeit ausgeglichen hat ... Als ich gestern Nacht die Augen zugemacht und zu schlafen versucht habe, war dieses Lächeln das Einzige, was ich gesehen habe.

Ich stehe auf, stelle das Buch über Kräutertees zurück ins Regal, drehe mich zur Tür um – und erschrecke ein wenig, als ich Gabe nur ein paar Meter von mir entfernt stehen sehe. Er lächelt – nicht *das* Lächeln, aber fast.

»Mann«, sage ich und lege eine Hand auf meine Brust, direkt über mein wie wild pochendes Herz. »Hast du mich erschreckt.«

»Offensichtlich«, erwidert Gabe. »Du warst ziemlich in Gedanken versunken.«

»Oh, ja«, stammle ich, weil ich ihm auf gar keinen Fall verraten will, dass ich über *ihn* in Gedanken versunken war, über dieses Lächeln und darüber, dass ich irgendwie nicht aus ihm schlau werde. »Was machst du denn hier?«

»Ich war am Haus und Laurel hat gesagt, dass ich dich hier finde.«

»Warum warst du denn am Haus?«

»Um mit dir zu reden.«

Ich wedle mit meinem Handy. »Du hättest mir auch eine Nachricht schicken können.«

Gabe zuckt mit den Schultern. »Mein Akku ist leer.«

»Dann lad das Ding wieder auf?«

Er zuckt wieder die Schultern. »Hin und wieder klinke ich mich eben gerne aus. Scheint mir ein guter Zeitpunkt zu sein, jetzt, wo der Akku leer ist und so.«

»Und ... lädst du es wieder auf?«

»Warum machst du dir solche Sorgen um meinen Handy-Akku?«

»Na jaaaa«, ziehe ich die letzte Silbe in die Länge, »was, wenn dich jemand erreichen muss? Ich, zum Beispiel. Ich hab dir eine Nachricht geschickt. Wir müssen unseren Businessplan überarbeiten.«

»Na jaaaa«, ahmt er mich nach, »hier bin ich. Darum war ich ja am Haus, um nach dir zu suchen. Und über unseren Businessplan zu diskutieren.«

Ich stemme die Hände in die Hüften, lasse sie jedoch gleich wieder fallen. Das ist so frustrierend. Wenn er sein Handy aufgeladen hätte wie ein verantwortungsbewusster Mensch, dann hätte ich nicht die letzten anderthalb Stunden damit verbringen müssen, mich zu fragen, warum er nicht auf meine Nachricht antwortet, und mir Sorgen darüber zu machen, ob wir den Businessplan noch rechtzeitig fertig kriegen. Was dann nicht dazu geführt hätte, dass ich mich irgendwann so in die Sache reingesteigert hatte, dass ich ein richtig übles, flaues Gefühl im Magen hatte bei der Vorstellung, ich könnte in diesem Kurs nicht die Bestnote kriegen, und bei dem Gedanken, dass sich ein derartiges Versagen auf meinen Gesamtdurchschnitt und mein Stipendium auswirken würde.

»Können wir im Haus darüber diskutieren?«, frage ich. »Ich hab noch nichts zu Mittag gegessen.«

Er nickt, lässt seine Sonnenbrille über seine Augen nach unten rutschen und folgt mir aus dem Gewächshaus über den Rasen.

Mom steht am Herd und rührt in einem riesigen Suppentopf voller Chili. »Perfektes Timing«, sagt sie. »Zwei Stunden langsam geköchelt. Alles für obendrauf steht schon auf dem Tisch. Wascht euch die Hände und bedient euch.«

Ich erwarte beinahe, dass Gabe ablehnt, aber zu meiner und, ich glaube, Moms Überraschung krempelt er die Ärmel hoch und geht zum Spülbecken, um sich die Hände zu waschen.

»Riecht fantastisch«, sagt er.

Ich sehe völlig verdutzt zu, wie er sich eine Schüssel nimmt und sie Mom hinhält, damit sie sie mit Chili füllt, bevor er um die Kücheninsel herumgeht und sich geriebenen Cheddar, Jalapeños, Sour Cream, Avocado und Tortillachips draufmacht.

Mom strahlt. »Da hat wohl jemand Hunger.«

»Ich glaube, das ist diese frische Luft in Nord-Minnesota. Ich hab gestern Nacht das Fenster aufgemacht und so gut geschlafen wie seit Wochen nicht mehr.«

»Du weißt schon, dass in Chili Tomaten drin sind, oder?«, frage ich.

Er grinst. »Sind Tomaten nicht eigentlich Obst?«

»Na ja, ja«, stammle ich, »aber was ist mit Zwiebeln? Und den Jalapeños? Oder Paprika? Alles Gemüse.«

»Vielleicht hab ich ja beschlossen, mein Gemüserepertoire zu erweitern.« Er lacht.

»Wie fandest du das Spiel gestern Abend, Gabe?«, fragt Mom ihn.

»Besser als erwartet, wenn man bedenkt, dass es mein allererstes Highschool-Footballspiel war.«

»Nicht dein Ernst!«, platze ich heraus. »Du warst noch nie vorher bei einem Highschool-Footballspiel?«

Er schüttelt den Kopf und setzt sich an unseren Tisch mit den nicht zusammenpassenden uralten Stühlen und den gestreiften Platzsets. »Das war in L. A. nicht so … meine Szene.«

Mom reicht mir eine Schüssel mit Chili. Ich streue meinen Belag darauf und setze mich neben Gabe, der es sich bereits schmecken lässt.

»Ich hab heute Morgen außerdem einen Spaziergang über die Farm gemacht«, sagt er zwischen zwei Mundvoll. »Bei Sonnenschein sieht sie ganz anders aus.«

»Und?« Mom setzt sich uns gegenüber. »Was sagst du?«

»Köstlich«, antwortet er. Ich kneife die Augen zusammen. Er weiß, dass sie nicht von ihrem Chili spricht.

»Ich meinte die Farm«, hakt Mom sanft nach.

Er knuspert einen Tortillachip und antwortet: »Ich denke, sie hat einiges zu bieten.« *Einiges zu bieten?* Was soll das denn nun wieder heißen? Ich mache den Mund auf, um ihm genau diese Frage zu stellen, aber bevor ich die Chance dazu bekomme, fügt er hinzu: »Erzähl mir von der Rundscheune.«

Mom lächelt. »Das ist unser Lieblingsplatz auf der Farm, stimmt's, Juniper? Es ist eine von nur einer Handvoll Rundscheunen im Mittleren Westen, die aus Feldsteinen erbaut sind. Ursprünglich wurde sie als Kuhstall genutzt. Als dein Urgroßvater die Farm gekauft hat, war es noch ein Milchhaus, aber er hat die Kühe verkauft und sich stattdessen Schafe zugelegt. So kam er auch auf den Namen für die Farm.«

»Wurde sie je renoviert?«

»Nicht komplett. Die Außenwände sind noch gut erhalten. Die Mauern sind sechzig Zentimeter dick, deshalb müsste schon einiges passieren, bevor sie Schaden nehmen.«

»Von innen sieht sie ein bisschen heruntergekommen aus«, bemerkt er.

Ich führe einen Löffel voll heißes Chili zum Mund und puste darauf. Er scheint mit einem Mal sehr interessiert an der Farm zu sein, wenn man bedenkt, dass er bei meiner Führung nicht schnell genug wieder verschwinden konnte. Und warum stellt er so viele Fragen zu der Rundscheune? Wen interessiert, wann sie erbaut wurde oder ob sie ein bisschen heruntergekommen ist? Ich stimme ihm zwar zu, dass sie innen eine Renovierung vertragen könnte, aber die Schafe stört das nicht. Sie ist so was wie das Wahrzeichen der Farm: Man kann sie vom Aussichtspunkt im Schutzgebiet sehen oder wenn man auf dem Fluss Kajak fährt.

»Ich habe mit Chris auch schon über eine Renovierung gesprochen«, sagt Mom. »Aber noch ist die Scheune in so gutem Zustand, dass ich mich zuerst auf andere Reparaturen und die Geräte konzentrieren konnte. Irgendwann würde ich die Herde aber gerne vergrößern. Dann müssten die Schafe in die größere Scheune umziehen und wir könnten das Innere renovieren.«

»Warum interessierst du dich denn so für die Rundscheune?«, will ich wissen, versuche jedoch, unschuldig und ruhig zu klingen.

»Ich interessiere mich für sämtliche Gebäude«, erwidert er. »Aber würdest du nicht auch sagen, dass die Rundscheune so was wie das Herzstück ist? Vielleicht sogar ein Wahrzeichen? Wie du schon gesagt hast, davon gibt's nicht so viele.«

»Oh, da stimme ich dir absolut zu«, sage ich freundlich. »Mom, wir sollten uns wegen der Scheune noch mal mit dem Historischen Heimatverein in Verbindung setzen. Vielleicht können sie uns ja helfen und wir schaffen es doch noch, sie unter Denkmalschutz zu stellen.«

»Interessant«, findet Gabe. »Dieses Chili ist köstlich. Was ist deine Geheimzutat?«

Er wechselt so geschmeidig das Thema, dass ich nicht glaube, dass es Mom auffällt. Sie strahlt wieder richtig. Sie liebt es, wenn die Leute sie nach ihrer Geheimzutat fragen.

»*Zwei* Geheimzutaten. Zimt und *Honig*.« Sie wirft mir einen scharfen Blick zu – eine Erinnerung: Honig und Essig.

»Honig«, wiederholt Gabe. »Das hätte ich niemals erraten. Wie viele Schafe habt ihr denn?«

Als Gabe randvoll mit Chili – zwei gehäufte Schüsseln – und Insiderinformationen ist, räumt Mom den Tisch ab und macht sich erbötig, die Küche aufzuräumen, damit wir zusammen an unserem Projekt arbeiten können.

»Also«, sagt er, nachdem ich meinen Laptop geholt und das Dokument geöffnet habe, das Marxen zusammen mit einem leeren Arbeitsblatt für den Businessplan geschickt hat. »Wie willst du an die Sache rangehen?«

Ich bin genervt. Es hat mir nicht gefallen, wie er nach Informationen gegraben hat. »Was meinst du damit? Marxen hat doch gesagt, dass wir noch mehr brauchen und ihr nicht nur mit einem Stand kommen können, der Gemüse verkauft. Wir brauchen noch zwei oder drei Komponenten zusätzlich, um zu zeigen, dass wir mehrere Ziele unter einen Hut bringen können.«

»Du bist in dieser Sache die Expertin. Was zur Hölle verstehe ich schon von Landwirtschaft? Überhaupt nichts – abgesehen davon, dass neben der großen Scheune hier irgendetwas wächst, wovon ich niesen muss. Deshalb überlasse ich dir die Zügel.«

Ich schweige. Auch nach gestern Abend vertraue ich ihm noch nicht. Ein großer Teil von mir will ihm das auch sagen, aber ein noch größerer Teil glaubt, dass es wahrscheinlich nicht klug wäre, schlafende Hunde zu wecken. »Du überlässt mir die Zügel«, wiederhole ich.

»Ja.«

»Darf ich dich daran erinnern, dass ich im Prinzip genauso wenig Erfahrung habe, abgesehen davon, dass ich weiß, wie man einen Stand auf einem Farmersmarkt führt, und auch das nur oberflächlich?«

»Und das ist trotzdem viel mehr Erfahrung als alles, was ich vorzuweisen habe. Du führst einen *erfolgreichen* Stand auf einem Farmersmarkt. Ich hingegen hab das Einzige verbockt, wovon ich überhaupt eine Ahnung habe.«

Tja. Ich hab mir heute Morgen endlich das zweite Album angehört, während ich mich für die Arbeit fertig gemacht habe, und ich kann ihm da nicht widersprechen.

»Sag mir, was du für Ideen hast«, fordert er mich auf.

Ich seufze. Ja, ich mache mir Sorgen um Stone & Wool. Ja, ich bin misstrauisch, was seine Motive und sein plötzliches Interesse an der Rundscheune betrifft. Aber ich erinnere mich selbst wieder daran, dass das hier ein Schulprojekt ist und nicht das Geringste mit der Realität zu tun hat. Ich habe ihn praktisch angefleht, dieses Projekt ernst zu nehmen, und jetzt tut er es. Ich atme tief durch.

»Okay. Sagen wir, der Farmstand ist das Herzstück. Vielleicht machen wir daraus mehr als nur einen Stand. Eine ganze Scheune voller Obst und Gemüse und anderen Sachen, eher wie ein Farmshop.« Als er nickt, fahre ich fort: »Ponyreiten, ein Heuwagen. Maislabyrinth. Erdbeerpflücken. Und ein Kürbisfeld zum Selberernten. Schulausflüge. Frisch gebackene Apfelkrapfen und Donuts und Apfelcider. Wie klingt das so?«

»Das klingt alles richtig gut«, findet Gabe. »Ich könnte jetzt definitiv einen Apfelkrapfen verdrücken.«

»Du hast gerade zwei Schüsseln Chili verputzt.«

»Wenn du mir jetzt einen Apfelkrapfen hinstellen würdest, würde ich ihn definitiv essen. Gran hat die besten Apfelkrapfen gemacht. Oh, und Zimtschnecken.«

Ich lächle bei der Erinnerung an Leona, die in ihrer Küche backt. »Ja, mit dieser Ahornsirupglasur. Und ihr Kaffee-Sahne-Kuchen? So gut.«

»Lustig, Allan hat dasselbe gesagt. Du hast nicht zufällig das Rezept, oder?«, fragt er.

Ich nicke. »Ich bin mir sicher, dass wir es irgendwo im Farmhaus finden, selbst wenn wir es hier nicht haben.«

»Dann nehmen wir den auch noch in die Bäckerei mit auf. Was ist mit Schafen?«

»Was soll mit ihnen sein?«

»Sollen wir auch welche auf der Farm haben? Wenn wir Ponys haben, brauchen wir auch Schafe, richtig? Kinder mögen Schafe doch, oder?«

»Schätze schon.«

»Könnten wir vielleicht Schafscheren veranstalten oder so?«

»Ich weiß nicht viel übers Schafscheren. Ich hab es noch nie selbst gemacht.«

»Aber du kannst den Leuten erklären, wie es geht, richtig?«, fragt Gabe. »Theoretisch könntest du dich vor eine Gruppe von Leuten stellen und ihnen erklären, was dabei gerade passiert? Und, du weißt schon, es ist schließlich nicht so, als müsstest du es *wirklich* tun. Beet Street ist ein reines Hirngespinst.«

»Du weißt schon, dass wir die Schafe nur einmal im Jahr scheren, oder? Sehen könnten die Besucher die Schafe das ganze Jahr über, aber wir müssten es irgendwie anders nennen.«

Gabe nickt und überlegt einen Moment. »Okay. Wie wär's dann mit einer Art Lebendige-Farm-Tour? Und das alljährliche Schafscheren könnte ein spezielles Event sein.«

»Sicher, klingt gut. Und im Frühling können sie die Lämmchen besuchen.« Meine Finger fliegen über die Tastatur, als ich unsere Ideen aufschreibe.

»Das ist jetzt vielleicht eine dumme Frage, aber was

macht ihr nach dem Scheren mit der Wolle?«, will Gabe wissen. »Ich meine hier, im wahren Leben.«

»Wir bringen sie zu einer Wollverarbeitungsfarm in Nord-Wisconsin.«

»Den ganzen Weg bis nach Wisconsin? Warum macht ihr es denn nicht selbst?«

»Wir haben weder die Zeit noch die entsprechende Ausrüstung, um die Wolle zu säubern oder zu waschen. Einen Teil davon kauft Mom wieder zurück, um sie selbst zu kardieren oder zu spinnen.«

Gabe schüttelt den Kopf. »Ich habe keine Ahnung, was das bedeutet, aber was immer es auch ist, ich glaube, wir können es in den Businessplan mit aufnehmen. Am Ende kommt schließlich Garn raus, richtig? Und das Garn könnten wir auf dem Markt verkaufen?«

»Sicher, das Strickgarn könnten wir verkaufen. Wir könnten die Wolle auch in verschiedenen Behandlungsstadien anbieten, für Kunden, die sie selber weiterverarbeiten wollen. Vielleicht sogar ein bisschen Ausrüstung, Handkarden zum Beispiel. Und fertige Produkte, wie Mom es jetzt auch tut.«

»Was stellt sie denn so für Sachen her?«

»Sie fertigt aus gefilzter Wolle Körbe, Handtaschen, Hausschuhe, Untersetzer und lauter solche Sachen. Und sie macht Mosaik-Wandbehänge.«

»Mosaik? Aus Wolle?«

»Aus gefilzter Wolle.«

»Was ist denn der Unterschied?«

Ich stehe auf. »Folge mir.« Ich nehme ihn mit ins Arbeitszimmer neben dem Wohnzimmer, wo zwei von Moms Werken hängen: eine Meereslandschaft und ein Sonnenuntergang in den Bergen.

»Hmm«, sagt er und neigt den Kopf zur Seite, während er den Gebirgssonnenuntergang betrachtet. »Interessant.«

»Interessant?«

»Na gut, sie sind unglaublich. Sie ist wirklich talentiert.«

Ich nicke. »Ist sie.«

»Also, das alles hier«, sagt Gabe, »muss mit in unseren Plan. Wir können Strickgarn und Zeugs aus gefilzter Wolle und alles andere verkaufen. Ich denke, das funktioniert echt gut zusammen. Jetzt brauchen wir nur noch einen neuen Namen. Beet Street passt nicht mehr wirklich, wenn es mehr ist als nur ein Gemüsestand.«

Aus dem Nichts fällt mir ein Name ein. »Wie wär's mit Field & Flock?«, frage ich. »Dann haben wir das Gemüse und die Schafe mit drin.«

»Field & Flock. Wie Stone & Wool. Hmm.« Er sagt nichts weiter und ich erwarte schon, dass er mir erklärt, es wäre zu ähnlich. Dann: »Gefällt mir. Sehr. Field & Flock ist gekauft.«

Das hier läuft richtig gut. Fast schon zu gut.

»Du solltest morgen mit mir auf den Farmersmarkt kommen«, schlage ich vor, als wir in die Küche zurückgehen, und überrasche mich damit selbst.

»Ja, das wäre cool«, erwidert er und schenkt mir wieder dieses verheerende Lächeln, bei dem es von meinem Magen bis rauf zu meiner Kehle in mir flattert.

Ich schüttle den Kopf, um ihn wieder freizukriegen. Ich glaube, langsam gefallen mir dieses Lächeln – und das Flattern – ein bisschen zu gut.

Kapitel 19

GABE

»Field & Flock?«, lacht Ted. Wir sind in seinem Wagen auf dem Weg zum Farmersmarkt in der Stadt. »Und das habt ihr einfach so locker-*flockig* aus dem Ärmel geschüttelt, Gabe?«

»Der Name passt perfekt«, verteidige ich mich. »Er weckt Erinnerungen an simplere Zeiten und lädt zum Entschleunigen ein, zu genießen, was die Natur uns bietet.« *Das* hab nicht ich mir einfallen lassen. Juniper hat es gestern zu Laurel gesagt, als sie sich bei uns nach dem Projekt erkundigt hat.

»Oh, also genau das, was du zurzeit auch machst, wenn man all den Klatschseiten glauben darf?«

»Ganz genau«, bestätige ich.

»Was hält Juniper von der Idee?«

»Sie findet sie großartig. Das ganze Paket.«

Ted lacht wieder. »Tut sie das? Sie hat sich nicht mit dir gestritten?«

»Sie mag es, zu streiten, so viel ist sicher. Aber im Fall von Field & Flock scheinen wir zu einer Einigung gelangt zu sein.«

Ted biegt von der Hauptstraße Richtung Gemeindezentrum ab. Die Händler haben ihre Stände vor dem Gebäude auf dem Parkplatz aufgebaut, deshalb fahren wir hintenrum und parken auf der Straße.

»Und was hat der Farmersmarkt mit Field & Flock zu tun?«, will Ted wissen, als wir aus dem Wagen steigen und wieder zur Vorderseite des Gebäudes gehen.

»Eine der Hauptattraktionen von Field & Flock ist ein Farmshop. Ich bin hier, um ein paar Ideen zu klauen.«

»Wenigstens bist du ehrlich«, findet Ted. »Aber ich geb dir trotzdem einen Rat: Lass nicht durchblicken, dass du Ideen klaust, auch wenn es nur für ein Schulprojekt ist. Du bist ein Außenseiter, Hudson hin oder her. Und was auch immer du tust, lass dir nicht anmerken, dass du Juniper nicht magst. Alle hier lieben Juniper. Und alle passen gut auf Juniper und ihre Familie auf. Du willst schließlich nicht, dass einer dieser Farmer mit einer Heugabel auf dich losgeht.«

Dabei stolpere ich tatsächlich über einen Kieselstein. »Was meinst du damit, ich soll mir nicht anmerken lassen, dass ich Juniper nicht mag? Wer sagt, dass ich Juniper nicht mag? Und war das mit den Heugabeln dein Ernst?«

»Magst du Juniper?«

»Na ja … also …«, stammle ich.

»Siehst du? Willst du wissen, was ich denke?«

Ich lache, teilweise, um die Tatsache zu verstecken, dass er mich auf dem falschen Fuß erwischt hat. »Ich bin mir sicher, du sagst es mir sowieso, ob ich es nun wissen will oder nicht.«

»Korrekt. Ich denke, du solltest dich dringend ein bisschen entspannen und Junipers Magie in dein Leben lassen.«

Jetzt pruste ich vor Lachen. Wir biegen um die Hausecke und ich sehe Juniper an einem langen Tisch mit rot-weiß karierter Tischdecke stehen. Sonnenlicht lässt ihr Gesicht erstrahlen und ihr Haar – heute zu zwei langen Zöpfen zusammengefasst – blendend weiß und leuchtend erscheinen. Sie sieht in diesem Licht tatsächlich ein bisschen magisch aus. Sie hebt eine Hand, um ihre Augen vor dem grellen Sonnenschein abzuschirmen. Als sie uns entdeckt, lächelt sie, breit und aufrichtig, und ich kann nicht anders, als zurückzulächeln.

»Hey!«, ruft sie über den Kopf einer Kundin hinweg, die drei sehr seltsam geformte Gemüse vor sich auf dem Tisch liegen hat. »Ihr habt es geschafft!«

»Ich nehme meine Pflichten als Chauffeur sehr ernst«, erklärt Ted. »Ich rieche Apfelkrapfen. Bin gleich wieder da. Bringt euch nicht gegenseitig um, während ich weg bin.«

»Verflucht noch mal«, stöhne ich, »ich hab schon die ganze Zeit Heißhunger auf Apfelkrapfen. Bring mir auch zwei mit, ja? Und einen für Blue.«

»Blue, ja?«, sagt Ted und zieht die Augenbrauen hoch. Er verbeugt sich. »Stets zu Ihren Diensten.«

Heute ist Juniper der Inbegriff von Farmgirl-Fashion: Jeans, Stiefel, schwarz-rotes Karohemd und eine schwarze Steppweste, aber keine Brille. Alles, was ihr noch fehlt, sind ein Strohhalm zum Drauf-Rumkauen und ein süßes Lämmchen auf dem Arm, dann könnte sie in ihrer eigenen Sechziger-Jahre-Sitcom mitspielen.

Ich sehe zu, wie sie die nächsten paar Minuten mit einer Kundin und der kleinen Tochter der Kundin plaudert.

»Mirabella, weißt du, wie die verschiedenen Kürbisse hier heißen?«

Das kleine Mädchen zeigt auf jeden einzelnen und murmelt etwas, das ich nicht hören kann. Aber Juniper strahlt, als sie die Namen wiederholt.

»Ja! Butternusskürbis, Eichelkürbis, Karnevalskürbis. Der Karnevalskürbis war schon immer mein Favorit. Ich finde die Streifen und Punkte und die verschiedenen Farben so hübsch. Jeder von ihnen ist absolut einzigartig!«

»Danke, Juniper. Grüß deine Mom von uns«, sagt die Frau, während sie eine Leinentasche aufhält und Juniper jeden einzelnen Kürbis sorgfältig einpackt. Leinentaschen. Perfekt für den Field-&-Flock-Farmshop. Wir könnten drei verschiedene Größen anbieten. Die Leute würden sie uns förmlich aus den Händen reißen. Und wir brauchen ein Logo, nur leider habe ich keine Ahnung von Grafikdesign. Ich frage mich, ob

Juniper sich damit auskennt, oder Ted, oder ob ihnen jemand einfällt, der ein Logo für Field & Flock entwerfen könnte.

Ich schüttle den Kopf ein wenig, um ihn wieder freizukriegen. Manchmal, wenn ich über Field & Flock nachdenke, denke ich, dass es ein echtes Geschäftsmodell ist und all die Ideen, die wir sammeln, auch für Stone & Wool funktionieren könnten. Was total lächerlich ist.

Juniper reicht der Frau einen kleinen Netzbeutel. »Hier ist eine Probe meiner jüngsten Teekreation, Fall Fireside. Und hast du nicht morgen Geburtstag, Mirabella? Hier ist eine Fee für deine Sammlung! Sie heißt Tulip.«

Die Frau legt eine Hand aufs Herz, als ihre Tochter nach der Fee greift, die Juniper ihr hinhält: eine durchsichtige, zarte Figur, höchstens fünf Zentimeter groß, mit leuchtend rosa Flügeln. »Du hast es nicht vergessen! Danke schön! Wir lieben die Feen deiner Mom, nicht wahr, Mirabella?«

Juniper streckt die Hand über den Tisch aus und zieht an einem der Zöpfe der Kleinen. »Tschüss, Mirabella. Komm bald mal wieder im Naturzentrum vorbei!«

Ich kann verstehen, warum alle Juniper lieben. Sie ist freundlich. Sie erinnert sich an Geburtstage. Sie verschenkt kleine selbst gebastelte Feen. Warum *verschenkt* sie die Feen ihrer Mom, anstatt Geld dafür zu verlangen?

»Wo hatte die Frau ihre Leinentasche her?«, frage ich, während ich Junipers schon ziemlich ausgedünnte Auswahl an Kürbissen, Zucchini und anderem Gemüse, das ich noch nicht mal kenne, betrachte. »Und erzähl mir mehr über diese Teeproben. Hast du auch größere Mengen, die du zum Verkauf anbieten könntest? Oder sind sie noch in der Testphase? Und warum hast du diese Fee verschenkt? Wie viel ist die wert?«

»Die Feen verkaufen wir für sechs Dollar das Stück«, antwortet Juniper. Sie runzelt die Stirn. »Und dir auch Hallo.«

Ah, richtig. Ich hab meine Fragen abgefeuert, ohne überhaupt Hallo zu sagen. »Hi, Blue«, sage ich leise und mit einem vorsichtigen Grinsen.

Das scheint sie zu versöhnen. Die Muskeln in ihrem Gesicht entspannen sich und sie atmet langsam aus. »Hi, Gabe. Sie ist eine unserer besten Kundinnen.«

Mein Grinsen wird breiter. »Da bin ich mir ganz sicher, wenn du ihr alles Mögliche schenkst.«

»Aber es ist Mirabellas Geburtstag!« Sie knipst ihren Charme wieder an, als der nächste Kunde an den Stand kommt. »Israel! Wie schön, dich zu sehen. Und schon das zweite Mal dieses Wochenende!«

Der Mann fährt sich mit einer Hand durch sein zerzaustes weißes Haar, ein starker Kontrast zu seiner dunkelbraunen Haut. »Mein Junge ist gestern Abend überraschend mit seiner Familie aufgetaucht! Ich hätte gerne von der wunderbaren Roten Bete deiner Mom.«

»Du hast Glück«, sagt sie. »Ich hab noch zwei Bunde von unserer besten Ernte da. Geht aufs Haus.« Sie wirft mir betont einen Blick zu und strahlt Israel an.

Sie plaudern noch ein, zwei Minuten miteinander und lachen über irgendetwas, das gestern im Naturpark passiert ist, bevor Juniper sagt: »Das ist der Fall Fireside, von dem ich dir erzählt habe. Grüß Rafe schön, und kneif für mich mal so richtig diese Babybäckchen!«

Israel winkt, als er sich mit seinen zwei Bund Rote Bete entfernt.

»Also, was hast du wegen der Tasche gesagt?« Juniper hebt wieder die Hand, um ihre Augen vor der Sonne zu schützen.

»Hast du keine Sonnenbrille?«, frage ich. Ich nehme meine ab und reiche sie ihr. »Du brauchst sie dringender als ich.«

Sie schaut auf die Sonnenbrille in ihren Händen hinunter, dann wieder hoch zu mir, ihre Augen geweitet. »Danke?«, sagt sie, als wäre sie sich nicht ganz sicher. Als wäre das, was ich gerade getan habe, vollkommen untypisch für mich. Was es wahrscheinlich auch ist, schätze ich.

»Die Leinentasche. Die Frau, die vor ein paar Minuten hier war, hat ihre Kürbisse in eine Leinentasche gepackt. Hat sie die irgendwo hier auf dem Markt gekriegt?«

Juniper zuckt mit den Schultern. »Es ist eine Leinentasche, Gabe. Die kriegt man überall. Auf dem Markt werben wir für wiederverwendbare Taschen. Die meisten Leute bringen ihre eigenen mit, aber wir haben für alle Fälle immer ein paar Papiertüten dabei.«

»Okay. Verstehe. Ich dachte, Field & Flock könnte welche verkaufen. Meinst du, du könntest ein Logo entwerfen?«

Sie schüttelt den Kopf. »Nein, aber Amelia kann bestimmt was für uns basteln.«

»Sehr gut. Kannst du sie fragen? Ich schlendere mal ein bisschen rum, um ein Gefühl für den Markt zu kriegen. Brauchst du irgendwas?«

Sie schüttelt wieder den Kopf und setzt endlich die Sonnenbrille auf. Sie ist schwarz, wie ihre Weste. »Danke«, sagt sie erneut und diesmal klingt es, als würde sie es auch so meinen.

Sie sieht gut aus mit meiner völlig überteuerten Sonnenbrille. Ich wünschte, ich hätte dieses Geld wieder, und all das andere Geld, das ich im Laufe der Jahre für irgendwelchen Mist ausgegeben habe: Schuhe und Uhren und sogar Gitarren. Nicht, dass ich es übers Herz bringen würde, meine Gitarren zu verkaufen.

Aber ich will jetzt nicht an dieses ganze Chaos denken.

»Bis später«, rufe ich ihr zu und mache mich auf die Suche nach Ted.

Die Wahrheit ist, ich würde lieber hierbleiben und Juniper mit ihren Kunden beobachten, als Ted zu finden und Apfelkrapfen zu essen.

Die Wahrheit ist, Juniper Blue wächst mir langsam ans Herz.

Später am Nachmittag fühle ich mich rastlos. Ich mache mir ein Sandwich und stöbere in der Küche herum. Die Schränke quellen vor altem Pyrex-Glasgeschirr beinahe über: in Türkis und Weiß mit Schneeflockenmuster und Grün und Weiß mit Gänseblümchen. Außerdem finde ich unzählige schwere Rührschüsseln aus Keramik und leichte Rührschüsseln aus Kunststoff. Ich ziehe die mit Kochutensilien vollgestopften Schubladen auf: Quirle, Schneebesen, irgendein großes Gerät mit einem von kleinen Löchern übersäten Behälter und zwei roten Metallgriffen, von denen die Farbe abblättert. Eine schnelle Internetsuche verrät mir, dass es sich dabei um eine Kartoffelpresse handelt, die man gemeinhin benutzt, um Kartoffeln für Lefse oder Püree zu verarbeiten. Youa würde dieses Ding lieben.

Nach der Küche ziehe ich ins Arbeitszimmer neben dem Wohnzimmer weiter und wühle in den Schubladen von Grans Rollklappensekretär herum. Zehn Jahre alte

Quittungen aus dem Dorfladen. Alte Stromrechnungen. Schwarz-Weiß-Fotos mit vergilbten Rändern. Gebetskärtchen von Beerdigungen. Scheiße. Sie hat wirklich nichts weggeworfen, oder?

Ich gehe nach oben in Grans Schlafzimmer. Die Stangen und Regalfächer des großen begehbaren Kleiderschranks aus Zedernholz sind mit Klamotten und Schuhen gefüllt, Männer- und Frauensachen. Der intensive Zederngeruch kommt mir vor wie eine gemütliche Decke, und ich greife nach einem von Grans Pullovern und halte ihn mir unter die Nase, in der Hoffnung, er hätte noch ihren süßen Kuchenduft, wie Buttercremeglasur, an sich. Hat er nicht. Ich öffne einen Schuhkarton und finde darin getrocknete Rosen und Schleierkraut. Die Blütenblätter zerbröseln unter meinen Fingern.

Es wird langsam spät und ich kann auch genauso gut ins Bett gehen, also schlurfe ich den Flur hinunter, über den kühlen knarrenden Holzboden, zu Chris' altem Kinderzimmer, das jetzt mein Zimmer ist. Ich ziehe eine der tiefen Schubladen des Schreibtischs auf, der handgefertigt aussieht. Liniertes Papier, mit ordentlicher, aber verblasster Handschrift gefüllt. Alte Comichefte und Zeitschriften, darunter eine alte Ausgabe von *Spin* von August 1991 – kurz bevor Chris aus Minnesota nach Seattle gezogen ist –, mit Paul Westerberg von den Replacements auf dem Cover. Die Schlagzeilen lauten: *Paul Westerberg: Der letzte echte Rocker und der Kult um die Replacements* und *Auf der Suche nach der Seele des Rock 'n' Roll: Ist Rock tot? SPIN-Autoren reisen durch Amerika, um es herauszufinden.* Chris ist heute noch ein Riesenfan der 'Mats. Ich nehme das Magazin aus der Schublade, um es später zu lesen.

Ein zusammengefaltetes Blatt Millimeterpapier klebt an der Rückseite der Zeitschrift. Ich pule es vorsichtig ab und falte das Papier auseinander. Die Handschrift ist ziemlich krakelig und uneinheitlich groß. Wenn ich raten müsste, würde ich sagen, sie stammt von einem Zehnjährigen, der die Schule wirklich nicht leiden konnte – oder zumindest hab ich das gehört. Chris hat eine Karte von der Farm gemalt und sämtliche Gebäude eingezeichnet und beschriftet. Die Rundscheune befindet sich genau in der Mitte. Er muss einen Zirkel benutzt haben, um mehrere konzentrische Kreise rund um die Scheune zu zeichnen. Silo, Farmhaus, große Scheune, Kletterbaum, Garage, Maschinenschuppen, Fluss, Ostfeld, Westfeld, der Bienenstock.

Der Bienenstock – Junipers Haus.

Die Kreise ziehen sich noch weiter.

Stadt

Schule

Fred Lake

Big Louie

Fluss (noch mal)
Flughafen
kalifornien
Der Sonnenschein, das Meer, die wilde Luft
Die Welt

Ich setze mich aufs Bett, die Hände fest in die Karte gekrallt, und staune darüber, dass Chris schon in so jungem Alter wusste, wohin er wollte. Für ihn hat alles an der Rundscheune begonnen und sich nach außen bewegt. Für ihn war klar, dass er eines Tages die Welt sehen würde. Er hat sogar eine Karte davon gezeichnet. Er hat sich sein ganzes Leben lang von der Rundscheune wegbewegt.

Ich bewege mich nach innen.

Kapitel 20

JUNIPER

Wir verfallen in eine gewisse Routine. Gabe kommt ein paarmal in der Woche zum Abendessen zu uns und wir arbeiten gemeinsam an unserem Projekt. Amelia hat ein schlichtes Logo für uns entworfen – ein Schafskopf in einem Kranz aus Weizen, obwohl wir auf unserer erfundenen Farm gar keinen Weizen anbauen. Sie war stolz auf ihre Arbeit, Gabe fand es gut genug für unsere erfundene Farm und damit war es auch gut genug für mich.

Wir streiten uns immer noch öfter, aber das scheint in der Natur unserer Freundschaft zu liegen. Freundschaft – kein Wort, von dem ich jemals geglaubt hätte, dass ich es benutzen würde, um unsere Beziehung zu beschreiben. Neulich haben wir im Unterricht fünfzehn Minuten darüber diskutiert, ob wir Umkleiden in unserem Farmshop haben sollten, damit die Kunden beim Anprobieren der Wollpullover mehr Privatsphäre haben. Ich bestand darauf, während Gabe fand, ein Spiegel neben der Auslage mit den Pullovern würde genügen *und* potenzielle Ladendiebe davon abhalten, irgendwas in die Umkleide mitzunehmen und in ihre Leinentasche zu stopfen.

»Soll das ein Witz sein?«, platzte ich heraus, laut genug, um mir einen scharfen Blick von Marxen einzufangen, die vorne an ihrem Schreibtisch saß. »Wer *klaut* bitte was in einem Laden auf einer *Farm*? Wir sind hier nicht in L. A., Gabe. Ehrlich!«

»Das kannst du nicht wissen! Ich hab im Süßigkeitengang im Super Valu ein paar ziemlich dubiose Gestalten rumhängen sehen. Dieselben Leute, die versucht sind, sich ein Snickers in die Hose zu stopfen, verspüren vielleicht auch den Drang … keine Ahnung … eine der Sechs-Dollar-Feen von deiner Mom zu klauen!«

»O mein Gott, das darf ich mir wahrscheinlich noch ewig anhören, oder?« Ich lachte.

»Ewig.« Er grinste und strich sich eine seiner tiefschwarzen Locken aus den Augen.

»Bell! Hudson! Ein bisschen leiser, sonst fliegt ihr raus!«, warnte Marxen uns.

Am Ende gab ich kopfschüttelnd, aber lachend nach. Keine Umkleiden.

Manchmal lernen wir abends auch noch zusammen für Weltgeschichte, obwohl ich in einem anderen Kurs bin. Er berichtet mir stolz, was er in Gartenbau Neues gelernt hat, und hilft mir sogar mit ein paar letzten Sachen, die ich jetzt am Ende der Saison noch im Gewächshaus erledigen muss.

»Was ist das?«, fragt er an dem Nachmittag, als wir die restliche Minze ernten. Er steht vor meiner Teepflanze, die inzwischen ungefähr sechzig Zentimeter hoch ist.

»*Camellia sinensis*. Eine Teepflanze.«

»Eine *Tee*pflanze? Wie baut man bitte Tee an?«

Ich lache. »Was glaubst du denn, woher Tee kommt? Die hier habe ich vor zwei Jahren gepflanzt. Im Sommer steht sie hier im Gewächshaus, im Winter nehme ich sie mit ins Haus. Es besteht die Chance, dass ich nächsten Sommer schon ein paar Blätter ernten kann, aber wahrscheinlich wird es eher noch zwei Jahre dauern.«

»Mooo-ment«, sagt er. »Willst du mir damit sagen, dass du eine Pflanze anbaust, die drei bis fünf *Jahre* braucht, bevor sie irgendetwas produziert?«

»Das ist richtig.«

»Du bist bereit, drei bis fünf *Jahre* zu warten?«

»Es ist die Sache mehr als wert. Im Moment muss ich den Tee für meine Mischungen kaufen. So kann ich mit Trocknungszeiten experimentieren und verschiedene Geschmackssorten entwickeln.«

»Das ist unglaublich, Blue. Klingt fast, als würdest du Musik komponieren. Scheiße, und ich konnte noch nicht mal drei Monate auf Chris warten, damit er mir mit meinem Album hilft. Vielleicht sollte ich auch Tee anpflanzen und dadurch mehr Geduld lernen.« Er lacht, aber es klingt hohl.

»Darum hast du nicht auf Chris gewartet? Weil du keine *Geduld* hattest?«

Er schüttelt den Kopf. »Nein. Oder ja, teilweise schon. Aber vor allem dachte ich, ich wäre unkaputtbar, weißt du? ›Burden‹ war ein Riesenhit, das Album hat mir haufenweise Geld eingebracht und, keine Ahnung, ich dachte eben, ich wäre talentiert genug, einfach das nächste Album rauszuhauen, ohne wirklich hart dafür arbeiten zu müssen.«

»Tut mir leid.« Ich weiß nicht, was ich sonst sagen soll, aber ich bin froh, dass er sich wohl genug fühlt, um mir das alles anzuvertrauen.

»Das muss dir nicht leidtun«, erwidert er.

»Wolltest du mal irgendwas anderes machen außer Musik?«

Er schüttelt den Kopf und geht zum Waschbecken, um die Erde von seinen Händen abzuwaschen. »Ungefähr ein halbes Jahr lang war ich in diesem richtig coolen Kindergarten, in dem sie uns nicht das Alphabet oder so beigebracht haben. Stattdessen haben wir dort Neues gelernt, in dem wir ›das Leben erfahren‹.« Er malt mit den Fingern Gänsefüßchen in die Luft. »Wir haben Ausflüge zur Feuerwehr und ins Museum gemacht und durften Farbe auf große Leinwände an den Wänden schmeißen und es als Kunst bezeichnen. Damals dachte ich, es wäre cool, Feuerwehrmann zu werden oder Künstler, genau wie alle anderen Kinder in meiner Gruppe. Aber davon abgesehen – nein. Musik war schon immer mein Ding. Ich vermisse meine Gitarren. Ich habe nur meine Akustikgitarre hierher mitgebracht, aber ich überlege, ob ich mir die anderen auch herschicken lassen soll. Oder mir geht wieder die Geduld aus und ich kaufe mir einfach ein paar neue.« Er lacht wieder.

»Geduld gehört definitiv zu den Dingen, die man lernt, wenn man auf einer Farm aufwächst«, erwidere ich, zupfe die Minzblätter von den Stielen und lege sie auf ein Backblech. Ich werde sie später in der Küche im Ofen trocknen. »Wir hatten früher diesen kleinen Garten hinter dem Haus, in dem Mom Gemüse für unsere Familie angebaut hat. Es ist mir immer so schwergefallen, zu warten, bis das Gemüse reif war. Ich hab die Karotten viel zu früh aus der Erde gezogen, den Dreck an meinem T-Shirt abgewischt und einen großen Happen von diesem bitteren, erdigen Ding abgebissen. Als die Erbsen endlich so weit waren, hab ich mich zwischen die Reihen gesetzt und die Schoten direkt vor Ort aufgedrückt.«

Ich schaue rüber zu Gabe und sehe, dass er mich anlächelt. Er sagt nichts.

»Was?«, frage ich.

»Ich kann mir gut vorstellen, wie du da gesessen hast, das Gesicht und die Klamotten voller Dreck. Das fällt nicht schwer, schließlich hast du immer noch die Hälfte der Zeit Dreck im Gesicht und an den Klamotten.« Er grinst hämisch.

»Ta-daa! Er ist mit seiner Show noch die ganze Woche hier, Leute.«

»Haben die Karotten denn nicht, du weißt schon, nach Erde geschmeckt?«

»Genau das macht ja den Charme aus«, erwidere ich.

»Genau deshalb mag ich kein Gemüse«, kontert er.

»Ich werde es zur großen Mission meines Lebens machen, deine Meinung zu ändern.«

»Viel Glück.« Er lächelt.

Mom lädt Gabe und die Mädels am Freitag vor dem Heimspiel der Footballmannschaft zum Abendessen ein. Gabe lehnt ab, weil Chris endlich aus L. A. kommt, und Bunny hat Schicht in der Drogerie, deshalb fahren nur Amelia und Youa nach der Schule mit zu uns nach Hause. Wir liefern Gabe ab und ich serviere uns allen Eistee auf der Veranda vor dem Haus. Es ist wunderbar sonnig, und obwohl die Luft ein wenig kühl ist, wollen wir einen der letzten Tage mit gutem Wetter voll und ganz auskosten.

Amelia setzt sich, stellt die Füße auf dem Geländer ab, richtet das Gesicht in den Himmel und schließt die Augen. »Die Sonne fühlt sich so gut an.«

»Gott, ich weiß«, stimmt Youa ihr zu. »Das Wetter muss noch halten. Wir haben am Sonntag in der Kirche dieses riesige Fest. Ich sterbe, wenn es wieder genauso regnet wie letztes Jahr.«

»Was macht ihr denn dieses Jahr?«, will Amelia wissen.

»Wir sind fürs Ringewerfen eingeteilt«, antwortet sie. »Langweilig. Ihr kommt doch, oder?«

Amelia verdreht die Augen. »Oh, ich komme auf jeden Fall. Deine Mom hat mich und Kat für den Popcornstand eingespannt.«

»Ha!«, stößt Youa aus. »Willkommen in meiner Welt. Du solltest auch vorbeischauen, Juniper.«

»Danke für die Einladung.« Mom und ich gehen nicht in die Kirche, aber ich war schon ein paarmal bei dem Jahrmarkt. »Ich versuch's.«

»Du solltest Gabe mitbringen«, findet Amelia. »Ihr zwei scheint inzwischen ja richtig dicke Kumpels zu sein.«

»Mm-hmm«, brummt Youa zustimmend. »Er hat neulich in Weltgeschichte nur von dir und eurem UWi-Projekt geschwärmt. Man hätte echt meinen können, du kannst über Wasser gehen. *Und* er hat dich Blue genannt. Was hat's bitte damit auf sich?«

Ich spüre, wie meine Wangen zu glühen beginnen, deshalb trinke ich einen langen Schluck Eistee, in dem Versuch, mich wieder abzukühlen. »Oh, du weißt schon, wegen ›Juniper Blue‹. Es ist sein Spitzname für mich. Chris nennt mich auch so.«

»Nein«, widerspricht Amelia mir. »Chris nennt dich Juniper Blue, komplett. Nicht nur Blue.«

»Haarspaltereien«, sage ich.

Youa schnaubt. »Wohl kaum. Ihr zwei verbringt ziemlich viel Zeit miteinander. Mach schon, plaudere ein bisschen aus dem Nähkästchen.«

Ich spiele mit dem Gedanken, ihnen alles zu erzählen. Dass ich es am Anfang kaum im selben Raum ausgehalten habe wie er. Dass ich mir den Plan ausgedacht habe, die Freundschaft mit ihm nur vorzutäuschen, um so die Farm zu retten. Dass er mich zum Lachen bringt. Dass sich unsere Freundschaft jeden Tag weniger vorgetäuscht anfühlt. Dass sein Lächeln dieses Flattern bei mir auslöst. Dass jedes Mal, wenn er mich bei meinem Spitznamen nennt, diese Wärme durch meinen Körper rauscht. Beinahe wünsche ich mir, er hätte ihn geheim gehalten, nur für ihn und mich.

Aber ich erzähle ihnen nichts davon. Es ist noch zu neu, zu zerbrechlich, und es gehört schließlich auch nicht zu meinem Plan.

»Ich schätze … je mehr Zeit ich mit ihm verbringe, desto mehr kommt er mir wie ein ganz normaler Typ vor, wisst ihr? Alles in allem ist er … okay.«

»Hmm«, macht Amelia. »Interessant. Und was ist mit der Farm?«

»Was soll mit der Farm sein?«

»Er. Wenn er die Farm nächsten Monat verkauft.«

Mir dreht sich der Magen um. »Moment mal. Was meinst du damit, wenn er die Farm nächsten Monat verkauft?«

»Nein, tut mir leid. Ich hab gemeint, *falls* er sich entscheidet, die Farm nächsten Monat zu verkaufen?«

Ich schließe die Augen. »Gott, hast du mir gerade einen Schreck eingejagt.«

»Machst du dir deswegen immer noch Sorgen?«, fragt Youa. »Ich meine, das wäre vermutlich berechtigt, oder? Hat er sein letztes Album nicht total in den Sand gesetzt? Das Grundstück hier ist wahrscheinlich eine Menge wert, meinst du nicht auch? So direkt am Fluss?«

»Ich *mache* mir Sorgen«, gebe ich zu. »Natürlich mache ich mir Sorgen. Ich meine, ich würde am liebsten für immer hier leben und arbeiten, wenn ich könnte. Wenn sie wirklich beschließen, zu verkaufen, was dann? Ich will nicht, dass meine Mom ihren kompletten Lebensunterhalt verliert, nur weil Gabe nicht richtig mit seinem Geld umgehen kann.«

»Aber sie müssen beide zustimmen, richtig?«, wirft Amelia ein. »Alles oder nichts?«

Ich nicke.

»Ich will dir ja nicht noch mehr Angst einjagen, aber ich kann mir schon vorstellen, dass Chris einwilligt«, sagt sie. »Er ist sowieso so gut wie nie hier.«

Das ist wirklich nicht sehr hilfreich.

»Was willst du jetzt machen?«, fragt Youa im selben Moment, in dem Amelia hinzufügt: »Halt deine Freunde nah bei dir, aber deine falschen Freunde noch näher.«

»Aus welchem Film ist das?«, frage ich.

»*Der Pate: Teil II*. Im Film heißt es zwar Feinde, nicht falsche Freunde, aber das Prinzip ist dasselbe. Halte beim Schlafen immer ein Auge offen.«

»Du bist so dramatisch, Amelia«, stöhnt Youa und verdreht die Augen. »Du guckst zu viele Filme.«

Amelia zuckt mit den Schultern. »Das Leben imitiert die Kunst, wie man so schön sagt. Ist auf Gabes erstem Album nicht auch ein Song, der ›Life Imitates Art‹ heißt?«

»Nein«, korrigiere ich sie, »er heißt ›Imitation of Life‹.«

»Ach, tut er, ja?«, kichert Youa. »Wie vertraut bist du *wirklich* mit seiner langen Hit-Latte?«

»Wow, Youa«, sage ich.

»Alles, was ich damit sagen will, ist, dass du diesen vermeintlichen Freund so nah wie möglich bei dir halten solltest, Süße.«

»Du bist total lächerlich«, finde ich.

»Andererseits kommt er mir ziemlich vertrauenswürdig vor«, fügt Youa hinzu. »Du kannst darauf vertrauen, dass der Junge alles in dir zum Kribbeln bringt, wenn er singt.« Sie überlegt einen Moment lang. »Oder dir leise Zärtlichkeiten ins Ohr flüstert. Oder …«

»Hör auf!«, schneide ich ihr das Wort ab.

»Das wirst du ganz sicher nicht zu Gabe sagen, wenn er …«

»O mein Gott, Youa, lass es gut sein!«

Sie lacht.

»Diese Unterhaltung ist beendet«, sage ich und stehe auf. »Ich helfe Mom mit dem Abendessen. Ich rufe euch, wenn es fertig ist. Setzt *keinen* Fuß in dieses Haus, bis es so weit ist. Und was immer ihr auch tut, ihr redet in Anwesenheit meiner Mutter *nicht* über Gabes lange Hit-Latte!«

Sie lachen, während ich ins Haus verschwinde.

Amelia hat allerdings nicht ganz unrecht, was die Sache mit den falschen Freunden angeht. Es ist sozusagen eine andere Version der Honig-Essig-Geschichte.

Ich muss mich und mein flatterndes Herz daran erinnern, dass Gabe der Feind ist.

Kapitel 21

GABE

Ich schlafe in letzter Zeit besser.

Die Schlafprobleme, die Rastlosigkeit, das hat alles angefangen, lange bevor ich nach Minnesota kam, sogar noch bevor ich mich zum zweiten Mal wieder mit Marley versöhnt habe. Wenn ich mich auf ein bestimmtes Datum festlegen müsste, dann würde ich sagen, es war der Tag, an dem ich dem Label erklärt habe, dass ich für *Embrace the Suck* mit ihrem zweitklassigen Produzenten zusammenarbeiten würde, obwohl ich wusste, dass Chris stinksauer sein würde, wenn er es herausfindet. Aber ich hatte schon lange genug darauf gewartet, dass er sein Versprechen einlöst. Zu lange.

Chris fliegt aus L. A. her. Jetzt bin *ich* stinksauer, weil er die Reise – oder mich – nicht zu seiner obersten Priorität gemacht hat. Aber immerhin bringt er ein paar Gitarren und Ausrüstung mit. Er musste einen kleinen Umzugswagen mieten, um alles vom Flughafen herzuschaffen. Die Kisten auszuladen und auszupacken, ist wie Weihnachten, mein Geburtstag und Schlechtes-Gewissen-Geschenke wegen der Scheidung auf einmal. Und es mildert meine Wut auf ihn ein *bisschen.*

Fürs Erste verstauen wir alles im Wohn- und Arbeitszimmer. »Hast du vor, länger zu bleiben?«, frage ich ihn.

Er nickt. »Warum nicht? Du bist hier, also kann ich auch genauso gut hier abhängen. Lass uns Pizza bestellen und ein Lagerfeuer machen. Nichts hilft besser, als am Fluss zu sitzen und sich den Blues von der Seele zu spielen.«

»Wer hat irgendwas von Blues gesagt?«, frage ich und streiche grinsend über meine Gibson Hummingbird. Ich glaube, zum ersten Mal seit Wochen empfinde ich so etwas wie Glück. »Gott, fühlt sich das gut an. Es gibt nichts Besseres.«

Er schnaubt. »Du warst offensichtlich noch nie verliebt, wenn du glaubst, das Beste, was du jemals im Arm halten wirst, wäre diese Gitarre.«

Er hat nicht ganz unrecht. Aber Gitarren lügen nicht.

»Hast du schon mal ein Lagerfeuer gemacht?«, fragt er, als wir dem Weg vom Farmhaus runter zum Fluss folgen.

»Nein.«

»Gehst du nie campen?«

»In L. A.?«

»Du kannst auch aus L. A. rausfahren, weißt du? In Kalifornien gibt's jede Menge Platz zum Campen und für Erkundungstouren.«

»Warum warst du dann nie mit mir campen?«, will ich wissen.

Chris lacht. »Okay, touché. Du bist sowieso eher ein Stubentiger.«

»Stubentiger?«

Er nickt. »Bring nie ein wildes Tier mit ins Haus, hat Pa uns beigebracht, und lass einen Stubentiger nie frei durch die Wildnis streifen.«

»Guter Rat«, erwidere ich. »Da frage ich mich doch direkt, wie ich hier gelandet bin.«

»Sehr lustig.«

Chris erzählt mir von den Haustieren, die er als Kind hatte – eine Katze namens Dusty Springfield und ein Hund namens Sparky –, während er die Feuerstelle freiräumt und ein paar Holzscheite von einem zwischen zwei Bäumen aufgeschichteten Stapel nimmt.

»Sieh zu und lerne«, sagt er und stapelt das Holz wie bei einer Blockhütte auf. In der Nähe der Feuerstelle steht ein kleiner Schuppen. Chris schließt das Vorhängeschloss auf und holt einen Karton voller Zeitungspapier und kleiner Zweige heraus. »Kienspan und Zunder«, erklärt er. Schon kurz darauf hat er das Feuer entfacht und holt zwei Campingstühle aus dem Schuppen.

Wir sitzen am Feuer, während die Sonne untergeht und sich der Himmel dunkler färbt. Wir spielen und singen Songs, gefühlt stundenlang. Pink Floyd, »Wish You Were Here«. Alice in Chains, »Down in a Hole«.

The Rolling Stones, »You Can't Always Get What You Want«. Hin und wieder stochert Chris mit einem Stock im Feuer herum oder fügt ein weiteres Holzscheit hinzu.

»Das ist gut, oder?«, fragt er.

»Ja. Richtig gut.«

Alles ist gut: das Feuer, der ruhige Fluss, der unglaubliche Nachthimmel mit all den funkelnden Sternen und dem Vollmond, die Gitarren, die Harmonien. Ich könnte mich daran gewöhnen.

»Ich hab überlegt, eine Weile hierzubleiben. Bis Weihnachten, Neujahr, möglicherweise auch länger. Vielleicht ist es ja an der Zeit, hier irgendwo ein Studio einzurichten.« Er spielt eine Melodie, die ich nicht erkenne.

Ich bin entspannt und gelöst und muss die ganze Zeit denken: Wenn Chris für eine Weile in Minnesota bleibt, wenn wir wieder mehr Zeit miteinander verbringen, vielleicht kann ich ihn dann davon überzeugen, dass jetzt der richtige Zeitpunkt ist, zu verkaufen.

»Was schwebt dir vor?«, frage ich. »Willst du eins der Gästezimmer umbauen?«

Das Farmhaus ist groß, aber nicht groß genug für ein Musikstudio. Abgesehen von Grans Schlafzimmer, in dem Chris jetzt schläft, sind alle Zimmer oben eher klein und mit antiken Möbeln und Schnickschnack vollgestellt. Der Keller ist immer noch nicht fertig ausgebaut und riecht feucht und schimmlig.

»Nee. Die Garage ist beheizt. Vielleicht baue ich da alles auf.«

»Die Akustik wäre beschissen«, sage ich.

»Ja, ich muss vielleicht jemanden anheuern, der sich darum kümmert.«

»Ich hatte jemanden hier, der sich das Grundstück mal angesehen hat.« Die Worte sprudeln aus meinem Mund, ohne dass ich darüber nachdenken kann.

Er zieht eine Augenbraue hoch. »Hmm«, brummt er.

Das ist alles. Ich weiß nicht, was ich erwartet habe, von ihm zu hören. »Nur, um eine Vorstellung von einem möglichen Verkaufspreis zu kriegen.«

»Ich weiß wirklich nicht, warum du dafür extra jemanden kommen lassen musstest. Allan hat dir doch gesagt, wie viel die Farm wert ist.«

»Sicher, er hat mir gesagt, wie viel sie *wert* ist, nicht, wie viel ich dafür kriegen könnte. Ich meine, diese Rundscheune allein ...« Mir wird im selben Moment, in dem die Worte über meine Lippen kommen, klar, dass ich wie ein verwöhntes reiches Kind aus L. A. klinge, das sich nur für sich selbst interessiert.

»Verstehe«, sagt Chris. »Und hat er dir gesagt, was du hören wolltest?«

»Schätze schon.« Eric Dunbar, Riverside Commercial Properties, hat mir eine E-Mail mit einer Zahl geschickt und ruft mich alle paar Tage an, um zu hören »wie's aussieht«.

»Na, das wirst du jetzt bis in alle Ewigkeit hören. Sie werden um dich rumschwirren wie die Fliegen um die Scheiße. Ein Grundstück so nah am Fluss und am Schutzgebiet? Ist eine Goldgrube.«

»Darum wollte ich ja auch so schnell wie möglich jemanden hier haben. Ich wollte über alle Fakten informiert sein, damit ich alles in Ruhe überdenken kann.«

»Ja? Und was denkst du so?«

Was ich denke? Ich denke, dass die Zahl, die Eric Dunbar mir genannt hat, ziemlich gut war. Ich denke, dass Chris recht hat. Dieses Land ist eine Goldgrube.

»Ich denke, dass es immer noch einiges gibt, worüber ich nachdenken muss«, antworte ich. Das vertraute Gefühl der Angst rumort in meinem Magen: eine kleine Erinnerung.

»Ich denke, du solltest vorsichtig sein, wem du hier vertraust«, sagt Chris. Er meint das sehr ernst. »Rede mit mir, bevor du irgendwas Dummes tust.«

Zu spät.

Mein Bankkonto schrumpft rapide, meine Kreditkarten sind überzogen und Rockys Worte laufen in Endlosschleife durch meinen Kopf: *Ich verlass mich auf dich, Gabe.*

Chris stochert im Feuer. Ein Holzscheit fällt herunter und Funken fliegen in den dunklen Himmel hinauf. »Tut mir leid, dass ich so lange weg war und dich hier ganz allein gelassen habe. Das war echt scheiße von mir.«

Ich bin mehr als nur überrascht von seiner Entschuldigung. »Es *war* scheiße von dir«, stimme ich ihm zu.

Für ein paar lange Minuten sagt keiner von uns ein Wort. Ich frage mich, ob ich ihm alles gestehen sollte, ihm die Wahrheit wegen des von seinem Konto geklauten Geldes sagen und es einfach hinter mich bringen sollte.

Ich muss daran denken, wie ich seine '79er Fender Telecaster, hell mit schwarzem Schlagbrett, geschrottet habe, die gebrauchte Gitarre, die er sich gekauft hat, als er fünfzehn war. Seine allererste Gitarre, sein Baby. Ich hatte damals noch nicht lange selbst gespielt, höchstens zwei Jahre, und ich habe keine Ahnung, was an diesem Tag in mich gefahren ist, aber ich wollte unbedingt auf dieser Telecaster spielen. Ich *musste* auf dieser Telecaster spielen. Also hab ich es getan. Ich hab mir selbst »Somebody to Love« von Soul Asylum und »Communication Breakdown« von Led Zeppelin beigebracht. Ich hab mich gefühlt wie ein verdammter Rockgott. Ich hab mich gefühlt wie ein verdammter König. Und dann hab ich die verdammte Gitarre fallen lassen, der Kopf ist abgebrochen und Chris ist total ausgerastet. Er hat noch nicht mal versucht, ruhig zu bleiben. Sein Gesicht ist knalllila angelaufen und er hat mich mit Worten beschimpft, die ich in meinem Leben noch nie gehört hatte, bevor er mich zu Elise geschickt hat, damit ich eine Weile bei ihr wohne.

»Ich kann dich im Moment noch nicht mal ansehen«, hat er gesagt. Ein Fahrer hat mich zum Flughafen gebracht und ich habe Chris in den ganzen zwei Wochen, die er gebraucht hat, um die Gitarre reparieren zu lassen und sich wieder abzuregen, weder gesehen noch gesprochen.

Nein, ich kann es ihm nicht sagen. Nicht jetzt. Nicht, wenn alles gerade so ruhig und friedlich ist und wir uns gegenseitig nicht wie Arschlöcher behandeln.

Ich spiele leise ein Riff. Die Saiten dieser Gitarre fühlen sich an wie alte Freunde. Wenn sich alles beruhigt hat und ich einen Weg gefunden habe, dieses ganze Chaos aus der Welt zu schaffen, müssen wir uns vielleicht nicht mehr wie Arschlöcher aufführen.

»Das klingt gut. Ist das neu?«, fragt er.

Ich nicke. »Ich arbeite immer noch am Feinschliff.«

»Janie hat gesagt, dass sie regelmäßig nach dir sieht. Und Laurel meinte, du hättest endlich angefangen, hin und wieder bei ihnen zu Abend zu essen.«

»Stimmt.«

»Ich bin froh, dass du hier bist, Gabe. Ich hätte dich viel öfter mit nach Hause nehmen sollen, als du noch jünger warst, vor Mas Tod. Diese Farm ist ein Teil von uns. Ja, ich wollte so schnell wie möglich raus aus dieser Stadt und etwas aus mir machen, aber dieses Land, unsere Familie, unsere Wurzeln, waren immer hier. Ich hab in meinem Leben eine Menge Mist gebaut. Menschen kommen und gehen. Aber das Einzige, worauf ich mich immer verlassen konnte? Ist diese Familie. Diese Farm.«

»Ist das deine Art, mir zu sagen, dass ich Eric Dunbar in den Wind schießen soll?«, frage ich.

»O nein, verdammt. Sag mir bitte, dass du nicht diese Flachzange angerufen hast.«

»Du hast den Nagel auf den Kopf getroffen, wenn wir schon bei Werkzeugen sind«, bestätige ich. »Ich habe diese Flachzange angerufen.«

Er schüttelt den Kopf. »Na, dann viel Glück. Ich werde dir nicht sagen, was du tun sollst. Ich gebe dir nur ein paar Sachen, über die du nachdenken kannst.«

»Schon klar«, erwidere ich.

»Du hast hier was richtig Gutes, Gabe.«

»Ja«, stimme ich ihm zu.

»Hattest du in letzter Zeit wieder Panikattacken? Oder Angstzustände? Das ist es doch, was hier los ist, oder?«

Wieder überrascht er mich damit, wie aufmerksam er ist. Ich frage mich, wie gut er sich noch an damals erinnert – ich war zehn oder elf –, als ich zum ersten Mal unter Angstzuständen litt. Als ich regelmäßige und sehr plötzliche Panikattacken hatte, schon wegen Kleinigkeiten: weil ich mir Sorgen gemacht habe, meine Frisbee würde im Meer weggeschwemmt werden oder Persephone könnte vergessen, die Cupcakes für meinen Geburtstag abzuholen. Oder, na ja, meine Eltern könnten eine Überdosis nehmen und sterben, wie Jensen Philips, Elises Co-Star in *Freunde, grenzenlos*. Für eine Weile, als ich im Studio und mit meinem ersten Album auf Tour war, waren die Ängste fast komplett verschwunden.

»Nicht in letzter Zeit«, sage ich. »So weit ist alles okay.«

»Nur okay?«

Hier auf der Farm zu sein, weit weg von den grellen Lichtern Hollywoods, hat ein paar meiner Probleme gelöst, sicher. Zum einen muss ich mir keine Gedanken mehr darüber machen, dass mir die Paparazzi auf Schritt und Tritt folgen. Irgendein Typ von einer der Klatschseiten hat die lange Reise hierher auf sich genommen und ein Foto von mir auf der Treppe vor der Highschool gemacht, aber die Story ist ziemlich schnell verpufft, weil es überhaupt keine Story gab.

»Ich muss mir über ein paar Sachen klar werden, verstehst du?«, sage ich. Zum Beispiel, wie ich die Kohle wieder auf sein Konto zurückschaffen soll.

Chris lacht. »Untertreibung des Jahres. Willst du darüber mal mit jemandem reden?«

»Mit wem?«

»Mit wem schon, Gabe? Mit einem Therapeuten.«

»Einem Therapeuten? Hier?«

»Äh, ja. Dir ist schon klar, dass es Therapeuten nicht nur in L. A. gibt? Ich kenne da jemanden in Fred Lake, ist ziemlich gut.«

»Ich wusste gar nicht, dass du einen Therapeuten in Fred Lake hast.«

»Es gibt 'ne Menge, das du nicht über mich weißt, hauptsächlich, weil du am liebsten für dich bist – und alles für dich *behältst.*« Er schweigt einen Moment und räuspert sich, bevor er fortfährt: »Ich weiß, dass ich nicht immer der beste Vater und oft nicht da war, wenn du mich gebraucht hast. Aber jetzt bin ich hier, und ich will für dich da sein. Du kannst mit mir reden. Über alles. Ich hoffe, das weißt du. Ich bin gar kein so übler Typ, wenn man mich erst mal näher kennenlernt.«

Es ist eine nette Vorstellung, aber ich weiß nicht, ob ich ihm wirklich glauben kann. Ich spiele ein paar Akkorde auf der Gibson. Das Feuer knistert und knackt.

»Mit jemandem zu reden würde auch gegen die Panikattacken helfen«, fügt er vorsichtig hinzu.

Ich erwidere nichts.

»Es ist in Ordnung, weißt du? Es ist in Ordnung, um Hilfe zu bitten.«

»Nein, danke«, sage ich leise. »Ich will nicht mit deinem Therapeuten in Fred Lake reden, okay? Oder in L. A., wenn ich wieder zurückgehe.«

»Genau genommen ist es eine Therapeut*in*. Und ich glaube sowieso nicht, dass du die gleiche Therapeutin sehen solltest wie ich. Aber ich kann morgen gerne da anrufen und einen Termin mit einem der anderen Therapeuten für dich vereinbaren.«

»Ich hab Nein gesagt, Chris.«

»Okay. Schon gut. Ich verstehe es, wenn sich das für dich noch nicht richtig anfühlt. Eines Tages wird es das vielleicht. Und ich kann dir helfen, wenn dieser Tag kommt.«

»Sicher.«

»Weißt du«, fährt er fort, »ich kann zwar nur aus eigener Erfahrung sprechen, aber was immer mit dir los ist, wird wahrscheinlich erst schlimmer werden, bevor es besser wird.«

Das mag schon sein. Aber heute Nacht habe ich meine Gibson, und das ist so gut wie ein ganzes Jahr Psychotherapie.

Chris spielt das Anfangsriff von »Every Other Day Hero«, ein Song über die Last des Ruhms und darüber, sich selbst zu verlieren und die Menschen, die man liebt. Es ist der Song, der mich dazu inspiriert hat, meine eigene düstere Hymne zu schreiben: »Burden«. Ich stimme ein. Keiner von uns singt den Text – zu hart, zu nah. Ich weiß, dass es eine Entschuldigung ist.

Chris stellt seine Gitarre beiseite und steht auf, um ein weiteres Scheit ins Feuer zu werfen und das brennende Holz und die heiße Glut mit einer Feuerzange hin und her zu schieben. Ein Funken landet auf seiner Hand und er flucht. Er blickt zum Fluss hinüber, in Gedanken versunken. Dieser Ort bedeutet ihm mehr, als mir klar war. Seine Verbindung dazu, seine Wurzeln, sind stark.

Wurzeln. Eins dieser Dinge, die ich niemals hatte.

»Gott, es ist so gut, zurück zu Hause zu sein«, sagt er. Er setzt sich wieder, zieht die Gitarre auf seinen Schoß und spielt das Intro von »In My Life« von den Beatles.

In diesem Moment, bei diesen paar Worten, diesen Noten, weiß ich mit Sicherheit, dass Chris Stone & Wool niemals verkaufen wird. Tief in meinem Inneren wusste ich es immer, genauso wie ich wusste, dass Marley mir das Geld nicht rechtzeitig zurückzahlen würde. Ich stehe mit meinem Chaos alleine da. Ich versuche, die Panik hinunterzuschlucken – *es wird erst schlimmer werden, bevor es besser wird* –, und stimme ein.

Kapitel 22

JUNIPER

»Ziegen.«

Gabe knallt vor mir eine Hand auf den Tisch und ich schrecke hoch. Ich lerne für einen Test in Agrarwirtschaft und habe ihn gar nicht durch die Hintertür reinkommen hören. Er und Chris wollten zum Abendessen vorbeikommen, aber er ist zu früh dran.

»Ziegen?«

»Ja. Ziegen.«

»Was ist mit ihnen?«

»Ziegen sind die Antwort.« Er grinst.

»Und wie lautet die Frage?«, erwidere ich.

»Die Frage lautet: Wie können wir dieses Projekt retten?« Er setzt sich mir gegenüber, schnappt sich eine Serviette und dreht den Ring immer wieder um den Stoff. Ich bin wie hypnotisiert von seinen Händen und seinen langen Fingern und stelle mir vor, wie sie über Klaviertasten gleiten oder Gitarre spielen. Oder eine Haarsträhne von meiner Wange streichen.

»Hallo? Erde an Juniper?«

Ich blinzle ein paarmal. Er wartet offensichtlich darauf, dass ich etwas sage. Ich spule ein Stück in unserer Unterhaltung zurück. »Moment mal. Seit wann muss unser Projekt bitte gerettet werden?«

»Okay, na schön. Vielleicht muss es nicht direkt gerettet werden. Aber wir brauchen irgendwas, das ein bisschen aufregender ist als Lämmchen und Ponyreiten. Und Ziegen sind die Lösung.«

»Lämmchen sind das Süßeste überhaupt«, protestiere ich. »Aber, bitte, lass hören: Wie lösen Ziegen unser nicht vorhandenes Problem?«

»Mit Produkten aus Ziegenmilch. Ziegenmilchseife. Ziegenmilchlotionen. Ziegenmilchlippenbalsam!« Je länger er redet, desto mehr strahlt er übers ganze Gesicht. »Ätherische Öle sind im Moment der totale Renner, richtig? Misch was von dem Zeug in die Ziegenmilchseife, und die Dinger werden sich wie von selbst verkaufen!«

»Ich weiß nicht. Wir haben doch sowieso schon so viel. Ich will nicht, dass Marxen uns kritisiert, weil wir uns mehr aufgehalst haben, als wir bewerkstelligen können.«

»Nein, hör mir doch erst mal zu. Das Beste kommt noch. Ich hab kurz gegoogelt: In einem Ort namens Door County, das ist in Wisconsin, gibt's dieses Restaurant – und die haben *Ziegen auf dem Dach*. Das ist es! Wir schmeißen einfach ein bisschen Gras auf das Dach des Farmshops, die Ziegen tummeln sich da oben und alle strömen zum Field & Flock, um die locker-*flockigen* Ziegen zu sehen!«

Angesichts seiner unbändigen Begeisterung kann ich nicht anders, als zu lachen. »Ziegen auf dem Dach. Gefällt mir. Gefällt mir sehr. Und es ist seltsam genug, dass es Marxen auch gefallen wird. Wie mir scheint, hast du wirklich ausführlich über das alles nachgedacht.«

»Ich kann immer am besten nachdenken, wenn ich Gitarre spiele. Hey, kannst du mir jetzt die Rundscheune zeigen?«

Ich schaue aus dem Fenster. »Es regnet.«

»Nein, es hat aufgehört.«

»Na schön, dann komm mit.« Ich klappe mein Buch zu. »Wir haben vor dem Essen noch eine halbe Stunde Zeit.«

An der Hintertür schlüpfe ich in meine Gummistiefel und Moms Regenmantel. Es regnet oder nieselt schon die ganze Woche. Am Sonntagmorgen steht der letzte Farmersmarkt der Saison unter freiem Himmel an und wir können wirklich keinen Regen gebrauchen, der die Kunden abhält. Genau das sage ich auf dem Weg zur Rundscheune auch zu Gabe.

»Wenn du dir Sorgen machst, dass ihr nicht alle Kürbisse verkauft, warum stellt ihr dann nicht einen Stand unten am Straßenrand auf? Das machen andere doch auch, oder? Ich meine, ich sehe überall diese mit Kürbissen beladenen Kutschen mit Preisschildern dran, aber nie irgendwelche Leute. Wie läuft das, nach dem Ehrlichkeitsprinzip? Stecken die Kunden das Geld in eine Kasse oder so?«

»So machen es viele, ja. Aber wir reden gerne direkt mit unseren Kunden, weißt du? Heutzutage wollen die Leute wissen, was wie angebaut wird und von wem.«

»Selbst wenn es nur ein Kürbis ist, aus dem sie eine Halloweenlaterne schnitzen?«

»Du wärst überrascht. Außerdem verkaufen wir hauptsächlich Butternuss- und Kuchenkürbis.«

»Kuchenkürbis?«

Ich schaue ihn an. »Du weißt schon, Kürbisse zum Kuchenbacken? Kürbiskuchen?«

»Oh.«

»Was dachtest du denn? Dass es die Füllung für Kürbiskuchen nur in der Dose gibt?«

Er zuckt mit den Schultern. »Das Einzige, was ich über Kürbiskuchen denke, ist, dass besser Schlagsahne obendrauf sein sollte.«

»Ich tüftle noch an einem Kürbistee. Ist gar nicht so einfach.«

»Wann kannst du deine Tees auf dem Farmersmarkt verkaufen?«, erkundigt er sich. »Ich bin mir sicher, du würdest jedes Mal alles loswerden.«

»Woher willst du überhaupt wissen, dass sie gut sind? Hast du sie schon mal probiert?«

»Na ja, nein. Aber Janie schwärmt richtig davon und

ich sehe deine Mom fast nie ohne eine Tasse. Und deine Proben sind schließlich auch immer sofort weg, richtig?«

Jetzt zucke ich mit den Schultern. »Weil sie *gratis* sind. Es ist eine Sache, jemandem Kürbisse und Karotten zu verkaufen, aber eine völlig andere, spezielle Teemischungen anzubieten.«

»Ich sehe da keinen Unterschied«, erwidert er. »Aber ich sollte wirklich mal einen von deinen Tees probieren.«

Ich neige den Kopf zur Seite und beäuge ihn misstrauisch. Wäre es möglich, dass er es auch mit der Honigmethode versucht?

Ich schüttle mit einem Stampfen den Dreck von meinen Stiefeln, als wir den Eingang der steinernen Scheune erreichen, kurz hinter dem großen Haus. Wir sind noch keine Minute in dem kleinen, angebauten Eingangsbereich, als sich der Himmel mit einem gewaltigen Schauer öffnet und dicke Regentropfen auf das Dach prasseln.

»Perfektes Timing«, sagt Gabe und schüttelt den Kopf. Die Tropfen fliegen von seinen schwarzen Locken und spritzen mich nass.

»Hey«, beschwere ich mich, »lass das!«

»Warum? Du bist doch sowieso schon nass.« Er grinst.

Ich stoße die Tür zur Hauptscheune auf: sechzehn Meter Durchmesser, die runden Mauern fast komplett von Ställen gesäumt, eine Treppe führt zu einer halben zweiten Ebene hinauf und über eine Leiter erreicht man die Kuppel. Da die Scheune an einem Hügel erbaut wurde, erreicht man über eine Rampe außerdem eine Flügeltür im hinteren Bereich, die wiederum auf die Weide hinausführt. Der vertraute Geruch von Erde und Wolle legt sich über mich, beruhigt mich.

»Hallo, ihr Süßen!«, rufe ich den Schafen zu und drehe mich dann zu Gabe um. »So, das ist sie. Eigentlich gibt's hier nicht viel zu sehen.«

»Erzähl mir, warum du sie so sehr liebst«, fordert Gabe mich auf.

»Na ja, erstens mal wegen der Schafe.« Ich gehe auf die Ställe zu und eins der Mutterschafe stößt mit dem Kopf sanft gegen meine Hand. »Und wegen der ungewöhnlichen Architektur und der steinernen Fassade. Und, natürlich, wegen der Regeln.«

»Regeln?«

»Komm«, sage ich, und bevor ich wirklich weiß, was ich tue, nehme ich seine Hand und ziehe ihn hinter mir her. Zuerst zögert er einen Moment, aber dann umfasst er meine Hand genauso fest, wir gehen die Rampe hinauf zu der Flügeltür und eine Woge der Wärme schwappt durch jede einzelne meiner Zellen.

Auf dem rechten Türflügel steht in verblasster Schrift zu lesen:

Die Regeln der Stone & Wool Farm

1. Sag stets die Wahrheit.
2. Sei der Hüter der Tiere, der Erde und unserer Lebensgrundlage.
3. Säe voller Hoffnung, lasse mit vollem Herzen wachsen, ernte voller Dankbarkeit.
4. Gib, und dir wird gegeben werden; Lukas 6:38.
5. Lebe im Sonnenschein, schwimme im Meer, trinke die wilde Luft.

—Ralph Waldo Emerson

Gabe schweigt, während er liest, und drückt dann kurz meine Hand, bevor er sie fallen lässt.

»Wer hat diese Regeln hierhin geschrieben?«, fragt er mit leiser, dünner Stimme.

»Dein Urgroßvater«, antworte ich. »Ich kannte die Farmregeln schon, bevor ich lesen konnte. Die Hudsons arbeiten schon seit Generationen sehr hart dafür, sich mit diesem Land ihren Lebensunterhalt zu verdienen und ein gutes Leben zu führen. Ich finde das unglaublich inspirierend.«

Für eine lange Minute sagt er gar nichts. Schließlich erwidert er: »Ich hatte in letzter Zeit nicht viel zu tun, deshalb hab ich im Haus rumgekramt. In Schränken, Kommoden, Schreibtischen. Ich habe diese Zeichnung in Chris' altem Zimmer gefunden, von früher, als er noch ein Kind war. Es ist eine Karte der Farm. Die Rundscheune ist genau in der Mitte und er hat lauter perfekte konzentrische Kreise drumherum gezeichnet. So als würde alles hier beginnen, im Herzen der Farm, und sich von dort nach außen bewegen. Er hat sämtliche Gebäude eingezeichnet und beschriftet, ein paar Bäume und sogar den Fluss. Euer Haus auch.«

»Die würde ich wirklich gerne sehen.«

»Was ich bei der Zeichnung am beachtlichsten fand«, fährt er fort, ohne auf meine Bemerkung einzugehen, »waren die Kreise jenseits der Farm. Stadt, Schule, Big Louie, der Flughafen, Kalifornien. Der letzte Kreis war die Welt, aber direkt davor war einer, den ich nicht verstanden habe: Der Sonnenschein, das Meer, die wilde Luft. Jetzt verstehe ich es.«

»Oh«, sage ich und atme ganz langsam aus. »Gott.«

»Ja«, pflichtet er mir bei. »Er hat sich immer nach außen bewegt, auf etwas Größeres zu, weißt du? Aber gleichzeitig bewegt er sich nach innen und kommt zurück. Ergibt das irgendeinen Sinn?«

Ich nicke. Ich habe mein ganzes Leben versucht, im Sonnenschein zu leben und die wilde Luft zu atmen, direkt hier auf der Farm. Chris hat es wörtlich genommen und sich aufgemacht, um diese Dinge jenseits der Grenzen der Farm zu finden, aber er weiß trotzdem ihr Vermächtnis zu schätzen. Gabe hatte den Sonnenschein, das Meer und die wilde Luft sein ganzes Leben lang. Er muss sich hier so eingeengt vorkommen.

Ich schlucke den Kloß in meiner Kehle hinunter. »Was ist mit dir?«, frage ich ihn. »Bewegst du dich nach außen oder nach innen?«

»Versuchen wir nicht alle, genau das herauszufinden?« Er lächelt. »Das ist wirklich ein unglaubliches Gebäude. Ich verstehe, warum es dir so viel bedeutet.«

Während wir zum Haus zurückgehen, spüre ich etwas, das ich seit Langem nicht mehr gespürt habe: Hoffnung.

Kapitel 23

GABE

Eric Dunbar, Riverside Commercial Properties, ruft mich am nächsten Tag auf dem Weg zur Schule an. Ich sitze auf dem Beifahrersitz von Junipers Impala, deshalb gehe ich ran und sage ihm, dass es gerade schlecht passt, dass ich ihn nach der Schule aber zurückrufe. Chris hat recht. Dieser Typ klebt seit dem ersten Anruf an mir wie die Fliegen an der Scheiße.

»Wer war das?«, will Juniper wissen.

»Ein Typ von der Plattenfirma«, lüge ich aalglatt und habe sofort ein furchtbar schlechtes Gewissen, als ich an die erste Regel denke: *Sag stets die Wahrheit.*

»Ist es da drüben nicht erst halb sechs Uhr morgens?«

Scheiße. Ich hab den Zeitunterschied völlig vergessen.

»Dieser Typ schläft nie. Sollen wir heute Abend an Field & Flock weiterarbeiten?«

Sie schüttelt den Kopf. »Ich kann nicht. Ich hab heute Abend Teambesprechung im Naturzentrum. Es ist mein erstes Wochenende mit Geburtstagspartys.«

»Klingt grauenvoll«, sage ich.

»Na ja, ich *liebe* die Geburtstagspartys nicht«, gibt sie zu. »Aber ich mag es, Zeit mit Kindern zu verbringen, die sich für die Natur interessieren.«

»Ich interessiere mich auch für die Natur«, erwidere ich und sie prustet vor Lachen.

»Sicher tust du das. Willst du am Wochenende mit mir wandern gehen?«

»Unbedingt. Wo wollen wir hin?«

»Na ja, du Frischling, wir sollten besser mit was Leichtem anfangen, dem Naturpark zum Beispiel.«

»Ich freu mich drauf.« Ich grinse sie an. »Bis später.«

Eric Dunbar ruft mich vor der Mittagspause noch zweimal an. Dieser Typ geht mir langsam auf die Nerven. Beim Mittagessen schleiche ich mich zur Hintertür neben dem Musikraum raus, wo die E-Raucher abhängen, verziehe mich hinter den Anhänger der Marschkapelle, um ein wenig mehr Privatsphäre zu haben, und rufe ihn zurück.

»Gabe«, meldet er sich. »Schön, von Ihnen zu hören. Danke, dass Sie mich zurückrufen.«

»Kein Problem«, sage ich. »Was kann ich für Sie tun?«

»Okay«, beginnt er, »ich weiß, Sie haben gesagt, dass Sie eher langfristig planen, aber ich wollte Ihnen einen

Vorschlag unterbreiten. Ich würde gerne jemanden vorbeischicken, der eine Schätzung für Sie vornimmt.«

»Eine Schätzung wovon? Sie haben mir bereits alle Infos gegeben. Ich weiß wirklich nicht, was ich im Moment sonst noch brauchen sollte.«

»Sicher, sicher.«

Ich verdrehe die Augen. Dieser Typ wird jedes Mal, wenn er den Mund aufmacht, nerviger.

»Sehen Sie, Gabe, aufgrund des Grundrisses des Anwesens müssten wir ein paar Anpassungen vornehmen. Natürlich war Ihnen das von Anfang an klar. Ich erzähle Ihnen hier nichts, was Sie nicht ohnehin bereits wissen.«

»Anpassungen wofür?«

»Falls Sie sich entscheiden sollten, an eine Baufirma zu verkaufen, beispielsweise. Ein paar der Gebäude müssten natürlich abgerissen werden.«

»Ich habe nie gesagt, dass ich an eine Baufirma verkaufen will.«

»An wen wollen Sie denn dann verkaufen?«, fragt er.

Mir wird ein wenig flau im Magen. Wer würde die Farm sonst kaufen? Er hat völlig recht. Und eine Baufirma würde auf dem Land wahrscheinlich erst mal alles niederreißen, bevor sie etwas Neues baut. Er versteht mein Schweigen als Aufforderung, fortzufahren.

»Gut, also, ich sage ja auch gar nicht, dass sofort etwas passieren muss. Aber ich würde trotzdem gerne schnell jemanden vorbeischicken, der sich mal umsieht, damit Sie eine Vorstellung von Zeitplan und Kosten bekommen. Wie passt es Ihnen nächsten Mittwochnachmittag? Ich weiß, dass Sie noch zur Schule gehen, aber keine Sorge, Sie müssen dafür nicht anwesend sein.«

»Ich glaube nicht, dass …«

»Gut, gut«, unterbricht er mich. »Ich dachte mir, dass das kein Problem sein wird. Ich sage dem Gutachter Bescheid. Er braucht zehn, höchstens fünfzehn Minuten. Ich sorge dafür, dass er niemanden stört. Und ich melde mich wieder bei Ihnen, falls ich noch mehr Fotos brauche.«

»Hören Sie, Eric …«

»Ich weiß, Sie haben gesagt, dass Sie noch nicht so weit sind, aber ich habe jemanden gefunden, der großes Interesse an Ihrem Anwesen bekundet hat. Ich spreche hier von einer hübschen Stange Geld, Gabe, und dank meiner Erfahrung in dieser Branche würde der Verkauf absolut glatt über die Bühne gehen. Und zügig. Wenn wir sofort tätig werden, können wir das Ganze noch vor Neujahr abwickeln und Sie müssten sich für eine sehr, sehr lange Zeit keine Sorgen mehr machen.«

Ich schlucke schwer. »Ich glaube nicht, Eric.«

»Na, denken Sie ruhig erst mal darüber nach. Nett, mit Ihnen zu reden, Gabe. Ich melde mich demnächst wieder.«

Er legt auf, bevor ich noch irgendetwas sagen kann. Scheiße. *Denken Sie darüber nach.* In der Theorie ist diese Entscheidung ganz leicht: Ich hab Mist gebaut und muss möglichst schnell an eine Menge Geld kommen. Und dieser Typ will mir genau dazu verhelfen. In der Praxis wird das aber nicht passieren.

Ich trete gegen den Reifen des Anhängers. »Du Vollidiot«, grummle ich vor mich hin. »Du musst dir irgendwas einfallen lassen, wie du aus diesem Schlamassel wieder rauskommst.«

Zurück in der Kantine stochere ich in meinem Essen herum und unternehme nur halbherzige Versuche, an der Unterhaltung teilzunehmen.

»Hey«, sagt Juniper nach dem ersten Klingeln, als wir alle aufstehen, um zu gehen. »Alles okay?«

Ich schenke ihr ein halbherziges Lächeln, weil Halbherzigkeit alles zu sein scheint, wozu ich im Augenblick fähig bin. »Bestens.« In mir schnürt sich etwas zusammen, wenn ich daran denke, wie sehr Juniper mich hassen würde, wenn wir die Farm verkaufen würden. »Hab nur viel um die Ohren heute.«

Später in UWi, als ich durch die Reihen zu meinem Platz gehe, lehnt sich Chloe zu mir, packt mich am Saum meines T-Shirts und hält mich auf. »Ich konnte es kaum glauben, als ich die Neuigkeiten gehört habe!«, sagt sie.

Ich wende mich ihr zu und seufze. Ich weiß nicht, ob ich heute die nötige Geduld dafür habe. »Was gehört, Chloe?«

Sie schiebt ihr Handy zu mir rüber. Ich sehe ein Foto von Marley auf der Website von *Real Hollywood*.

»Was ist das?«

»Dann weißt du es also noch gar nicht? Die Neuigkeiten sind am Wochenende durchgesickert.«

»Geht's ihr gut?«, frage ich. Das ist alles, was wirklich zählt. Alles, was sonst noch aus Hollywood kommt, könnte komplett erfunden sein.

»Sie ist immer noch im Entzug, falls du dich das gefragt hast. Aber eine Marley nahestehende Quelle behauptet, dass sie mehrere *Hunderttausend* Dollar Schulden hat. Ist das wahr?«

Mir dreht sich der Magen um. Mehrere Hunderttausend Dollar Schulden. Ich werde das Geld nie wiedersehen, das sie mir schuldet.

»Wir waren zusammen, Chloe«, sage ich in dem Versuch, meine Verzweiflung zu verbergen. »Ich war nicht ihr Finanzberater.«

»Na ja«, beharrt sie, »*irgendwas* musst du doch wissen. Habt ihr denn nie über solche Dinge geredet?«

O doch, das haben wir, unglücklicherweise. Und genau deswegen bekomme ich das Bild von ihr, wie sie mich schluchzend um Hilfe anfleht, nicht mehr aus dem Kopf. »Nicht wirklich«, sage ich und schlucke schwer.

»Weißt du, Gabe, ich glaube keine Sekunde lang, dass sie dich nie wirklich geliebt hat. Eure Beziehung kann auf keinen Fall nur *vorgetäuscht* gewesen sein. Sie hat nur eine schwere Zeit durchgemacht, das ist alles.«

»Danke für deine Einschätzung«, murmle ich und gehe an ihr vorbei zu meinem Tisch. Ich schaue zu Juniper rüber, die unsere Unterhaltung mit weit aufgerissenen Augen verfolgt hat.

»Ich schicke dir den Link zu dem Artikel«, sagt Chloe. »Gibst du mir deine Nummer?«

Ich schüttle den Kopf. Ich gebe diesem Mädchen ganz sicher nicht meine Nummer. »Du hast Junipers Nummer, oder? Schick ihn ihr, dann kann sie ihn mir weiterleiten.«

Chloe setzt eine finstere Miene auf und Junipers Lippen zucken.

Na, so viel zum Thema Untertauchen. Dieser *Real-Hollywood*-Artikel kommt bestimmt mit mindestens zehn Links zu irgendwelchem Mist über Marley und mich, über unsere Beziehung, diese Nacht bei der Hochzeit, das Album. Wahrscheinlich sogar über Chris und Elise und ihre absolute Katastrophe von einer Ehe. *Real Hollywood* ist dafür bekannt, jedes letzte bisschen Dreck ans Licht zu zerren.

Marley ist pleite. Ich bin total aufgewühlt, verzweifelt. Was werde ich am Ende tun müssen, um dieses Geld wieder auf Chris' Konto zurückzahlen zu können? Grans Antiquitäten bei eBay versteigern? Elise um ein Darlehen bitten, obwohl sie mir schon zigmal erklärt hat, ich müsste als Skorpion akzeptieren, dass ich eine komplizierte Beziehung zu Geld habe, dass ich disziplinierter sein und lernen muss, aus meinen harten finanziellen Lektionen zu lernen? Meine Gitarren verkaufen, das Einzige, was ich wahrscheinlich niemals tun *könnte?*

Ich setze mich hinter Juniper und höre Marxen nur halb zu, weil sich dieser vertraute Ziegelstein wieder bemerkbar macht. Ich kann das jetzt wirklich nicht gebrauchen. Ich versuche, langsam zu atmen. Konzentriere mich auf das kleine orangene Preisetikett auf dem Heft, das ich in der Drogerie in der Stadt gekauft habe, auf den verblassten Aufdruck: Ehlers Drugstore, $1,25. Ich fahre mit dem Finger über die Ecke des Etiketts, die sich bereits ablöst.

Scheiße. Dieses Zimmer ist zu klein, zu viele Leute. Nicht genug Luft. Ich kann nicht atmen. Ich stehe auf und mein Stuhl knallt gegen die Wand hinter mir.

»Mr Hudson?«, fragt Marxen erschrocken.

»Gabe?«, fragt Juniper. Ich schaue zu ihr hinunter, sehe die Besorgnis in ihren klaren blauen Augen.

Ich kann nichts erwidern, aber ich kann gehen, zumindest noch. Der Angstziegel breitet sich von meiner Brust hinunter in meinen Magen und hinauf in meine Kehle aus. Warum hier?

Ich gehe durch die Tür und den Flur hinunter. Ich sehe den Ausgang, und Sekunden später bin ich draußen und sauge kühle Luft ein. Ich rutsche an der Außenwand nach unten und lege eine Hand auf das kühle Gras, grabe meine Finger in die Erde. Das hier ist real. Ich kann es unter meinen Nägeln spüren. Der Sauerstoff in der Luft ist real. Mein Herzschlag wird wieder langsamer. Meine Atmung gleichmäßiger.

»Gabe.« Juniper ist hier, geht vor mir in die Hocke. Sie streckt zögernd die Hände aus, so als wäre sie sich nicht sicher, ob sie mich berühren soll. Ich will, dass sie mich berührt. Gott, es ist schon so lange her, dass mich jemand berührt hat, dass jemand die Arme um mich geschlungen und es wirklich so gemeint hat. »Gabe, kannst du mich hören?«

Ein Lachen platzt aus mir heraus. »Ja, Blue, ich kann dich hören.«

Ich lasse den Kopf auf die Knie sinken – und dann berührt sie mich. Sie fährt mit den Fingern durch mein Haar und massiert meinen Nacken. Wir sitzen gefühlt stundenlang so da, und doch ist es nicht lange genug. In Wahrheit sind es wahrscheinlich nur dreißig Sekunden oder so.

»Sag mir, wie ich dir helfen kann«, flüstert sie mir zu. »Bist du … Ist das eine Panikattacke?«

Ich hebe den Kopf und sie zieht ihre Hand zurück. Ich wünschte, sie würde mich wieder berühren. Ihre Augen sind weit aufgerissen und ein wenig feucht. Sie ist so anders als Marley, die mich niemals berührt hätte.

Marley hätte nur ein genervtes Seufzen von sich gegeben und mir gesagt, dass ich mich nicht so anstellen soll.

»Sieht so aus«, antworte ich leise.

»Schon okay«, sagt Juniper. »Du bist okay.«

»Ja.«

»War es … War es dieser Artikel?«

Ich zucke mit den Schultern. »Der Artikel. Und eine Menge anderer Dinge.«

»Ist das wahr, das mit dir und Marley? War eure Beziehung nur … vorgespielt?«

»Nein«, hauche ich. »Zumindest nicht von meiner Seite. Von ihrer Seite, tja …«

»Tut mir leid.«

»Das muss dir nicht leidtun.«

»Was kann ich tun?«, fragt sie noch mal.

Ich rapple mich auf und lehne mich gegen die Wand.

Sie stellt sich neben mich. »Mach einfach weiter das, was du sowieso schon tust.«

»Aber ich mache doch gar nichts.«

»Du bist hier. Das ist alles, was ich im Moment brauche.«

Die Worte überraschen mich selbst.

Kapitel 24

JUNIPER

Gabes Panikattacke macht mir Angst.

Es ist eine Sache, sich ein Video auf einer Klatschwebsite anzugucken, aber etwas völlig anderes, mit eigenen Augen zu sehen, wie es passiert. Wir stehen draußen an der Wand und reden nicht viel, bis es klingelt.

»Danke«, sagt er, als ich ihn nach einer größtenteils stillen Fahrt zu Hause absetze. »Für alles.«

»Wir müssen nicht darüber reden, wenn du nicht willst«, erwidere ich. »Aber ich möchte, dass du weißt, dass ich für dich da bin, *falls* du darüber reden willst.« Ich meine jedes Wort.

Er nickt und lächelt. »Danke«, sagt er noch mal. »Ich weiß.«

Ein paar Tage später verabreden Gabe und ich, nach dem Abendessen noch an unserem Projekt zu arbeiten. Als ich zum Farmhaus runterschlendere, sitzt er auf der Veranda, eine Gitarre auf dem Schoß, und arbeitet an einer Melodie. Zuerst bemerkt er mich gar nicht, deshalb kann ich ihn ganz genau beobachten. Er sieht gut aus, nicht blass oder zittrig wie am Tag der Panikattacke.

Ich räuspere mich.

»Mein Gott, Blue«, stößt er aus. »Ich hab dich gar nicht gesehen.«

»Offensichtlich.«

Er schaut auf seine Uhr. Er gehört zu den wenigen Menschen, die ich kenne, die tatsächlich noch eine richtige Uhr tragen, keinen Fitnesstracker oder eine Apple Watch, sondern eine analoge mit schwarzem Lederarmband und römischen Zahlen auf dem Zifferblatt. Wahrscheinlich ist das Ding mehr wert als mein Auto.

»Ich spiele seit über einer Stunde. Meine Finger werden langsam müde«, sagt er.

»Willst du trotzdem noch an unserem Projekt arbeiten?«

Gabe erhebt sich. »Ehrlich gesagt: Nein.«

Ich weiche einen Schritt zurück. »Oh, okay, schon gut. Dann geh ich wieder nach Hause.«

»Nein, nein«, erwidert er hastig, streckt eine Hand aus, berührt meinen Arm und jagt damit wieder diese inzwischen so vertraute Wärme durch meinen Körper. »Ich bring nur schnell meine Gitarre weg, dann will ich dir was zeigen. Bist du warm genug angezogen? Ja? Gut.«

Ich rümpfe die Nase. »Okay, das hier ist echt strange. Warum führst du dich so seltsam auf?«

»Ich? Ich führe mich überhaupt nicht seltsam auf, sondern du. Ich meine, es ist ein wunderbar warmer Abend. Na ja, warm ist relativ. Ich komme schließlich aus L. A. Aber ich friere mir ausnahmsweise nicht den Arsch ab, und das will ich ausnutzen, solange ich kann. Rühr dich nicht vom Fleck. Ich bin gleich wieder da.«

Er wirkt beinahe überdreht, als er in einer Flanelljacke, mit einer schwarzen Bommelmütze auf dem Kopf und aus seinen Wanderstiefeln herausguckenden dicken Socken wieder zurückkommt. Dann zieht er eine bunte Mütze mit extragroßem Bommel über meine Locken.

»Folg mir«, fordert er mich auf.

»Wo hast du denn diese Jacke her?«, frage ich, während wir zum Fluss runterspazieren. »Hat die auch deinem Großvater gehört?«

Er nickt. »Das hast du erkannt?«

»Ja, na ja, ich hab eben ein Auge für Vintage-Klamotten.«

»Das ist mir auch schon aufgefallen.«

Es ist ihm aufgefallen? Meine Wangen fangen ein bisschen an zu glühen und mir ist peinlich, dass es mir peinlich ist. Heute trage ich einen übergroßen Longpullover aus den Achtzigern, leuchtend türkis, und dazu dicke schwarze Leggings, bunte Socken und rote knöchelhohe Converse. Mit Moms alten Heizwicklern habe ich mir große, wilde Locken gedreht, wie eine blonde Julia Roberts. Aber unter dieser riesigen selbst gestrickten Mütze werden sie total platt gedrückt.

»Das kann einem nur äußerst schwer *nicht* auffallen, Blue«, fügt er hinzu, doch dann scheint ihm aufzugehen, wie beleidigend das klingt. »Nein, ich meine, das ist was Gutes. Und ich finde es hochinteressant. Wo hast du zum Beispiel diesen Pullover her?«

»Netter Rettungsversuch. Er hat Mom gehört.«

»Hat sie alle ihre Klamotten aus den Achtzigern aufbewahrt?«

»Wir sind Farmerinnen, Gabe. Bei uns wird nichts verschwendet, noch nicht mal schreckliche, grelle und übergroße Pullover. Warum gehen wir zum Fluss runter?«

»Ich dachte, du wärst so ein geduldiger Mensch«, zieht er mich auf. »Du wirst schon sehen.«

Als wir ein paar Minuten später das Flussufer erreichen, macht er eine ausladende Geste. »Ta-da!«

Ich bin komplett verwirrt. Das Flussufer sieht genauso aus wie immer. Feuerstelle, Schuppen, Holzstapel.

»Ja?«

»Ich werde ein Lagerfeuer für dich entzünden, Blue.«

»Oh!« Ich kann meine Überraschung nicht verbergen. »Weißt du … Weißt du denn, wie man ein Feuer macht?«

»Von dieser Frage sollte ich mich eigentlich beleidigt fühlen, tue ich aber nicht«, erwidert er fröhlich. »Bis letzte Woche hatte ich keine Ahnung, wie man ein Feuer macht. Chris hat's mir beigebracht.«

»Hat er?«

Gabe nickt. »Hat er. Ich war Samstag Morgen sogar hier, um zu üben.«

»Zu üben … wie man ein Lagerfeuer anzündet?«

»Ja, weil ich dich hier wirklich beeindrucken will. Wir sind Freunde, schon vergessen? Ich will, dass du erkennst, dass hinter diesem L. A. Boy noch mehr steckt als nur ein hübsches Gesicht.«

Ich lache. »Okay, L. A. Boy, dann lass mal sehen, was du draufhast.«

Er schließt den Schuppen auf, und während er Holz vom Stapel holt, ziehe ich zwei Stühle raus und stelle sie neben der Feuerstelle auf. Ich setze mich, ein wenig fröstelnd, und sehe zu, wie er vorsichtig das Holzgerüst aufschichtet und es mit Zunder und Kienspan füllt. Als er fertig ist, geht er stolz ein Stück zurück, um sein Werk zu bewundern.

»Und, was sagst du?«, fragt er mich.

»Sieht solide aus. Aber der wahre Test kommt erst, wenn wir sehen, wie es brennt. Hast du ein Feuerzeug?«

»Oh, Scheiße«, flucht er. »Daran hab ich gar nicht gedacht.«

Ich pruste vor Lachen. »Keine Sorge. Ich glaube, hier drin sind irgendwo Streichhölzer.« Ich stehe auf und gehe zum Schuppen, um nachzusehen.

»Möchtest du diese ehrenvolle Aufgabe übernehmen?«, fragt er.

Ich halte ihm ein Streichholz hin. »Auf gar keinen Fall. Bring es zu Ende, Hudson.«

Er tut es. Er zündet das Streichholz an der Seite der Schachtel an und der beißende, intensive Geruch kribbelt mir in der Nase. Als er sich neben mich setzt, lächelt er.

»Gute Arbeit«, lobe ich ihn.

»Ist dir kalt?«, fragt er. »Willst du meine Jacke?«

»Nein, danke. Mir wird sicher gleich warm. Kein übles Feuer, Stadtjunge.«

Er lacht. Seine Nase und seine Wangen sind ganz rot vor Kälte. »Das verstehe ich als Kompliment.«

»Das solltest du auch.«

Ein paar Minuten schweigen wir und sehen zu, wie die Flammen langsam immer höher züngeln. Es ist nicht komisch oder unbehaglich. Es ist … nett.

»Also«, sagt er schließlich, »wir sind Freunde. Du und ich.«

»So zumindest das Gerücht«, erwidere ich leise.

»Na gut. Dann lass es uns richtig machen. Wir bleiben noch eine Weile an diesem professionell entzündeten Feuer sitzen und lernen uns besser kennen.«

»Stolz auf dich selbst, ja?«

»Bin ich. Nach diesem flammenden Inferno, das ich in L. A. zurückgelassen habe, ist dieses herausragende Lagerfeuer ungemein tröstlich.«

»Vermisst du L. A.?«, frage ich. Ich kann auch genauso gut direkt zur Sache kommen.

»Ein paar Dinge schon, ja. Ich vermisse die warme Sonne und das Meer, so viel ist sicher. Den Verkehr oder die ganzen Arschlöcher vermisse ich allerdings nicht. Hier gibt's längst nicht so viele Arschlöcher.«

»Oh, ich weiß nicht. Pro Kopf stinkt L. A. möglicherweise total gegen uns ab.«

Er lacht. »Das bezweifle ich.«

»Was gefällt dir an Harper's Mill?«

»Das ist leicht: die Ruhe. Zuerst dachte ich, ich würde hier den Verstand verlieren. Ich konnte nachts nicht schlafen, weil es *zu* still war. Oder ich hab die Kojoten gehört und das hat mich wach gehalten.« Er schweigt einen Moment lang. »Ich bin dran. Du warst schon mal in L. A. Wie fandest du es so?«

Ich bin ein bisschen überrascht, dass er meinen Ausflug nach Kalifornien zu den Grammys erwähnt. Er hat damals bei seiner Mom in New York City gelebt, während sie dort einen Film gedreht hat und Dig Me Under auf Albumtournee waren. Die Band war in mehreren Kategorien nominiert, darunter Song des Jahres und Rockalbum des Jahres.

»Das ist dein Song«, meinte Chris, als er mich anrief, um mich einzuladen. »Ohne dich wären wir gar nicht hier, also kein Wenn und Aber. Du kommst mit.«

Leona hat eins von Moms alten Abschlussballkleidern für mich enger genäht und ich durfte mir ein Paar total schicke Peeptoe-Sandalen mit Absatz aus den

Fünfzigern von ihr ausleihen, schwarz und mit Strasssteinen an der Schnalle. Mom ist mit mir nach L. A. geflogen, hat meine Frisur gestylt und mich sogar Wimperntusche und Lippenstift tragen lassen. Ich bin den roten Teppich runtergestakst und hab peinliche Antworten auf die paar Fragen gestammelt, die die Reporter mir gestellt haben anstatt Chris.

»Wir waren nur drei Tage da. Ich hab nicht viel gesehen, aber Chris ist mit uns ins Disneyland und in den Last Bookstore gefahren. Warst du da schon mal?«

»Ja, klar.«

»Ich hab in meinem ganzen Leben noch nie so viele Bücher gesehen.«

»Was hast du dir gekauft?«

»Chris meinte, ich soll mir was ganz Besonderes aussuchen. Ich hab eine Ausgabe von *Der geheime Garten* aus den Sechzigern entdeckt. Er wollte mir eine Erstausgabe kaufen, aber ich hab mich durchgesetzt.«

»Nur du würdest eine Erstausgabe von *Der geheime Garten* ausschlagen, Blue.« Er lacht.

»Die hätte fünfhundert Dollar oder so gekostet!«

»Und stattdessen hast du *was* gekriegt? Ein modriges altes Taschenbuch?«

»Das ist genau das, was ich mir ausgesucht habe«, erwidere ich. »Ich liebe dieses Buch. Ich fand immer, dass Mary Lennox ein total klassischer Name ist und furchtbar bedeutend klingt.«

»Mary Lennox ist eine fantastische Figur.«

»Du hast *Der geheime Garten* gelesen?«

»Natürlich. Und … auch wenn ich mir nicht sicher bin, ob ich dir das wirklich verraten sollte … Diese Neuverfilmung, die vor ein paar Jahren rauskam? Das war Elises Debüt als Produzentin.«

Meine Augenbrauen schnellen nach oben. Das war eine der miesesten Literaturverfilmungen, die ich jemals gesehen habe. »Ernsthaft?«

Er zuckt mit den Schultern. »Verurteile mich nicht aufgrund des filmischen Schaffens meiner Mutter.«

»Gabe. Sie hat die Geschichte nach *Neuengland* verlagert.«

Er wirft kapitulierend die Hände in die Luft. »Du rennst bei mir offene Türen ein, meine Liebe. Genug davon. Schnell, nenn mir eine Sache, die du an Harper's Mill liebst.«

»Wo soll ich da anfangen? Alles. Ich lebe auf dem Land, ganz nahe am Fluss, nahe am Naturschutzgebiet. Ich höre nachts die Kojoten und wache jeden Morgen auf, wenn die Vögel direkt vor meinem Fenster singen.«

»O ja, diese kleinen Mistviecher«, sagt Gabe. »Die wecken mich jeden gottverdammten Morgen schon um vier oder so auf.«

»Wie gefällt es dir, so viel Zeit mit deiner Familie zu verbringen?«, frage ich.

Er denkt einen Moment darüber nach. »Weißt du

was? Es gefällt mir richtig gut. Unsere Urlaube am See waren immer ein großer Spaß. Ich meine, wer hätte keinen Spaß, wenn er den ganzen Tag draußen auf einem Boot oder auf dem Wassertrampolin verbringen und Cribbage spielen könnte?«

»Du spielst Cribbage?«

»Vierfacher Hudson-Familien-Sommerurlaubsmeister. Was ist mit dir? Erzähl mir von deiner Familie.«

»Da gibt's nicht wirklich viel zu erzählen. Eigentlich gibt es nur uns beide. Aber selbst nach Dads Tod waren Mom und ich nie wirklich allein. Deine Familie war immer so gut zu uns.«

»Ich weiß noch, wie dein Dad nach Seattle geflogen ist, um Chris zur Behandlung hierherzubringen. Ich hatte so eine Scheißangst, dass Chris sterben würde. Aber Doug – er konnte gut mit Druck umgehen, oder? Er hat mir in die Augen geschaut und mir gesagt, dass er sich um alles kümmern wird.«

»Er war mein Held«, sage ich mit leicht erstickter Stimme.

»Ich weiß, warum meine Eltern keine weiteren Kinder bekommen haben. Was ist mit dir?«

Ich lehne mich auf meinem Stuhl vor, um die Wärme des Feuers in mir aufzunehmen. »Mom und Dad haben lange versucht, eine Familie zu gründen. Mom hatte zwei Fehlgeburten. Sie waren bei verschiedenen Spezialisten und haben unterschiedliche Behandlungsmethoden ausprobiert. Nichts hat funktioniert. Irgendwann haben sie ganz mit den Behandlungen aufgehört. Drei Monate später wurde Mom schwanger.«

»Wow«, sagt Gabe. »Das ist echt unglaublich. Das nenne ich mal ein Wunschkind.«

Ich schaue ihn überrascht an. Sein Tonfall klingt beinahe verbittert.

»Was ist mit dir?«, frage ich.

»Was soll mit mir sein?«

»Wie kam es zu dir?«

Er schnaubt höhnisch. »Brauchst du wirklich Nachhilfe in Sachen Blumen und Bienen?«

Ich erröte. »Das hab ich nicht gemeint, und das weißt du genau. Blödmann.«

»Na ja, unsere Geschichten könnten unterschiedlicher nicht sein.« Er stochert mit einem Stock im Feuer herum. »Chris hat Elise am Set von *Verwandelt* kennengelernt. Hast du den gesehen? Chris hatte eine kleine Rolle als Schlagzeuger in einer Kneipenband. Sie haben sich Hals über Kopf ineinander verliebt, wie man hört. Elise wurde schwanger und die beiden haben heimlich in Hawaii geheiratet, als sie im fünften Monat war. Ich bin der Bauch auf den Hochzeitsfotos.«

Ich nicke. Das wusste ich. Ich habe die Fotos von der Hochzeit am Strand gesehen: beide barfuß, Elise in einem transparenten Empire-Kleid mit einer einzigen weißen Rose im Haar. Chris steht mit einer Hand auf ihrem Bauch da und schaut sie mit so viel Liebe und Bewunderung an, dass sich mir jedes Mal die Kehle zusammenschnürt, wenn ich es sehe.

»Ich hab die Fotos gesehen«, sage ich leise.

»Alle haben die Fotos gesehen.« Er klingt resigniert.

»Glaubst du, sie kommen wieder zusammen?«, frage ich – und wünsche mir, ich könnte es wieder zurücknehmen, sobald die Worte meine Lippen verlassen haben. »Vergiss es. Darauf musst du nicht antworten.«

»Sie sind das Paar in Hollywood mit den meisten Ons und Offs. Die Frage ist also durchaus berechtigt. Aber diesmal kann ich mir das nicht vorstellen. Wusstest du, dass sie verlobt ist?«

Das überrascht mich. Ich schaue zwar nie wirklich *Celebrity Tonight*, aber ich kriege trotzdem einiges mit. In dieser Stadt ist es schwer, das nicht zu tun.

»Dem Ausdruck auf deinem Gesicht nach zu urteilen nehme ich an, du wusstest es nicht«, sagt Gabe. »Das ist gut. Wenigstens funktioniert ihr Plan.«

»Welcher Plan?«

»Sie will nicht, dass die Neuigkeiten durchsickern, bevor sie ihre aktuellen Dreharbeiten abgeschlossen hat. Anscheinend schreit ihr neuer Film förmlich nach einer Oscarnominierung. Die Nachricht soll während der Saison nicht für Ablenkung sorgen, deshalb wollen sie noch bis zum Frühjahr warten, bevor sie es öffentlich machen.«

Ich bin verwirrt. »Welche Saison?«

»Oh, richtig. Die NFL-Saison. Sie heiratet Ty Callahan.«

»Ty Callahan. Da klingelt bei mir nichts.«

Er prustet vor Lachen. »Warum überrascht mich das nicht? Er ist Running Back bei den Seattle Seahawks. Ich schätze, sie hat eine Schwäche für Typen aus Seattle.«

»Magst du ihn?«

Gabe dreht sich zu mir um und schaut mich an, und ich bin total verblüfft, so viel Emotion in seinen Augen zu sehen. »Weißt du, dass du die Erste bist, die mich das fragt?«

»Ernsthaft?«

»Ernsthaft.« Das Word klingt weich. »Und weißt du, was? Ich mag ihn. Er behandelt sie gut.«

Ein paar Minuten lang schweigen wir und schauen ins Feuer. Ich denke darüber nach, wie verschieden unsere Leben bisher waren, unsere Kindheit. Ich kann mir nicht vorstellen, so wie er die ganze Zeit im Rampenlicht zu leben, alles, was er tut, dokumentiert und kritisiert.

»Erzähl mir von deinen Plänen für nächstes Jahr«, sagt er.

»In Fred Lake gibt's eine staatliche Uni mit einem guten Programm in Gartenbau und Agribusiness. Sie ist nicht weit weg und ich kann hier wohnen bleiben.« Ich mache eine kurze Pause. »Und weiter auf der Farm arbeiten.«

»Agribusiness? So was wie BWL für Landwirtschaft?«

»Langsam hast du's raus«, sage ich und lächle.

»Ist echt gut, dass du weißt, was du willst. Und nach dem Collegeabschluss willst du auch hier in der Gegend bleiben?«

»Wenn ich kann. Was ist mit dir? Du hast schon überall gelebt, oder? L. A., Seattle, New York, sogar ein paar Jahre in New Orleans. Aber wo ist deine Heimat? Wo fühlst du dich am meisten zu Hause?« Als er nicht sofort antwortet, füge ich hastig hinzu: »Falls das nicht zu persönlich ist. Du musst nicht darauf antworten, wenn du nicht willst.«

Er neigt den Kopf zur Seite und schätzt mich und meine Frage ab. »Seattle, denke ich«, sagt er dann zögernd. »In Seattle war alles gut. Chris und Elise waren zusammen. Die Band hatte eine Pause eingelegt und Elise hat sich auch eine Auszeit genommen. Wir waren einfach eine ganz normale Familie, weißt du? Wir haben auf einem Hausboot gewohnt, weil Elise immer eins wollte, seit sie *Schlaflos in Seattle* gesehen hatte. Das Hausboot aus dem Film war nicht verfügbar, deshalb hat Chris eins ein paar Docks weiter gekauft.«

»Du hast auf einem Hausboot gelebt? Ehrlich?«

»Ja, fast zwei Jahre lang. Ich bin dort auf eine private

Musikakademie gegangen. Erzähl mir von deinem Dad. Ich wünschte, ich hätte ihn besser kennengelernt.«

Das habe ich nicht erwartet. Ich schlucke den Kloß in meinem Hals hinunter. »Ah.«

»Scheiße. Tut mir leid. Das war unsensibel. Ignorier mich einfach.«

»Schon okay. Du hast mich nur auf dem falschen Fuß erwischt, das ist alles. Normalerweise rede ich nur mit meinem Therapeuten über ihn. Seit Leona gestorben ist, jedenfalls. Mom spricht nicht viel über Dad, aber Leona hatte einige Geschichten zu erzählen.«

»Du musst ihn so sehr vermissen«, sagt Gabe leise. »Und … du gehst zu einem Therapeuten?«

Ich nicke. »Nicht mehr so oft wie früher. Leona war diejenige, die Mom davon überzeugt hat, dass ich mit jemandem reden sollte. Gott, ich bin so froh, dass sie es getan hat. Ich hab in den letzten Jahren so einiges verarbeitet.«

»Hmm.« Er starrt ins Feuer.

Ich will wissen, wie gut er sich noch an Leonas Beerdigung erinnern kann. Ich stelle ihm die Frage, bevor ich darüber nachdenken kann: »Erinnerst du dich noch an mich? Von früher, als wir klein waren?«

Er schaut mich mit einer solchen Intensität an, dass es mir schwerfällt, den Blick nicht abzuwenden. In seinen Augen spiegeln sich die tanzenden Flammen. »Ich kann mich noch erinnern, dass du zur Beerdigung meiner Großmutter ein blaues langärmliges Kleid getragen hast, das zu deinen wunderschönen Augen passte.«

Mein Herz hüpft in meine Kehle, und Tränen brennen in meinen Augenwinkeln. Ich wische sie weg. Ich weiß nicht, wie viel ich ihm erzählen soll. »Du hast mir an diesem Tag so schrecklich leidgetan, Gabe. Ich wusste, wie es sich anfühlt, jemanden zu verlieren, der einem so nahestand. Ich meine, es war noch nicht lange her, dass mein Dad ...« Ich würge ein Schluchzen hinunter und atme ganz langsam ein und wieder aus. »Ich wollte dir etwas von mir geben, etwas aus tiefstem Herzen, das du mitnehmen und an das du denken kannst, wenn du traurig bist und sie vermisst.« Ich lache leise. »Du warst nicht wirklich ... offen dafür.«

»Ah«, sagt er. »Ich habe mich dir gegenüber wie ein Arschloch verhalten, richtig?«

Ich nicke.

»Sag es mir«, bittet er mich leise. »Was wolltest du mir damals geben?«

Ich erinnere ihn an die Worte, die ich an jenem Tag mit ihm geteilt habe, die Worte, die mir selbst so oft Trost gespendet haben. Mehrere lange Minuten starrt er ins Feuer und schweigt.

Schließlich sagt er: »Ich hab mich praktisch mein ganzes Leben lang wie ein Arschloch verhalten. Es tut mir leid, Blue.« Er streckt eine Hand aus und nimmt meine. Die Wärme seiner Haut strömt durch mich hindurch, lässt mich leuchten. »Ich wünschte, wir wären damals schon Freunde gewesen. Denn jetzt, wo ich dich so gut kenne, kann ich aufrichtig sagen, dass ich dir nie, nie würde wehtun wollen.«

Ich beiße mir auf die Unterlippe, damit sie nicht zittert, und spüre, wie sich das schlechte Gewissen in mir meldet. Ich bin auch nicht besser als der Junge, der er damals war, wenn ich Freundschaft aus egoistischen Gründen vortäusche.

»Wenn ich ehrlich bin, war ich ein bisschen eifersüchtig auf dich und deine Beziehung zu Chris. Leonas Beerdigung war wann? Ein paar Monate nach den Grammys?«

Ich nicke.

»Das soll keine Entschuldigung sein«, fügt er hinzu und stößt ein hohles Lachen aus. »Es ist schwer für mich, Freunde zu finden. Ich hab früh gelernt, dass die Leute dich oft wegen deiner Beziehungen, wegen deines Geldes oder wegen beidem ausnutzen wollen. Selbst Marley, und wir kennen uns schon unser ganzes Leben lang. Also, ja, es fällt mir schwer, anderen zu vertrauen. Trotzdem tut es mir leid, was an jenem Tag passiert ist. Aber ich bin nicht mehr dieser dämliche, verwöhnte kleine Mistkerl. Verzeih mir.«

Wir schweigen wieder und schauen zu, wie das Feuer herunterbrennt, während wir uns zwischen unseren Stühlen an den Händen halten. Nach einer Weile sage ich: »Es ist schon spät, Gabe«, und er nickt. Er verteilt die Glut mit einem Stock, während ich einen Eimer Wasser im Fluss schöpfe, um ihn über die Kohlen zu schütten. Nachdem das Feuer erloschen ist, gehen wir wieder zum großen Haus hinauf, ohne zu reden. Blätter und Zweige knirschen unter meinen Füßen. Eine Eule ruft in der Ferne. Ich zittere, und Gabe legt beim Gehen einen Arm um meine Schultern und zieht mich ganz nah zu sich heran.

Ich passe perfekt, mein Kopf an seiner Schulter.

Er bringt mich den ganzen Weg bis zu unserer Haustür. Ich weiß nicht, was ich erwarte, weiß nicht, was dieser Abend für ihn bedeutet hat, aber ich kann nicht anders, als mich zu fragen, ob er mich küssen wird. Will ich, dass Gabe Hudson mich küsst? Gott, ich glaube schon.

Ich will Gabe Hudson küssen.

Ich schüttle den Kopf bei der Vorstellung. Das ist *nicht* das, was Mom gemeint hat, als sie sagte, dass man mit Honig mehr Fliegen fängt als mit Essig.

Richtig?

»Danke fürs Nachhausebringen. Ich wäre zwar auch sehr gut allein zurechtgekommen, aber trotzdem danke.«

Er zieht mich in eine Umarmung. »Oh, ich weiß, dass du allein zurechtgekommen wärst. Aber ich wollte es gerne. Danke fürs Zuhören heute Abend, und dass du mir gegenüber so offen warst bei … allem. Ich bin froh, dass wir Freunde sind, Juniper.«

Richtig. Freunde. Das ist es, was wir sind.

Kapitel 25

GABE

Ein Gedanke verfolgt mich bis nach Hause, nachdem ich mich auf ihrer Veranda von Juniper verabschiedet habe. Ich muss diesen Immobilienmakler loswerden und ihm klarmachen, dass sein Abrissexperte keinen Fuß auf dieses Grundstück setzen wird.

Chris ist nach seinem Treffen der Anonymen Suchtkranken wieder zu Hause und trinkt ein Glas Schokomilch am Küchentisch.

»Wo warst du?«, fragt er. »Rieche ich da Rauch?«

Ich grinse. »Ich hab heute Abend ein Lagerfeuer für Juniper gemacht.«

»So, so, hast du das, du Schlitzohr? Du scheinst den Weg zum Herzen dieses Mädchens ja bestens zu kennen.«

»So ist das nicht, Chris«, wehre ich ab und setze mich ihm gegenüber. »Wie war dein Tag? Wie lief das Treffen?«

»Gut«, antwortet er und trinkt erneut einen großen Schluck Schokomilch. »Bei meiner Therapeutin war ich auch – Zwei-zum-Preis-von-einem-Deal heute.«

»Alles okay?« Bevor ich nach Minnesota und auf die Farm gekommen bin, hätte ich mich komisch und ziemlich unbehaglich dabei gefühlt, ihn danach zu fragen, und seine Bemerkung einfach ignoriert.

»Ja, alles gut. Aber ich will dranbleiben, verstehst du?«

»Ja.«

»Hast du schon drüber nachgedacht?«, fragt er.

»Eine Therapie zu machen?« Ich schüttle den Kopf. »Ich brauche keine.«

»Behalt es trotzdem im Hinterkopf. Panik- und Angstattacken sind hinterhältige kleine Arschlöcher.«

»Das kannst du laut sagen«, murmle ich vor mich hin. Ich erzähle ihm nicht, was in der Schule passiert ist. »Mache ich.«

»Gut. Und vergiss nicht, was deine Gran immer gesagt hat: *Es könnte schlimmer kommen.*«

»Wohl wahr«, sage ich. »Du hattest übrigens recht, was diesen Immobilienfritzen angeht.«

»Inwiefern?«, fragt er.

»Wie Fliegen an der Scheiße. Er ruft mich jeden Tag zwei- oder dreimal an, wenn ich in der Schule bin.«

»Was will er denn?«

Ich seufze. Das wird wehtun. »Er findet, wir sollten einen Gutachter aufs Grundstück lassen, der uns einen Kostenvoranschlag für den Abriss von ein paar der Gebäude machen kann.«

Chris lehnt sich auf seinem Stuhl zurück. »Erstens mal: Es gibt in dieser Sache kein *wir* oder *uns*, Kumpel. Uns gehört diese Farm vielleicht gemeinsam, aber dieser Deal mit Dunbar ist allein dein Ding.« Ich bin überrascht über seinen ruhigen Tonfall. »Zweitens: Falls du Zweifel daran hast, was hier passieren sollte oder nicht, dann geh da raus zu dieser Rundscheune und lies dir die Regeln noch mal durch. Du kennst die Farmregeln doch, oder?«

Ich nicke. »Juniper hat sie mir gezeigt.«

»Na, dann halte dich an die verdammten Regeln, Gabe. Verhalte dich wie ein Hüter. Sag verflucht noch mal die Wahrheit.«

Schuldgefühle steigen in mir hoch und mir wird ganz übel. »Okay, ich hab's kapiert. Tut mir leid. Ich rufe Dunbar an und sage ihm, dass ich seine Dienste nicht benötige. Nie mehr.«

»Ausgezeichnet. Ich geh nach oben. Mach alles dicht, bevor du ins Bett gehst, okay?«

Ich vergewissere mich, dass die Türen verriegelt sind, und lasse das Licht über dem Herd an. Dann gehe ich auch nach oben und schnappe mir meine Martin. Ich spiele, bis die Erschöpfung mich übermannt. Erst dann lasse ich zu, dass ich in den Schlaf sinke.

Am nächsten Morgen, bevor Juniper mich zur Schule abholt, rufe ich Eric Dunbar an. Es ist noch früh und er geht nicht dran. Eine Nachricht zu hinterlassen, ohne dass er mich alle zwei Sekunden unterbrechen kann, macht es mir viel leichter, mich wie ein typisches L.A.rschloch zu verhalten.

»Eric, Gabe Hudson hier. Ich wollte nur Bescheid sagen, dass ich kein Interesse mehr an einer Zusammenarbeit wegen Stone & Wool habe. Sie können meine Kontaktdaten und alles andere also getrost aus Ihren Akten löschen. Mein Anwalt und ich haben einen Antrag gestellt, die Rundscheune unter Denkmalschutz stellen zu lassen. Danke. Bis dann.«

Ich lege auf, wähle Allans Büronummer und hinterlasse auch ihm eine Nachricht. »Allan, ich hab ein Projekt für Sie«, beginne ich und schildere ihm dann meinen Plan.

Ein Jammer nur, dass ich immer noch keinen Plan habe, wie ich das Geld wieder auf Chris' Konto zurückzahlen soll.

Kapitel 26

JUNIPER

Als ich mein Handy am Samstagnachmittag nach einer kurzen Geburtstagspartyschicht im Naturzentrum wieder einschalte, explodiert es förmlich vor Nachrichten von Gabe.

Gabe: Hey, was machst du heute? Hab mich gefragt, ob wir zusammen für den Test in Weltgeschichte lernen wollen.

Gabe: Chris ist im First Ave in MPLS bei einem Gig von nem Kumpel, aber der Blödmann wollte mich nicht mitnehmen. Was zur Hölle? Ich bin Gabe Hudson, verflucht.

Gabe: Das war ein Witz, schon klar, oder?

Gabe: Blue? Ignorierst du mich oder stellst du tatsächlich was Bedeutendes mit deinem Leben an?

Gabe: Aber mal ernsthaft, ich könnte Hilfe bei diesem Test gebrauchen. Ich bin total scheiße bei Jahreszahlen. Ich kann jeden Song nach Gehör auf dem Klavier spielen, aber ich kann mir keine Jahreszahlen merken.

Gabe: BLUE ich bin einsam, kannst du einem armen Kerl nicht aus der Patsche helfen?

Gabe: OK, schön, habs verstanden. Offensichtlich stellst du tatsächlich was Bedeutendes mit deinem Leben an.
Gabe: Melde dich, wenn du kurz Zeit hast.

Ich lächle. Ich kann einfach nicht anders. Er hat sich tatsächlich bei *mir* gemeldet. Er wollte Zeit mit mir verbringen, nicht mit Ted oder mit jemand anders. Auch wenn ich definitiv nicht glaube, dass er das mit dem Lernen ernst gemeint hat.

Ich: Musste arbeiten. 15 Zehnjährige, die Smaug nur mit Nacktschnecken füttern wollten.
Gabe: Smaug den Drachen?
Ich: Rotbäuchige Braunschlange.
Gabe: Das ist echt verstörend – auf mehreren Ebenen.
Ich: Das sagst du mir? Hast du Hunger? Ich könnte auf dem Nachhauseweg bei Happy's vorbeifahren und uns ne Fette Henne mitbringen.
Gabe: Erstens: Glaubst du ernsthaft, ich hab Hunger, nachdem du mir was von Nacktschnecken fressenden Schlangen erzählt hast? Widerlich. Aber: Ja, ich hab Hunger. Zweitens: Fette Henne klingt … schweinisch lecker.
Ich: Du bist so blöd. Eine Fette Henne ist eine große Portion Brathähnchen.
Gabe: Endlich! Brathähnchen aus dem berühmten Happy's! Kannst du auch Kartoffelpüree mitbringen?
Ich: Und Coleslaw?

Gabe: Klingt zu sehr nach Gemüse. Bring nur das Püree mit.
Ich: Bin in 20 Min da.

Ich grinse auf der ganzen Fahrt in die Stadt. Ich grinse, während ich an der Theke auf meine Bestellung zum Mitnehmen warte. Ich grinse auf der Fahrt nach Hause.

Als ich zum Farmhaus rauffahre, kommt mir der Gedanke, dass ich gar nicht angestrengt *versuchen* muss, nett zu Gabe zu sein, weil es mir ganz leichtfällt, nett zu ihm zu sein. Ich muss mich dabei nicht anstrengen. Und das gefällt mir.

Er reißt vor Begeisterung beinahe die Tür aus den Angeln. »Heilige Scheiße, dieser Gockel riecht echt unglaublich. Los, rein mit dir und diesem Eimer. Ich hab den Tisch schon gedeckt. Was willst du trinken? Wasser? Limonade? Schokomilch?«

Ich ziehe die Augenbrauen hoch. »Schokomilch?«

Er zuckt mit den Schultern. Ich folge ihm ins Esszimmer und lache. Gabe hat in der Tat den Tisch gedeckt – mit geflochtenen Platzsets, Leonas Hochzeitsgeschirr und schwerem Silberbesteck.

Er erkundigt sich, wie mein Tag war und wie die Geburtstagsparty gelaufen ist, und fragt mich nach Smaug und den anderen Reptilien, die im Naturzentrum leben.

»Musst du sie, du weißt schon, auch berühren? Die Schlangen und die anderen Viecher?«, will er wissen, als wir komplett vollgestopft sind.

Ich schiebe meinen leeren Teller weg. »Ich muss zugeben, dass Schlangen nicht gerade meine Lieblingstiere sind. Und ich hasse es wirklich, sie zu füttern. Es ist auf jeden Fall mein unliebstes Geburtstagsmotto, so viel steht fest. Ich ziehe die Familienfarmausstellung definitiv vor.«

»Du bist eben aus tiefstem Herzen ein echtes Farmmädchen, hab ich recht, Blue?« Gabe lächelt mir von der anderen Seite des Tisches zu. »Danke fürs Abendessen. Die Henne war echt *fett*.« Er grinst tatsächlich über sich selbst und seinen wahnsinnigen Wortwitz.

»Weißt du, ich glaube, du bist der Erste, dem dieser Spruch jemals eingefallen ist, Gabe.«

»Wow, dieser Sarkasmus. Ich wusste gar nicht, dass der so tief bei dir sitzt.«

Ich stehe auf und beginne, das Geschirr abzuräumen.

»O nein«, sagt er. »Du hast gekocht. Ich räume ab.«

»Hast du nicht gerade gesagt, ich wäre ein echtes Farmmädchen? Farmmädchen stehen nicht nur daneben oder legen die Füße hoch und gucken anderen Leuten beim Arbeiten zu. Farmmädchen packen mit an. Du spülst, ich trockne ab.«

»Woher willst du wissen, dass ich nicht einfach alles in die Spülmaschine packe?«

»Gabe.« Ich mache eine Pause für den dramatischen Effekt. »Wenn du das Fünfziger-Jahre-Motivgeschirr mit Platinrand deiner Großmutter in die Spülmaschine steckst, rede ich nie wieder mit dir.«

Er wirft den Kopf in den Nacken und lacht. »Warum weißt du so viel über das edle Geschirr meiner Großmutter?«

»Ich hab einen Teller zerbrochen, als ich neun war. Ich hab stundenlang geheult und mich mies gefühlt, aber Leona hat mir gesagt, dass ich mir deswegen keine Gedanken machen soll. Sie hat diesen Porzellanhändler in North Carolina angerufen und zack – innerhalb einer Woche hatte sie Ersatz.«

»Ich verspreche, dass ich nichts kaputt machen werde«, sagt er. Vorsichtig taucht er die Teller mit dem zarten blauen Blumendekor in das Seifenwasser und erzählt mir von seinem Tag. »Alle haben mich verlassen. Ted ist in Duluth bei irgendeinem Auswahltreffen. Chris ist schon vor dem Frühstück losgefahren. Du hast mich ignoriert.«

»Ich musste *arbeiten*.«

»Das sagst *du*. Ich war ganz allein.«

»Hört, hört. Und ich dachte, du wärst nicht hier, um Freundschaften zu schließen.« Ich meine es ernst, sorge aber dafür, dass es heiter und scherzhaft klingt.

»Har, har«, macht er. »Ich brauche nur ein *paar*. Jedenfalls war ich den ganzen Tag allein und hab meine Zeit damit totgeschlagen, den Wandschrank im Keller zu durchforsten.«

»Irgendwas Interessantes gefunden?«

»Ein paar Kisten mit Spielzeug. Ich kann mich noch erinnern, dass ich damit gespielt habe, als ich ganz klein war. Diese alte Holzuhr, zum Beispiel, die ›Großvaters Uhr‹ spielt, wenn man sie aufzieht.«

»Oh, an die kann ich mich auch noch erinnern. Ich fand den Liedtext immer so traurig. *Sie blieb stehen und tickte nie wieder, als der alte Mann starb.*«

»Ich auch. Vor allem, weil mein Großvater gestorben ist, als ich noch ein Baby war.«

Ich trockne die Gabeln sorgfältig ab und lege sie auf die Arbeitsplatte. »Was noch?«, will ich wissen. »Hast du die Märchenbauklötze auch gefunden?« Leona hatte ein Set mit Holzbauklötzen, auf denen Illustrationen zu verschiedenen Märchen waren. Sie standen im Bücherregal im Wohnzimmer, damit ich an Regentagen mit ihnen spielen konnte.

»Nein, aber ich bin mir sicher, dass sie hier irgendwo sind.«

Gabe spült den letzten Teller, gibt ihn mir und ich trockne ihn ab. Dann zieht er den Stöpsel und das Wasser strudelt in den Ausguss hinunter. Ich hänge mein Geschirrtuch an den Griff am Herd.

»Was jetzt?«, frage ich. »Willst du für Weltgeschichte lernen?«

»Gott, nein. Ich kann keine einzige Zeile mehr über … Weißt du, ich kann mich noch nicht mal mehr erinnern, was wir gerade durchnehmen.«

»Französische Revolution? Schon mal gehört?«, frage ich.

»Ah, ja, wie langweilig. Ich hab *Bill & Teds verrückte Reise durch die Zeit* gesehen. Das ist alles, was ich wissen muss.«

»Willst du absichtlich überall durchfallen, damit du von der Schule fliegst?«, scherze ich. »Meinetwegen müssen wir nicht lernen.«

»Was machen die Leute hier denn so an einem Samstagabend?«, will er wissen. Er lehnt sich an die Arbeitsplatte und verschränkt die Arme.

Ich zucke mit den Schultern. »Ich bin mir sicher, dass irgendwo eine Party stattfindet, falls du auf so was stehst.«

»Du nicht?«, fragt er.

»Farmmädchen, schon vergessen? Ich muss vor Sonnenaufgang raus und die Kühe melken.«

»Ihr habt überhaupt keine Kühe, Blue.«

»Das ist nur so eine Redewendung.«

»Na, Partys sind jedenfalls auch nicht so mein Ding.«

Ich betrachte ihn erneut mit hochgezogenen Augenbrauen. »Da hab ich bei *Celebrity Insider* aber was anderes gelesen.«

»Diesen Mist solltest du überhaupt nicht beachten, Blue. Aber: Du liest also Sachen über mich im Internet, ja?«

Meine Wangen werden ganz warm und ich wende

mich ab und gehe ins Wohnzimmer, um meine Verlegenheit zu verstecken. »Vielleicht.« Ich setze mich auf die Couch, und Gabe folgt mir und lässt sich auf Leonas Lieblingssessel fallen.

»Ich war nur wegen der Publicity auf diesen Partys. Gehört alles irgendwie zum Job, weißt du? Aber ich bin auf Partys nicht besonders unterhaltsam, hab ich mir sagen lassen.«

»Warum nicht?«

»Kein Alkohol. Keine Drogen.«

Ich kann nichts dagegen tun: Mir klappt die Kinnlade runter, bevor ich überhaupt darüber nachdenken kann. Er lacht.

»Dein Gesicht! Was, glaubst du mir nicht?«

»Na ja … ich meine, was Marley gesagt hat …«

»Oh, vielen Dank auch. Dann glaubst du also eher einem problembeladenen, drogenabhängigen Teeniestar, den du überhaupt nicht kennst, anstatt mir? Schon verstanden.«

Jetzt werde ich richtig rot. »Gott, es tut mir so leid. Ich hätte nicht einfach annehmen sollen …«

»Chris trichtert mir immer ein: Wenn du deine Geschichte nicht selbst erzählst, dann tut es jemand anders für dich. Und dann ist es möglicherweise nicht die Wahrheit. Er musste das auf die harte Tour lernen, und ich auch.«

»Tut mir leid«, wiederhole ich.

Er zuckt mit den Schultern. »Nicht deine Schuld. Aber es ist die Wahrheit. Ich hab Alkohol noch nicht mal probiert.«

»War es schwer, du weißt schon, mit Marley zusammen zu sein, obwohl sie abhängig war?«

»Sie war gut darin, es zu verstecken. Wenn wir essen gegangen sind, hat sie auf der Toilette irgendwas geschnupft, ohne dass ich was mitbekommen habe. Aber, ja, am Ende wurde es immer schwerer. Sie geriet immer mehr außer Kontrolle und konnte es nicht mehr so gut verstecken. Ich hab mir wirklich Sorgen um sie gemacht. Ich hoffe, es geht ihr inzwischen besser.« Er lächelt, zaghaft und traurig. »Unglaublich, oder? Sie hat mich nur ausgenutzt und mich gedemütigt, aber ich will trotzdem nur das Beste für sie, weißt du?«

»Du bist ein guter Mensch, Gabe«, sage ich leise.

Er schüttelt den Kopf. »Ich weiß nicht.«

Ich bin froh, dass er so offen mit mir über Marley und sein Leben in L. A. spricht, aber ich vermisse die Heiterkeit von vorhin. »Spielst du mir was auf der Gitarre vor?«, bitte ich ihn.

Gabe hebt die Hände. »Mist, ich hätte *dich* abwaschen lassen sollen. Ich kann nicht spielen, wenn meine Haut vom Wasser so aufgeweicht ist. Klavier spielen geht aber.«

Er steht auf, geht zum Klavier und klappt den Deckel auf, bevor er sich auf die Bank sinken lässt. »Wusstest du, dass dieses Klavier 1908 gebaut wurde? Gran hat mich *jedes* Mal daran erinnert, wenn ich mich als Kind hier hingesetzt habe, um zu spielen. Die Gute hatte eine Menge Zeug, aber sie hat alles mit Respekt behandelt.«

»Sie war unglaublich.«

Er klimpert eine simple Version von »Großvaters Uhr«.

»Du hast das ernst gemeint. Du kannst nach Gehör spielen?«

»Und nach Erinnerung, schätze ich. Ich hab dieses Lied seit Jahren nicht gehört, erst heute Nachmittag auf der kleinen Spieluhr wieder.«

Er spielt Auszüge aus verschiedenen klassischen Stücken, die ich kenne – Chopin, Satie, Vivaldi –, und von ein paar, die ich nicht kenne. Als er »Let It Be« anstimmt, singt er voller Inbrunst mit. Dann spielt er einige Takte aus »November Rain« von Guns N' Roses und Stevie Wonders »Superstition«.

»Wow, das ist ein ganz schön großes Repertoire«, sage ich, als er eine Pause einlegt.

»Meine Musiklehrerin war mit Abstand das Beste an meiner Schule in L. A. Wir haben sämtliche Musikstile durchgenommen, sämtliche Epochen. Ich habe klassischen Klavier- und Gitarrenunterricht, seit ich ungefähr zehn war.«

»Beeindruckend.«

»Ich will alles lernen, was es über jede Art von Musik zu lernen gibt. Das macht mich zu einem besseren Musiker.« Er schweigt kurz. »Na ja, mit Ausnahme von Countrymusik, vielleicht.«

»Oh, du bist definitiv nicht von hier. Wir haben hier oben alle ein bisschen Country im Blut.«

»Tatsächlich?«, fragt er. »Sogar Chris?«

»Hast du noch nie die Geschichte gehört, wie Chris und mein Dad mitten im tiefsten Winter runter in die Twin Cities zu einem Konzert von Johnny Cash gefahren sind? Auf der Rückfahrt ist Chris auf einer eisigen Stelle ins Schlingern geraten und im Straßengraben gelandet. Sie waren damals siebzehn oder so, keine Handys, deshalb mussten sie warten, bis die Polizei kam und sie zur nächsten Tankstelle brachte, damit sie zu Hause anrufen konnten.«

»Okay, Johnny Cash ist die große Ausnahme.«

»Ich persönlich mag ja *Lo*retta Lynn echt gerne«, sage ich und betone die erste Silbe mit meiner besten Version eines Südstaatenakzents besonders.

»Ich würde ja was von ihr für dich spielen, aber ich kenne keinen ihrer Songs.« Er dreht sich wieder zum Klavier um und seine Hände schweben einen Moment lang über den Tasten, bevor er erneut zu spielen beginnt.

Melancholisch, langsam, mit ausgedehnten Pausen zwischen den einzelnen Tönen. Eine Hand spielt Noten wie Glockenschläge, die andere die eindringliche Melodie. Ich erkenne den Song nicht. Seine Stimme klingt klar und kräftig und beschert mir eine Gänsehaut.

Als er fertig ist, sagt einen Moment lang keiner von uns ein Wort. »Was war das für ein Song?«, frage ich dann leise.

»Pink Floyd. ›High Hopes‹.« Er hält kurz inne und fügt dann hinzu: »Ich hab diesen Song mal für eine Talentshow in der Schule ausgewählt. Ich hab damals noch nicht lange gespielt und wahrscheinlich stand es mir echt nicht zu, *dieses* Lied zu spielen. Ich meine, ich arbeite jetzt schon seit Jahren an diesem Song und versaue ihn immer noch jedes Mal. Aber ich wollte meinen Dad beeindrucken, weißt du? Pink Floyd ist seine Lieblingsband. Als ich noch ganz klein war, konnte ich angeblich nicht einschlafen, wenn ich nicht die CD gehört hab. Also hab ich mir die Seele aus dem Leib geübt. Wenn ich nicht in der Schule war, war ich zu Hause und hab meiner Lehrerin ›High Hopes‹ vorgespielt.« Er lacht. »Gott, sie konnte das Stück nicht mehr hören, als die Talentshow endlich vor der Tür stand. Ich hab gespielt, bis mir die Finger wehtaten, aber ich war bereit. Ich wollte ›High Hopes‹ spielen und meinen Eltern beweisen, dass ich ihre Zeit wert war.«

Gabes Stimme bricht ein wenig, als er das sagt, und mir bricht vor Mitgefühl das Herz.

»Was ist passiert?«, frage ich.

»Der Tag der Talentshow kam, und die Aula in der Schule hat sich mit Eltern gefüllt. Die Reichen, die Berühmten, die nicht so Berühmten. Meine Großeltern auf der Benson-Beckett-Seite sind sogar extra aus Beverly Hills gekommen, um zu sehen und gesehen zu werden.«

»Aber?«

»Aber Chris und Elise sind nicht aufgetaucht. Elise hatte eine ganzheitliche Naturtherapiemassage, was immer zur Hölle das auch sein mag, und Chris war nach Seattle geflogen, hatte sich aber nicht die Mühe gemacht, es irgendjemandem mitzuteilen. Nach der Talentshow hab ich versucht, sie anzurufen, aber keinen von beiden erreicht. Sie hätten auch ebenso gut tot sein können.« Er lacht leise, und es schwingt ein Hauch von Bitterkeit darin mit. »Als Chris aus Seattle zurückgekommen ist, weißt du, was er mir geantwortet hat, als ich ihn damit konfrontiert habe? Er hat gesagt: ›Oh, war das diese Woche? Na, es war sicher nicht deine letzte Talentshow, Gabe.‹«

»Hat er damals Drogen genommen?«, frage ich. »Nicht, dass das irgendeinen Unterschied macht.«

»O ja, kein Zweifel.«

»Tut mir leid«, sage ich. »Diesen Chris kenne ich nicht. Alle haben immer versucht, mich vor dieser Seite von ihm abzuschirmen.«

»Das muss dir nicht leidtun.« Er klimpert ein paar

Noten auf dem Klavier. »Ich bin froh, dass du Chris nicht so sehen musstest.«

Ich versuche, ein Gähnen hinter meiner Faust zu verstecken. »Gabe, es tut mir leid, aber ich muss jetzt echt nach Hause. Es war ein langer Tag voller Schlangen und Geburtstagsrandalierer. Morgen ist der Farmersmarkt, schon vergessen? Ich muss richtig früh raus.«

»Richtig, der Farmersmarkt. Kann ich mitkommen? Oder geht Laurel mit und ich wäre sowieso nur im Weg?«

»Es ist der erste Hallenmarkt dieses Jahr«, erwidere ich. »Vielleicht wartest du lieber, bis wir die letzten Unebenheiten glattgebügelt haben?«

»Verstehe«, sagt er. »Kein Problem. Kann ich dich nach Hause bringen?«

»Ich bin mit dem Auto hier, schon vergessen?«

»Sicher, natürlich.« Er schüttelt den Kopf. »Tut mir leid, wenn ich heute Abend ein bisschen daneben bin.«

Ist er, irgendwie, aber ich glaube, ich verstehe das. Er ist allein, und er ist einsam, weit weg von seinen Freunden und seiner Musik.

»Schon okay«, versichere ich ihm, als ich zur Haustür gehe und meinen Mantel vom Haken nehme.

»Weißt du, was?«, fragt er. »Ich hab dich noch nie vorher in so … *normalen* Klamotten gesehen.«

Ich betrachte mein Outfit. Ich trage ein grünes Naturpark-Poloshirt, eine Khakihose und Wanderstiefel.

Meine Arbeitsuniform. Selbst mein Haar ist zu einem langweiligen Zopf auf meinem Rücken geflochten. Er streckt die Hand aus und dreht die Zopfspitze zwischen seinen Fingern, lässt sie dann wieder fallen und fährt mit den Fingern sanft von meinem Ohr bis nach vorne zur Mitte meines Kinns über meinen Kiefer. Ich beginne praktisch zu vibrieren, als ich seine Berührung spüre. Am liebsten würde ich mich in sie lehnen.

»Träum was Schönes, Blue«, sagt er. »Schreib mir, wenn du sicher zu Hause angekommen bist.«

Ich nicke und wiederhole seine Worte. »Träum was Schönes«, flüstere ich.

Kapitel 27

GABE

Ich bin rastlos.

Ich bin schon seit Samstag rastlos, seit Chris früh morgens zu dem Gig in den Twin Cities aufgebrochen ist. Gestern musste Juniper in aller Frühe auf dem Farmersmarkt arbeiten und hatte anschließend eine lange Schicht im Naturzentrum. Sie ist erst nach dem Abendessen nach Hause gekommen und war müde, meinte sie. Also abgesehen von Samstagabend, als sie den Eimer Brathähnchen mitgebracht hat, war ich allein. Vor gar nicht so langer Zeit hätte ich diese Zeit allein genossen. Jetzt macht sie mich kribbelig und nervös.

Ich bin froh, wieder in der Schule und von anderen Leuten umgeben zu sein, selbst wenn eine von ihnen die unnachahmliche Chloe Scheißnervig ist.

»Gabe!«, ruft sie mir zu und winkt, als ich den Korridor hinunter zu Weltgeschichte trotte. Ihr Pferdeschwanz schaukelt wie wild hin und her. »Ich hab für Samstagabend ein paar Leute zu einer kleinen Party eingeladen. Ein Lagerfeuer. Du *musst* kommen.«

Die Art von Gesellschaft hab ich mir dann auch wieder nicht vorgestellt. »Ich weiß nicht, Chloe. Ich hab nicht wirklich Lust auf eine Party.«

»Hab ich Party gesagt? Es ist eher ein Beisammensein.« Ihre Augen weiten sich. »O mein Gott, stimmt ja! Du bist in Therapie, oder? Und du willst nirgendwo sein, wo's Alkohol gibt?« Sie klatscht eine Hand auf ihren Mund.

»Nein, ich bin *nicht* in Therapie. Und ich bin auch nicht suchtkrank, ganz gleich, was die Klatschpresse behauptet. Ich meinte, dass ich keine Lust habe, mit ein paar Leuten zu feiern, die ich eigentlich gar nicht kenne.«

Sie lässt ihre Hand sinken und quasselt sofort wieder drauflos. »Oh! Ist das alles? Na, dann *lernst* du uns eben kennen. Ehrlich! Du wirst es nicht bereuen.«

Dieses Mädel ist unausstehlich. Ich muss mir irgendwas einfallen lassen, wie ich sie zum Schweigen bringen und ihr eine Abfuhr erteilen kann.

»Also ...« Ich ziehe das Wort in die Länge, als würde ich über ihr Angebot nachdenken. »Ich kann doch bestimmt Juniper mitbringen, oder?«

Ihre Augen weiten sich noch mehr. Sie blickt sich im Korridor um, als würde sie nach der richtigen Antwort suchen. Ganz sicher wird sie Nein sagen und ich komme so aus dieser Nummer raus. »Natürlich! Bring sie mit! Je mehr, desto spaßiger, richtig? Gibst du mir deine Nummer, dann schicke ich dir die Adresse.«

Na, das ist nach hinten losgegangen. »Schick sie Juniper«, erwidere ich. Dieses Mädchen muss echt aufhören, zu versuchen, an meine Nummer ranzukommen.

Juniper stürmt beim Mittagessen auf mich zu und hält ihr Handy hoch. »Was ist hier los? Hast du Chloe Horror gesagt, dass wir am Samstagabend zu einer *Party* bei *ihr zu Hause* kommen?«

»Chloe Horror? Komm schon, so schlimm ist sie auch wieder nicht. Und es ist eher ein Lagerfeuer.«

»Es ist eher ein Lagerfeuer«, äfft sie mich grummelnd nach. »Was ist bloß *los* mit dir? Warum tust du uns das nur an?«

Ich grinse. Sie ist sauer auf mich, ja, auf ihre typische Juniper-Art. Aber sie hat *uns* gesagt, und das gefällt mir irgendwie. »Was, gehst du nicht gerne auf Chloes Partys?«

»Du bist echt das Letzte.«

»Ach, da stehst du doch drauf! Mit wem würdest du dich denn streiten, wenn ich nicht da wäre?«

»Mit mir«, wirft Ted ein.

»Und mir«, fügt Amelia hinzu.

»O Gott, und definitiv mit mir«, bekräftigt Youa. »Aber du solltest wissen, dass Chloes Partys die schlimmsten *sind*, Gabe. Alle lassen sich total volllaufen und verwandeln sich in die letzten Idioten, und am Ende steht *jemand*, dessen Name mit T anfängt und sich auf Fred reimt, splitterfasernackt auf einem Picknicktisch und singt ›Rednecker‹ von Hardy. Ich bin so froh, dass ich kommendes Wochenende auf einer Kirchenfreizeit bin und *das* nicht noch mal sehen muss.«

»Das war nur *ein* Mal«, knurrt Ted. »Gott, ich wünschte wirklich, ihr würdet nicht ständig davon anfangen, okay? Und ich trinke auch überhaupt nicht mehr! Ich meine, in meiner Familie wimmelt's nur so von Drogensüchtigen.« Er schaut zu mir rüber. »Das sollte keine Beleidigung sein.«

»Hab ich auch nicht so verstanden«, versichere ich ihm. »Obwohl man bei exakt einem Drogensüchtigen in der Familie wohl kaum von *wimmeln* sprechen kann. Aber ich trinke aus exakt demselben Grund nicht. Na ja, darum und weil ich nicht sturzbesoffen und nackt auf einem Picknicktisch landen und irgendeinen grauenvollen Countrysong grölen will.«

»Genau wie ich«, stimmt Amelia mir zu und schickt einen scharfen Blick in Teds Richtung. »Was auch der Grund dafür ist, dass keiner von uns auf diese Partys geht. Wir trinken alle nicht. Und Besoffenen dabei zuzusehen, wie sie sich wie Idioten verhalten und Selfies knipsen, um sie auf Instagram zu posten, ist nicht besonders unterhaltsam.«

Wenn sie HRH-Partys schon für so übel hält, dann sollte sie mal in einen Club in L. A. gehen.

»Okay«, sagt Juniper, »ich gehe mit dir zu diesem ›Lagerfeuer‹, aber du musst mir versprechen, dass wir nur eine Stunde bleiben. *Eine*.«

»Deal.«

»Schon eine Stunde klingt schrecklich«, findet Amelia.

Juniper dreht sich zu ihr um, die Augen zusammengekniffen. »Na, rate mal, was? Geteiltes Leid ist halbes Leid. Du kommst auch mit.«

Chloes »kleines Beisammensein« erstreckt sich vom Garten hinter ihrem Haus bis hin zu einem leeren Feld, auf dem die Flammen eines gigantischen Lagerfeuers in den dunklen Nachthimmel züngeln. Ich würde schätzen, dass die Zahl der Gäste weit über fünfzig liegt, als wir vier eintreffen.

»Jaaaaaaa«, freut sich Ted. »Schaut euch dieses fantastische Feuer an.«

»Ich kann nicht glauben, dass du uns wirklich dazu zwingst«, beschwert sich Amelia.

»Augen zu und durch«, sage ich. »Es ist nur eine Stunde deines Lebens. Denk doch nur mal daran, wie viele grauenvolle Hollywoodpartys ich über mich ergehen lassen musste.«

»Oh, du Armer«, spottet Juniper. »Es muss wirklich schrecklich sein, mit Tom Holland und … Selena Gomez zu feiern.«

»Selena Gomez? Was Besseres fällt dir nicht ein? Ich bin weder Selena noch Tom jemals begegnet. Aber ich hab Demi Lovato mal getroffen. Kommt schon, bringen wir's hinter uns.«

»Das ist alles nur deine Schuld, das ist dir schon klar?«, fragt sie.

Ich lege einen Arm um Junipers Schultern. »Halte durch, Blue. Gemeinsam schaffen wir das.«

Juniper beißt sich auf die Unterlippe, sagt jedoch kein Wort. Wir steuern direkt auf Chloe zu, die von einer Traube aus Leute umringt ist, ein paar kenne ich, die meisten jedoch nicht. Chloe löst sich aus der Gruppe, stürmt praktisch auf mich zu und packt mich am Arm.

»Gabe!«, kreischt sie. »Du bist hier!«

»Ja, hey, Chloe. Wir können nicht lange bleiben.«

»Oh, doch, das werdet ihr«, erwidert sie. »Komm, ich stell dich allen vor!«

Sie zerrt mich von Juniper, Ted und Amelia weg, und keiner von ihnen macht irgendwelche Anstalten, es zu verhindern. Juniper verschränkt die Arme und zieht die Augenbrauen hoch. Ich erkenne diesen Ausdruck inzwischen als ihren »Ich hab's dir doch gesagt«-Blick.

»Viel Spaß!«, wünscht Amelia mir, hebt eine Hand und wackelt spöttisch mit den Fingern in meine Richtung.

»Schaut mal her, Leute!«, ruft Chloe laut, als wir auf das Lagerfeuer zugehen. »Schaut mal, wer hier ist! Gabe Hudson.«

»Hey«, sage ich. »Wie läuft's?«

»Alter!«, ruft ein Typ, den ich aus meinem Kurs in Gartenbau wiedererkenne. »Hast du deine Gitarre mitgebracht? Kannst du ›Burden‹ für uns singen?«

»Nee, Mann, ich hab meine Gitarre nicht dabei.«

»Nächstes Mal, Kumpel, nächstes Mal.«

»Ja, ganz sicher.« Ich nicke.

Chloe packt mich wieder am Arm und zerrt mich weg. »Komm mit! Du musst noch mehr Leuten Hallo sagen!«

Eine Stunde. Ich schaue auf meine Armbanduhr. Eine Stunde lang halte ich das aus.

Kapitel 28

JUNIPER

Chloe Horror stolziert wie das It-Girl aus einem KidCo-Teeniefilm durch die Gegend und gibt bei Gabe untergehakt vor ihren Freunden mit ihm an, tätschelt ihn und lächelt anbetend zu ihm hinauf.

Ich glaube, ich muss mich gleich übergeben.

Amelia seufzt und lehnt sich an die Wand des Holzschuppens. »Mir ist langweilig«, sagt sie.

»Soll ich mal nachschauen, ob es hier auch Cola gibt?«, schlägt Ted vor.

»Nee. Mir ist so langweilig«, stöhnt sie noch mal.

Jasper, einer von Teds Footballkumpels, kommt zu uns und bietet ihm ein Bier an. »Hey, Ted, schwing deinen Arsch hier rüber. Wir wollen mit dir über das Spiel am Mittwochabend reden.«

Ted nimmt das Bier nicht, folgt Jasper aber zu einer Gruppe von Jungs, die alle blaue Plastikbecher in der Hand halten, zu einem Picknicktisch hinüber.

»Ich verstehe nicht, wie ich hier gelandet bin«, sagt Amelia. »Irgendwie ist alles total seltsam, seit Gabe in der Stadt ist.«

»Das kannst du laut sagen.« Allem Anschein nach kann ich nicht aufhören, Chloe und Gabe zu beobachten. Chloe hat sich mit ihm langsam, aber sicher vom Lagerfeuer und der Menge weggeschoben. Jetzt stehen sie, größtenteils von den Gästen getrennt, im Schatten. Ich kann nicht hören, was sie sagen.

Amelia schaut auf ihr Handy. »Nur noch fünfundvierzig Minuten.«

»Mehr nicht?«

Ich starre die beiden noch eine Minute oder so weiter an. Chloe berührt ihn, sie lacht, er lächelt, auch wenn es nicht sein volles, strahlendes Lächeln ist. Trotzdem. Amüsiert er sich? Er soll sich nicht mit Chloe Horror amüsieren.

»Lass uns reingehen«, sagt Amelia. »Wenigstens müssen wir sie dann nicht anstarren.«

Gutes Argument. Ich folge ihr in den Schuppen, wo sich in der einen Ecke, die nicht mit Rasenmähern und anderen Nutzfahrzeugen und Ausrüstung vollgestellt ist, ein paar kleine Tische befinden. Ein weiterer langer Tisch steht vor einer der Wände, darauf kleine Tüten mit Knabberkram, Wasserflaschen und einem Kartenspiel. Wir haben den ganzen Schuppen für uns.

»Hier müssen die Loser abhängen«, vermutet Amelia.

»Ich kann nicht glauben, dass noch niemand die Chips entdeckt hat.«

»Willst du Karten spielen?«

»Okay.«

Wir setzen uns und Amelia mischt die Karten. »Ich könnte jetzt auch zu Hause sein und *Das große Backen* gucken.«

Sie teilt die Karten für Trash aus – ein Spiel, das wir seit einem Wochenende in der achten Klasse, als wir zusammen auf ihrer gruseligen Kirchenfreizeit am Snowdrift Lake waren, fast täglich spielen – und fährt fort: »Oder ich könnte mir, ich weiß auch nicht, die Haare waschen. Oh! Ich weiß! Ich könnte mit diesem Plastikangeldings den Abfluss in der Dusche von Haaren säubern.«

»Ich verstehe, was du sagen willst, Amelia.«

»Nein, nein, warte. Ich könnte Moms Gewürzregal alphabetisch ordnen.«

»Moment mal. Eure Gewürze sind nicht alphabetisch organisiert?«

Sie rollt mit den Augen. »Zieh eine Karte.«

Schweigend spielen wir die erste Runde Trash. Amelia gewinnt knapp. Ich sammle die Karten ein, mische und teile neu aus.

»Also«, sagt sie und zieht ihre erste Karte. »Du magst Gabe.«

»Warum sagst du das?«, frage ich und blicke starr auf die zehn umgedreht vor mir liegenden Karten, während Amelia ihren Zug beendet.

»Na ja«, sagt sie vorsichtig, »vielleicht, weil du die beiden, nachdem Chloe Gabe weggezerrt hatte, angeglotzt hast, als würdest du dir wünschen, der Boden würde aufreißen und Chloe verschlucken.«

»Nein. Hab ich nicht.« Ich ziehe eine Karte vom Stapel in der Mitte. Eine Dame. Nutzlos. Amelia ist dran und dreht drei ihrer Karten in schneller Folge um.

»Und ich sehe, wie dein Gesicht aussieht, wenn du über ihn redest. Oder wenn jemand anders über ihn redet«, sagt sie. »Es ist, als würden sich all deine Muskeln entspannen oder so. Deine Augen werden ganz schnulzig und einer deiner Mundwinkel wandert nach oben, so als würdest du versuchen, nicht zu lächeln, obwohl du es definitiv tun willst.«

Meine Augen werden *schnulzig*?

»Ich habe keine Ahnung, wovon du sprichst«, behaupte ich.

»Natürlich nicht.« Sie zieht eine Karte und legt sie auf den Abwurfstapel. Eine Fünf. Ich betrachte meine Karten. Die einzige, die ich bisher umgedreht habe, ist, natürlich, eine Fünf, deshalb kann ich sie nicht gebrauchen. Ich ziehe einen König und mein Zug ist beendet. Amelia bringt die Runde ruckzuck zu Ende.

»Du musst austeilen«, sage ich, während ich die Karten zu einem ordentlichen Stapel zusammensammle und ihn ihr hinschiebe.

Sie mischt und teilt aus und dreht dann ein Ass und

eine Zwei um, bevor sie ein weiteres Ass zieht. Das ich aufnehme.

»So, so, so …«, murmle ich. »Und was ist mit dir? Warum bist du hier drin und spielst mit mir Karten, anstatt draußen bei Ted zu sein?«

»Das ist was anderes«, sagt sie.

»Inwiefern?« Ich ziehe eine Karte: ein Bube. Ein Joker. Ich drehe drei weitere Karten um und lege sie an, bevor mein Zug endet. »Woher willst du das wissen, wenn du ihn nicht fragst? Heute ist ein Tag.«

»Netter Spielzug«, sagt sie. »Und es ist einfach was anderes. Außerdem sprechen wir hier nicht über Ted. Wir sprechen über Gabe.«

Sie zieht und wirft dann die Herz-Zwei ab. Sie braucht die Karte nicht, ich aber schon. Ich nehme sie vom Abwurfstapel.

»Oh, schau an«, sagt sie. »Noch zwei Herzchen.«

Ich blicke auf und sehe Ted und Gabe in den Schuppen kommen.

»Oh, schau an«, erwidere ich. »Vielleicht ist das deine Chance.«

»Vielleicht ist das *deine* Chance«, ahmt sie mich nach.

»Chance wofür?«, will Ted wissen und kommt zu uns an den Tisch. »Was macht ihr denn hier? Die Party ist *da draußen.*«

»Diese Party ist total lahm«, findet Amelia. »Können wir gehen? Ist unsere Stunde um?«

»Das ist die beste Idee, die ich den ganzen Abend gehört habe«, erwidert Gabe.

»Darf ich dich daran erinnern«, sage ich und staple die Karten auf, »dass das hier deine Idee war?«

»Ich hab meine Lektion gelernt.«

Ted lacht. »Das glaub ich gern.«

»O nein«, sagt Amelia. »Was hat Chloe getan?«

Gabe erschaudert sichtlich. »Ich kann nicht darüber sprechen. Es ist noch zu früh.«

Ich runzle die Stirn. Was *hat* Chloe getan? Mein Gehirn malt sich sofort aus, wie Chloe auf Zehenspitzen geht und versucht, ihn zu küssen. Hat sie ihn geküsst?

»Kommt mit«, sagt Ted. »Wenn wir uns zu der anderen Tür rausschleichen, wird niemand mitkriegen, dass wir verschwinden.«

Wir folgen Ted durch ein Labyrinth aus unterschiedlichsten Gartengeräten zu einer Hintertür auf der anderen Seite des Schuppens. Als wir in die kühle, dunkle Nacht hinaustreten, habe ich das Gefühl, zum ersten Mal seit – ich schaue auf mein Handy – zweiundvierzig Minuten wieder richtig durchatmen zu können.

»So, Kinder«, sagt Ted, als er in seinem Pick-up den Rückwärtsgang einlegt und aus Chloes langer Einfahrt rollt. »Wo soll's hingehen?«

»Ich hätte Lust auf Spuds«, antwortet Gabe auf dem Beifahrersitz.

»Ja«, brüllt Ted. »Volltreffer! Uncle Bud's, wir kommen!«

»Nur, wenn wir drin essen können. Es ist zu kalt, um das Essen in den Park mitzunehmen«, wirft Amelia ein.

»Es ist Samstag Abend. Glaubst du wirklich, wir kriegen drin noch einen Tisch?«

»Du bist mit dem Inhaber verwandt!«, ruft Amelia. »Ruf vorher an! Sag ihnen, dass sie einen Tisch für uns reservieren sollen!«

»Ich werde meine Macht nicht auf diese Weise missbrauchen, Lee«, erwidert Ted todernst.

»Okay, dann macht Gabe es eben. Richtig, Gabe?«

Gabe schnaubt nur.

Als wir im Uncle Bud's ankommen, geht Gabe zu Violet am Empfangspult und bittet um einen Tisch für vier. Sie sortiert einen Stapel Speisekarten und blickt nicht auf.

»Ihr müsstet zehn Minuten warten«, sagt sie. »Ist das okay?«

Violet ist Mitte dreißig, ihr butterblondes Haar zu einer riesigen Turmfrisur hochgesteckt, mit leuchtend roten Lippen und strassbesetzter Katzenaugenbrille. Sie trägt ein rosa Uncle-Bud's-Bowlingshirt, in der Taille zusammengeknotet, ihr Name auf die Tasche gestickt, die Jeans bis zur Wadenmitte hochgekrempelt, und dazu Saddle Shoes wie Frank Sinatra sie getragen hat. Ich frage mich, ob es diese Bowlingshirts auch zu kaufen gibt. Ich würde in diesem Outfit fantastisch aussehen.

»Zehn Minuten sind okay«, antwortet Gabe.

»Name?«

»Abe Froman, Würstchenkönig von Chicago«, antwortet er trocken.

Ted prustet vor Lachen, und Violet hebt schließlich doch den Blick und schaut von Gabe zu Ted und wieder zurück zu Gabe. »Oh, bist du das, Gabe? Der kleine Gabey?« Sie kommt hinter ihrem Pult hervor und zieht Gabe in eine Umarmung. »O mein Gott, Schätzchen, ich hab dich ja seit Leonas Beerdigung nicht mehr gesehen, möge sie in Frieden ruhen. Ich bin Violet! Du bist Cousin Chris wirklich wie aus dem Gesicht geschnitten!«

»Hi, Violet«, sagt Gabe.

»Na, dann lasst mich doch mal sehen, ob ich nicht gleich einen Tisch für euch habe.«

»Nicht nötig«, erwidert Gabe. »Wir können warten. Wir schauen uns solange im Souvenirshop um.«

»Macht das, Schätzchen. Ich rufe euch, sobald was frei wird.«

»Nettes *Ferris-macht-blau*-Zitat, Gabe«, lobt Amelia ihn, während wir die Veranda auf der Seite betreten, die als Souvenirladen dient. Ich stöbere durch die an einer Stange hängenden T-Shirts und Sweatshirts, finde aber kein Bowlingshirt.

»Wonach suchst du?«, fragt Gabe, als er sich mir von hinten nähert.

»Ich will so ein Uncle-Bud's-Bowlingshirt«, antworte ich. »Aber ich sehe hier keine.«

»Wie wär's stattdessen mit einer riesigen Tasse, die aussieht wie ein Stapel Pfannkuchen?«, schlägt er vor und nimmt eine große Keramiktasse aus dem Regal neben uns.

»Das sind nicht einfach nur Pfannkuchen, Gabe«, erwidere ich. »Das sind Uncle Bud's weltberühmte Blaubeerpfannkuchen.«

»Also«, sagt er und stellt die Tasse wieder weg, »willst du über die Party reden?«

»Was ist mit der Party?«, frage ich.

»Du schienst nicht besonders begeistert darüber zu sein, dass ich Zeit mit Chloe verbracht habe, obwohl das mehr oder weniger der einzige Grund war, warum wir dort waren.«

»Wie kommst du denn auf die Idee?«, frage ich zurück und mein Gesicht beginnt zu glühen.

»Weißt du, deine Wangen werden immer so niedlich rosa, wenn dir was peinlich ist. Wie Zuckerwatte.«

Ich bin mir sicher, dass meine Wangen jetzt knallrot sind und nicht nur zuckerwatterosa.

»Ich hab gesehen, wie du uns beobachtet hast«, fährt er fort. »Warum?«

»Na ja«, beginne ich langsam in dem Versuch, Zeit

zu schinden, »war es nicht der reinste Horror für dich, mit ihr reden zu müssen? Mir wäre es jedenfalls so gegangen.«

»Weißt du«, antwortet er, »so Horror ist sie gar nicht. Sie ist vielleicht ...«

»Ja, ja«, schneide ich ihm das Wort ab. »Ich weiß. Scheißnervig.«

»Ich glaube nicht, dass ich dich schon mal fluchen gehört habe, Blue!« Er grinst.

»Warum bist du überhaupt so nett zu ihr? Du magst sie ja noch nicht mal.« Ich verstumme. Ich höre mich an wie ein trotziges Kleinkind. »Oder?«

»Ich werde sicher nicht versuchen, mich mit ihr anzufreunden, wenn es das ist, was du wissen willst. Ich musste mich mein Leben lang mit irgendwelchen Leuten rumschlagen, die noch viel schlimmer sind. Oberflächliche, materialistische, manipulative Arschlöcher, die nur mit mir befreundet sein wollten, weil ich sie mit Chris oder Elise bekannt machen konnte. Scheiße, einmal hat mich sogar irgendein Typ gefragt, ob ich ihn David Bowie vorstellen könnte, und ich musste original zu ihm sagen: ›Dir ist schon klar, dass er tot ist, oder?‹ David Bowie, verdammt.« Gabe schüttelt den Kopf.

»Und trotzdem musste ich zu diesen Arschlöchern nett sein«, fährt er fort. »Mit das Beste hier in Minnesota ist, dass ich mir nicht permanent Gedanken über Paparazzi machen oder mich fragen muss, ob jemand ein Video von mir dreht, wenn ich gerade, keine Ahnung, in der Öffentlichkeit eine Panikattacke erleide.« Er fährt sich mit einer Hand durch seine zerzausten Locken.

»Tut mir leid«, sage ich und zupfe an einem losen Faden an meinem Ärmelbündchen herum. »Manchmal vergesse ich, dass du … du weißt schon … berühmt bist.«

Er lehnt sich zu mir und lächelt wieder. »Ich frage mich allerdings schon, ob du nicht vielleicht, nur vielleicht, ein klitzekleines bisschen eifersüchtig warst?«

Meine Wangen laufen *schon wieder* zuckerwatterosa an. War ich eifersüchtig? Die Wahrheit ist, dass ich will, dass er mit *mir* Spaß hat, mit *mir* Zeit verbringt, nicht mit Chloe Horror. Nicht mit irgendjemand sonst.

Er hat recht. Ich bin eifersüchtig.

Ich versuche, meine Verlegenheit zu verstecken. »Ich frage mich«, ahme ich ihn nach, »ob da jemand vielleicht, nur vielleicht, ein klitzekleines bisschen eingebildet ist?«

Er lacht. »Weißt du was, Blue? Versteh das jetzt bitte nicht falsch, aber ich bin jeden Tag aufs Neue dankbar dafür, dass ich bei diesem Projekt dir zugeteilt wurde. Ich weiß nicht, ob ich irgendwen anders ertragen hätte.«

»Was meinst du denn damit, ich soll das nicht falsch verstehen? Meinst du das sarkastisch oder was?«

»Nein«, antwortet er. »Ich meine das ernst. Ich kann mir nicht vorstellen, mich mit irgendjemand anders zu streiten als mit dir. Und für den Fall, dass du dich das gefragt hast: Ich habe sie nicht geküsst.«

»Was? Ich ... ich hab nicht ...«, stammle ich.

»*Sie* hat *versucht, mich* zu küssen, aber sie war ziemlich besoffen und ich konnte ihr ausweichen. Nur für den Fall, dass du dich das gefragt hast«, wiederholt er.

Violet rettet mich vom Nebenraum aus vor weiteren Peinlichkeiten, als sie Abe Froman, Würstchenkönig von Chicago, ausruft. Gabe schaut auf seine Uhr. »Drei Minuten«, sagt er. »Nicht schlecht.«

»Es kommt nicht darauf an, was du weißt«, sagt Ted. »Es kommt darauf an, mit wem du verwandt bist.«

Ich folge Ted, Amelia und Gabe durch das geschäftige Diner zu einer Sitznische ganz hinten in der Ecke. Keine Minute später kommt Uncle Bud höchstpersönlich mit einem Tablett Root Beer Floats zu uns an den Tisch.

»Geht aufs Haus«, sagt er und stellt vor jedem von uns eins der schaumigen Getränke ab. »Ziemlich viel los heute, sonst würde ich bleiben und ein bisschen mit euch plaudern.«

»Das ist auf jeden Fall besser als Trash in Chloe Horrors Gartenschuppen«, findet Amelia und greift nach ihrem Glas.

Gabe hält sein Getränk zur Tischmitte hoch. »Auf Chloe Horror«, sagt er, »ohne die – und ohne deren langweilige, ohne Ende nervige Horrorparty – wir heute nicht hier wären und kostenlose Root Beer Floats und schon bald Bud's Spuds genießen würden.«

»Hört, hört«, prostet Ted und wir stoßen alle mit unseren Gläsern an.

»Cheers«, sagt Gabe. »Es gibt in diesem Augenblick keinen Ort, an dem ich lieber wäre.«

Da kann ich ihm nur zustimmen.

Kapitel 29

GABE

Die Footballsaison endet mit einer brutalen Niederlage in der Regionalliga und Ted ist danach völlig durch den Wind. Janie nimmt mich in der Schule irgendwann beiseite und fleht mich beinahe an, irgendwas zu tun, um ihn aus dem Haus zu kriegen. »Er ist total fertig«, sagt sie. »Vielleicht kannst du ja ein paar Freunde zusammentrommeln und ihr könnt am Freitagabend alle mit ihm ins Kino gehen. Sonst sitzt er den ganzen Abend vor Twitter, verfolgt die Ergebnisse im Internet und jammert über seine verpasste Chance.«

»Du kannst dich auf mich verlassen«, versichere ich ihr. Ich stelle immer mehr fest, dass es mir Spaß macht, all die Dinge zu tun, die jeder amerikanische Teenager so tut: Partys, Kino, sogar Hausaufgaben. Es kann die Sorgen wegen des Geldes oder Marley zwar nicht vertreiben, weil sich diese Sorgen wie Hausbesetzer in mir eingenistet haben, ganz tief in meiner Magengrube, und ständig den Weg zurück in meine Gedanken finden. Aber es hilft mir dabei, mich zwischendurch wie jemand zu *fühlen,* der sich keine Sorgen um seine berühmte, drogenabhängige Ex oder um Finanzbetrug machen muss.

Ted lässt das Mittagessen heute ausfallen, um in der Turnhalle Körbe zu werfen, deshalb hole ich Amelia und Juniper mit ins Boot.

»Ja, auf jeden Fall«, sagt Amelia sofort. Ich bin kein Idiot. Ich weiß, dass Amelia auf Ted steht, und seit diesem ersten Abendessen bei Ted zu Hause bin ich mir ziemlich sicher, dass das auf Gegenseitigkeit beruht. »Ich bin dabei. Also, du, ich, Ted, Juniper. Sonst noch jemand? Deine neue Freundin Chloe Horror?«

Juniper schnaubt höhnisch. Heute trägt sie einen langen, leuchtenden, wallenden Rock, himmelblau mit aufgestickten Regenbogen, und dazu eine sonnengelbe Strickjacke. Außerdem hat sie Flipflops an – obwohl es draußen scheißkalt ist – und ihre Zehennägel sind glitzernd violett lackiert. Ihre nackten Beine sind muskulös und braun gebrannt. Sie ist klein, aber sie ist stark.

Ich mag dieses Mädchen.

Ich räuspere mich. »Also? Blue? Kommst du mit ins Kino?«

»Na klar.«

Ted ist ein wenig schwerer zu überzeugen.

»Nein. Ich komm nicht mit. Ich bin deprimiert«, sagt er, als ich ihn nach der Schule im Flur erwische, bevor er mit seinen deprimierten Teamkollegen in den Kraftraum verschwindet. »Außerdem muss ich mir die Spiele anschauen.«

»Ein Grund mehr, mitzukommen«, sage ich. »Es wird dich ein bisschen ablenken.«

»Nein«, beharrt er.

»Komm schon, Mann. Die Mädels freuen sich schon drauf.«

»Was für Mädels?« Nun scheint er doch interessiert. Mädels > Football.

»Juniper und Amelia, wer denn sonst?« Ich beobachte ihn genau und sehe, wie seine Augen leuchten. Ein Teil von mir fragt sich, ob ich total falschlag und er auf Juniper steht, nicht auf Amelia, aber ich schüttle den Gedanken ab.

»Na schön.« Er seufzt, als wäre es das reinste Elend, mit Freunden ins Kino gehen zu müssen. »Na schön, ich komme mit. Ich will die Mädels nicht enttäuschen.«

»Großartig. Du fährst.«

»Als ob ich irgendwen anders fahren lassen würde«, sagt er, während er rückwärts Richtung Kraftraum geht. Er winkt mir zu, dreht sich dann um und joggt den Flur hinunter.

Freitag Abend holt Ted zuerst Amelia ab und fährt dann raus zu Grans Haus, wo Juniper und ich an unserem Field-&-Flock-Projekt arbeiten, während wir warten. Ich kann nicht anders, als über mich selbst zu lachen, weil ich mich so schnell an dieses Leben gewöhnt habe. Die Hälfte der Zeit hab ich mir in L. A. noch nicht mal die Mühe gemacht, an einem Freitag zum Unterricht zu gehen. Jetzt mache ich sogar an einem Freitag*abend* was für die Schule.

Noch bevor Juniper und ich uns auf dem Rücksitz von Teds riesigem Pick-up anschnallen können, zanken sich Ted und Amelia darüber, welchen Film wir uns anschauen sollen. Juniper und ich haben uns schon seit Tagen nicht mehr gestritten, wie mir plötzlich bewusst wird. Irgendwie vermisse ich es.

»Wir haben letztes Mal schon einen Horrorstreifen geguckt«, sagt Amelia. »Ich hab genug von Blut und Splatter und Gruselschockern. Ich will *Greenwich Calling* sehen.«

»Nein. Auf keinen Fall. Keine romantischen Komödien mehr«, widerspricht Ted ihr mürrisch.

»Was läuft sonst noch?«, will ich wissen.

Juniper wirft mir einen Blick zu, der nur *Achtung!* bedeuten kann. »Es ist besser, wenn du dich nicht einmischst und die beiden die Sache allein ausdiskutieren lässt«, flüstert sie mir zu.

»Aber Mindy McAdams spielt in *Greenwich Calling* mit und du liebst sie«, argumentiert Amelia. »Oh! Und Tess Daniels auch.«

»Du hast stichhaltige Argumente, aber: auf gar keinen Fall, verdammt. Ich kann Jake Washington nicht ausstehen. Ich ertrage keine zwei Stunden Jake Washington.«

Amelia scrollt auf ihrem Smartphone. »Na schön. Dann eben nicht *Greenwich Calling*. Aber wir gucken uns definitiv nicht noch so einen dämlichen Horrorstreifen an. Vor allem keinen, der *Noch so ein dämlicher Horrorstreifen* heißt. Ich schau mal nach, was sonst noch so läuft.«

»Nur zu deiner Info: Ich stimme gegen sämtliche Animationsfilme.«

Amelia grummelt. »Wie wär's mit *Erste Ernte*? Der hat richtig gute Kritiken.«

»Auf gar keinen Fall«, sage ich.

Jetzt schlägt Juniper mir auf den Arm. »Ich dachte, ich hätte dir gesagt, dass du dich da raushalten sollst.«

»Ja, Gabe«, stimmt Amelia ihr zu.

»Ist mir egal«, verteidige ich mich. »Wir können uns diesen Film nicht anschauen.«

»Warum nicht?«, will Juniper wissen.

Ich drehe mich zu ihr um. »Weil das Elises neuer Film ist. Laut *Hollywood Today* hatte sie eine Affäre mit ihrem Co-Star, Early Bingham. Ich glaube natürlich nicht alles, was die Klatschpresse schreibt, vor allem, weil man ihr ständig eine Affäre mit ihrem Co-Star nachsagt. Aber diesmal hoffe ich wirklich, dass es nicht wahr ist, weil sie bereits mit Ty Callahan verlobt war, als sie den Streifen gedreht hat.«

Alle verstummen.

»Moment mal, verdammt«, platzt Ted dann heraus. »Deine Mom ist mit Ty fucking Callahan verlobt und das erzählst du mir erst jetzt? Was zur Hölle stimmt bitte nicht mit dir, Mann? Kann ich ihn mal kennenlernen? Wann kann ich ihn mal kennenlernen?«

»O mein Gott«, sage ich überdramatisch. »Ist das dein Ernst, Ted? Du nutzt mich aus, um irgendwen Berühmtes kennenzulernen? Und ich dachte die ganze Zeit, wir wären wirklich Freunde.«

»Haha, sehr komisch«, grummelt er.

»Wer ist Ty Callahan?«, fragt Amelia.

»Wer ist Ty Callahan? Wieso sind wir überhaupt befreundet?«, brüllt Ted beinahe. »Er hat letztes Jahr im Durchschnitt ja nur zweiundneunzig Rushing Yards pro Spiel geschafft. Diese Saison hat er schon drei Spiele über hundert auf dem Konto.«

»Dir ist schon klar, dass mir das überhaupt nichts sagt, Teddy, oder?«, erwidert Amelia.

Mir sagt es auch nichts, aber ich mag Ty, und er tut Elise gut. »Du darfst es niemandem erzählen, Ted. Ernsthaft. Sie versucht, es geheim zu halten, bis sie aus Australien wieder zurück ist. Also halt die Klappe, okay?«

»Okay, okay«, sagt Ted. »Wir schauen uns also auf keinen Fall *Erste Ernte* an.«

»Damit macht *Noch so ein dämlicher Horrorstreifen* wohl doch das Rennen«, brummt Amelia.

Der Film ist noch keine fünf Minuten alt, da kreischt Amelia laut und hält sich die Augen zu, bevor sie sich sogar zu Ted umdreht und ihr Gesicht in seiner Brust vergräbt. Er legt einen Arm um sie und zieht sie ganz nah zu sich heran.

»Du Riesenbaby«, neckt er sie.

Ich liege so was von richtig mit den beiden. Ich wünschte, sie würden endlich zugeben, dass sie Gefühle füreinander haben und glücklich bis an ihr Lebensende werden und all das. Ich lehne mich zu Juniper und raune ihr zu: »Bin das nur ich oder sind die zwei wie füreinander geschaffen?«

Juniper nickt.

»Hältst du mich auch fest, wenn ich Angst kriege?«

Sie haut mir auf den Arm. »Schh«, zischt sie. »Ich versuche, mir den Film anzuschauen.«

»Großer Fan von Horrorstreifen, ja?«

Sie schüttelt den Kopf. »Sei still, Gabe.«

Ich lehne mich noch näher zu ihr. »Ich hab eine Überraschung für dich: Ich bin auf dem Soundtrack. Im Abspann.«

»Hör auf!«, stößt sie aus und klatscht sich dann eine Hand auf den Mund.

»Hör du auf!«, ruft jemand aus den hinteren Reihen.

»Schh«, mache ich sie nach. »Doch, ehrlich. Der Song heißt ›All Right Guy‹.«

»Hör auf!«, sagt sie wieder, diesmal ein lautes Flüstern.

Der Film ist wirklich grauenvoll, aber was ihn umso unerträglicher macht, ist die Tatsache, dass ich mir mehr als alles andere wünsche, ich könnte wieder Junipers Hand halten, wie damals am Lagerfeuer, oder meinen Arm um ihre Schultern legen und sie fest an mich drücken. Wir teilen uns einen Eimer Popcorn und hin und wieder berühren sich unsere Hände, wenn wir gleichzeitig hineinfassen. Es ist die reinste Folter.

Juniper bleibt der Mund offen stehen, als der Abspann beginnt und mein typischer Sound – Grungegitarren und lässig-rauer Text – das Kino erfüllt. Na ja, mein typischer Sound, bis ich ihn mit *Embrace the Suck* versaut habe.

»Was zur Hölle, Gabe?«, fragt Ted, als wir kurz darauf über den Parkplatz trotten. »Einer deiner Songs gehört zum Soundtrack eines Films und es ist dir nicht eingefallen, es uns zu erzählen? Obwohl wir auf dem Weg waren, um uns exakt diesen Film anzuschauen? Du steckst heute Abend wirklich voller Geheimnisse, was?«

Ich zucke mit den Schultern. »Schien mir keine große Sache zu sein.«

»Oh, hört euch Mr Superstar an. Schien mir keine große Sache zu sein? Erzähl mir doch keinen Scheiß.«

»Na ja, ich hoffe nur, ›All Right Guy‹ wird wenigstens ein kleiner Hit, weil meine Karriere nach *Embrace the Suck* einen kleinen Schub gebrauchen könnte.« Und ich könnte einen dicken fetten Scheck gebrauchen. Zu dumm nur, dass ich so tief in der Scheiße stecke, dass mir nicht mal eine nette Stange Tantiemen helfen kann.

»Er ist so gut«, sagt Juniper. »Er erinnert mich an, äh, deine früheren Sachen. ›Burden‹. ›Imitation of Life‹.«

Ich schaue sie an und lächle. »Du kennst mein erstes Album?«

Sie errötet – unter den grellen Laternen auf dem Parkplatz ist es nur schwer zu erkennen, aber es ist da. »Alle in der Stadt haben dein Album gekauft, Gabe.«

»Ach, wirklich?«, frage ich. »Amelia, hast du mein Album gekauft?«

»Nein«, antwortet sie.

»Ich auch nicht«, verkündet Ted ungefragt.

»Arschloch. Du hast es umsonst gekriegt.«

»Ich hab Hunger«, sagt er. »Verdammt, ich wünschte, Uncle Bud's hätte noch geöffnet.«

Wir fahren stattdessen zu einem Taco-Stand, der lange auf hat, und nehmen die fettigen Tüten mit in den Riverview Park, um in Gesellschaft von Big Louie zu speisen.

»Warum essen wir draußen?«, beschwere ich mich. »Ich friere mir hier den Hintern ab.«

»Könnte schlimmer sein«, findet Juniper. »Wir hatten ja noch nicht mal den ersten strengen Frost.«

»Ich habe keine Ahnung, was du meinst«, gebe ich zu, »aber es klingt schrecklich. Kommt das irgendwann noch? Strenger Frost?«

Amelia schnaubt höhnisch. »Wow, du kannst dich schon mal warm anziehen. Hast du etwa auch noch nie Schnee gesehen, Gabe?«

»Sehr lustig.«

»Erzähl uns lieber, wie du's geschafft hast, dass dein Song auf einem verdammten Soundtrack gelandet ist«, fordert Ted mich auf und schiebt sich einen halben gefüllten Taco in den Mund.

»Ich schätze, man könnte sagen, ich bin mit Miro Abernathy befreundet.«

»Wer ist Miro Abernathy?«, fragt Juniper.

»Er ist der Boss von Capstone Pictures«, wirft Amelia ein.

»Natürlich weißt du das«, sagt Juniper.

Amelia nickt. »Ja, er ist einer der jüngsten Studiobosse in Hollywood. Er hat bei Sundance vor ein paar Jahren einen Riesenhit gelandet und ist jetzt total angesagt.«

Ich bin beeindruckt. »Ja, das bringt ihn so ziemlich auf den Punkt.«

»Und woher kennst du ihn?«, will Ted wissen.

Ich zucke mit den Schultern. »Woher kenne ich irgendwen in Hollywood? Bin mir ziemlich sicher, dass ich Miro über Elise kennengelernt habe, aber es könnte auch Chris gewesen sein. Vielleicht war es aber auch auf Edie Garcias Weihnachtsparty.«

Keiner der anderen sagt ein Wort. Ich schaue zu Juniper, der der Mund ein kleines bisschen offen steht. Ich schätze, sie wissen wohl alle, wer Edie Garcia ist – aber schließlich schaut statistisch gesehen auch alle neun Sekunden irgendjemand in diesem Land einen Film von ihr.

»Ich versuche nicht, hier mit Promis um mich zu werfen, um cool zu klingen«, versichere ich ihnen hastig. »Ich meine, ich kenne den Typen ja kaum. Miro, meine ich. Aber wir haben uns ganz gut unterhalten – wo auch immer es war, aber ich glaube, es war bei Edie – und er hat mich gebeten, einen Song für den Film zu schreiben.«

Ted grunzt schnaubend. »Verdammte Scheiße. Das ist so cool. Du hast einen echt geilen Song geschrieben und der ist jetzt auf dem Soundtrack zu einem echt geilen Film.«

»Teddy«, sagt Amelia, »Nein. Das muss der dämlichste Film gewesen sein, den ich jemals gesehen habe – das soll keine Beleidigung sein, Gabe. Ich meine, eine Schaufensterpuppe als Serienkiller? Eine *Schaufensterpuppe!*«

»Du fandest ihn großartig!«, erwidert Ted. »Gib's zu. Viel besser als *Greenwich Calling.*«

»Keine Ahnung«, kontert Amelia, »ich habe *Greenwich Calling* schließlich nicht gesehen – dank dir.«

Ich schaue zu Juniper rüber, die ihre Taco-Verpackung zu einer kleinen Kugel zusammenknüllt. »Wie erträgst du nur diese ständige Zankerei?«, frage ich sie.

Sie zuckt mit den Schultern. »Man gewöhnt sich dran.«

Zum ersten Mal seit langer Zeit, vielleicht sogar in meinem ganzen Leben, habe ich das Gefühl, Freunde zu haben, die mich verstehen. Menschen, die um meiner selbst willen meine Freunde sein wollen und nicht wegen meines Namens oder meiner berühmte Eltern oder Großeltern oder der Tatsache, dass ich auf Partys in Edie Garcias Strandhaus gehe. Echte Freunde, die mich nicht um Geld bitten, um ihre Drogensucht zu finanzieren.

Juniper hat recht. Ich könnte mich daran gewöhnen.

Kapitel 30

JUNIPER

Ich *will* auf der Rückfahrt vom Kino in Frederick Lake nicht einschlafen und mich auf der Rückbank von Teds Pick-up an Gabe lehnen, aber es passiert trotzdem.

Gabe weckt mich, als er flüstert: »Blue, wach auf. Wir sind zu Hause.«

Zu Hause.

Mein erster Gedanke ist: Ja, es scheint ganz so, als fühlte sich Gabe hier jetzt mehr zu Hause. Erst dann fällt mir auf, dass ich praktisch mit ihm kuschle. Ich glaube nicht, dass Mom das mit dem Honig so gemeint hat. Ich setze mich abrupt auf und rutsche so weit zur Tür rüber, wie ich kann. »Oh, Mist, tut mir leid«, sage ich. »Ich wollte nicht … Gott, ich hab dich doch nicht vollgesabbert, oder?«

Gabe lacht. »Nein, du hast mich nicht vollgesabbert.«

Ein Kojote heult in der Ferne, und Gabes Miene erstarrt.

»Ich bringe dich noch zur Tür«, sagt er.

Ich ziehe die Augenbrauen hoch. »Es ist ein Kojote,

Gabe, und diesem Heulen nach zu urteilen ist er ziemlich weit weg. Ich brauche keinen Leibwächter.«

Er schüttelt den Kopf. »Nein, vergiss es. Denk noch nicht mal dran, mit mir zu streiten. Ich bringe dich zur Tür und damit basta.«

»*Du* machst dir wegen der Kojoten beinahe in die Hose und willst *mich* beschützen?«

»Hört auf, euch deswegen zu streiten, und steigt verflucht noch mal aus dem Wagen«, geht Ted dazwischen. »Ich muss Dornröschen hier wieder zurück in ihr gemütliches Bettchen bringen.«

»Du. Bleibst. Hier«, sage ich und bohre bei jedem Wort meinen Finger in Gabes Brust. Er seufzt. »Hey, Amelia«, sage ich und stecke meinen Kopf zwischen den Sitzlehnen nach vorne. »Heute ist ein Tag.«

Dann steige ich in Windeseile aus und bin schon fast an der Haustür, als Ted aus der Einfahrt rollt und die Straße zum Farmhaus hinunterrumpelt.

Ich stoße die Haustür auf. Mom ist noch wach und wartet auf mich, wie sie es immer tut. Der Fernseher läuft leise auf der anderen Seite des Zimmers.

»Hey«, sage ich und schlüpfe aus meinen Schuhen.

»Hi, Schatz«, erwidert sie. Sie greift nach der Fernbedienung und schaltet den Fernseher aus. »Wie war der Film?«

»Der Film war schrecklich. Aber: *Überraschung*! Gabe hat einen Song für den Soundtrack aufgenommen.«

»Ernsthaft?«

»Ja, die Bombe hat er aber erst platzen lassen, als wir schon im Kino saßen.«

»Das freut mich für ihn. Musst du morgen arbeiten?«

»Nein, ich hab dieses Wochenende frei. Gott sei Dank. Ich hab Geburtstagspartys so satt. Und ich hätte mal wieder Lust auf eine schöne Solowanderung.«

»Am Sonntag ist Farmersmarkt.«

Ich lasse mich neben sie auf die Couch plumpsen. »Ich hab schon alles vorbereitet.« Ich lehne meinen Kopf an ihre Schulter. »Kann ich dich was fragen, Mom?«

»Alles«, antwortet sie und legt einen Arm um mich.

»Wie schaffst du es, so eng mit Chris befreundet zu sein?«

Sie lacht. »Wie meinst du das?«

»Na ja, er ist einer der größten Rockstars aller Zeiten. Und er ist dein *Freund*.«

»Na, er ist doch auch *dein* Freund. Wie schaffst du es denn?«

»Das ist was anderes. Für mich war er schon immer ein Rockstar. Du kanntest ihn schon vorher.«

»Richtig. Ich kannte ihn schon vorher. Und ich glaube, das macht es einfacher, genauso, wie du glaubst, es wäre einfacher, weil du ihn schon immer als Rockstar kanntest. Ich kenne Chris und seine Familie schon fast mein ganzes Leben lang. Du weißt, dass Chris und dein Dad beste Freunde waren. Zwei wie Pech und Schwefel, hat Leona immer gesagt. Und ich hatte das Glück, sie beide in meinem Leben zu haben.« Sie schweigt einen Moment lang und fügt dann hinzu: »Aber das weißt du alles. Worum geht's hier wirklich, Juniper?«

Ich zucke mit einer Schulter. »Glaubst du, Gabe wird die Farm verkaufen?«

»Ah, verstehe. Du machst dir immer noch Sorgen wegen Gabe.«

Ich richte mich auf. »Natürlich mache ich mir immer noch Sorgen wegen Gabe. Selbst wenn sein letztes Album nicht ein solcher Misserfolg für ihn gewesen wäre, würde ich mir Sorgen darüber machen, was er mit der Farm vorhat.«

»Und es steckt nicht noch mehr dahinter?«

Ich lasse mich wieder auf die Couch sinken, schmiege mich an sie und atme langsam aus. »Doch, ich glaube schon«, sage ich, führe es aber nicht näher aus. Ich bin mir nicht sicher, wie ich meine Gefühle in Worte fassen soll.

Mom küsst mich auf den Kopf. »Ich glaube, dass du schon vor langer Zeit eine Meinung zu Gabe gefasst hast. Du bist zu dem Schluss gekommen, dass er deine Freundschaft nicht wert ist, weil er sich auf eine bestimmte Art verhalten hat. Weil du dachtest, du wüsstest, wer er ist, oder weil du irgendetwas im Internet über ihn gelesen hast. Aber jetzt, wo du ihn als Mensch kennenlernst und nicht als Star, erkennst du allmählich, dass er gar kein so übler Kerl ist. Dass er jemand ist, mit dem du doch befreundet sein könntest und – wenn ich einfach mal raten soll? Vielleicht sogar mehr als befreundet?«

Na, das bringt es so ziemlich auf den Punkt. Ich hätte es selbst nicht besser formulieren können.

»Gabe ist ein Superstar«, sage ich. »Er hat nie ein Leben außerhalb des Scheinwerferlichts kennengelernt. Ich bin auf einer Farm aufgewachsen. Sagen wir – rein hypothetisch – ich habe … na ja, Gefühle für ihn. Mehr als Freundschaft. Wie könnte ich jemals erwarten, dass er dasselbe empfindet? Schau dir Chris an. Er hat Elise geheiratet, einen *Filmstar,* und sie verdient, keine Ahnung, zwölf Millionen Dollar pro Film.«

»Woher weißt du denn, wie viel Geld Elise verdient? Und sie war noch kein Filmstar, als die beiden sich kennengelernt und ineinander verliebt haben, weißt du? Sie haben beide hart dafür gearbeitet, dorthin zu gelangen, wo sie heute sind, und sie mussten dabei neben ihrer Suchtkrankheit noch einige weitere Hindernisse überwinden. Es ist eine harte Branche.«

»Aber warum sollte sich jemand wie Gabe für mich interessieren? Rein hypothetisch. Und sagen wir mal – auch rein hypothetisch –, dass wir beide zusammenkommen. Was passiert, wenn es ihm hier zu langweilig wird, er seine Sachen packt, wieder nach L. A. zurückkehrt und er und Chris beschließen, zu verkaufen? Wie soll ich über ein gebrochenes Herz hinwegkommen, wenn sein Gesicht überall ist?«

»Hey, hey, hey«, erwidert Mom. »Lass uns mal ein kleines bisschen zurückrudern. Erstens: Ich kann dir sagen, warum sich jemand – berühmt oder nicht – für dich interessieren sollte: weil du klug und entschlossen bist und für das einstehst, woran du glaubst. Und weil du wunderschön bist, von innen und außen.«

Ich lache. »Musst du das sagen, weil du meine Mutter bist?«

»Ich sage es, weil es wahr ist.«

»Okay, danke.«

»Und bitte geh niemals davon aus, dass dir sowieso das Herz gebrochen wird. Das sollte nicht deine Grundeinstellung sein. Das Leben ist kurz, Juniper. Jeder Tag mit den Menschen, die wir lieben, ist ein Geschenk. Dein Dad und ich haben uns in der Mittelstufe kennengelernt. Wir sind zusammengekommen, als ich in der Elften war und er in der Zwölften. Ich bin dankbar für jeden einzelnen Tag, den ich mit ihm hatte.«

Ich kuschle mich noch enger an sie, schlinge die Arme um ihre Taille und drücke sie an mich. »Ich liebe dich, Mom.«

»Ich liebe dich auch, Schatz. Warum legst du dich nicht einfach schlafen?«, schlägt sie vor. »Vielleicht sieht morgen früh alles schon viel klarer aus.«

Vielleicht. Aber als ich ins Bett gehe, liege ich nur wach und denke an Gabe. Ich analysiere jede unserer Begegnungen, seit er nach Minnesota gekommen ist, und suche nach Indizien dafür, dass er wirklich mehr für mich empfinden könnte als nur Freundschaft.

Als ich endlich in Schlaf drifte, piept mein Handy. Ich nehme es vom Nachttisch und lese auf dem Display:

Gabe: Du hast mir eine Wanderung versprochen. Wie wär's morgen früh?

Ich grinse.

Ich: Okay. Wir treffen uns um 9 am Gewächshaus.

Kapitel 31

GABE

Samstag Morgen bin ich schon früh auf, beinahe genauso früh wie diese lästigen Vögel, die vor meinem Fenster kreischen. Ich mache Frühstück für Chris und mich, spüle das Geschirr ab und werfe eine Maschine voll Wäsche an. Alles noch vor acht Uhr.

»Was ist denn mit dir los?«, fragt Chris. Er sitzt am Küchentisch mit seiner zweiten Tasse Kaffee und dem alten *Spin*-Magazin, das ich in seiner Schreibtischschublade gefunden habe, und schwelgt in Erinnerungen an die guten alten Zeiten der Replacements.

»Ich nehme Juniper heute mit auf ein Abenteuer.«

Er prustet vor Lachen. »Ich glaube nicht, dass ich die Worte *Juniper* und *Abenteuer* schon mal im selben Satz gehört habe. Viel Glück damit.«

Juniper ist schon im Gewächshaus, als ich um 8:57 Uhr dort ankomme, und fegt einen Haufen Erde und Blätter neben der Tür zusammen.

»Hi, Blue«, sage ich grinsend.

»Hi«, sagt sie. »Bin gleich so weit. Ist ein wunderschöner Tag. Die Aussicht wird heute großartig sein.«

»Wir gehen heute aber nicht zum Aussichtspunkt.«

Sie schaut mich an, als wären mir Hörner gewachsen. »Gehen wir denn nicht wandern?«

»Doch. Aber nicht zum Aussichtspunkt. Nicht im Naturpark.«

»Aber es ist Samstag Morgen. Und wenn ich nicht arbeiten muss, wandere ich zum Aussichtspunkt.« Sie klingt langsam ein wenig panisch, deshalb lege ich meine Hände auf ihre Schultern.

»Heute machen wir mal was anderes. Lässt du mich dein Auto fahren?«

»Ob ich dich *mein Auto fahren* lasse?«, wiederholt sie. »W-warum?«

»Weil wir heute einen anderen Wanderweg ausprobieren und er außerhalb der Stadt liegt. Deshalb müssen wir hinfahren.«

Sie schüttelt den Kopf. »Gabe, ich glaube nicht, dass ich …«

»Du glaubst nicht, dass du was? Mal was Neues ausprobieren kannst?« Mein Tonfall ist sanft, aber sie spannt trotzdem die Schultern an, ihr Gesicht verzerrt, die Augen zusammengekniffen, während sie sich ihre Antwort zurechtlegt.

»Ich wollte sagen, dass ich nicht glaube, dass ich heute Zeit für eine Wanderung außerhalb der Stadt habe.« Sie stemmt die Hände in die Hüften. »Du immer mit deinen vorschnellen Schlussfolgerungen.«

»Ich dachte, du hast dieses Wochenende frei.«

»Hab ich auch, aber das heißt noch lange nicht, dass ich nicht jede Menge zu tun habe. Ich muss noch alles für den Farmersmarkt morgen vorbereiten.«

»Verstehe«, sage ich, auch wenn ich nicht glaube, dass sie die Wahrheit sagt.

»Denkst du, ich wollte mich nur rausreden?«, fragt sie und öffnet schnaubend die Gewächshaustür.

Ich folge ihr nach draußen. »Ich sage nur, dass es mir so vorkommt, als wärst du etwas zögerlich, wenn es darum geht, neue Dinge auszuprobieren oder dich aus deiner Komfortzone zu bewegen. Würdest du sagen, diese Einschätzung ist richtig?«

»Du klingst wie meine Mutter. Zufällig mag ich die Wanderung zum Aussichtspunkt, okay?«

»Okay, okay.« Ich werfe die Hände in die Luft. »Zeig mir den Aussichtspunkt.«

Die Wanderung – über das Hudson-Grundstück, in den Park und einen leichten Hang hinauf – dauert weniger als fünfzehn Minuten. Juniper ist keine Gelegenheitswanderin: Sie drückt aufs Tempo. Als wir den höchsten Punkt des Weges erreichen, der ein wenig matschig und von nassem Laub übersät ist, keuche ich heftig, während Juniper sich wieder entspannt zu haben scheint.

»Willkommen am Aussichtspunkt«, sagt sie und dreht sich mit ausgestreckten Armen im Kreis. »Ich kann nicht glauben, dass ich so lange gebraucht habe, um dich hierherzubringen.«

Es ist schön hier, das muss ich ihr lassen. Der Großteil der Blätter ist inzwischen von den Bäumen gefallen und sie wirken trist und kahl. Der Ausblick über den Fluss ist cool. Ich kann die Rundscheune und das Farmhaus sehen. Besonders spektakulär ist die Aussicht allerdings nicht.

»Das ist mein Lieblingsort«, sagt sie und setzt sich auf eine kleine Bank mit Blick auf den Fluss.

»Warum?«, frage ich und setze mich neben sie. Als sie nicht sofort antwortet, stupse ich sie an. »Blue?«

»Ich bin immer mit meinem Dad hierhergekommen«, sagt sie leise.

Ah, alles klar. Jetzt verstehe ich.

»Er hatte auf der Farm immer so viel zu tun, weißt du? Deshalb war es praktisch, einfach in den Park zu kommen. Er konnte eine Stunde seiner Zeit für mich reservieren, einmal in der Woche, und mit mir hierhergekommen.«

»Samstagmorgens«, vermute ich.

»Samstagmorgens.«

»Tut mir leid, dass du deinen Dad verloren hast.«

Sie zuckt mit den Achseln und legt den Kopf auf meine Schulter, und wir sitzen lange Zeit schweigend so da.

Ich bin froh, dass wir heute zum Aussichtspunkt gewandert sind. Froh, dass sie ihren besonderen Ort mit mir geteilt hat.

Mit ihr hier zu sein fühlt sich richtig an.

Irgendwo mit ihr zu sein fühlt sich richtig an.

Kapitel 32

JUNIPER

Es ist Sonntagmorgen, und Mom und ich fahren zum Hallenmarkt in die Stadt. Heute haben wir zusätzliche Kürbisse im Gepäck, viele von ihnen besonders groß und verwachsen, perfekt für Laternen. Halloween ist schon in knapp einer Woche, und normalerweise ist um diese Jahreszeit auf dem Markt besonders viel zu tun. Unser Angebot umfasst außerdem Kuchenkürbisse, verschiedene Winterkürbisse, Steck- und Kohlrüben und Rote Bete.

Unser Platz ist zwischen einem lokalen Verkäufer mit Honigerzeugnissen – was für ein Zufall – und dem Stand von Moms Hippie-Freundin Guinevere, der ein Naturheilmittelladen namens Sun & Moon in Fred Lake gehört. Man weiß nie, was für Produkte Guinevere am Markttag dabeihat oder was für wundervolle, wenn auch etwas eigenartige Ratschläge sie einem gibt.

Nachdem wir alles aufgebaut haben, bleiben uns vor dem Einlass noch ein paar Minuten Zeit. Ich koste nebenan den Lavendelhonig, der unglaublich gut zu meiner Ruhegarten-Mischung passen würde, und inspiziere anschließend Guineveres Waren: selbst gemachte Badebomben und Duschtabs, ätherische Öle, Lavendel- und Salbeisträuße, Seife aus Ziegenmilch – Gabe wäre begeistert – und Ahornsirupbonbons in Blattform.

»Guten Morgen, mein liebes Kind«, begrüßt Guinevere mich, als ich mich an ihrem Stand umsehe. »Hast du heute eine Probe für mich dabei?« Sie fragt mich das jedes Mal, wenn ich sie sehe.

»Noch nicht, aber ich bin fast fertig mit dem Kirsch-Vanille-Roll-on.«

»Wundervoll. Ich freue mich schon darauf, ihn zu testen. Hast du was entdeckt, was dir gefällt?«

Ich lächle. »Was ist mit dieser Ziegenmilchseife. Wird die lokal hergestellt?«

»In Minnesota«, antwortet sie. »Das Unternehmen heißt Rapha Farms. Ich war diesen Sommer in den Cities und hab Lydia und meine süßen Enkel besucht. Die Seifen hab ich dort auf dem Farmersmarkt entdeckt. Sie werden von einer Frau und ihrer Tochter hergestellt, die auf einer Ziegenfarm leben. Seit einer Weile verkaufe ich sie im Laden. Du musst unbedingt mal vorbeischauen und dir das komplette Sortiment anschauen. Und die beiden sind wirklich zwei absolut bezaubernde Menschen.«

Guinevere findet jeden, den sie kennenlernt, absolut bezaubernd. Sie sieht in allen immer nur das Beste und will immer das Beste in allen zum Vorschein bringen. Ich wünschte, ich könnte mehr sein wie sie.

»Sie riechen unglaublich«, sage ich und halte mir eins der kleineren Seifenstücke unter die Nase: ein Haselnuss-Kaffee-Peeling. »Die könnte ich glatt essen.«

»Bitte nicht«, höre ich eine Stimme hinter mir – eine Stimme, bei der mir ein kribbelnder Schauer über den Rücken jagt. Ich drehe mich blitzschnell um und sehe Gabe direkt vor mir stehen, einen Tea-to-go von Avant Garden in der Hand, dem Café um die Ecke. »Trink lieber das hier. Ich weiß, es ist keine von deinen Spezialmischungen, aber hoffentlich trotzdem gut.«

»Hi!« Ich bin überrascht, ihn hier zu sehen. Mir wird bewusst, dass ich ihn seit unserer Wanderung zum Aussichtspunkt gestern *vermisst* habe. In letzter Zeit spüre ich sogar dieses Flattern, wenn er mich *nicht* anlächelt, und wenn er es doch tut, ist es direkt ein ganzer flatternder Schwarm, wie Tausende von Staren in einem wirbelnden Formationsflug. Sein Anblick – abgenutzte Jeans, an beiden Knien aufgerissen, ein langärmliges graues Thermoshirt, darüber ein *Dark-Side-of-the-Moon*-T-Shirt und den Tee in der Hand, den er *mir* mitgebracht hat – haut mich beinahe um. »Du bist hier!«

»Laurel hat mich gefragt, ob ich heute mithelfen will, damit ich einen besseren Eindruck vom Marktgeschäft bekomme. Ich hatte meine morgendliche Koffeindosis und bin startklar.« Er hebt seinen eigenen Kaffeebecher hoch und stößt mit meinem an. »Cheers.«

»Juniper, willst du mir deinen Freund denn nicht vorstellen?«, fragt Guinevere. Ich könnte schwören, dass dabei ein ganz besonderer Glanz in ihren Augen funkelt.

Gabe nähert sich Guineveres Tisch und streckt ihr seine Hand hin. »Gabe Hudson.«

»Guinevere Daily. Freut mich, dich kennenzulernen. Du siehst dem jungen Christopher so ähnlich!«

»Oh, Sie kennen Chris?«, fragt Gabe unschuldig. Ich kann ein Grunzen kaum unterdrücken.

»Natürlich, mein Junge. Und der Gute war ein ganz schöner Rabauke. Meine Lydia war jahrelang unsterblich in ihn verliebt. Aber ich habe mir deswegen keine Sorgen gemacht. Er ist ein paar Jahre älter als sie, und darüber hinaus hat das Universum seine eigenen Mittel und Wege, die Menschen in unser Leben zu bringen, die zu uns gehören. Ich wusste, in meinem tiefsten Inneren, dass Chris nicht der Richtige für Lydia war, genauso wenig wie Lydia für ihn die Richtige war. Und am Ende ist alles genau so gekommen, wie es kommen sollte. Wann hast du Geburtstag, mein Lieber?«

»Morgen, ganz zufällig«, antwortet Gabe fröhlich, kein bisschen aus dem Konzept gebracht von Guineveres seltsamen Ausführungen oder dem abrupten Themenwechsel.

Sein Geburtstag. Morgen. Der Tag, vor dem mir graut, seit ich von der Erbschaft erfahren habe. Der Tag, der sich jetzt eher wie ein Geschenk anfühlt.

»O mein Gott«, sagt Mom. »Schon morgen?«

Er nickt. »Und wir führen *dich* zur Feier des Tages zum Essen aus, Laur«, sagt er.

»O nein, auf gar keinen Fall!«, protestiert sie. »Ich mache was ganz Besonderes für dich zum Abendessen. Und einen Kuchen.«

»Aber du kochst *immer*. Lass dich stattdessen mal von uns einladen.« Er dreht sich wieder zu Guinevere um. »Erzählen Sie mir was über diese Ziegenmilchseifen. Ich interessiere mich besonders für Produkte aus Ziegenmilch. Und für Ziegen, wenn wir schon dabei sind.«

»Tust du das?«, fragt sie.

Nachdem er ein paar Minuten mit Guinevere geplaudert hat, gesellt er sich hinter unserem Tisch zu mir, geht von einem Ende zum anderen und begutachtet unser Sortiment. »Keine Feen heute?«

»Wir haben keine mehr«, antwortet Mom. »Ich hatte so viel zu tun, dass ich keine Zeit hatte, neue zu basteln.«

»Ihr habt keine mehr!«, wiederholt Gabe. »Die müssen ja ein echter Verkaufsschlager sein. Oder vielleicht hat Juniper sie auch alle verschenkt?«

Ich knuffe ihn mit dem Ellenbogen in die Seite. »Hör auf, sonst verdonnere ich dich nur zu den schlimmsten Aufgaben.«

Er lacht. »Ich hab so das Gefühl, dass du das sowieso

tun wirst. Trink deinen Tee, bevor er kalt wird, und sei nicht so mürrisch.«

An unserem Stand ist mehr los als in den vergangenen Wochen, was auch positive Effekte auf Guineveres Geschäfte und für den Honigtypen hat, ebenso wie für den Microgreens-Händler gegenüber. Gabe lächelt und lacht, während er mit den Kunden plaudert, auch wenn er gelegentlich zugeben muss, dass er nicht die geringste Ahnung von Wurzelgemüse hat und lieber die Expertinnen die Fragen beantworten lässt. Er unterhält sich mit einem unserer Stammkunden sehr ausführlich über Pink Floyd und die Frage, wie es heutzutage um Rock 'n' Roll im Allgemeinen bestellt ist. Am späten Vormittag kommen Janie und Izzy vorbei und liefern einen Korb voller Radieschen ab.

»Das sind die Letzten«, sagt Janie. »Ich kann gar nicht glauben, dass wir immer noch keinen strengen Frost hatten.«

»Den Begriff höre ich ständig«, sagt Gabe. »Was ist das denn eigentlich genau? Weil mir nämlich jetzt schon ziemlich frostig ist und ich euch irgendwie nicht glaube.«

Mom lacht. »Von einem strengen Frost spricht man, wenn die Temperaturen nachts auf minus zwei Grad oder noch weiter sinken. Getreide sollte jedes Jahr vor dem ersten strengen Frost geerntet werden. Wir hatten

Glück, dass wir einen sehr warmen Herbst hatten, trotz des vielen Regens in letzter Zeit.«

»Du musst das warme Wetter mitgebracht haben«, sagt Guinevere, während sie einer Kundin ihre Quittung reicht. Sie nickt der Frau zu. »Ich danke Ihnen von ganzem Herzen. Möge Ihr Tag von Liebe und Überfluss erfüllt sein.«

Um Mittag mache ich kurz Pause, setze mich in die hinterste Ecke unseres Stands und esse ein Truthahnsandwich und ein paar von Janies Radieschen. Ich schaue auf mein Handy und sehe eine Nachricht von Amelia.

Amelia: Heute ist ein Tag.

Ich schnappe nach Luft.

Ich: Was soll denn das heißen??!!!!!!

Amelia: Ted hat gestern Abend Pizza mitgebracht und mich gefragt, ob ich mit ihm zu dem Spukschiff in Duluth fahren will, und ich hab ihn gefragt, wie bei einem Date, und er war superverlegen und nervös und meinte ja, wenn das für mich okay wäre, und für mich ist das so was von okay, dass ich nicht mal mehr geradeaus denken kann!

Ich lache. Endlich!

Ich: Endlich!!!!!!

»Warum bist du denn so happy?« Gabe lehnt sich hinter mir gegen die Wand.

»Ted hat Amelia heute zu einer Tour auf einem Spukschiff eingeladen.«

»Ach, wirklich? Wie bei einem Date?«

»Wie bei einem Date.« Ich nicke.

»Das wurde aber auch Zeit!«

»Und du behauptest, du magst keine romantischen Komödien. Die beiden sind praktisch eine wandelnde Romcom.«

Er zuckt mit den Schultern. »Ich hab nie gesagt, dass ich romantische Komödien nicht mag.« Er stößt sich von der Wand ab. »Ich geh zum Imbiss. Willst du was?«

Ich halte mein Radieschen hoch. »Ich bin versorgt.«

Später, nachdem wir alles bis auf zwei besonders verwachsene Kürbisse verkauft haben, hilft Gabe Mom dabei, die leeren Kisten zurück in den Wagen zu tragen, während ich den Rest unserer Sachen zusammenpacke. Guinevere kommt zu mir und legt eine Hand auf meinen Arm.

»Halte einen Moment mit mir inne«, sagt sie und schließt beinahe andächtig die Augen. »Ich glaube mit meinem ganzen Wesen, dass Menschen in unser Leben treten, wenn wir sie am meisten brauchen. In manchen Fällen ist uns eine ganze Weile lang nicht klar, worin der Sinn ihres Erscheinens liegt. Deshalb müssen wir unsere Herzen und Seelen für alle Möglichkeiten öffnen,

Juniper, weil wir nicht vorhersehen können, welche Wirkung eine einzelne Person auf uns haben kann, ganz gleich, ob sie in unser Leben hinein- und später wieder hinausschwebt oder ob sie sich entscheidet, für immer ein Teil davon zu bleiben.«

Sie macht ein summendes Geräusch, bevor sie fortfährt: »Du bist eine starke Frau, die weiß, was sie will. Solange ich das Vergnügen hatte, dich zu kennen, wusstest du, wohin das Leben dich führen wird. Es liegt noch so viel vor dir. Öffne dein Herz. Lasse all die negative Energie um dich herum verschwinden. Gehe hinaus in die Natur. Reinige deinen Geist. Sei offen für neue, unglaubliche Möglichkeiten.«

Sie drückt mein Handgelenk und schlägt die Augen wieder auf. »Schlaf gut heute Nacht, meine Liebe. Erhol dich gut. Beginne morgen von Neuem. Feiere die Geburt deines Liebsten.«

Sie wendet sich ab, sammelt ihre Sachen zusammen und schwebt in einer Lavendelwolke davon.

Im Schlaf träume ich von meinem Liebsten am Fluss, wie er ein Feuer entzündet, das nach Kiefern und Schnee riecht.

Kapitel 33

GABE

Als ich am Montagmorgen aufwache, bin ich achtzehn.

Ein Wimpernschlag. Ein Ticken des Minutenzeigers.

Nichts fühlt sich anders an. Nichts fühlt sich gleich an.

Heute, sage ich mir selbst, werde ich nicht an all die Fehler denken, die ich im vergangenen Jahr gemacht habe, an die ganze Scheiße, aus der ich mich irgendwie befreien muss.

Eine unmögliche Aufgabe.

Ich habe tief und fest geschlafen. Die Arbeit auf einem Farmersmarkt ist anstrengender, als ich dachte, vor allem, weil so viele Leute einen Teil meiner Zeit von mir gefordert haben: eine Unterhaltung hier, ein gemeinsames Lachen da.

Chris ist bereits in der Küche, als ich nach unten kommen. Normalerweise ist er nicht so früh auf. Er schenkt mir eine Tasse Kaffee ein und zieht mich in eine Umarmung.

»Junge«, sagt er. »Ich hab dir das in letzter Zeit nicht gesagt, aber ich bin froh, dass du geboren bist.«

»Danke«, sage ich in seine Schulter und eine Woge der Schuldgefühle schwappt über mich hinweg. »Ich bin froh, dass du mein Dad bist.« Ich meine es so und hoffe wirklich, dass ich zwischen uns nicht alles kaputt gemacht habe.

Er löst sich überrascht von mir. »Na, schau mal an: an deinem achtzehnten Geburtstag plötzlich total reif und Scheiß.«

»Ah«, sage ich, »schon besser. Werd mir hier bloß nicht sentimental. Ich bin immer noch ein Arschloch.«

Er lacht. »Gut. Du bist immer noch da drin. Einen Moment lang hab ich mir schon Sorgen gemacht.«

Ich setze mich und Chris schiebt einen mit Alufolie bedeckten Teller über den Tisch zu mir.

»Dein Timing ist perfekt. Ist noch heiß.«

Ich entferne die Folie und finde darunter perfekt knusprigen Speck, Kartoffelecken und ein Omelett. »Würstchen oder Schinken?«, frage ich.

»Schinken-Käse. Heute ist ein besonderer Tag. Mein Sohn bekommt an seinem achtzehnten Geburtstag Schinken *und* Speck.«

Das Essen ist köstlich, aber ich habe kaum Zeit, mir den letzten Happen reinzuschieben, bevor ich höre, wie Juniper in die Einfahrt rumpelt. Sie ist früh dran.

»Der Tisch ist um sechs im Seasons Tavern bestellt«, ruft Chris mir nach, als ich mir meinen Rucksack schnappe und zur Haustür eile. »Sag ihr Bescheid.«

Juniper gratuliert mir zum Geburtstag, sobald ich die Beifahrertür öffne und mich neben sie setze. Heute sieht sie wie Zuckerwatte aus. Oder wie eine Geburtstagstorte. Sie trägt einen weit ausgestellten rosa Rock, einen flauschigen weißen Pullover, der mich an sahnige Kuchenglasur erinnert, und dazu schwarze knöchelhohe Sneakers. Ihr Haar ist offen und voller wilder Locken.

»Wie hast du geschlafen?«, frage ich und sie wirft mir einen verwirrten Blick zu, als sie rückwärts wendet.

»Äh, okay? Wie hast *du* geschlafen?«

»Fantastisch«, antworte ich glücklich.

»Das ist echt seltsam, Gabe. Findest du nicht, dass das seltsam ist? Mich zu fragen, wie ich geschlafen habe?«

»Mir liegt dein Wohlbefinden eben am Herzen. Warum bist du so früh dran?«

»Wir nehmen Bunny und Bucky auch mit. Bucky hat gestern Nacht ein Reh angefahren.«

»Scheiße. Geht's allen gut?«

»Zum Glück. Das ist schon sein zweites Mal, und er hat den Führerschein erst seit ein paar Monaten.«

Ich setze mich auf und lasse den Blick über die Straße schweifen. »Erzähl mir was von deinen Freundinnen. Bunny und Youa und Amelia.«

Sie schaut mich an und legt die Stirn in Falten. »Was willst du wissen?«

»Wie seid ihr alle Freundinnen geworden? Wie lange kennt ihr euch schon? So was eben.«

»Na ja, Bunny kenne ich schon seit dem Kindergarten, Youa seit der dritten Klasse. Amelia ist in der siebten Klasse hergezogen. Und du weißt ja schon, dass Amelia und Youa Cousinen sind.«

»Wie heißt Bunny wirklich?«, frage ich.

»O nein. Netter Versuch. Ich werde sicher nicht diejenige sein, die diese spezielle Katze aus dem Sack lässt.« Sie schüttelt den Kopf.

»Komm schon. Heute ist mein Geburtstag!«

»Die Karte kannst du dafür nicht ausspielen.«

»Okay, na schön. Du bist dran. Frag du mich was.«

»Hmm.« Sie trommelt mit den Fingern aufs Lenkrad, während sie an der Kreuzung am Stadteingang auf freie Fahrt wartet. »Wenn du alles auf der Welt tun könntest, *außer* Musik zu machen, was würdest du machen?«

Ihre Frage erwischt mich auf dem völlig falschen Fuß. Ich meine, sie hat den Nagel auf den Kopf getroffen, oder? Die Wurzel meiner momentanen existenziellen Krise, noch dazu an meinem achtzehnten Geburtstag. Der Tag, an dem ich in den Augen des Gesetzes erwachsen werde. Der Tag, an dem ich die Farm meiner Großmutter erbe.

»Das ist leicht«, sage ich und versuche – nicht sonderlich erfolgreich, fürchte ich –, das Ganze herunterzuspielen. »Ich würde Farmer werden.«

»Gabe«, erwidert sie leise, »ich meine das ernst.«

»Ich auch«, versichere ich ihr. »Ehrlich, Juniper. Ich hätte niemals geglaubt, dass ich das sage, aber ich bin hier auf der Farm so glücklich wie seit Monaten nicht. Gestern auf dem Farmersmarkt zu arbeiten und mit all diesen Leuten zu reden – na ja, es war echt anstrengend. Aber es war auch total erhebend. Hast du dich auch schon mal so gefühlt? So müde, dass du direkt an Ort und Stelle umfallen und tagelang schlafen könntest, aber gleichzeitig so aufgedreht, dass du nicht schlafen kannst?«

Sie nickt und biegt in die Einfahrt eines kleinen Backsteinhauses neben der Tom-Thumb-Tankstelle ab. Sie sagt kein Wort. Ich frage mich, was sie jemals so begeistert hat, dass sie dieses Gefühl hatte. Ich war total überrascht, als ich vom Markt nach Hause kam und mein Verstand vor lauter durcheinanderwirbelnder Ideen gar nicht mehr zu Ruhe kommen wollte.

Ideen für neue Songs.

Ideen für unser UWi-Projekt.

Ideen für Stone & Wool, wie wir es besser machen könnten.

Gemeinsam.

Kapitel 34

JUNIPER

Ich war seit Monaten nicht mehr im Seasons Tavern. Was Restaurants angeht, zählt es nicht zu den modernsten oder am besten instand gehaltenen – die Stühle stammen aus den Sechzigern, viele der braunen Lederpolster sind abgenutzt oder aufgerissen und eine dicke Staubschicht liegt auf der großen Sammlung aus Saint-Patrick-Statuen und Kobolden in den Regalen überall im Raum –, aber das Essen ist unschlagbar.

Mom hatte vor dem Abendessen noch ein paar Sachen in der Stadt zu erledigen, deshalb treffen sie und ich uns am Restaurant mit Gabe und Chris. Gabe sieht glücklich aus. Tatsächlich glaube ich nicht, dass ich ihn schon mal so zufrieden und entspannt erlebt habe, seit er nach Harper's Mill gekommen ist.

»Elise hat mich nach der Schule angerufen«, erzählt er, während er die Speisekarte studiert. »Bei ihr war es acht Uhr morgens – also, morgen früh –, aber sie meinte, sie wollte an meinem Geburtstag unbedingt mit mir reden.«

»Das ist toll«, sagt Chris, sein Tonfall warm und aufrichtig. »Hat sie gesagt, wie es mit dem Film läuft?«

»Gut«, antwortet Gabe, »obwohl Ryan Ballard sich wie eine totale Diva aufführt. Sie meinte, sie hätte noch nie jemanden getroffen, der so egozentrisch oder anstrengend ist.«

Chris lacht, aber mir bleibt der Mund offen stehen. Ryan Ballard ist dafür bekannt, einer der wohltätigsten, großzügigsten Hollywoodstars überhaupt zu sein.

»Moment mal«, werfe ich ein. »Ryan Ballard. *Der* Ryan Ballard, der, keine Ahnung, gefühlt alle zwei Wochen ein Habitat-for-Humanity-Haus baut und den Großteil seiner Gage für *Hungerstreik* an Feeding America gespendet hat?«

Gabe glotzt mich an. »Oh, komm schon. Das glaubst du doch nicht alles wirklich, oder? Das nennt man PR, Juniper.«

Chris nickt. »Ich hab den Typen mal kennengelernt. Er ist ein Arschloch. Bist du so weit, Laurel, können wir bestellen?« Er knufft Mom in die Seite.

»Du weißt, was ich bestellen werde, Chris. Wie oft waren wir schon hier? Und wie oft habe ich nicht genau das Gleiche gegessen?«

Er lacht. »Wo du recht hast. Erzähl den Kindern die Geschichte.«

Ich rolle mit den Augen. Ich hab schon tausendmal die widerwärtige Geschichte gehört, was passiert ist, als sie *ein*mal nicht das Gleiche bestellt hat wie sonst. »Können wir wenigstens bis *nach* dem Essen warten?«

»Moment mal«, sagt Gabe. »Du bestellst jedes Mal das Gleiche, wenn du hier essen gehst, Laurel? Wie Juniper in der Pizza Ranch?« Ich bin froh, dass er es vor Mom nicht Pizza-Ritze genannt hat.

»Tue ich. Filetspitzen mit Champignons und Kartoffelgratin.«

»Und das bestellst du jedes Mal, wenn du hier bist?«

Sie nickt. »Na ja, abgesehen von dem einem Mal …«

»Richtig!«, gehe ich dazwischen. »Das wissen wir. Worauf willst du hinaus, Gabe?«

Er dreht sich zu mir um. »Was ist mit dir? Wirst du auch dasselbe bestellen?«

»Ich schätze, da wirst du wohl abwarten und es selbst sehen müssen«, antworte ich und lächle.

»Sie bestellt immer die Fettuccine Alfredo mit Shrimps und Spargel«, verrät Chris. »Wart's ab. Ich hab recht.«

Ich lächle. Normalerweise bestelle ich das, ja. Aber heute Abend, an Gabes Geburtstag, verlasse ich meine Komfortzone und probiere etwas Neues.

Unsere Bedienung, bei der es sich zufällig um Bunnys Mom Mel handelt, kommt zu uns an den Tisch. »Laurel, Chris, Juniper. Wie schön, euch zu sehen.« Sie wendet ihre Aufmerksamkeit Gabe zu. »Und du musst Chris Junior, sein.«

»Gabe, genauer gesagt«, erwidert er. Wie gestern bei Guinevere auf dem Farmersmarkt streckt er Mel fröhlich und freundlich seine Hand hin.

»Na, du bist aber eine exakte Nachbildung«, findet Mel.

»Nee«, wirft Chris ein. »Er ist viel schlauer als sein alter Herr.«

»Das bezweifle ich nicht. Was darf ich euch bringen?«

»Also«, beginnt Gabe, »wir sind aus einem besonderen Anlass hier: mein achtzehnter Geburtstag. Wissen Sie zufällig, was Laurel und Juniper bestellen werden?«

»Oh, natürlich. Alle wissen das.« Mel nickt. »Aber falls du dir nicht sicher bist, was du willst, kann ich dir gerne was empfehlen. Wir haben am Montagabend immer ein besonderes Gericht: Shepherd's Pie.«

»Alles klar. Danke.«

»Aber fang du mal an, Schatz«, sagt Mel zu Gabe, »wo heute doch dein Geburtstag ist.«

»Oh, Moment mal. Sie sind *Bunnys* Mom!«

»Ja, die bin ich.«

»Wissen Sie, ich hab mich schon die ganze Zeit was gefragt – und Sie wären die perfekte Kandidatin, um mir diese Frage zu beantworten.«

Mel schüttelt den Kopf. »Denk noch nicht mal dran. Bunny wird mich mit bloßen Händen umbringen, wenn ich dir ihren richtigen Namen verrate.«

»Netter Versuch, Gabe«, sagt Chris.

»Ich bin mir sicher, dass es ein ganz bezaubernder Name ist. Ich würde mich geehrt fühlen, wenn ich ihn erfahren dürfte.«

»Da hast du ja ein ganz schmeichelhaftes Söhnchen, Chris«, sagt Mel. »Der bräuchte einen Warnhinweis.«

Ich pruste vor Lachen.

»Also, was darf es sein?« Mel tippt mit dem Stift auf ihren Bestellblock.

»Ich nehme die Dublin-Delight-Platte«, antwortet Gabe entschlossen.

»Unsere Schweinerippchen vom Grill sind die besten weit und breit«, versichert Mel ihm. »Wie willst du deine Garnelen? Gebraten oder gegrillt?«

»Gegrillt.«

»Was für Kartoffeln?« Mel rattert die verschiedenen Optionen herunter und geht dann zu Chris weiter, der sich für den Shepherd's Pie entscheidet. Mom bestellt das Übliche, bevor ich an der Reihe bin.

»Und für dich, Juniper?«, fragt Mel mich lächelnd.

Alle schauen mich an und warten darauf, was ich sagen werde. Ich spanne die Schultern an. »Ich nehme Vivian's Variety, gegrillt, mit gedünstetem Gemüse.«

Mom klappt die Kinnlade herunter, Chris stößt einen leisen Fluch aus und Gabe lehnt sich zu mir, um mich in den Arm zu nehmen.

»O mein Gott, Blue, das ist das beste Geburtstagsgeschenk, das du mir machen konntest. Du probierst was Neues! Was ist Vivian's Variety?«

Mel kichert. »Jakobsmuscheln, Shrimps und Fisch. Ausgezeichnete Wahl, Schätzchen.«

Als sie sich entfernt, sagt ein paar Sekunden lang keiner ein Wort.

»Ich hätte niemals gedacht, dass du das draufhast, Kleines«, lobt Chris mich schließlich.

»Ich schon«, sagt Gabe leise. »Ich wusste es die ganze Zeit.«

Nachdem wir alle unsere Teller weggeschoben haben, vollgefressen und zufrieden, fasst Chris in seine Hosentasche und wirft einen Schlüsselbund vor Gabe auf den Tisch.

»Ich lasse mich von Laurel nach Hause bringen und mache Schluss für heute. Aber warum drehst du mit Juniper nicht noch eine Runde?«

Gabe bleibt der Mund offen stehen. »Du lässt mich den *Twister* fahren?«

»Für dich immer noch der 1970er Ford Mustang Mach 1 Twister Special«, erwidert Chris. »Herzlichen Glückwunsch zum Geburtstag. Aber bau keinen Mist.«

»Das wird verdammt noch mal auch Zeit«, findet Gabe und grinst.

Ich bin erst einmal im Twister mitgefahren, direkt nachdem Chris ihn von der Autoshow in Kansas mitgebracht hatte. Gabe schweigt, beinahe andächtig, während er mit der Hand über den glänzenden gelb-orangenen Lack und den verchromten Türgriff auf der Beifahrerseite streicht. Er öffnet die Tür für mich und ich steige ein. Sofort schlägt mir der unverwechselbare Geruch von Leder, Öl und Oldtimer entgegen. Sekunden später sitzt Gabe auf dem Fahrersitz und streichelt das breite Lenkrad.

»Endlich«, haucht er, so als hätte er die ganze Zeit die Luft angehalten. Er schaut mich an, gleichzeitig vollkommen selig und ungläubig. »Wo wollen wir hin, Blue? Nach Kalifornien? Zum Mond?«

Ich lache, als Gabe den Schlüssel ins Zündschloss steckt und der Wagen rumpelnd zum Leben erwacht.

Kapitel 35

GABE

Ich habe gefühlt mein ganzes Leben lang auf diesen Moment gewartet. Ich weiß, das klingt dramatisch. Aber seit dem Zwischenfall mit dem BMW – ich war sechzehn und die Tinte auf meinem Führerschein praktisch noch nicht ganz getrocknet, aber ich bestand darauf, dass Chris mich den Wagen trotzdem fahren ließ, weil ich (a) sechzehn war und dachte, ich wüsste alles, und (b) ein Mädchen beeindrucken wollte – hat Chris mich bei keinem seiner Oldtimer mehr ans Steuer gelassen.

Nicht, dass ich ihm das übel nehme.

Den Twister zu fahren erfüllt mich mit einem unbeschreiblichen Glücksgefühl. Ich habe mich hinter dem Lenkrad eines Fahrzeugs noch nie zuvor so lebendig gefühlt. Nicht in dem BMW, und ganz sicher nicht in meinem RAV4.

Aber den Twister zu fahren, während Juniper neben mir sitzt? Ist sogar noch besser.

Ich atme tief ein.

»Dieses Auto«, sage ich. »Gott, es ist sogar noch besser als in meinen Träumen.«

»Du hast von diesem Auto geträumt?«, fragt Juniper und zieht auf diese niedliche Art die Nase kraus, wie sie es immer tut, wenn sie verdutzt ist.

»O ja, seit dem Moment, als Chris bei der Auktion in Kansas war. Ich hatte dieses bestimmte Gefühl, dass er den Wagen mit nach Hause bringen würde. Eigentlich dachte ich, nach Hause in L. A., aber aus irgendeinem Grund wollte er ihn hier haben.«

»Wo fahren wir hin?«, will Juniper wissen, als ich den Twister die Main Street hinunter und Richtung Highway steuere.

»In die weite Welt, Blue. In die weite Welt.«

Sie lacht. Ich liebe es, ihr Lachen zu hören.

»Ein Abenteuer?«, fragt sie.

»Machst du Witze? Du hast heute Abend was Neues bestellt – natürlich werde ich diesen Abenteuergeist ausnutzen, solange ich kann.«

»Pass wegen der Rehe auf«, erinnert sie mich.

»Pass für mich mit auf«, erwidere ich.

»Diese Aufgabe nehme ich sehr ernst«, sagt sie und ich kann hören, dass sie es genau so meint, ohne sie anschauen zu müssen.

»Das weiß ich.« Jeden Tag finde ich noch mehr, was ich an diesem Mädchen mag.

Wir fahren Richtung Norden, wo die Landschaft in noch dichtere Wälder und Hügel übergeht. Irgendwann werde ich anhalten und tanken müssen, aber für den Moment will ich dieses Brummen spüren, den Herzschlag des Wagens unter mir. Ich schalte das Radio ein und wähle einen der gespeicherten Sender: Classic Rock. Wenig überraschend läuft ein Song von Led Zeppelin. Überraschenderweise ist es jedoch »When the Levee Breaks«, nicht »Stairway to Heaven«.

»Das ist mein Lieblings-Zeppelin-Song«, sage ich.

»Ich glaube nicht, dass ich einen Lieblings-Zeppelin-Song habe«, erwidert sie.

»Oh, komm schon. Jeder hat einen Lieblings-Zeppelin-Song. Selbst wenn du glaubst, du hättest keinen, hast du wahrscheinlich einen.«

»Ich weiß nicht recht. Ich höre nicht so viel Musik.«

»Komm schon, spiel mit. ›Whole Lotta Love‹? ›Ramble On‹? Oder, nein, warte: ›Kashmir‹?«

»Nein, keiner von denen.«

»Willst du, dass ich ihre komplette Diskografie runterleiere, bis ich irgendwann richtig liege?«

»Erstens: Ich weiß es wirklich nicht. Zweitens: Ich kenne nicht alle Songtitel, selbst wenn ich es wüsste.«

»Daran werden wir arbeiten müssen. Wir sprechen hier von *Zeppelin*, Blue.«

»*Du* bist der berühmte Rockstarsohn eines berühmten Rockstars, nicht ich.«

»Na schön, was ist dann dein Lieblingssong von Dig Me Under?«

»Das ist leicht. Und nein, es ist nicht ›Juniper Blue‹,

auch wenn er das wahrscheinlich sein sollte, du weißt schon, aus offensichtlichen Gründen. Es ist ›The Spell of Memory and Imagination‹.«

»Siehst du?«, frage ich. »War das so schwer? Ich wette, du könntest es bei vielen Acts sagen, vielleicht sogar bei mir. Welcher ist dein Lieblingssong von mir?«

»Oh, mach langsam«, sagt sie, »hier kommt gleich ein grandioser Aussichtspunkt. Wir sollten hinfahren.«

»Es ist dunkel«, entgegne ich. »Werden wir überhaupt irgendwas Grandioses sehen?«

Aus dem Augenwinkel nehme ich wahr, wie Juniper eine Schulter hochzieht. »Ich war noch nie nachts dort, aber einen Versuch ist es wert, oder? Wo bleibt dein Sinn für Abenteuer, Gabe?«

»Oh, sehr lustig«, sage ich. Ich hoffe, dass sie nie aufhört, Witze mit mir zu reißen.

Ich halte nach Schildern für die Abzweigung zum Aussichtspunkt Ausschau. Die schmale Straße – die ich nicht unbedingt als gut beleuchtet bezeichnen würde – endet in einem Schotterparkplatz, auf den ungefähr sieben Autos passen. Unseres ist das einzige. Juniper steigt zuerst aus und ich folge ihr einen kurzen, schmalen Pfad – ebenfalls unbeleuchtet und höllisch Furcht einflößend, obwohl sie die tief in den Weg hängenden Zweige für mich zurückhält – zu einer breiten, halbrunden Fläche mit Steinmauer, taillenhoch, und einem großen Felsbrocken mit Plakette. Ein Licht strahlt vom Boden herauf und erhellt die erhabenen Buchstaben:

STUART-AUSSICHTSPUNKT, LONE WOLF RIVER
ZUM ANDENKEN AN
MATHIAS ROBERT STUART, LEUTNANT, U. S. N.
* 4. MAI 1917
DULUTH, MINNESOTA,
IM EINSATZ GEFALLEN VOR GUADALCANAL
4. FEBRUAR 1943

Eine kleine Straßenlaterne wirft einen spärlichen Lichtkegel, aber ansonsten sind wir von dem tiefblauen, von unzähligen Sternen übersäten Nachthimmel umgeben, in der Ferne ein breiter Streifen aus lebendigem Grün, Blau und Violett. Die Farben regnen aus der Dunkelheit herab, die senkrechten Schwaden vom schwarzen Wasser darunter reflektiert. Scharfgeschnittene Silhouetten von Nadelbäumen säumen den wogenden Glanz. Ich würde die Szene am liebsten einrahmen, einfangen, mit nach Hause nehmen.

»Heilige Scheiße, Blue, ist das das Nordlicht?«

Sie tritt vor die Steinmauer, lehnt sich daran und blickt in den Nachthimmel empor. »Ja. Wir können es nicht immer sehen, aber zu dieser Jahreszeit ist es nicht ungewöhnlich.«

»Das ist – heilige Scheiße«, platze ich noch mal heraus. Ich bin mir nicht sicher, was ich sonst sagen soll. All die Male, wenn ich Gran für ein paar Tage besucht habe, in all den Wochen, die wir in der Hütte verbracht haben, habe ich nie das Nordlicht gesehen.

»Das ist unglaublich«, sage ich leise. »So was hab ich noch nie gesehen.«

»Stimmt, es ist spektakulär«, findet sie. »Aber du lebst in L. A. Ich meine, du hast dort diese fantastische Aussicht vom Mulholland Drive und, oh, was ist mit dem Griffith-Observatorium?«

»Ah, dann hast du *La La Land* also gesehen«, erwidere ich. »Ich fahre nicht wirklich durch die Stadt und suche nach spektakulären Aussichtspunkten. Hauptsächlich schließe ich mich in einem schalldichten Raum ein und spiele Gitarre.«

»Ich habe Glück, schätze ich«, sagt sie. »Ich muss nicht lange suchen, um die Schönheit um mich herum zu finden. Hier oben, im Norden, ist sie immer da, weißt du? Ich hab schon Ausflüge ins Naturschutzgebiet gemacht, bevor ich laufen konnte. Ich bin dort jedem einzelnen Wanderweg gefolgt, habe jede letzte Ecke erkundet. Und all das liegt direkt vor meiner Haustür. Zwei Minuten zu Fuß, und ich bin im Park. Der Aussichtspunkt – na ja, du weißt ja schon, dass das mein liebster Platz auf der ganzen Welt ist. Er ist nicht so grandios oder bietet ein so dramatisches Panorama wie hier, aber er wohnt tief in meinem Herzen.«

Ich weiß, dass sie die Wahrheit sagt – ich kann es an ihrem Gesicht erkennen, an jedem ihrer Worte an jedem einzelnen Tag, an jedem ihrer Atemzüge. Wie sehr sie die Farm liebt, deren Schicksal seit heute Morgen, seit ich offiziell achtzehn bin, letzten Endes in meinen Händen liegt. Die Farm, die genug wert ist, um all meine Probleme zu lösen, die für Juniper aber einen noch viel größeren Wert besitzt.

»Woher weißt du das?«, frage ich sie sanft. »Ich will mich nicht mit dir streiten, ehrlich. Aber woher weißt du, dass es nicht noch was Besseres gibt? Irgendeinen Ort, der noch unglaublicher ist? Einen anderen Ort, der dein liebster Platz auf der ganzen Welt sein könnte?«

»Ich weiß es nicht«, antwortet sie. »Ich bin nicht wie du, Gabe. Ich habe nicht die ganze Welt bereist. Das einzige Mal, dass ich in einem Flugzeug gesessen habe, war der Trip nach L. A. Ich war noch nie irgendwo anders, außer auf einem Familienurlaub zum Mount Rushmore im Sommer nach der dritten Klasse. Ich bin ein Farmmädchen, Gabe. Ich werde mein Leben lang ein Farmmädchen sein. In meiner Zukunft warten nicht viele Abenteuer, auf denen ich die Welt bereise. Das hier ist genug.«

Ich schweige einen Moment lang und lausche dem Rascheln der Bäume ringsum, dem schwachen Rauschen des Flusses unter uns, Junipers leiser Atmung.

»Aber was, wenn du wieder zurückkommen könntest? Was, wenn du die Welt sehen und dann an den Ort zurückkehren könntest, den du am meisten liebst?«

Sie antwortet nicht sofort. Schließlich sagt sie, so leise, dass ich mich richtig anstrengen muss, um sie zu hören: »So bin ich nicht gepolt, Gabe. Selbst wenn ich mich verändern und etwas Neues ausprobieren wollte, würde es mir schwerfallen. Warum ist es so falsch, wenn ich will, dass meine Welt so bleibt, wie sie immer war? Was ist falsch daran, dort zufrieden zu sein, wo man ist? Oder zu wissen, was man in seinem Leben erreichen will, und hart zu arbeiten, um dorthin zu gelangen? Du solltest das besser verstehen als jeder andere.«

Sie klingt traurig, besorgt, sogar ein wenig nostalgisch. Verletzt. Ihre Augen, blau und leuchtend wie die glühenden Wellen am Himmel, glänzen vor unvergossenen Tränen.

In dem Moment trifft mich die Erkenntnis: Abgesehen von Leona ist die Farm noch exakt so, wie sie war, als Junipers Vater noch am Leben war. Ihr stockt der Atem, als ich ihre Hand nehme, langsam, sanft, vorsichtig. Ich streichle mit dem Daumen über ihren Handrücken. Sie blickt von unseren vereinten Händen in mein Gesicht hinauf und ich umfasse ihre Hand noch fester.

»Ich glaube, ich verstehe es«, sage ich und hoffe, dass sie weiß, was ich meine. »Ich … ich kann es zumindest ein bisschen verstehen. Aber wenn man damit zufrieden ist, dortzubleiben, wo man ist, dann verpasst man vielleicht noch magischere, wundervollere Orte. Wenn ich in L. A. geblieben wäre, dann hätte ich das hier verpasst. Ich hätte *dich* verpasst.«

Scheiße, ich kann ihr kaum in die Augen schauen. Vielleicht spreche ich eigentlich von mir selbst. Vielleicht empfinde ich etwas für Juniper Blue, das mir überhaupt nicht zusteht. Aber das ist mir scheißegal. Ich will es nicht mehr ignorieren, dieses Gefühl, das ich habe, wenn ich mit ihr zusammen bin. Dieses Gefühl des Glücks, das eine Leere in mir füllt, tief in meinem Innersten, die ich schon fast mein ganzes Leben lang spüre.

Ich hebe unsere Hände und küsse Junipers, bevor ich sie zu mir heranziehe. Ich löse meinen Griff und lasse meine Hände zu ihren Wangen hinaufwandern. Ihre Augen weiten sich.

»Blue«, flüstere ich, und dann lehne ich mich zu ihr und tue, was ich schon seit Wochen tun will.

Ich küsse sie, und die ganze Welt verändert sich.

Kapitel 36

JUNIPER

Als Gabes Lippen über meine streichen, zaghaft zuerst, dann ohne zu zögern, selbstbewusst, erstrahlt die Welt in einer Explosion aus Farben, Geräuschen und Sternen.

Meine Hände krallen sich in den Kragen seines Mantels, ich ziehe ihn zu mir heran, näher, noch näher, und mir wird ganz schwindlig von dem Gefühl seiner Haut, seiner Berührung, unserer Verbindung, als ich den Mund für seinen öffne, seine Zunge hineingleitet und meine findet. Ich werde von etwas Unbeschreiblichem, Unvorstellbarem erfüllt. Ich habe dieses Gefühl noch nie zuvor gespürt, so als würde ich zu ihm gehören.

Er löst sich von mir, heftig keuchend, aber ich klammere mich weiter an ihn, als wäre er meine Luft zum Atmen und ich könnte ohne ihn nicht überleben. Gabe Hudson erweist sich als so viel mehr, als ich dachte. Bedeutet mir so viel mehr. Ich schlucke schwer, schlucke die verworrenen Emotionen hinunter.

»Ich bin so froh, dass ich nach Minnesota gekommen bin«, flüstert er.

»Ich auch«, flüstere ich zurück. Diesmal täusche ich es nicht nur vor. Ich weiß nicht, ob ich das überhaupt je getan habe. »Herzlichen Glückwunsch zum Geburtstag.«

Er lacht. »Als Chris mir den Schlüssel für den Twister rübergeworfen hat, dachte ich, dass nichts diesen Tag noch besser machen könnte. Aber dann hab ich das verfluchte Polarlicht gesehen. Und jetzt – heilige Scheiße, Juniper. Dieser Kuss.«

Meine Wangen glühen heiß. Dies ist weder der richtige Zeitpunkt noch der richtige Ort, um Gabe zu verkünden, dass ich vor diesem – wollen wir mal ehrlich sein: lebensverändernden – Kuss bisher exakt einen anderen Jungen geküsst habe. Ich kann nichts dagegen tun: Ein Lachen blubbert aus mir heraus, teils vor Verlegenheit, teils dank dieses absoluten, völligen Glücksgefühls.

Gabe drückt mich noch fester an sich.

»Hey«, sagt er. »Was ist daran denn so lustig?«

»Nein, das ist es nicht«, antworte ich schnell. »An dem Kuss war überhaupt nichts lustig, Gabe.« Mein Gesicht wird noch heißer. »Ich musste nur gerade daran denken, dass du erst der Zweite bist, den ich je geküsst habe.«

»Du machst Witze«, erwidert er. »Wie kann das überhaupt sein? Und ich glaube übrigens nicht, dass ich wissen will, wer der Erste war. Aber, bitte, sag mir um Gottes willen, dass es nicht Ted war.«

Ich lache wieder. »Nein, nicht Ted. Ein Typ, mit dem ich im Naturzentrum zusammengearbeitet habe. Er hatte die ganze Zeit eine Freundin, wofür ich ihm ordentlich die Meinung gegeigt und obendrein noch kräftig auf den Fuß getreten habe.«

Er lacht. »Das ist mein Mädchen«, sagt er.

Ich weiß nicht, ob ich mir jemals gewünscht habe, dass etwas so wahr ist wie das. Er küsst mich wieder, lässt seine Hand zu meinem Nacken hinaufwandern und irgendwie sind wir uns noch näher als vorher.

Der Kuss jagt ein elektrisches Kribbeln durch meinen Körper und hebt mich auf die Zehenspitzen, ein Gefühl so kraftvoll wie die Nordlichter am Himmel über mir. Er küsst mich noch intensiver, lässt seine Hand zu meinem unteren Rücken gleiten, streicht mit einem Finger an meinem Rockbund entlang.

»Sei mein Mädchen«, haucht er atemlos, als er sich aus dem Kuss löst. »Ich habe keine Ahnung, was zwischen uns passiert oder wo das mit uns noch hinführen wird, Juniper, aber ich muss es herausfinden. Ich muss dieses Abenteuer wagen.«

Sei mein Mädchen.

»Das will ich auch«, flüstere ich. »So sehr.«

Er lehnt sich zu mir, seine Stirn auf meiner, und schließt die Augen. Der Himmel leuchtet hinter uns. Ich will diesen Ort nie wieder verlassen, diesen Moment.

Er macht die Augen wieder auf und fängt meinen Blick ein. »Ich werde diese Nacht nie vergessen, Blue. Niemals.«

Kapitel 36

GABE

Sie ist alles, was ich mir hätte wünschen können, und mehr.

Sie ist jeder lebendige Farbton, jeder funkelnde Stern, jedes Licht, jede Spiegelung.

Sie ist jede Note, die ich jemals gespielt habe, jede Songzeile, die ich noch schreiben werde.

Mit Juniper ist meine Welt mehr blau als grau. Mehr Sonne, weniger Regen.

Mein Herz gehört ihr, und sie kann damit tun, was immer sie will.

Ich liefere Juniper zu Hause ab und parke den Twister auf seinem speziellen Platz in der Garage. Chris wartet im Esszimmer auf mich, er löst ein Kreuzworträtsel in der Zeitung.

»Hey, alter Mann.«

Er blickt zu mir hoch und dann wieder auf die Zeitung. »Fünf waagerecht, vier Buchstaben: Geburtstagskind mit scheißfettem Grinsen im Gesicht. Was ist los, Gabe?«

»Danke, dass ich heute Abend den 1970er Ford Mustang Mach 1 Twister Special fahren durfte«, erwidere ich und ignoriere seine Bemerkung und die Frage. Aber ich kriege besagtes scheißfettes Grinsen offensichtlich wirklich nicht mehr aus dem Gesicht.

»Wo wart ihr?«

»Wir sind nach Eveleth raufgefahren und haben an diesem grandiosen Aussichtspunkt angehalten.«

»Ja, es geht doch nichts über einen guten Aussichtspunkt mitten in der Nacht.«

»Wir haben das Nordlicht gesehen. Das war ziemlich unglaublich.«

»Ach, ja? Und was war sonst noch unglaublich an diesem Aussichtspunkt?«, will er wissen. Als ich nicht antworte, hakt er nach: »Gibt's vielleicht noch was, das du mir erzählen willst? Irgendwas?«

»Nein. Es war ein langer Tag, endlich achtzehn und all das. Ich glaube, ich gehe ins Bett. Danke für einen tollen Geburtstag.« Ich werfe ihm die Schlüssel zu, aber er wirft sie direkt wieder zu mir zurück.

»Herzlichen Glückwunsch. Er gehört dir.«

Mir klappt die Kinnlade runter. »Was hast du gerade gesagt?«

»Herzlichen Glückwunsch. Ich hab die Papiere auf deinen Namen geändert. Du bist ein guter Junge, Gabe. Ich wusste von dem Moment an, als ich dieses Baby zum ersten Mal gesehen habe, dass es eines Tages dir gehören würde. Ich schätze, der heutige Tag ist dafür genauso gut wie jeder andere. Aber pass gut auf meine Kleine auf.«

»Heilige Scheiße«, platze ich heraus und mein Grinsen wird noch breiter. »Das ist total abgefahren, verdammt. Ich weiß gar nicht, was ich sagen soll.«

»Pass gut auf sie auf«, sagt er ernst und schaut mir direkt in die Augen. »Und ich spreche nicht nur von dem Auto, Gabe.«

Als ich die Treppe hinaufsteige, trifft mich plötzlich ein Gedanke: Der Twister ist dreimal mehr wert als das, was ich brauche. Und ein Auto zu verkaufen wäre so viel einfacher, als mich mit irgendwelchen Anwälten, komplizierten Immobiliengeschäften oder Flachzangen wie Eric Dunbar herumschlagen zu müssen. Ich könnte diese ganze Sache innerhalb einer Woche erledigen.

Ich könnte diese ganze Sache erledigen – und dann wäre ich die Flachzange in diesem Szenario.

Aber was wäre schlimmer? Mich Chris' Wut auszusetzen, weil ich sein Baby verkauft habe, oder ihm sagen zu müssen, dass ich Mist gebaut und Geld von ihm gestohlen habe?

Ich liege wach im Bett. Der Ziegel der Angst ist wieder zurück und viel, viel größer. Mir krampft sich jedes Mal vor Schuldgefühlen der Magen zusammen, wenn ich daran denke, den Twister zu verkaufen, aber die Schuldgefühle, weil ich das Geld überhaupt genommen habe, sind noch viel schlimmer. Und wofür? Für ein

Mädchen in Schwierigkeiten. Für meine Freundin, von der ich dachte, ich würde sie lieben, die mich aber nicht genauso geliebt hat. Die mich nie geliebt hat, ganz gleich, wie oft sie es gesagt hat.

Was am Aussichtspunkt passiert ist – dieser Moment, Gott, ich werde ihn niemals vergessen –, wird von all dem bescheuerten Scheiß überschattet, den ich mir geleistet habe. Und die einzige Person, mit der ich darüber reden will, ist die Allerletzte, mit der ich darüber reden sollte.

Mein Handy piept mit einer eintreffenden Nachricht.

Juniper: Ich hab mich entschieden. Mein Lieblingssong von dir ist Imitation of Life.

Ich hatte schon völlig vergessen, dass ich sie danach gefragt habe.

Ich: Ehrlich? Nicht Burden oder aller Lieblingsballade, Fonder?
Juniper: Hmm, ist es sehr unhöflich von mir, wenn ich gestehe, dass ich Fonder normalerweise überspringe?
Ich: Da bist du nicht die Einzige. 🤦‍♀️ Alle scheinen zu glauben, dass es in dem Song um einen Typen geht, der seine Freundin vermisst, aber in Wahrheit geht es darum, dass sie ihn betrogen hat. Wenn du weißt, dass ich vierzehn war, als ich ihn geschrieben habe, errätst du dann, von wem er handelt?

Juniper: Von deinen Eltern?
Ich: Ja. An dem Tag, an dem ich ihn geschrieben habe, hab ich dieses Foto von Elise gesehen, wie sie ihrem Co-Star in Love on the Line offensichtlich sehr nahekommt.
Juniper: Das ist ja schrecklich. Tut mir leid.
Ich: Schrecklicher Song über ein schreckliches Thema.
Juniper: Er ist außerdem auch ein schrecklicher Schauspieler.
Ich: Ich bin froh, dass ich meinen Geburtstag mit dir verbringen konnte.
Juniper: Tut mir leid, dass ich kein Geschenk für dich hatte.
Ich: Ich will hier ja nicht creepy oder schnulzig klingen, aber unsere Zeit zusammen am Aussichtspunkt war besser als jedes Geschenk, das mir irgendwer hätte machen können.

So viel zum Thema nicht schnulzig.

Ich: Und das will schon was heißen, weil Chris mir den Twister GESCHENKT hat.
Juniper: HÖR AUF

Das Handy klingelt, als ich gerade eine Antwort tippe.

»HÖR AUF, Gabe«, meldet sich Juniper. »Er hat dir den 1970er Ford Mustang Mach 1 Twister Special geschenkt?«

Ich lache. »Wie ich sehe, hast du gut aufgepasst.«

Sie schweigt einen Moment und sagt dann: »Ich passe immer gut auf.«

»Ich weiß«, sage ich und muss gähnen. »Keine Sorge, das liegt nicht an dir, sondern an mir. Ich bin hundemüde.«

»Hattest du einen schönen Geburtstag?«

»Den besten.« Ich gähne erneut. »Gute Nacht, Juniper. Wir sehen uns morgen früh. Aber morgen fahre ich *dich* zur Schule.«

»Ich bring meinen Parkausweis mit.«

»Sehr praktisch. Aber ich wette, ich könnte mich irgendwie rauswinden, ohne Strafe zahlen zu müssen. Ich kenne da ein paar Leute.«

»Wir sehen uns morgen früh. Gute Nacht, Gabe. Herzlichen Glückwunsch zum Geburtstag.«

Ich kann nicht einschlafen, deshalb stehe ich wieder auf und nehme die Martin aus ihrem Koffer. Mein Gehirn beruhigt sich nach ein paar Minuten, während ich meine üblichen Aufwärmstücke spiele. Ein bisschen Floyd, ein bisschen Zeppelin, ein bisschen Alice in Chains.

Dann spiele ich »Imitation of Life«. Junipers Lieblingssong. Ich singe nicht, spiele nur die Melodie. Von all meinen eigenen Songs habe ich diesen wahrscheinlich öfter gespielt als alle anderen.

Ich kannte Juniper nicht, als ich dieses Lied geschrieben habe, nicht so, wie ich sie jetzt kenne. Sie war das Mädchen, das auf Chris' Farm wohnte. Das Mädchen, das er statt mir mit zu den Grammys genommen hatte. Das Mädchen, mit dem ich nichts zu tun haben wollte.

Jetzt, nach nur ein paar Wochen auf der Farm, kann ich mir ein Leben ohne sie gar nicht mehr vorstellen. Jetzt fühlt es sich an, als hätte ich diesen Song über sie geschrieben. *Until I met you, mine was an imitation of life.*

Heute Nacht habe ich noch andere Songs im Kopf, neue Songs, neue Melodien. Ich experimentiere ein bisschen mit etwas Langsamem, Balladenartigem herum und füge ein paar Textzeilen hinzu, bis ich kaum noch die Augen offen halten kann. *More blues than grays, more sun in my skies, these are my days, the light in your eyes.*

Es ist nicht perfekt, aber das kriege ich schon noch hin.

Als Juniper am nächsten Morgen in den Twister steigt, ist das Lächeln auf ihrem Gesicht ebenso ansteckend wie verräterisch.

»Hi«, begrüßt sie mich, ein wenig atemlos. »Dieses Auto riecht gut. Wie ein heißer Sommertag. Ein Karussell auf dem Jahrmarkt. Schwimmen im Fluss. Als hätten wir überhaupt keine Sorgen auf der Welt.«

»Hey.« Ich nehme ihre Hand und ihr Lächeln wird noch breiter. »Haben wir auch nicht.«

Heute ist sie wie der Herbst gekleidet, mit ihrem dicken orangefarbenen Pullover und dem Jeansrock mit aufgestickten dunkelroten Ahornblättern um den Saum. Ihr Haar ist zu einem langen, lockeren Zopf geflochten, ein weinrotes Band darin verwoben.

»Hast du diesen Rock gemacht?«, frage ich.

»Nein, den hat Mom schon in der Highschool getragen. Ich hab nur die Blätter draufgestickt.«

Ich lasse ihre Hand los, fahre eins der Blätter mit dem Finger nach und umkreise dann eine ihrer winzigen Kniescheiben. Endlich. Ich kann sie berühren. Na ja, jedenfalls vermute ich, dass ich sie berühren darf. Es scheint sie zumindest nicht zu stören. Ich schiebe einen Finger unter den Saum und sie schlägt meine Hand weg.

Okay, vielleicht kann ich sie nicht überall berühren, noch nicht. Ich nehme wieder ihre Hand und streiche mit dem Daumen über ihre Knöchel. Sie schnappt nach Luft.

Ich habe eine Menge Mädchen geküsst. Ich habe sogar mit ein paar von ihnen geschlafen. Aber nichts lässt sich damit vergleichen, im Twister Juniper Bells Hand zu halten und an diesen Kuss gestern Nacht am Aussichtspunkt zu denken.

»Blue, ich …«, beginne ich, breche jedoch ab, bevor ich ihr noch komplett mein Herz ausschütte und ihr erkläre, dass sich alles verändert hat, weil ich jeden wachen Moment mit ihr verbringen will und wahrscheinlich auch jeden schlafenden. Bevor ich ihr von dem Song erzähle, den ich noch bis spät nachts geschrieben habe. Bevor ich ihr von Marley und dem Geld erzähle.

Ich war so dämlich, ist das, was ich eigentlich sagen sollte. Aber das sage ich auch nicht.

»Was?«, fragt sie. Sie muss meine Anspannung spüren, denn sie wendet sich mir zu, schenkt mir ihre volle Aufmerksamkeit und drückt meine Hand, um mich zu ermutigen.

»Ich hab dich vermisst«, sage ich leise und obwohl ich den Blick auf die Straße richte, weiß ich, dass sie mich immer noch ansieht. Ich kann es spüren. »Ich meine, ich weiß, dass wir uns erst vor ein paar Stunden gesehen haben, aber ich hab dich vermisst.«

»Ich hab dich auch vermisst«, erwidert sie. »So sehr. Reh links.«

Ich bremse ab, und das junge Rehkitz hüpft über die Straße. Es ist gut, dass Juniper für mich mit aufpasst. Auf mich.

Kapitel 38

JUNIPER

Ich war richtig nervös, Gabe an diesem Morgen zu sehen. Aber dann hat er meine Hand gehalten und war so süß und meinte, er hätte mich vermisst, und ich hab zugegeben, dass ich ihn auch vermisst hab.

Ist es seltsam, jemanden zu vermissen, obwohl man ihn nur für ein paar Stunden nicht gesehen hat? Nur durch zweiundfünfzig Rot-Kiefern von ihm getrennt war?

Die Fahrt zur Schule dauert nicht lange genug. Ich klemme meinen Parkausweis in die Ecke seines Armaturenbretts, als wir auf den Parkplatz rollen. Mein Handy piept, bevor Gabe den Motor abstellt.

Amelia: Sorry, sitzt du da gerade in Chris' Mustang? Was zur Hölle?

Ich: Bibliothek in 3 Min

Amelia: OMG du hast ihn geküsst stimmts?

Ich: Ganz ruhig, Amelia!

Sie ist definitiv *nicht* ruhig. Sie hüpft praktisch an unserem üblichen Tisch auf und ab, als wir uns im Lexikonraum treffen, wie er liebevoll genannt wird, weil irgendjemand immer das große Wörterbuch auf einer Seite mit einem – oder mehreren – obszönen Wort offen liegen lässt. Gestern haben wir uns auch hier getroffen, damit sie mir alles über ihr Date mit Ted erzählen konnte: Sie haben sich auf der Hinfahrt die meiste Zeit gestritten, gegenseitig von ihrem Essen probiert – Hähnchen-Tetrazzini für Amelia, Walleye-Sandwich mit Zwiebelringen für Ted –, sind anschließend am Hafen entlangspaziert, obwohl es genieselt hat, und haben sich beim Leuchtturm am Ende des Piers geküsst.

»Und«, quiekt sie förmlich, »war es genauso romantisch wie bei Ted und mir? Ich meine, nur einen Tag auseinander! Was für ein Zufall!«

Ich grinse. »Ja, ich glaube, das war es.« Ich erzähle ihr alles und sie quiekt noch lauter.

»Glaubst du immer noch, dass er die Farm eines Tages verkaufen wird?«

»Keine Ahnung«, antworte ich. Ehrlich gesagt habe ich, obwohl gestern *der Tag* war, an dem es hätte passieren können, überhaupt nicht daran gedacht. »Ich glaube, er fängt langsam an, die Farm zu mögen.«

»Das ist doch ermutigend«, findet sie und lächelt. »Dann hast du dir den Rat aus *Der Pate: Teil II* also zu Herzen genommen? Deine Feinde noch näher bei dir zu halten?«

Sofort nagt wegen dieses Plans das schlechte Gewissen an mir. Aber dann sage ich mir, dass wir nicht dort wären, wo wir heute sind, wenn ich es nicht getan hätte.

Oder?

Gabe und ich lassen das Mittagessen ausfallen und machen stattdessen einen Spaziergang durch den Schulgarten, in dem so gut wie alles bereits geerntet wurde, abgesehen von ein paar Kürbissen. Der intensive, erdige Geruch eines Gartens erfüllt mich immer mit Ruhe. Ich muss an *Der geheime Garten* denken, wie er Colin und seinem Vater neues Leben und neue Energie beschert, sie aus ihrer Trauer herausgeholt und Mary geheilt hat. Ich kenne die heilende Kraft, mit bloßen Händen in der Erde zu arbeiten, Dinge zum Leben zu erwecken und letztendlich ein Gefühl reinster Freude zu schaffen. Ich will, dass Gabe es auch spürt. Und das sage ich ihm auch.

»Na ja«, erwidert er, »ich hab am Donnerstag einen wichtigen Test in Gartenbau. Vielleicht kannst du mir beim Lernen helfen? Ich bin mir sicher, dass ich Freude empfinden werde, wenn ich bei dem Test gut abschneide.«

Ich knuffe ihn mit dem Ellenbogen in die Seite. »Seit wann machst du dir solche Gedanken um deine Noten?«

»Es gibt da dieses Mädchen, das ich zu beeindrucken versuche.«

»Also, mir würde da schon was einfallen, wie du sie beeindrucken kannst«, sage ich.

»Oh, wirklich?«, fragt er grinsend. »Lass hören.«

Meine Wangen laufen knallrot an. »Das klang unanständig.«

»Mir hat's gefallen.«

»Ich meinte, indem wir morgen bei unserer Präsentation in UWi richtig einen raushauen.«

»Mit deiner Intelligenz und meinem angeborenen Charme und meiner Bühnenpräsenz kann da eigentlich nichts schiefgehen.«

»Und am Ende der Woche feiern wir!«

»Ja. Mit einem Abenteuer. Lass uns am Freitag die Schule schwänzen und zu den Kawishiwi Falls raufwandern«, schlägt er vor. »Hast du Lust?«

Die Kawishiwi Falls liegen ungefähr anderthalb Stunden nördlich von Harper's Mill, direkt hinter Ely. Ich war noch nie dort.

Ich nehme seine Hand. »Das Leben mit dir wird immer ein Abenteuer sein, oder?« Ich spreche die Worte aus, ohne nachzudenken – *Leben, immer*. So ernst, so langfristig.

»Das hoffe ich«, erwidert er. Er schiebt mich rückwärts gegen einen Ahornbaum am Rand des Gartens und küsst mich, kurz, aber süß. Dann streichelt er zärtlich mein Gesicht und lässt die Finger von meinem Ohr über meinen Kiefer gleiten. Er lächelt, und als mir der Gedanke kommt, dass ich mich in diesem Lächeln verlieren könnte, wird mir bewusst, dass ich mich auch darin finden kann.

An diesem Abend, nach dem Essen, ziehen Gabe und ich uns ins Wohnzimmer zurück, um an unserem Referat zu arbeiten. Gabe hat die letzten paar Wochen mit seiner Handykamera immer wieder kleine Videos auf der Farm gedreht. Er hat einen richtigen Trailer zusammengestellt – inklusive Originalsoundtrack mit Akustikgitarre –, während ich an den Folien für die Präsentation gearbeitet habe. Im Unterricht heute haben wir seinen Laptop zum Test an das Projektionssystem im Klassenzimmer angeschlossen. Außerdem haben wir einige Requisiten zusammengesammelt, hauptsächlich Sachen, die wir auf dem Farmersmarkt verkaufen, aber auch ein paar von Moms kleineren gefilzten Werken.

Tatsächlich sind wir so was von gut auf diese Präsentation vorbereitet, dass wir den Laptop zuklappen und stattdessen einen Film anmachen.

»Ich will kein einziges Wort darüber hören, wen du in diesem Film persönlich kennst oder welcher Song auf dem Soundtrack von dir ist«, sage ich zu ihm und kuschle mich neben ihn, eine Decke über meinem Schoß ausgebreitet.

Gabe lacht. »Ich verspreche, dass ich keinen einzigen Namen in den Mund nehmen werde. Und von meinen Songs ist keiner auf diesem Soundtrack, es kann also nichts passieren. Mach ruhig, vergiss, dass ich berühmt bin.«

Ich lächle und lege den Kopf auf seine Schulter. Ich werde nie wirklich vergessen können, dass die Leute seinen Namen und seine Musik kennen, egal, wo er hingeht. Aber heute Abend werde ich es versuchen.

Kapitel 39

GABE

Unsere Präsentation läuft wie geschmiert. Der Trailer spielt ohne technische Schwierigkeiten ab und erntet sogar eine Runde Applaus vom versammelten Kurs, bevor wir überhaupt richtig zur Sache kommen. Juniper und ich bringen unseren einstudierten Text fehlerfrei rüber und arbeiten perfekt zusammen, um alle davon zu überzeugen, dass das Field & Flock ein profitables, originelles und zeitloses Unternehmen ist. Und dass es einen ziemlich coolen Namen hat.

Alles, was ich gelernt habe, um das Field & Flock in ein erfolgreiches Start-up zu verwandeln, geht mir auch für Stone & Wool durch den Kopf.

Mein Test in Gartenbau später läuft nicht ganz so gut, aber wen interessiert's? Ich konnte mein Mädchen tatsächlich davon überzeugen, die Schule zu schwänzen – nicht, dass dafür allzu viel Überzeugungsarbeit nötig gewesen wäre.

Da ich achtzehn bin, rufe ich am Freitagmorgen selbst in der Schule an und melde mich krank. Juniper schafft es irgendwie, Laurel dazu zu bringen, dasselbe für sie zu tun. Kurz darauf, als Juniper und ich unsere Kühltasche und das Erste-Hilfe-Set in den Kofferraum ihres Autos laden, bekomme ich eine Nachricht von Janie aus dem Schulsekretariat: Du machst niemandem was vor, Gabe Hudson. Grüß Juniper von mir. 😉

Wir hören auf der Fahrt zu den Kawishiwi Falls Led Zeppelin, sodass Juniper, als wir auf dem kleinen Wanderparkplatz ankommen, einen Lieblingssong bestimmen kann.

»Das ist gar nicht so einfach«, findet sie. »Mir haben viele von ihnen gefallen. Aber ich glaube, da du mich praktisch zwingst, einen Favoriten zu wählen, entscheide ich mich für ›The Battle of Evermore‹. Ich mag die Geschichte. Und die Mandoline.«

»Solide Wahl«, lobe ich sie. »1971, vom Album *Led Zeppelin IV*. Und nur am Rande: Ann und Nancy Wilson von Heart haben für den Soundtrack von *Singles* unter dem Bandnamen Lovemongers eine Coverversion dieses Songs aufgenommen.« Ich spiele ihn ihr als Nächstes vor.

»Oh, ich glaube, die Version gefällt mir noch besser«, sagt sie und ich weiß, dass sie mich nur aufzieht, weil sie ein breites Grinsen im Gesicht hat. Wer würde, sofern er oder sie auch nur über ein kleines bisschen gesunden Menschenverstand verfügt, ein Cover dem offensichtlich makellosen Original vorziehen?

»Sehr lustig. Lass uns gehen.«

Doch noch bevor wir den Parkplatz überquert haben, piepst mein Handy mit drei Nachrichten in schneller Folge.

Rocky: Gabey Boy, ich bin's, Rocky. Hab schon länger nichts mehr von dir gehört.
Rocky: Wie läuft's?
Rocky: Ich weiß ja nicht, wie's dir geht, aber ich werde langsam ein bisschen nervös. Ruf mich an, wenn du Zeit hast.

Na, verdammt auch. Rocky macht sich Sorgen, dass ich nicht liefern werde. Willkommen in meiner Welt, Rock. Ich stecke das Handy tief in meine Jackentasche, trinke einen langen Schluck aus meiner Wasserflasche und hoffe, dass ich es – und mein Frühstück – bei mir behalten kann.

»Alles okay?«, fragt Juniper.

»Ja, klar«, antworte ich, aber ich führe es nicht näher aus und versuche auch nicht, mir irgendeine Geschichte einfallen zu lassen, die sie mir wahrscheinlich sowieso nicht abkaufen würde.

Wir haben den Wanderweg fast ganz für uns allein. Es ist ein kalter Freitagmorgen auf einem versteckten Pfad im äußersten Norden von Minnesota. Wir sind hier näher an Kanada als an Harper's Mill. Nachdem wir ein paar Minuten gewandert sind, greife ich nach Junipers Hand und ziehe sie ganz nah zu mir heran.

»Wandern und Händchenhalten gleichzeitig ist ziemlich schwierig«, sagt sie. Ich kann ihre Atemwolken in der kühlen Luft sehen.

»Oh, wirklich? Hast du es schon mal probiert?«

Sie lacht. »Nein.«

»Wir schaffen das schon. Und wenn wir damit ein paar Minuten länger brauchen, um den Wasserfall zu erreichen, was soll's? Ich habe vor, dich am Ende des Weges zu küssen, so oder so.«

»Tatsächlich?«

»Ich werde dich am Ende jedes Weges küssen, Blue«, erwidere ich, und der neckende Unterton ist komplett aus meiner Stimme verschwunden, »auf dem Gipfel jedes Berges, den wir zusammen erklimmen werden, und wenn wir wieder unten sind auch, und überall dazwischen.«

Sie lächelt. »Du bist ein richtiger kleiner Poet, was?«

»Ich ziehe Songwriter vor. Oder Lyriker, wenn du dich besonders gewählt ausdrücken willst.«

Wir hören das Rauschen des Wassers, bevor wir es sehen. Nach nicht mal fünfzehn Minuten auf dem windigen, waldigen Pfad erreichen wir den Wasserfall. Er ist breit und atemberaubend, und Junipers Gesicht erstrahlt bei dem Anblick richtig. Ein paar Leute klettern die Felsen zu dem tosenden Wasser hinunter, aber Juniper zieht mich in die entgegengesetzte Richtung, höher hinauf.

»Folg mir«, sagt sie.

Wir klettern ein paar Minuten aufwärts. Die Wurzeln eines mächtigen Baumes in der Nähe des Hügelrands strecken sich bis zum Weg hinunter, winden sich über- und untereinander, als wollten sie die Erde festhalten und sicherstellen, dass sie nicht in den See in der Tiefe hinabrutscht.

Oben auf dem Hügel stehen wir schweigend da und sehen dem rauschenden Wasser zu, das schäumend in den See stürzt. Ich stelle mich hinter sie, meine Arme um sie geschlungen, mein Kinn oben auf ihrem Kopf. Ich halte sie ganz fest, werde nicht zulassen, dass sie mir entgleitet. Ich atme die frische, saubere Luft ganz tief ein und versuche, das Gefühl der Übelkeit loszuwerden, das ich seit Rockys Nachrichten spüre. Er hat recht. Die Zeit läuft mir davon. Heute halte ich mein Mädchen in meinen Armen. Morgen werde ich mir überlegen, was ich wegen des Geldes unternehmen soll.

»Das ist wunderschön«, sagt Juniper, nachdem wir ein paar Minuten lang den Wasserfall beobachtet haben. »Danke.«

»Wofür?«

»Dass du mich hierhergebracht hast. Für das Abenteuer.«

Also natürlich muss ich sie küssen. Ich drehe sie in meinen Armen herum und küsse sie, als wäre es das

Einzige, was zählt. Sie ist das Einzige, was zählt. Sie ist alles.

Am Samstag fahren Chris und ich in die Twin Cities zu einer Show im Palace Theater in St. Paul. Auf der Fahrt fragt Chris mich über die Schule aus, über die Farm und über Juniper. »Du behandelst sie lieber gut, sonst kriegst du es mit mir zu tun«, sagt er, als hätte ich es nicht schon sein ganzes Leben mit ihm zu tun.

»Bist du diesen Immobilienmakler inzwischen losgeworden?«, will er wissen.

»Ja, ich musste noch ein paarmal mit ihm telefonieren, aber ich glaube, er hat es endlich kapiert.« Ich halte inne, nicht sicher, ob ich schon bereit bin, Chris von meiner jüngsten Idee für die Farm zu erzählen. Nicht, bevor ich nicht ein paar Details besser durchdacht habe. Ich beschließe, dass es noch eine Woche oder so warten kann.

»Weißt du, es wäre vielleicht ganz gut, Grans Sachen mal durchzusehen. Vielleicht kannst du ja was davon spenden oder so? Oder, ich weiß auch nicht, einem Museum überlassen vielleicht? Oder, äh, verkaufen?«

»Das schlägst du mir doch nicht vor, weil du das Farmhaus abreißen willst, oder?« Er wirft mir einen misstrauischen Seitenblick zu.

»Nein, nein«, versichere ich ihm hastig. »Nichts dergleichen.«

»Mm-hmm«, murmelt Chris. »Ich schätze, es ist wohl an der Zeit.« Er schweigt einen Moment und fügt dann hinzu: »Weißt du, ich wollte schon immer direkt am Fluss bauen. Vielleicht sollte ich das Haus in Venice Beach verkaufen und wieder nach Hause ziehen.«

Ich sehe ihn überrascht an. »Du würdest L. A. verlassen?«

Er zuckt mit den Schultern. »Ich könnte ein Apartment kaufen und hinfliegen, wann immer es nötig ist. Und du auch.«

Ich antworte nicht sofort und denke darüber nach. Wie es wäre, richtig hier zu wohnen. »Ja«, sage ich dann leise.

Wir gehen vor dem Konzert in einer Brauereikneipe in der Nähe noch einen Happen essen. Die Band, Default to Deny, war die Vorgruppe für Dig Me Under bei den Gigs im Mittleren Westen während ihrer letzten Tour und Chris hat ihnen versprochen, dass er zu einer ihrer Shows kommt und vielleicht ein paar Songs mit ihnen spielt.

Die Jungs – und eine Frau, die Drummerin – sind ziemlich cool. Nicht viel älter als ich, ehrlich gesagt. Die fünf haben sich an der University of Wisconsin in Milwaukee kennengelernt und das Studium gleich im ersten Jahr geschmissen, um zu versuchen, den Durchbruch zu schaffen. Ich war bei ein paar Konzerten, als sie auf der DMU-Tour gespielt haben.

Chris und ich hängen Backstage am Bühnenrand ab. Diese Band ist gut. Und es fühlt sich gut an, wieder in einer Halle zu sein, von Musikern und ihren Fans umgeben. Gegen Ende des Gigs erzählt Ini – der Frontman mit totalem Lenny-Kravitz-Vibe – die Geschichte, wie Chris ihnen eine Chance gegeben und sich zu ihrem größten Unterstützer und Mentor entwickelt hat.

»Chris hat in den letzten Wochen viel Zeit auf seiner Farm in Nord-Minnesota verbracht«, sagt Ini, »und ob ihr's verdammt noch mal glaubt oder nicht, er ist heute Abend hier! Was meint ihr? Sollen wir ihn auf die Bühne holen, damit er was für uns spielt?«

Die Menge tobt, als Chris die Bühne betritt und ihm jemand eine Gitarre in die Hand drückt. Er spielt das Introriff von »Desolation«, und Kels stimmt am Schlagzeug mit ein. Dann gehen sie nahtlos in »Miss You« von den Rolling Stones über, genau wie auf der Tour. Es klingt immer noch unglaublich.

Als der Applaus ein wenig abklingt, schnappt sich Ini wieder das Mikro und sagt: »Ja, es ist der Hammer, dass Chris Hudson heute Abend hier ist, aber es wird noch besser: Er hat seinen Junior dabei. Was meint ihr, wollt ihr auch was von Gabe Hudson hören?«

Der brüllende Jubel ist ohrenbetäubend und absolut unerwartet. Heilige Scheiße. Rufen sie mich ernsthaft da raus? Die Sache mit Chris war natürlich geplant, aber das hier? Niemand hat mir irgendwas verraten. Aber es spielt keine Rolle. Alles, was zählt, ist, dass das Publikum mich sehen will. Ich geselle mich zu Chris und Ini auf die Bühne und winke in die Menge.

»Mann«, sagt Ini, »als ich dich das letzte Mal gesehen hab, hattest du noch 'ne Zahnspange! Scheiße, Kleiner, wie läuft's so? Was meint ihr, Leute? Was soll der Kleine für uns spielen?«

Ich grinse. Ich hatte schon völlig vergessen, dass Ini und der Rest der Band mich immer Kleiner genannt haben. Die Menge skandiert »Burden« und »Imitation of Life«. Gott, ich habe das alles so sehr vermisst.

»Was zur Hölle?«, frage ich ins Mikro. »Nichts vom neuen Album?«

Dafür ernte ich einen Lacher von der Band und Chris und einer Menge Leute im Publikum.

»Der war gut«, raunt Chris mir zu.

»Okay, dann ›Burden‹«, brüllt Ini, und im nächsten Moment habe ich plötzlich eine Gitarre in der Hand und spiele mit dieser Band zusammen, als hätten wir es vorher schon hundertmal gemacht. Es ist leicht und laut und so, als wäre seit dem letzten Mal, als ich vor Publikum stand, nicht ein einziger Tag vergangen.

How does it feel
Well, how does it feel
Now that you're the burden
You always knew you would be

I know how it feels
Yeah, I know how it feels
I am the burden
I always knew I would be

Die letzten ohrenbetäubenden Noten von »Burden« klingen über der tobenden Menge aus. Schließlich beruhigen sich die Zuschauer wieder und Ini sagt: »Einen hab ich noch, einen hab ich noch. Okay, ich erzähle euch jetzt eine kleine Geschichte von unserem großen Durchbruch, als wir vor ein paar Jahren mit DMU auf Tour waren. Wir haben backstage rumgehangen, okay, und das Ganze war echt eine Riesensache für uns. Ich meine, wir haben mit Dig Me Under rumgehangen, Mann. Scheiße, es war total abgefahren. Wir durften offiziell noch nicht mal Alkohol trinken und hingen mit diesen absoluten Rocklegenden ab! Okay, jedenfalls waren wir backstage und plötzlich hören wir jemanden singen. Diese zwei perfekt harmonisierenden Stimmen. Ich schwöre, ich dachte ehrlich, ich wäre vielleicht gestorben und im Himmel gelandet, im Grunge-Himmel oder so? Ihr wisst schon, was ich meine. Chris und der Kleine haben damals diesen Song von Alice in Chains gesungen und ich finde, den sollten wir heute Abend auch für euch spielen.«

Ich erinnere mich an diesen Abend. Ich erinnere mich daran, wie Ini und der Rest von Default to Deny im Green Room standen und wie Ini der Mund offen stehen geblieben ist, als ihm klarwurde, dass *ich* da mit Chris singe.

»Kleiner«, meinte Ini, als der Song zu Ende war, »wann bringst du ein Album raus?«

Rico stimmt das Introriff von »Heaven Beside You« an, ein paar Takte später stößt Kels an den Drums dazu und es ist, als würden Chris und ich unten am Lagerfeuer sitzen, nur noch so viel besser. Unsere Harmonien sitzen perfekt, die Band ist der Hammer und das Publikum liebt jede einzelne Sekunde.

Auch ich liebe jede einzelne Sekunde. Mein Herz rast, ich schwitze unter den Scheinwerfern, grinse und spiele Gitarre und singe mir die Seele aus dem Leib für all die Menschen hier, die Musik lieben, die es lieben, auf Konzerte zu gehen und mit Leuten zusammen zu sein, denen es genauso geht.

Dann ist der Song vorbei und Ini bedankt sich bei uns. »Chris Hudson und der kleine Gabe Hudson – danke, Jungs!«, brüllt er. »Wir lieben euch, verdammt noch mal, das wisst ihr, oder?« Die Menge brüllt.

Chris winkt ins Publikum und ich folge ihm von der Bühne. Jemand reicht jedem von uns eine Flasche Wasser, und Chris leert seine in ein paar Zügen.

»Verdammt hat sich das gut angefühlt, oder?«, fragt er. »Es gibt nichts, was ich in meinem Leben lieber tun würde.«

Heute Abend schien es niemanden zu interessieren,

dass ich ein beschissenes Album veröffentlicht habe. Heute Abend waren die Band und die Musik und die Leute alles, was zählt.

»Das war der erste Schritt, Kumpel«, sagt Chris. »Du bist auf dem Weg zurück.«

Ich hoffe, er hat recht.

Kapitel 40

JUNIPER

Gabe schickt mir erst eine Nachricht, als es schon fast ein Uhr ist. Ich bin noch wach und warte.

Gabe: Bist du noch auf? Kann ich dich anrufen?
Ich: Ja

Ein paar Sekunden später kommt sein Videoanruf. Er ist in einem Hotelzimmer, seine Locken total zerzaust, ein breites Grinsen auf dem Gesicht.

»Hey«, sagt er. »Heute Abend war verdammt noch mal unglaublich.«

Ich kann nicht anders, als zu lächeln, weil er so glücklich aussieht. »Ja? Dann war die Band also gut, ja?«

»Na ja, ja, aber sie haben mich auch auf die Bühne geholt und ich hab ein paar Songs gespielt. Es war der Hammer. Ich wünschte, du hättest dabei sein können.«

»Was hast du gespielt?«

»Die Zuschauer wollten ›Burden‹, und dann haben Chris und ich ›Heaven Beside You‹ gesungen. Es war so ein gutes Gefühl, wieder vor Publikum zu stehen.«

Mein Lächeln schwindet ein wenig. Ich will nicht, dass es passiert, aber das tut es, und Gabe entgeht es nicht.

»Stimmt was nicht?«

»Alles okay, versprochen«, versichere ich ihm schnell. »Ich hab nur gerade dieses seltsame Gefühl. Ich freue mich wahnsinnig für dich und bin gleichzeitig traurig für mich selbst.« Ich lache leise.

»Ach, Blue«, sagt er und lässt sich rückwärts auf sein Kopfkissen fallen. »Warum bist du denn traurig?«

Ich schlucke schwer, nicht sicher, ob ich es ihm sagen will. Er ist *Gabe Hudson*. Er ist Musiker. Seine ganze Karriere dreht sich darum, durch die Welt zu reisen und live für seine Fans zu spielen. Er ist *kein* Farmer. »Eines Tages wirst du nicht mehr hier auf der Farm sein.«

Er setzt sich auf und erschreckt mich richtig mit dem intensiven Blick, mit dem er in die Kamera schaut. »Lass uns nicht an eines Tages denken, okay, Blue? Lass uns nur an heute denken. Na ja, und an morgen, weil ich morgen zurück nach Hause komme.«

Ich lächle wieder. »Wann fahrt ihr in St. Paul los?«

»Wir müssen spätestens um elf auschecken. Ich bezweifle, dass wir es vorher schaffen. Und Chris will noch in Mickey's Diner frühstücken.«

Ich gähne. »Bist du müde?«

»Ja«, antwortet er, »aber ich bin auch inspiriert, und

ich kann es nicht erwarten, meine Gitarren wiederzuhaben.«

»Das ist echt cool«, sage ich und gähne erneut.

»Hey, du solltest ins Bett gehen. Aber es bedeutet mir sehr viel, dass du extra aufgeblieben bist und auf mich gewartet hast. Ich vermisse dich, Blue.« Er lacht. »Ehrlich gesagt ist das ziemlich neu für mich, jemanden so sehr zu vermissen, wie ich dich vermisse.«

In mir dreht sich alles. Es hat noch nie zuvor jemand solche Sachen zu mir gesagt wie Gabe.

»Ich vermisse dich auch«, flüstere ich.

»Geh schlafen, mein süßes Mädchen. Wir sehen uns morgen.«

Wir legen auf und ich schalte das Licht aus. Aber ich kann nicht schlafen. Ich nehme mein Handy wieder vom Nachttisch und öffne Twitter. Ich suche nach @thegabehudson und tatsächlich: Er wurde in unzähligen Videos zusammen mit @defaulttodeny getaggt. Ich schaue mir ein paar der Videos an, die meisten verwackelt und unscharf, bis ich eins von jemandem finde, der ganz nah an der Bühne stand.

Ich sehe wie hypnotisiert zu, wie die Kamera Gabe heranzoomt, während er Gitarre spielt und »Burden« singt. Er ist ganz versunken, total bei sich. Ich staune über sein Talent, darüber, dass er genau weiß, was er will und was er tun muss, um dorthin zu gelangen, selbst wenn er unterwegs ein paar Fehler macht.

Er ist größer als die Welt der Farm. Er ist für etwas Größeres bestimmt, dafür, andere zu inspirieren und mit seiner Musik zu erfüllen. Wie Chris.

Vielleicht kann er, wie Chris, ja in beide Welten gehören. Ich hoffe, dass er es versuchen will.

Ich schalte das Handy aus und liege im Dunkeln wach, während »Burden« in Endlosschleife in meinem Kopf läuft.

An diesem Wochenende macht der Farmersmarkt Pause, deshalb schlafe ich bis acht Uhr aus und hülle mich in mehrere Schichten für die Wanderung zum Aussichtspunkt. Mom ist bereits in der Scheune, also mache ich mir eine Tasse Irish-Breakfast-Tee und wandere los.

Der Untergrund ist von den zackigen weißen Kristallen des ersten strengen Frosts überzogen. Endlich. Ich lächle und denke, dass ich es nicht erwarten kann, Gabe davon zu erzählen, obwohl es mir leidtut, dass er es verpasst hat.

Ich will gerade den Hof zum Wanderweg überqueren, als ich ein Auto am Rand der Privatstraße nördlich von unserer Einfahrt stehen sehe. Ein Auto, das ich nicht erkenne.

Ich ändere den Kurs und gehe auf den Wagen zu, einen Lexus. Von denen gibt's hier in der Gegend nicht viele. Dann sehe ich auf dem Feld neben der Straße einen Typen mit blasser, sommersprossiger Haut und rostrotem Haar, in zerrissene Jeans und Lederjacke gekleidet und eine Kamera vor dem Gesicht. Früher ist das viel öfter passiert, normalerweise, wenn Dig Me Under gerade ein neues Alben veröffentlicht oder sich herumgesprochen hatte, dass Chris in der Stadt ist. Und dieser Typ, in seinen Rockstarklamotten und Doc Martens, der auf einem Feld mitten auf der Farm steht? Klassischer Dig-Me-Under-Fan.

»Hey!«, rufe ich und steuere auf ihn zu. »Sie wissen schon, dass Sie hier auf einem Privatgrundstück sind, oder?«

Er dreht sich zu mir um, lässt die Kamera sinken und kommt auf mich zu.

»Da hol mich doch der Teufel! Juniper Blue, stimmt's?« Er hat einen starken britischen, aber klaren Akzent.

Er weiß, wer ich bin. Mein Herz beginnt zu rasen. »Was machen Sie auf unserem Grundstück?«

»Unserem? Ich dachte, die Farm gehört Chris und Gabe Hudson. Stone & Wool, Harper's Mill, Minnesota, Vereinigte Staaten. Auf dem Schild vorne steht Stone & Wool, deshalb weiß ich, dass ich hier richtig bin.«

»Wie kann ich Ihnen helfen, ...?«

»Graham. Graham Briggs. Ich bin mir nicht sicher, ob du das kannst, Kleines, es sei denn, du kannst diese Rundscheune für mich öffnen, damit ich mich mal umsehen kann. Ich dachte, Gabe wäre heute hier, aber am Farmhaus unten hat niemand aufgemacht. Weißt du, wann er wieder zurück sein wird?«

»Warum müssen Sie denn in die Rundscheune?«, will ich wissen. Meine Stimme zittert. Wer ist dieser Typ? Warum sucht er Gabe?

»Weißt du, was? Vielleicht komme ich lieber ein andermal wieder.« Meine Nervosität muss ihm aufgefallen sein. »Tut mir leid, wenn ich dich gestört habe, Kleines. Ich rufe Gabe an. Er und ich können die Zukunft dieser alten Rundscheune auch wann anders besprechen. Mach's gut.«

Die paar Schlucke Tee, die ich getrunken habe, werden furchtbar sauer und drohen, mir wieder hochzukommen.

Gabe hat ihn angerufen und sie haben »über die Zukunft dieser alten Rundscheune« gesprochen. Das kann nur eines bedeuten: Sie verkaufen. Wie kann Gabe das nur tun? Wie kann er mich so hintergehen?

Noch bevor ich mich von dem Feld abwende, rufe ich Gabe an. Mir ist egal, wie früh es ist. Mir ist egal, dass er wahrscheinlich noch schläft, weil es gestern Nacht spät war. Er nimmt nicht ab und seine Mailbox geht dran, also wähle ich seine Nummer erneut.

»Was ist denn los?«, fragt er verschlafen, als er nach dem vierten Klingeln endlich drangeht.

»Wer ist Graham Briggs?«

»Was? Wer?«

»Graham Briggs. Britischer Akzent. Doc Martens.«

Einen Moment lang herrscht Schweigen, dann: »Scheiße, Blue.«

»Dann kennst du den Typen also? Hast du ihn angerufen? Hat er die Wahrheit gesagt?«

»Wo hast du Graham Briggs gesehen?«

»Auf dem Westfeld. Er hat Fotos von der Rundscheune gemacht.«

»Oh, verdammt.«

»Gabe. Sag mir die Wahrheit. Hast du diesen Typen angerufen und ihn gebeten, herzukommen, um sich die Farm anzuschauen?«

»Blue, es ist nicht so, wie du denkst.«

»Hast du oder hast du nicht?« Ich bin überrascht, wie hoch und kreischend meine Stimme plötzlich klingt.

»Na ja, ja, ich hab ihn angerufen …«

Ich schneide ihm das Wort ab. Ich will seine Erklärung nicht hören, seine Ausreden. Ich beende das Gespräch. Als er ein paar Sekunden später zurückruft, drücke ich auf das rote X. Wieder. Und wieder. Schließlich schalte ich mein Handy ganz aus.

Ich gehe zur Rundscheune, streiche mit den Händen über die Regeln und weine.

Ich habe ihm vertraut. Ich habe mich ihm geöffnet. Ich habe mich in ihn verliebt.

Er verkauft die Farm. Er bricht mir das Herz.

Kapitel 41

GABE

Scheiße.

Ich stopfe meine Sachen in den Rucksack und hämmere an die Verbindungstür zu Chris' Zimmer. Er trägt seine Brille, ein weißes T-Shirt und seine Boxershorts, deshalb weiß ich, dass er noch nicht lange auf ist.

»Was zur Hölle, Gabe? Was ist denn los?«, fragt er.

»Wir müssen zurück nach Hause. Sofort.«

»Was ist denn passiert?« Er taumelt rückwärts in sein Zimmer, schnappt sich seine Jeans und zieht sie an.

»Scheiße, Scheiße, Scheiße«, sage ich. »Ich bin so dämlich. Ich hab einen Architekten angerufen.«

»Was? Du hast einen Architekten angerufen? Und das ist der verdammte Notfall?«

»Nein, nein. Ich habe einen Architekten angerufen, Graham Briggs. Du kennst ihn? Er ist der Typ, der das Studio entworfen hat, in dem Crackerjack *Heartbreak Holiday* aufgenommen hat. Du weißt schon, diese alte steinerne Scheune irgendwo in England?«

»Kann mich vage erinnern. Und was ist jetzt das Problem?«

»Ich hab ihn angerufen, damit er sich die Rundscheune mal anschaut, um sie in ein Musikstudio zu verwandeln. Außerdem stehen wir mit diesem Magazin, *Architectural Influence*, in Verhandlungen, dass sie die Renovierungskosten übernehmen und dafür eine Exklusivreihe und Doku kriegen. Aber Graham Briggs lebt in *London*. Ich hatte nicht erwartet, dass er einfach so am Wochenende reinschneit.«

»Du warst ja ziemlich geschäftig.«

»Chris, bleib beim Punkt!« Gott. Mein Herz rast.

»Okay. Graham Briggs ist auf der Farm. Hast du Laurel und Juniper Bescheid gesagt?«

»Nein, deshalb bin ich auch ein Idiot. Juniper hat gesehen, wie er Fotos von der Rundscheune gemacht hat, und ist total ausgeflippt. Er hat ihr nicht richtig erklärt, wer er ist. Sie will nicht mit mir reden. Wir müssen sofort zurück, damit ich ihr alles erklären kann.«

Zu meiner Überraschung lacht Chris. »Du lernst in letzter Zeit wirklich ein paar harte Lektionen, Gabe. Willkommen in der Welt der Erwachsenen.«

»Halt die Klappe und pack deinen Scheiß zusammen.« Ich knalle die Tür zu.

Juniper ist nicht zu Hause. Sie ist nicht in der Rundscheune. Aber ihr Auto steht in der Einfahrt, deshalb wandere ich zum Aussichtspunkt hinauf.

Dort ist sie auch nicht. Ich suche die ganze verfluchte Farm ab, bis ich sie schließlich an der Feuerstelle unten am Fluss finde. Sie sitzt auf einem Stuhl, in eine Wolldecke gewickelt. Es brennt kein Feuer.

»Blue«, sage ich.

Sie schaut zu mir hoch, sagt jedoch nichts. Ihre Augen sind verquollen.

»Bitte, rede mit mir. Du musst mich das alles erklären lassen.«

Sie steht auf und schüttelt den Kopf. »Nein, muss ich nicht. Ich muss gar nichts.«

»Bitte. Bitte gib mir eine Chance, es dir zu erklären. Dieser Typ, den du gesehen hast, Graham Briggs? Er ist ...«

Sie schneidet mir das Wort ab: »Ich habe dir so viele Chancen gegeben«, sagt sie. Ich bin mir nicht sicher, was sie damit meint. »Ich bin es leid, dir Chancen zu geben. Du wirst mich sowieso nur wieder enttäuschen.«

»Wovon redest du denn da?«

»Ich dachte, die Farm würde dir etwas bedeuten, Gabe. Ich dachte, *ich* würde es. Aber du hattest die ganze Zeit vor, sie zu verkaufen, stimmt's? Graham Briggs? Er ist Bauunternehmer, oder?«

»Nein, Blue, er ist Architekt. Aus London.«

Sie winkt ab, als würde sie mir nicht glauben. »Ich will keinen Scheiß mehr von dir hören, Gabe. Ich hätte dir niemals vertrauen sollen.« Sie macht einen Schritt auf mich zu. Sie ist mir so nahe, dass ich meine Hand ausstrecken und sie in meine Arme ziehen könnte.

»Du kannst mir vertrauen«, sage ich leise. »Ich vertraue dir.«

»Nein. Kann ich nicht. Ich wusste es vom ersten Tag an. Ich hätte dir niemals so nahekommen dürfen, Gabe. Ich hab es nur getan, um die Farm zu retten.« Sie stößt ein bellendes Lachen aus. »Ich habe mehr mit Marley Green gemeinsam, als ich jemals gedacht hätte. Ich schätze, vorgetäuschte Beziehungen sind die einzigen, zu denen du fähig bist.«

Mir bleibt der Mund offen stehen. »Was hast du gesagt?« Ich bringe die Worte kaum heraus.

»Ich hab gesagt, dass ich dir nur so nahegekommen bin, damit du die Farm nicht verkaufst.«

Ich weiche einen Schritt zurück – vor Juniper, dem Mädchen, in das ich mich unsterblich verliebt habe, und vor der Zukunft, von der ich dachte, sie würde vor uns liegen. »Scheiße«, stoße ich leise aus. Ich zittere. »Bitte … bitte sag mir, dass du das nicht ernst meinst.«

Sie schüttelt nur den Kopf, ihre Miene vollkommen gefühlsleer, und geht davon.

Alles zwischen uns war eine Lüge. Sie hat mich verdammt noch mal angelogen. Sie hat mich glauben lassen, ich würde ihr etwas bedeuten. *Um die Farm zu retten.*

Verdammte Scheiße.

Alles an ihr ist falsch. Ein Schwindel. Unsere Beziehung. Jeder Kuss. Jedes süße Wort. Jede Textzeile, die ich für sie geschrieben habe, über sie. Alles gelogen.

Ich glaube, ich muss mich übergeben. Ich wanke zum Flussufer, atme tief und keuchend ein, vornübergebeugt, die Hände auf die Knie gestützt. Es kann nicht wahr sein. Das kann es nicht. Sie kann nicht wie alle anderen sein.

Sie ist genau wie alle anderen.

Der Fluss rauscht an mir vorbei.

Du kannst nie zweimal in denselben Fluss steigen. Es ist nicht derselbe Fluss, und du bist nicht derselbe Mensch.

Ich bin nicht derselbe Mensch, der ich war, als ich L. A. verlassen habe.

Ich bin nicht derselbe Mensch, der ich noch vor vier Stunden war.

Ich bin nicht derselbe Mensch.

Vor diesem Moment wusste ich nicht, was es bedeutet, ein gebrochenes Herz zu haben.

Als ich wieder oben am Farmhaus ankomme, kann ich meine Zehen und Fingerspitzen vor lauter Kälte nicht mehr spüren. Aber es spielt keine Rolle. Ich will gar nichts mehr fühlen.

Ich öffne die Delta-App auf meinem Handy und buche einen Flug.

Kapitel 42

JUNIPER

Gabe ist weg.

Chris kommt am Sonntag vorbei und ich höre ein Gespräch zwischen ihm und Mom: Gabe hat sich seine Martin und seine Reisetasche geschnappt und ein Lyft zum MSP gebucht, um nach L. A. zu fliegen.

»Wer bucht sich bitte ein Lyft von Harper's Mill den ganzen Weg bis zum Flughafen?«, fragt Chris. »Weißt du, was zur Hölle hier los ist?«

Ich schließe meine Tür. Ich will ihre Spekulationen nicht hören. Ich will nicht an Gabes Gesicht denken, als ich ihm gesagt habe, was ich getan habe.

Ich habe es getan, um die Farm zu retten.

Das ist schließlich das Wichtigste, richtig? Die Farm. Dass alles genauso bleibt, wie es immer war.

Richtig?

Mich beschleicht allmählich der Gedanke, dass es das nicht ist. Denn jetzt, wo Gabe weg ist – wo er weiß, dass ich nur so getan habe, als wäre ich seine Freundin –, kann ich die Farm trotzdem noch verlieren. Gabe habe ich bereits verloren.

Ich rufe Amelia an.

»Ich kann kein Wort von dem verstehen, was du sagst, Süße«, sagt sie. »Ich bin gleich bei dir.«

Sie ist keine fünfzehn Minuten später bei mir zu Hause, mit einer Tüte Haribo-Colafläschchen und *Die Ritter der Kokosnuss* auf DVD.

»Colafläschchen und Monty Python?«, frage ich. »Soll ich mich dadurch besser fühlen?«

Amelia zuckt mit den Schultern. »Wir hatten kein Eis im Haus. Und dieser Film wird konstant immer wieder zur besten Komödie aller Zeiten gewählt. Natürlich wirst du dich dadurch besser fühlen.«

»Ich werde mich durch gar nichts je wieder besser fühlen«, heule ich. Die Tränen strömen noch heftiger.

»Atme tief durch und erzähl mir, was passiert ist.«

Ich brauche ein paar Minuten, um mich wieder unter Kontrolle zu kriegen, dann fange ich ganz vorne an.

Als ich fertig bin, als ich mich komplett leer geheult habe, nimmt sie mich in den Arm und sagt: »Na, als Allererstes müssen wir herausfinden, wer dieser Graham Briggs ist.« Sie holt ihr Handy heraus. »Graham Briggs. Oh, schau mal, er hat einen eigenen Wikipedia-Eintrag.«

»Was? Er hat einen Wikipedia-Eintrag?«

»Ich lese es dir vor, aber das langweilige Zeug überspringe ich. Graham Briggs wurde 1969 in London geboren und ist ein weltberühmter Architekt, der auf historische Gebäude und Kunsträume spezialisiert ist. Er ist vor allem für die Renovierung der NoTe Studios in Warwick, England, einer im frühen siebzehnten Jahrhundert erbauten steinernen Scheune, bekannt, in der Bands wie Crackerjack und Hot for Teacher ihre legendären Alben aufnahmen. Außerdem hat er das Kunstmuseum bla-di-bla, bla, bla und ein Kulturzentrum in soundso entworfen.«

Sie blickt von ihrem Handy auf. »Er ist *Architekt*, Juniper. Der ein *Musikstudio* in einer *steinernen Scheune* gestaltet hat. Und? Macht's langsam bei dir klick?«

Ich setze mich auf. »Oh, Scheiße.«

»Ja«, stimmt sie mir zu. »Warum hast du diesen Typen denn nicht gegoogelt, *bevor* du Gabe angerufen hast?«

»Daran hab ich überhaupt nicht gedacht, im Eifer des Gefechts!«

»Okay, und wieso dann nicht, *nachdem* du Gabe angerufen hattest?«

»Amelia!«, heule ich. »Was soll ich denn jetzt machen?«

»Ihn anrufen? Ihm sagen, dass du es verbockt hast?«

»Es ist zu spät. Er ist weg. Außerdem hab ich ihm gesagt, was ich getan habe. Ich bin auch nicht besser als Marley Green. Wie soll er mir das jemals verzeihen?«

»Ich weiß es nicht«, antwortet sie. »Ich wünschte, ich wüsste es. Warum fängst du nicht erst mal mit einer Nachricht an?«

Ich beginne und lösche Dutzende Nachrichten, bevor ich auf Senden klicke.

Ich: Es tut mir leid. Ich hab mich geirrt. Ich vermisse dich. Bitte, ruf mich an, damit wir über alles reden können.

Kapitel 43

GABE

Ted: Na, wie hast du's bitte geschafft, das zu versauen?

Ich: Bin am Flughafen. Flieger startet bald.

Ted: Netter Versuch. Ich ruf dich an.

Ich: Netter Versuch. Ich geh sicher nicht dran.

Ted: LeeLee meinte, Juniper wär total FERTIG. Was ist los? Warum bist du am Flughafen?

Ich: Ich flieg zurück nach L. A., wo ich hingehöre. Juniper kann dir erzählen, was los ist. Wenn sie total fertig ist, ist sie selber schuld. Nicht mein Problem.

Ted: Hart.

Ich: So ist das Leben, schätze ich. Ich muss los. Meine Boardinggruppe ist dran.

Meine Boardinggruppe ist nicht dran. Ich zittere und mein Herz rast wie wild und *verdammte Scheiße*, das kann mir jetzt nicht ernsthaft mitten in Abflughalle F passieren. Ich schließe die Augen, atme tief durch und versuche, an irgendwas zu denken, das mir dabei helfen kann, das hier zu überstehen, an eine Zeit, in der ich noch nicht dieses endlose, unerbittliche Gefühl gespürt habe. An etwas anderes als all die perfekten Momente mit Juniper. Diese perfekten, vorgetäuschten Momente.

»Entschuldigung«, sagt jemand über mir, »geht es Ihnen gut? Möchten Sie vielleicht einen Schluck Wasser?«

Ich nehme der Delta-Flugbegleiterin die Flasche ab, die sie mir hinhält. Meine Hände zittern so sehr, dass ich den Deckel nicht aufschrauben kann, deshalb nimmt sie mir die Flasche wieder aus der Hand und öffnet sie für mich.

»Soll ich jemanden für Sie anrufen? Ich könnte auch einen Sanitäter rufen, falls Sie glauben ...«

»Nein«, unterbreche ich sie. »Mir geht's gut. Danke für das Wasser.«

Sie nickt. Ich trinke einen Schluck, fahre mir mit den Händen übers Gesicht und atme tief durch, bis der Moment vorbei ist. Überzeugt, dass es mir wirklich gut geht, verschwindet sie wieder zum Gate.

Bevor ich einsteige, trifft eine weitere Nachricht ein.

Juniper: Es tut mir leid. Ich hab mich geirrt. Ich vermisse dich. Bitte, ruf mich an, damit wir über alles reden können.

Ich schalte mein Handy aus.

Im Flugzeug schließe ich die Augen und hoffe, dass ich schlafen kann, aber alles, was ich sehe, sind Junipers eisblaue Augen.

Kapitel 44

JUNIPER

Gabe antwortet nicht auf meine Nachricht.

Mir zittern die Knie, in meinem Magen rumort es furchtbar und ich schwanke die ganze Zeit hin und her zwischen dem schlechten Gewissen wegen dem, was ich getan habe, und wie besessenem Grübeln darüber, wie ich es wieder in Ordnung bringen kann.

Ich schicke ihm noch eine Nachricht. Er antwortet nicht. Ich rufe ihn an, aber die Mailbox geht ran.

Am Sonntagabend fängt Mom an, mich auszuhorchen, als wir nach dem Abendessen das Geschirr abspülen. Gabe ist weg. Chris ist auch nach L. A. zurückgeflogen. Es sind nur noch wir zwei hier.

»Wie geht's dir, Juniper?«, fragt sie.

»Mir geht's gut«, antworte ich.

»Geht's dir gut? Was ist zwischen dir und Gabe passiert?«

Ich schniefe. Ich bin mir nicht sicher, ob ich schon bereit bin, ihr die ganze Geschichte zu erzählen. »Ich weiß nicht, wo ich anfangen soll«, gebe ich zu. »Alles ist total verworren.«

»Vielleicht kommt es dir schon nicht mehr so verworren vor, nachdem du darüber geredet hast.«

Ich schlucke schwer. »Wie kommst du mit der Aussicht zurecht, dass Gabe und Chris die Farm eines Tages verkaufen könnten?«

»Oh, Schatz. Ich wache jeden Morgen auf und beginne, meine To-do-Liste abzuhaken. Ich muss *heute* eine Farm führen. Den Schafen ist egal, was morgen passiert. Ich kann mir keine Sorgen über Dinge machen, die ich nicht kontrollieren kann, Juniper. Wenn es etwas gibt, das ich im Leben gelernt habe, dann das.«

»Leichter gesagt als getan«, erwidere ich und schniefe wieder.

Sie spült den letzten Teller ab und reicht ihn mir zum Abtrocknen, bevor sie den Stöpsel zieht. »Komm, wir setzen uns ins Wohnzimmer, dann kannst du mir erzählen, was los ist.«

Wir lassen uns auf dem Sofa nieder und ich lege meinen Kopf auf ihre Schulter. Ich bin so müde, so ausgelaugt. »Du weißt doch, dass du mir immer sagst, dass man mit Honig mehr Fliegen fängt als mit Essig?«

»Ja, natürlich. Tatsächlich kann ich mich sogar daran erinnern, dir das auch wegen Gabe gesagt zu haben, als du nichts mit ihm zu tun haben wolltest.«

Ich nicke. »Na ja, ich hab das vielleicht ein bisschen zu weit getrieben.«

»Oh, Juniper, was hast du getan?«

Jetzt kann ich die Tränen nicht mehr zurückhalten. Ich lasse sie über meine Wangen strömen und auf die in meinem Schoß liegenden Hände tropfen.

»Schätzchen«, flüstert Mom, »sprich die Worte einfach aus. Du wirst dich besser fühlen, wenn du es laut aussprichst, versprochen.«

Oder noch viel, viel schlimmer.

»Du magst mich vielleicht nicht mehr besonders, wenn ich es dir erzähle«, schluchze ich.

Mom schlingt die Arme um mich und drückt mich ganz fest an sich. Ich hole tief Luft und sage: »Ich hab die Farmregeln gebrochen.«

»Du hast die Farmregeln gebrochen? So habe ich …«

»Ich weiß!«, heule ich. »So hast du mich nicht erzogen. Regel Nummer eins: Sag stets die Wahrheit. Und ich hab immer die Wahrheit gesagt, selbst wenn es wehgetan hat. Aber als ich herausgefunden habe, dass Gabe die Farm verkaufen könnte, hat sich irgendein Schalter in mir umgelegt. Ich musste alles tun, was ich konnte, um dafür zu sorgen, dass alles so bleibt, wie es sein sollte!«

»Du kannst nicht immer verhindern, dass sich Dinge verändern, Schatz.«

»Ich weiß!«, heule ich wieder. »Aber dann ist was ganz anderes passiert. Je mehr Zeit ich mit Gabe verbracht habe, desto besser habe ich ihn kennengelernt. Ich hab tatsächlich angefangen, ihn zu *mögen*! Ich *wollte* seine

Freundin sein, wirklich. Und dann …« Ich schluchze, und noch mehr Tränen strömen über meine Wangen.

»Sprich weiter.«

»Ich glaube … ich glaube … dass ich ihn liebe, Mom. Ich glaube, ich liebe ihn.«

Sie sagt nichts. Sie hält mich einfach nur fest, während ich weine und alles rauslasse.

»Weiß Gabe, dass du … ihn angelogen hast? Ist er deshalb zurück nach Los Angeles?«

»Ja. Ich hab versucht, mich bei ihm zu entschuldigen. Ich hab ihm so viele Nachrichten geschickt, um ihm zu sagen, dass ich weiß, dass der Mann auf dem Feld ein Architekt war. Warum hat er es mir denn nicht erzählt? Dann hätten wir diese ganze Situation vermeiden können!«

»Oder vielleicht hättest du nicht so impulsiv handeln sollen«, erwidert sie und tätschelt mein Knie.

»Er antwortet nicht auf meine Nachrichten.«

»Hast du versucht, ihn anzurufen?«

»Es geht immer nur die Mailbox ran.«

»Du weißt, dass du ihm erklären musst, dass du es inzwischen weißt. Und du musst ihm erzählen, was du empfindest«, sagt sie bestimmt. »Dass du ihn liebst.«

Ich schüttle den Kopf.

»Doch, Juniper. Das Leben ist zu kurz, um irgendein Missverständnis, oder was auch immer, zwischen euch kommen zu lassen. Lass keinen einzigen weiteren Tag verstreichen. Sag ihm die Wahrheit, genauso, wie du sie mir eben erzählt hast. Und dann sag ihm, dass du ihn liebst, wenn es das ist, was du empfindest. Was immer dann auch passiert, passiert. Aber du musst es ihm sagen.«

»Wie? Wenn er meine Anrufe nicht entgegennimmt oder auf meine Nachrichten antwortet?«

»Dir wird schon was einfallen«, sagt sie.

Chloe Horror fängt mich am Montagmorgen vor dem Unterricht im Flur vor der Bibliothek ab. »O mein Gott, Juniper, du siehst ja grauenvoll aus.«

»Danke, Chlo.« Ich rolle mit den Augen.

»Ich hab was gegen diese dick geschwollenen Augen. Ich schicke dir später den Link.«

»Chloe, was willst du?«

Sie blickt auf ihre rosa glitzernden Fingernägel hinunter und dann langsam wieder zu mir hoch. »Ich wollte dir sagen, dass es mir wirklich leidtut, dass Gabe wieder nach L. A. zurück ist, und dass ich hoffe, dass er bald wiederkommt. Und nicht meinetwegen!« Meine Augenbrauen schnellen nach oben, während die Worte nur so aus ihr heraussprudeln. »Nicht, dass du das falsch verstehst. Ich schwöre, ich bin nicht mehr hinter ihm her. Für dich. Ich hoffe für *dich*, dass er zurückkommt. Ihr zwei seid so ein süßes Paar. Okay, das war's. Ich hoffe, ihr beide kriegt das wieder hin.«

Sie zuckt mit den Schultern, dreht sich dann hastig um und stolziert den Flur hinunter.

»Wow«, sagt Amelia, die plötzlich neben mir steht. »Ist das gerade wirklich passiert?«

Ich nicke. »Ist es.«

Sie legt einen Arm um meine Schultern und drückt mich an sich. »Teddy will wissen, ob du heute Abend mit uns ins Kino gehen willst. Fünf-Dollar-Montag.«

Ich versuche zu lachen, aber es klingt eher nach einem Schnauben. »Nein, danke.«

»Warum denn nicht? Wir drei waren früher doch andauernd zusammen im Kino.«

»Das war aber, bevor ihr zum süßesten Pärchen aller Zeiten gewählt wurdet.«

»Die Wahlen sind erst im März«, scherzt sie.

»Ihr werdet haushoch gewinnen.«

»Kino?«, bohrt sie weiter.

Ich lächle meine beste Freundin an. »Ich liebe dich. Das weißt du. Aber ich glaube, ich bleibe lieber zu Hause und ertrinke in Selbstmitleid.«

»Hey«, sagt sie, »ich kenne dich jetzt schon sehr lange, Juniper. Du bist supercool und supertough. Ich weiß, dass es wehtut und dass du ihn vermisst, aber ich weiß auch, wie stark du bist. Du wirst das überstehen.«

Sie zitiert mit ihren Worten praktisch den Text von »Juniper Blue«. Er folgt mir, wohin ich auch gehe.

Ich bringe mit Mühe und Not einen weiteren Tag in

der Schule hinter mich und lege mir während Marxens Kurs – ohne Gabe – einen Plan zurecht. Er ist nicht bombensicher und kann auch nicht mit den großen romantischen Gesten aus Kinofilmen mithalten, aber er kommt aus meinem tiefsten Herzen und ist das Beste, was ich zustande bringe. Ich bin an diesem Abend noch lange wach und sitze mit einem Notizbuch und einer Auswahl farbenfroher, leuchtender Textmarker an meinem Schreibtisch.

Nachdem Mom ins Bett gegangen ist, wühle ich in ihrem Schreibtisch herum, bis ich Chris' Adresse in Venice Beach in ihrem Kalender finde. Am Dienstag fahre ich auf dem Weg zur Schule am Postamt vorbei. Ich stecke mein Herz in den Briefkasten.

Kapitel 45

GABE

L. A. ist L. A.

Nichts hat sich verändert, seit ich weggegangen bin. Es ist genauso bunt und lebendig wie immer. Bewegt sich im selben schnellen, entschlossenen Tempo.

Ich bin derjenige, der aufgehört hat, sich vorwärtszubewegen.

In meiner kurzen Zeit in Minnesota, mit seiner Kälte und seinen Wolken, ist Juniper in mein Leben geplatzt, ein leuchtendes Kaleidoskop, und hat meine Tage mit Sonnenschein und Farben gefüllt. Ihretwegen wollte ich besser sein.

Das hier ist nicht besser.

Ich hab das Ganze nicht durchdacht.

Jetzt wo ich wieder in L. A. bin, weit weg von dort, fällt mir vielleicht was ein, wie ich dieses Geld auftreiben kann. Die Uhr tickt.

Andererseits: drauf geschissen. Ich bin müde. Ich überleg mir morgen was.

Montag. Ich stehe gegen Mittag auf, lege mich auf einen Liegestuhl am Pool und schlafe den halben Nachmittag. Ich schlurfe in die Küche und lasse mich schwer auf einen der Hocker an der Frühstückstheke sinken. Chris, dem ich aus dem Weg gegangen bin, seit er gestern spätnachts zurückgekehrt ist, stellt einen vollen Teller vor mir ab. Ich esse ein bisschen was, schiebe das Essen hin und her und trinke Wasser, um nicht noch mehr zu dehydrieren, nachdem ich stundenlang in der Sonne gepennt habe.

»Ruf sie an«, sagt Chris. »Lass es sie erklären. Sie weiß jetzt über den Architekten Bescheid. Erzähl ihr von dem Musikstudio. Erzähl ihr von deinen Plänen.«

Ich schüttle den Kopf. »Das Musikstudio war total daneben. Sämtliche Pläne für die Farm. Total daneben.«

»Von wegen daneben, verdammt. Das Einzige, was hier daneben ist, bist *du*. Krieg dich wieder ein und reiß dich endlich zusammen, Gabe.«

»Wie fürsorglich du in dieser tiefen persönlichen Krise doch zu mir bist«, murmle ich.

»Ich sehe doch, dass du vor Liebeskummer schon gar nicht mehr klar denken kannst«, sagt er. »Sei nicht so ein Idiot.«

Ich gehe wieder ins Bett.

Ich wache auf, schweißgebadet in die Decke gewickelt und keuchend nach Luft schnappend.

»Alles okay?« Chris steht in meiner Zimmertür. »Ich hab dich von meinem Büro aus schreien hören.«

»Was? Scheiße! Was hab ich denn gesagt?«

»Die Worte konnte ich nicht verstehen. Ich mach mir langsam Sorgen um dich, Gabe. Was kann ich tun, um dir da durchzuhelfen?«

Gott, schon wieder – das ist der Text von »Juniper Blue«. Ich schüttle den Kopf. »Dabei kannst du mir nicht helfen«, sage ich.

Aber – könnte er das?

»Mir geht's gut«, füge ich hinzu. Ich schaue auf die Uhr auf dem Nachttisch. 11:18 Uhr, aber die Fenster sind dunkel, deshalb muss es immer noch nachts sein. Ich schalte die Lampe aus und drehe mich um, den Rücken zur Tür.

Dienstag. Ich gehe schwimmen. Ich rufe den Lieferservice an, schicke ihn zu einem Farmersmarkt in der Nähe und lasse alles auf Chris' Konto anschreiben. »Bringen Sie mir irgendwas, das gerade Saison hat. Irgendwas, das gut aussieht«, sage ich.

Ein paar Stunden und ein paar Hundert Dollar später quillt die Küche vor Obst und Gemüse förmlich über. Das meiste erkenne ich überhaupt nicht und wird wahrscheinlich schlecht werden, bevor wir es überhaupt essen können.

Ich rufe Chris' Privatkoch an, damit er sich darum kümmert. Den ganzen Nachmittag höre ich, wie er über den dämlichen verliebten Idioten flucht und grummelt. Aber an diesem Abend werden Chris und ich mit Lachs und einer unfassbaren Auswahl an Gemüsebeilagen verwöhnt. Ich probiere jede einzelne.

Nichts schmeckt so gut wie Laurels Chili mit Zimt und Honig. Nichts ist besser, als an ihrem Tisch in ihrem heimeligen Haus auf der Farm zu sitzen und mich mit Juniper zu kabbeln.

Hier ist es zu heiß. Die Sonne scheint zu viel. Es gibt keinerlei Abwechslung. Keinen Regen. Keinen strengen Frost.

»Glaubst du, es hat dort schon geschneit?«, frage ich beim Abendessen.

»Wo geschneit?«, fragt Chris zurück.

»Zu Hause.«

Er zuckt mit den Schultern. »Warum rufst du Juniper nicht an und fragst sie?«

Ich schiebe meinen Teller weg und gehe wieder raus zum Pool.

Meine Nachbarn, Genesis und Collins, kommen rüber, um mich zu ihrer Party einzuladen. Sie sind Zwillinge, ein Jahr jünger als ich und wurden – ach was? – nach der Band Genesis und Phil Collins benannt. Ich versuche, es ihnen nicht anzulasten. Sie sind nett, auch wenn ihre Eltern einen fragwürdigen Musikgeschmack haben. Ihre Eltern sind *stinkend reich*, beide arbeiten in Hollywood als Promianwälte oder so. Vielleicht können *sie* mir ja helfen. Wir sind schließlich Freunde, richtig?

»Diese Party wird so was von fesh«, sagt Genesis und kichert.

»Gretchen, hör auf, das Wort fesh zu benutzen«, zitiert ihr Bruder *Girls Club – Vorsicht bissig!*, den Lieblingsfilm der beiden. Ich glaube, er kriegt das Zitat nicht richtig hin. Trotzdem prusten beide vor Lachen.

»Ich hab an dem Abend schon was vor.«

Genesis zieht einen Schmollmund. »Aber wir haben dir doch noch gar nicht gesagt, wann die Party stattfindet«, sagt sie.

»Habt ihr nicht Samstag gesagt?«, rate ich.

Genesis und Collins schauen einander ungläubig an. »Haben wir?«, fragt Collins. »Sie *ist* am Samstag.«

»Echt schade, dass ich sie verpasse«, lüge ich.

Sag stets die Wahrheit.

Genesis setzt sich ans Ende meiner Liege und tätschelt meinen Fuß. »Dieser ganze Stress, den du in letzter Zeit hattest, tut uns so leid, Gabe. Marley – sie ist so bezaubernd. Es tut mir echt leid, dass es dir nicht gut geht.«

»Danke, Gen«, erwidere ich. »Nett, dass du das sagst.«

»Ich hab gehört, sie ist wieder draußen«, fügt Collins hinzu. »Aus der Entzugsklinik.«

»Ist sie?« Mir krampft sich der Magen zusammen. Sie mag vielleicht aus der Entzugsklinik raus sein, aber sie steht trotzdem nicht bei mir auf der Matte, um mir mein Geld zurückzuzahlen. »Das wusste ich nicht.«

»KidCo hat ihren Vertrag gekündigt«, erzählt Gen mir und schüttelt den Kopf. »Wahrscheinlich sollte ich keine Gerüchte verbreiten, aber ich hab gehört, dass sie vorhat, den Sender zu verklagen. Das arme Ding.«

Armes Ding. Arme Marley. Armer ich.

»Du siehst schrecklich aus, weißt du?«, teilt Gen mir mit. »Aber sag Bescheid, falls du dir das mit der Party doch noch anders überlegst.«

»Oder falls du irgendwas brauchst, um dir durch die ganze Sache durchzuhelfen«, bietet Collins mir an. »Du weißt schon, was ich meine.«

O Scheiße, nein, verdammt. Scheiß auf Gen und Collins und ihre Designerdrogen. Ich bin vielleicht total am Arsch, aber ich fange sicher nicht mit diesem Dreckszeug an.

Ich gehe nach drinnen. Ich wandere ziellos durchs Haus und stelle eine mentale Liste mit Dingen zusammen, die ich verkaufen könnte. Es gehört alles Chris. Ich drehe mich im Kreis.

Ich denke an Juniper. Ich versuche, nicht an Juniper zu denken. Ich frage mich, ob sie auch an mich denkt.

Mittwoch. Graham Briggs ruft mich an, um den Zeitplan im Frühling festzulegen.

»Ich bin immer noch in Harper's Mill«, sagt er, »und der Fotojournalist von *Architectural Inspiration* fliegt Ende der Woche für das erste Fotoshooting ein. Ich hatte gehofft, du kommst wieder her, bevor ich nach London zurückmuss, damit ich dir zeigen kann, was mir vorschwebt. Ich glaube, es wird dir gefallen. Du hast da wirklich ein tolles Gebäude.«

Beinahe sage ich das ganze Projekt ab, aber hier geht's nicht nur um mich. Die Farm gehört schließlich auch Chris. Und Laurel und Juniper, auch wenn ihre Namen nicht auf der Besitzurkunde stehen.

»Ich vertraue dir«, sage ich stattdessen. Die Worte klingen hohl.

Donnerstag Morgen reißt Chris mir die Bettdecke weg, während ich noch schlafe.

»Beweg deinen faulen Arsch aus dem Bett«, knurrt er. Er hält mir sein Handy direkt vors Gesicht. »Willst du mir vielleicht sagen, was zur Hölle das zu bedeuten hat?«

Ich reibe mir den Schlaf aus den Augen und starre auf den Bildschirm. Er hat einen Chat geöffnet. Rocky. Oh, fuck. Ich setze mich auf, meine Hände zittern und ein ganzer Ozean aus Angst und Adrenalin und Verzweiflung rauscht durch jede Zelle meines Körpers.

Rocky: Hey, ich bin's, Rock. Schon was wegen der Kohle gehört? Treffen mit Chris am 3. Jan. Mindestens ein Monat vorher wäre gut, damit ich das Ganze richtig hindeichseln kann.

Verfluchter Rocky. Es sind nicht alle Details, aber es reicht. Ich schaue von dem Handy zu Chris hoch. Sein Gesicht ist rot, sein Kiefer angespannt, seine Fäuste geballt. »Chris, ich kann dir das erklären.«

»Check dein Handy«, presst er hervor und zieht seins wieder zurück.

»Was?«

»Check dein verfluchtes Handy, Gabe. Ich warte.« Seine Worte gleichen einer Stahlklinge, kalt und glatt und scharf.

Ich nehme mein Smartphone vom Nachttisch und entsperre mit einem Wischen den Bildschirm.

Scheiße. Ich kann nicht glauben, dass ich nicht gehört hab, wie mir dieser ganze Scheiß um die Ohren fliegt.

Rocky: Hier ist Rocky. Geh an dein verdammtes Telefon, Junge, wir haben ein Problem.

Rocky: Das ist mein Ernst, ich hab's total versaut.

Rocky: Gottverdammt, ein Riesenproblem sogar. Ich hab aus Versehen deinem Dad ne gottverdammte Nachricht geschickt anstatt dir.

Rocky: Wir stecken so richtig in der Scheiße, wenn du sie nicht löschst, bevor Chris sie sieht

Alles wird kalt und mir gefriert das Blut in den Adern: der strenge Frost.

Ich schaue zu Chris hoch, mein Mund geöffnet, aber es kommt nichts raus.

»Also?«, brüllt er. »Willst du mir vielleicht sagen, wovon zur Hölle Rocky da redet?«

Ich fahre mir mit einer Hand über die Augen. Ich stecke in der Klemme – ich kann nirgendwo hin.

Ich schüttle den Kopf, nicht, um Nein zu sagen, sondern eher, um wieder klar denken zu können. Das hier kann nicht passieren. Wie kann Rocky nur so dämlich gewesen sein?

Wie kann *ich* nur so dämlich gewesen sein?

»Sag mir verdammt noch mal die Wahrheit, Gabe«, brüllt Chris.

Sag stets die Wahrheit.

Ich stehe aus dem Bett auf, schlüpfe in eine dreckige Jeans und ein T-Shirt und beginne, in meinem Zimmer auf und ab zu gehen.

Ich komme aus der Nummer jetzt nicht mehr raus.

Ich sage ihm die Wahrheit. Alles. Marley und die Drogen. Rocky, das Geld. Die ganze Scheiße, die seitdem passiert ist. Ich erzähle ihm von Juniper und dass sie mich angelogen hat, und ich erzähle ihm von meinem dämlichen gebrochenen Herzen.

»Wie viel?«, fragt er, als mir die Worte und die Luft ausgehen. Er schreit mich nicht an, aber die Falten auf seinem Gesicht sind tief und angespannt. Sein Kiefer zuckt. »Wie viel hast du genommen?«

Ich presse die Handballen auf meine Augen, schmerzend und trocken. Ich kann ihn nicht anschauen, als ich ihm die Summe nenne. Er stößt einen Pfiff aus. »Das ist 'ne Menge Geld«, sagt er. »Mein Gott, Gabe, was zur Hölle hast du dir nur dabei gedacht?«

»Ich hab Mist gebaut«, sage ich, meine Stimme dick und heiser. »Ich würde dir keinen Vorwurf machen, wenn du die Polizei rufen willst oder, Scheiße, ich weiß auch nicht.«

»Beruhig dich wieder. Ich werde nicht die Polizei rufen.« Er reibt sich mit einer Hand die Augen.

»Du darfst Rocky nicht feuern«, platze ich heraus. »Das Ganze ist nicht seine Schuld. Es geht allein auf meine Kappe.«

»Es *geht* auf deine Kappe«, stimmt er mir zu, »und du wirst einen Weg finden, mir die Kohle wieder zurückzuzahlen. Aber Rocky muss auch für seinen Teil geradestehen.«

»Ich hab ihn angefleht.« Mein Herz hämmert wie wild. Ich kann nicht mehr atmen.

»Beruhig dich, okay? Konzentrier dich für eine Minute auf was anderes. Versuche, tief durchzuatmen.«

Ich lege eine Hand auf meinen Bauch, wo der Ziegel der Angst wohnt, schlucke schwer, atme ein und blase die Luft wieder aus, langsam und schwer.

»Mach dir wegen Rocky keine Sorgen«, sagt Chris. »Ich werde ihn nicht fallen lassen, weil er einmal Mist gebaut hat. Er hat das Herz auf dem rechten Fleck. Genau wie du.«

Ich schüttle den Kopf. »Mein Herz ist genauso am Arsch wie mein Kopf.«

»Du hast eine Menge Scheiß wiedergutzumachen, da geb ich dir recht. Deshalb fangen wir ganz vorne an und fliegen zuerst mal zurück nach Minnesota.«

»Flieg du«, grummle ich. »Ich bleibe hier.«

»Du kommst verdammt noch mal mit, Gabe. Wir haben eine Besprechung mit Graham wegen der Renovierung.«

»*Du* hast eine Besprechung mit Graham. Hol mich per FaceTime dazu. Ich komme nicht mit.«

»Du *kommst* mit. Du schuldest mir einen Sauhaufen Geld, den du mir übrigens mit Zinsen wieder zurückzahlen wirst. Und wenn ich sage, dass du mit zurück nach Hause kommst, dann kommst du mit zurück nach Hause.«

»Es ist dein Zuhause, nicht meins«, spucke ich aus.

»Es *ist* dein Zuhause«, widerspricht er mir und klingt wieder angepisst. »Streite dich deswegen lieber nicht mit mir.«

»Ich komme *nicht* mit.« Ich kann sie nicht sehen. Ich kann Juniper nicht sehen und mich allem stellen, was ich getan habe.

»Du fühlst dich total elend. Komm mit zurück nach Hause und bring die Sache mit dir und Juniper wieder in Ordnung.«

Es ist, als könnte er meine Gedanken lesen. Ja, ich fühle mich total elend. Ich fühle mich so verdammt beschissen, dass ich nicht weiß, was ich tun oder wie ich mich aus diesem Elend befreien soll.

Ich gehe ins Bad und schließe die Tür. »Ich komme nicht mit«, beharre ich laut.

»Wie du meinst«, ruft Chris mir hinterher. »Aber nur, dass du's weißt: Ich werde dieses Haus verkaufen. Du hast eine Woche Zeit, um deinen Scheiß zu packen, bevor mein Makler es den ersten Interessenten zeigt.«

Freitag. Chris fliegt nach Minnesota. Ich bleibe bis zwei Uhr nachmittags im Bett. Das Haus ist zu leer, zu still.

Ich schicke Rocky eine Nachricht.

Ich: Das ganze Chaos tut mir echt leid. Ich bieg das wieder gerade, versprochen. Hoffe, er war nicht zu hart zu dir.

Rocky: Dein Dad ist einer von den *Guten*.

Einer von den Guten, der sein Haus verkaufen will. Ich suche nach Mietobjekten in Strandnähe, mache die App nach fünf Häusern aber wieder zu. Ich hab kein Geld, um ein Haus zu mieten.

Ich schaue mir die Doku über Graham Briggs und das Musikstudio in der steinernen Scheune an. Ich höre *Heartbreak Holiday*, das erste Album, das dort aufgenommen wurde.

Ich gehe in unser Studio im Keller und spiele zum ersten Mal seit Tagen Gitarre. Ich nehme Chris' Telecaster von ihrem Platz an der Wand und spiele »Somebody to Shove«.

Ich finde eine Mandoline und bringe mir selbst »The Battle of Evermore« bei.

Das Gewicht der Sehnsucht nach Juniper und der Farm liegt schwer auf meiner Brust.

Ich spiele mit dem Gedanken, ihr eine Nachricht zu schicken, sie anzurufen. Ich schalte mein Handy aus und schiebe es unter mein Kopfkissen.

Ich greife nach meinem Handy und schalte es wieder an. Ich gebe »Therapeuten Venice Kalifornien« in die Suchleiste ein. Ich scrolle durch die Ergebnisse und klicke auf ein paar. Ich ändere die Stadt in »Frederick Lake Minnesota«. Die Ergebnisliste ist kürzer. Ich überfliege alle Einträge, bis ich einen Typen finde, in dessen Bio steht, seine persönliche Mission wäre es, in allen fünfzig Bundesstaaten wandern zu gehen, und dass er gerne auf Konzerte geht. Die Chancen stehen gut, dass er Countrymusik mag. Spontan buche ich einen Termin.

Ich suche nach Last-Minute-Flügen nach Minnesota.

Gott, ich vermisse sie. Ich vermisse ihre Augen und

ihr Lächeln und ihr Lachen. Ich vermisse es, mich mit ihr zu streiten. Ich vermisse ihre Sturheit. Ich vermisse es, dass sie so in ihrer Routine gefangen ist. Ich vermisse es, dass sie bereit war, etwas Neues auszuprobieren, weil ich sie dazu ermutigt habe. Ich vermisse unsere Abenteuer. Ich vermisse uns.

Ich schlafe auf dem Sofa im Wohnzimmer ein, den Arm über die Augen gelegt, um sie vor der gottverdammten Sonne zu schützen.

Als ich aufwache, ist es spät, dunkel.

Das Loch der Sehnsucht nach ihr ist in meiner Brust dreimal so groß.

Dann fällt es mir wieder ein.

Sie hat mich hintergangen. Sie hat mir das Herz gebrochen.

Ich storniere den Termin.

Ich lösche die Delta-App.

Ich lösche ihren Kontakt.

Samstag. Ein Brief aus Minnesota trifft ein.

Ein Wort steht in der linken oberen Ecke, dort, wo die Adresse des Absenders vermerkt sein sollte.

Blue.

Ich starre gefühlt eine Stunde lang auf den Umschlag.

Dusche.

Schaue in den Kühlschrank. Mache mir Rührei mit Tomaten, Spinat, sogar Radieschen. Wir haben immer noch so viel Gemüse.

Ich spiele »High Hopes« auf dem Flügel in einem großen, speziell für das Instrument entworfenen Raum. Die Akustik hier ist unglaublich, aber trotzdem klingt es nicht annähernd so gut wie Grans verstimmtes, hundert Jahre altes Klavier.

Ich gehe joggen, das erste Mal seit Tagen, dass ich das Haus verlasse.

Dusche wieder.

Starre auf den Umschlag.

Durchsuche die Schränke, um zu sehen, ob Chris Tee im Haus hat. Habe Glück. Finde ein paar versiegelte Plastikbeutel mit losem Tee, auf den Etiketten Junipers Handschrift: *Bliss Blend, Serenitea Now!, Summer Sunshine.*

Googel, wie man Tee kocht.

Viel zu heiß, verdammt. Warte, bis er abkühlt.

Öffne den Umschlag.

Im Umschlag befindet sich ein einziges dickes Blatt Papier, das aussieht, als hätte sie es aus einem der Notizbücher in ihrem Gewächshaus herausgerissen. Das Notizbuch, in dem sie ihre Ideen festhält. Das Papier explodiert vor Farben, wie Juniper selbst, ein Regenbogen aus Worten und Zeichnungen: Wolken, Blumen, ein Wasserfall, Kopfhörer, eine Pizza, ein Gespenst. Ganz oben hat sie im selben Blau wie ihre Augen geschrieben: *30 Tage Abenteuer*. Darunter steht eine Liste:

1. Ein Stück Peperoni-Pizza essen
2. Nach einem Footballspiel Mexikanisch essen gehen statt Pizza
3 Led Zeppelin IV auf Vinyl anhören
4. Singles anschauen
5. Den Willard Munger Trail (teilweise) wandern
6. Ein Spukhaus besuchen
7. Eine Tasse Kaffee statt Tee trinken
8. Einen Hund aus der Tierrettung holen*
9. Eine Feuerwache besuchen
10. Ein Kunstmuseum besuchen
11. Frühlingsrollen mit Youa machen
12. Ein Auto mit Gangschaltung fahren
13. In einem Zelt schlafen (brrr)
14. Kürbiskuchen backen
15. Im Happy's Rippchen statt Hähnchen bestellen
16. Touch Football mit Ted und Frankie spielen
17. Einen Songtext schreiben**
18. Ein Schaf scheren***
19. Die Rundscheune fotografieren
20. Eine Kerze herstellen
21. Ein Kreuzworträtsel zu Ende lösen
22. Essen auf Rädern ausfahren
23. Ehrenamtlich bei der Tafel aushelfen
24. Den kompletten Skyline Parkway in Duluth abfahren
25. Mein Haar färben

26. M&Ms mit Erdnussbutter essen
27. Einen Drachen steigen lassen
28. Jeans tragen (!!)
29. Im Y Klettern gehen
30. Im Sonnenschein leben, im Meer schwimmen, die wilde Luft trinken

*wenn Mom einverstanden ist

**mit professioneller Anleitung (von dir)

***das muss bis zum Frühling warten

Unter der Liste steht eine Nachricht.

Gabe, ich will im Sonnenschein leben, im Meer schwimmen und die wilde Luft trinken – mit dir an meiner Seite. Ich will Neues ausprobieren und Abenteuer mit dir erleben. Danke, dass du mich herausforderst. Danke, dass du mich siehst. Ich liebe dich von ganzem Herzen. Ich habe noch nie etwas ernster gemeint als das. Was ich getan habe, dass ich dir wehgetan habe, tut mir leid. Bitte, verzeih mir. Bitte, komm wieder nach Hause.

Mein Herz wird vom immensen Ausmaß ihrer Worte erfüllt. All der Stress, der Herzschmerz, die Sorgen, die Panik – alles, was ich schon so lange spüre – schmilzt dahin. Ich weiß nicht, ob ich über ihre lächerlichen Vorhaben lachen oder sie anrufen und zusammenstauchen soll, weil sie auch nur mit dem Gedanken spielt, ihr wunderschönes Haar zu färben. Ich falte den Brief zusammen, stecke ihn zurück in den Umschlag und halte ihn mir unter die Nase. Irgendwie riecht er nach ihr, nach Kirschen und Vanille.

Keine drei Stunden später bin ich am Flughafen von L. A. und warte darauf, in einen Flieger steigen zu können, der mich zurück nach Hause bringt.

Kapitel 46

JUNIPER

Sonntag Morgen stehe ich wegen des Farmersmarkts früh auf, aber Mom winkt ab.

»Janie und Izzy kümmern sich heute um den Stand«, sagt sie. »Ich glaube, du könntest eine Pause gebrauchen.«

»Was ist mit dir?«, frage ich. Mom hat keinen Farmersmarkt mehr ausfallen lassen seit – na ja, nie.

Sie zuckt mit den Schultern. »Hin und wieder habe auch ich nichts gegen eine Pause einzuwenden.«

Ich lege mich noch mal für eine Stunde ins Bett. Ich trinke eine Tasse Tee nach der anderen. Ich recherchiere den Willard Munger State Trail und Spukhäuser in der Nähe. Ich bestelle *Singles* auf Blu-ray und finde ein Online-Tutorial zur Kerzenherstellung. Ich suche im Keller nach unserem alten Zelt. Später werde ich es aufstellen, um es auszulüften. Das gehört zu den ersten Dingen, die ich abhaken muss, bevor es zu kalt wird oder schneit.

Ich dusche ausführlich mit einem von Guineveres Aromatherapie-Tabs. Ich lasse meine Locken lufttrocknen und flechte die Hälfte um meinen Kopf. Ich ziehe eine olivgrüne Cargohose und ein Langarmshirt mit der Aufschrift *Mehr wandern, weniger Sorgen* an. Ich sollte mir beides zu Herzen nehmen. Ich schaue aus dem Fenster. Sonnenschein, blauer Himmel. Vielleicht wandere ich nach dem Mittagessen zum Aussichtspunkt.

Ich fühle mich besser, seit ich Gabe die Liste geschickt habe – und viel, viel schlimmer. Ich habe Angst, dass er sie in den Müll wirft, ohne sie zu lesen. Sie wieder zurückschickt. Sie verbrennt.

Mom steckt kurz vor zwölf den Kopf zu meiner Zimmertür herein. »Schön zu sehen, dass du auf bist. Das Mittagessen ist fertig, und wir haben Gesellschaft.«

Ich seufze. Ich bin mir nicht sicher, ob ich in der Stimmung für Gesellschaft bin, aber ich folge ihr ein paar Minuten später. Ich gehe in die Küche hinunter und erwarte, Mom oder Chris am Tisch sitzen zu sehen. Die Küche ist leer, Gabes Lieblingschili blubbert auf dem Herd. Als ich mich zum Fenster umdrehe, um zu sehen, ob sie im Garten hinter dem Haus sind, sehe ich Gabe in der Tür stehen. Ich schnappe nach Luft.

»Hey«, sagt er und macht einen Schritt auf mich zu. Ich weiche zurück und stoße gegen die Arbeitsplatte. Ich blinzle. Er ist wirklich hier, in meiner Küche. Er sieht genauso aus wie beim letzten Mal, als ich ihn gesehen habe: Er trägt Chris' Armeejacke und eine zerrissene Jeans. Aber er hat ein anderes T-Shirt an. Heute ist es Soul Asylum. Sein Haar ist immer noch ein einziges Durcheinander aus dunklen Locken und er hat tiefe Schatten unter den Augen. Er sieht schrecklich aus, aber auch schrecklich gut.

»Was … was machst du hier?«, stammle ich und räuspere mich, meine Kehle ganz wund.

»Ich hab deinen Brief gekriegt«, sagt er. »Wie geht's dir?«

Das ist alles? Ich hab deinen Brief gekriegt? *Das* ist seine Reaktion auf meine Abenteuerliste, meine Entschuldigung, mein über die Seite ergossenes Herz? Ich bin froh, ihn zu sehen, aber ich bin auch traurig und besorgt und frustriert. Und *sauer*.

»Wie's mir geht? Was glaubst du wohl? Ich fühle mich total elend. Du hast nicht auf meine Nachrichten geantwortet und bist nicht drangegangen, wenn ich dich angerufen habe. Du hast mir keine Chance gegeben, dir zu sagen, dass es mir leidtut, dass ich voreilige Schlüsse gezogen und mich wie eine blöde Kuh verhalten habe. Und dass ich dich angelogen habe, und wegen des ganzen Schlamassels mit dem Honig und dem Essig. Und dass ich dich vermisse, Gabe. Ich vermisse dich so furchtbar, dass ich gar nicht mehr weiß, wo oben und unten ist! Ich vermisse dich so sehr, dass ich schon dreitausendmal Flüge nach L. A. recherchiert hab, obwohl ich es hasse, von zu Hause fort zu sein!«

»Es tut mir leid, dass du dich total elend fühlst.

Würde es dir helfen, wenn ich dir sage, dass ich mich auch total elend gefühlt habe?«, fragt er.

»Nein. Noch nicht mal ein bisschen.« Natürlich will ich nicht, dass er sich total elend fühlt.

Er zeigt mir dieses breite Grinsen, das ich so sehr liebe. »Weißt du«, sagt er, »an dem Tag, als ich zum ersten Mal hier war, hattest du genau dasselbe an. Erinnerst du dich noch?«

Ich schüttle den Kopf. *Darüber* will er reden?

»Du warst an diesem Morgen ziemlich unhöflich zu mir, Blue«, sagt er.

»*Du* warst unhöflich zu *mir*.« Er ist mir jetzt näher, deshalb kann ich ihm einen Finger in die Brust bohren, während ich es sage.

»War ich.« Er hebt die Hand und packt meinen Finger. »Ich hab es vermisst, mit dir zu streiten.«

»Du bist zurückgekommen«, flüstere ich.

»Ich bin zurückgekommen.« Er räuspert sich und umschließt meine ganze Hand mit seiner, drückt sie auf das Wort *Soul* auf seinem T-Shirt, auf sein Herz. Ich kann fühlen, wie kräftig es schlägt. »Blue. Ich muss dir was sagen, und es wird alles andere als leicht sein.«

Meine Augen weiten sich und mir rutscht der Magen in die Kniekehlen.

»Nein«, fügt er hastig hinzu und verstärkt seinen Griff. »Wir verkaufen nicht, das verspreche ich dir. Das darfst du noch nicht mal eine Minute lang denken, okay? Der Architekt, die Rundscheune, das Musikstudio – das passiert alles wirklich. Wir gehen nirgendwohin.«

Ich nicke.

Er holt tief Luft, bevor er fortfährt: »Es geht nicht um die Farm. Du weißt ja schon, dass es zwischen Marley und mir schon eine ganze Weile nicht gut lief. Es ging ihr ziemlich beschissen und sie … sie brauchte Geld. Sie hat mich um Hilfe gebeten.«

Er schluckt schwer und wendet den Kopf von mir ab, dreht ihn dann aber sofort wieder zurück. Seine grünen Augen richten sich direkt auf meine.

»Ich hatte das Geld nicht, Blue. Ich war pleite – ich bin immer noch pleite –, aber ich musste ihr helfen.«

Er hält inne und ich drücke seine Hand. »Sprich weiter«, fordere ich ihn auf.

Er lacht, kurz und bitter. »Du kannst mich vielleicht nicht mehr besonders gut leiden, wenn du erst den Rest gehört hast.«

»Gabe«, flüstere ich, »das ist unmöglich. Erzähl es mir.«

»Ich hab Geld gestohlen. Von Chris. Marley wollte es mir wieder zurückzahlen – na ja, jedenfalls hat sie das gesagt –, aber dann ist die Sache mit der Hochzeit passiert und der Entzug und ich bin hier gelandet und hab die ganze Zeit versucht, mir was einfallen zu lassen, wie ich das Geld wiederbeschaffen kann, bevor Chris es rausfindet. Aber er hat es rausgefunden. Ich hab wirklich richtig Scheiße gebaut.«

Ich atme keuchend ein, während er sich mit seiner freien Hand durch die langen Locken fährt. Von all den Dingen, die er in diesem Moment zu mir hätte sagen können, hätte ich das am allerwenigsten erwartet. Ich bin total perplex. Weil er so was überhaupt tun würde, ja, aber vor allem, weil er so lange versucht hat, damit klarzukommen, allein, an einem mehr oder weniger fremden Ort. Und ich habe ihn so schrecklich behandelt.

»Sag was«, sagt er mit zitternder Stimme. »Wenn das alles zu viel für dich ist, wenn du deswegen nicht mit mir zusammen sein kannst, dann sag es mir jetzt.«

Ich blinzle und verziehe verwirrt das Gesicht. »Wenn ich nicht mit dir zusammen sein kann?«, wiederhole ich. »Gabe, du bist auch nur ein Mensch. Und du bist ein guter Mensch. Du wolltest nur helfen.«

»Ich hab Mist gebaut«, sagt er, seine Worte qualerfüllt.

»Wir bauen alle mal Mist«, erwidere ich leise. »Aber wenn man jemanden liebt, dann ist immer genug Platz für Fehler und Vergebung und zweite Chancen.«

Er atmet langsam aus. »Wenn man jemanden liebt«, wiederholt er, während er sich zu mir lehnt und diese sensible Stelle auf meiner Wange küsst, ganz nah an meinem Ohr.

»Was … was machst du denn da?«

»Mein Mädchen küssen«, antwortet er. »Bitte, sag mir, dass du mir noch eine Chance gibst.«

Eine Träne bildet sich in einem meiner Augenwinkel und entweicht. Er küsst auch sie.

»Nicht weinen, Blue«, flüstert er, sein Atem wie ein Versprechen auf meiner Haut.

»Du bist zurückgekommen«, sage ich wieder.

»Das hatten wir bereits geklärt.«

»Bleibst du?«

»Gott, ja.«

Ich schlucke erleichtert. »Okay«, sage ich nickend. »Gut.«

»Gut. Dann sollten wir definitiv bald mit deiner Abenteuerliste anfangen«, fährt er fort, sein Tonfall leicht und spielerisch und *Gabe*. »Ich bin allerdings nicht davon überzeugt, dass du dir die Haare färben solltest. Und wir sollten auch lieber schnell einen Campingplatz finden, weil es eigentlich verdammt noch mal schon viel zu kalt ist, um draußen in einem Zelt zu schlafen.«

Ich lache, und es ist das beste Gefühl, wieder mit ihm zu lachen. »Erzähl mir von dem Musikstudio. Du hast also einen angesagten britischen Architekten angeheuert?«

Er nickt und küsst die Stelle neben meinem anderen Ohr. »Aber wir machen es nur, wenn du es auch für eine gute Idee hältst. Graham ist noch in der Stadt. Wir haben ihn zum Mittagessen eingeladen, um die Pläne zu besprechen. Chris und ich wollen, dass du und Laurel auch ein Mitspracherecht bekommt.«

»Ich weiß nichts über Musikstudios. Und es ist eure Farm, Gabe.«

»Es ist auch eure Farm. Das war sie immer. Und sie wird es immer sein, so oder so.«

Er küsst mich erneut, diesmal auf den Mundwinkel.

Hmm, mache ich.

»Wann hast du meinen Brief gekriegt?«

»Gestern.«

»Wann bist du hergeflogen?«

»Gestern Abend. Ich bin gegen Mitternacht auf der Farm angekommen und hätte am liebsten Steinchen gegen dein Fenster geworfen, um dich aufzuwecken. Es war so hart, noch zu warten, dich wiederzusehen.«

»Du hast den Brief gelesen und einen Flug gebucht? Einfach so?«

»Einfach so. Zum Glück hab ich im Lauf der Jahre einige Meilen gesammelt.«

»Das kommt mir irgendwie … zu leicht vor. Ich hätte dir diese Liste schon vor Tagen schicken sollen. Bevor du gegangen bist. Bevor wir uns gestritten haben.«

Er lacht über meine lächerliche Aussage. »Leicht ist gut. Das Leben ist zu kurz für schwierig, Blue.« Er streicht mit den Lippen von meinem Ohr über meinen Kiefer. »Ich will nicht mehr von dir getrennt sein. Ich will hier zur Schule gehen und meinen Abschluss machen und alles darüber lernen, wie man eine Farm führt. Ich will lernen, wie ich ein Hüter über die Tiere, die Erde und unsere Lebensgrundlage sein kann. Ich bin so froh, dass du mit mir im Sonnenschein leben willst. Weil ich das auch will.«

Er zitiert die Regeln und meine Liste. Die Tränen strömen jetzt ungehemmt. Er wischt sie mit seinen Daumen weg.

»Ich liebe dich«, krächze ich zwischen zwei Schluchzern hervor.

»Das ist gut, weil ich dich auch liebe.« Er lächelt. »Siehst du? Einfach.«

»Bitte, geh nicht mehr fort.« Ich lehne mich an ihn und endlich, endlich schließt er die Arme um mich. »Es tut mir alles so leid, was ich getan habe. Ohne dich hab ich mich total elend gefühlt. Ich brauche dich. Die Farm braucht dich.«

»Ich brauche die Farm«, erwidert er. »Das ist mir in L. A. absolut klar geworden. Aber noch mehr brauche ich *dich*. Ich will mit dir zusammen sein, hier, wenn du mich lässt.«

Mein Herz schmilzt dahin. Ich lächle zu ihm hinauf, er nimmt wieder meine Hand und ich werde von einer Woge des Glücks erfüllt, der Erwartung, der Liebe. Davon müssen all diese Liebeslieder handeln.

Er küsst mich wieder, diesmal auf die Lippen, ein langer, verharrender Kuss, der auf eine gemeinsame Zukunft hindeutet.

»Ich hab nachgedacht«, sagt er, als wir uns voneinander lösen, auch wenn sich unsere Stirnen weiter berühren. »Über die verschiedenen Möglichkeiten, wie wir die Farm besser machen können. Vielleicht mit ein paar Ideen aus dem Field & Flock. Das Musikstudio ist erst der Anfang.«

Ich nicke. »Das Musikstudio ist perfekt. Ich kann mir nichts Besseres vorstellen, wie du und Chris die Farm in Ehren halten könntet.«

»Du riechst gut«, sagt er. »Nach Kirschen und Vanille. Das mag ich mit am liebsten an dir.«

Ich lächle. »Und was magst du sonst noch am liebsten an mir?«

»Wie viel Zeit hast du?« Er zieht mich wieder in eine Umarmung, legt das Kinn auf meinem Kopf ab und atmet tief ein. »Ich liebe es, dass du dein Leben lang immer dasselbe im Seasons Tavern bestellt hast. Ich liebe es, dass du dort etwas Neues probiert hast. Ich liebe deine einzigartigen Outfits und deine falsche Brille.«

»Meine Brille ist echt! Wir sind hier nicht in L. A.!«

Er ignoriert mich. »Übrigens werden wir bald Grans Schränke ausmisten. Du darfst dir gerne alles nehmen, was du behalten möchtest.«

»Ist das dein Ernst?« Ich kann ein Quieken kaum unterdrücken.

»Es gehört alles dir. Was immer du willst. Also, wo war ich? Ich liebe es, dass du wandern gehst, selbst wenn es draußen arschkalt ist. Ich liebe es, dass du keine Angst vor Kojoten hast. Ich liebe deinen Tee.«

»Oh, dann hast du also welchen probiert?«

»Chris hatte ein paar Sorten im Schrank. Ich glaube, mein Favorit ist *Serenitea Now!* Sehr cleverer Name. Und sehr beruhigend.«

»Ich hab ewig gebraucht, um die Mischung richtig hinzukriegen. Was noch?«

»Ich liebe *dich*, Juniper. Ich liebe alles an dir, selbst wenn du extrabissig bist. Vor allem, wenn du extrabissig bist.«

Ich lehne mich an ihn und genieße das Gefühl seiner mich umschließenden Arme. »Wenn wir das nächste Mal ins Seasons Tavern gehen, bestelle ich Fettuccine mit Shrimps und Spargel. Vivian's Variety war gut, aber ich hab meine Fettuccine vermisst.«

Er lacht. Ich liebe dieses Lachen. Ich will keinen einzigen Tag mehr erleben, ohne es zu hören.

»Wenn ich das nächste Mal ein Lagerfeuer unten am Fluss für dich mache, spiele ich dir das Lied vor, das ich für dich geschrieben habe.«

Ich blicke in sein strahlendes, offenes Gesicht hinauf, in seine leuchtend grünen Augen. »Du hast ein Lied für mich geschrieben?«

Er nickt. »Ein Liebeslied. Ich hab noch nie vorher

eins geschrieben. Deinetwegen will ich nur noch Liebeslieder schreiben, Blue.« Er küsst mich seitlich auf den Hals.

»Was machst du später noch?«, frage ich ihn. »Willst du mit mir zum Aussichtspunkt wandern?«

»O ja«, antwortet er und lässt seine Lippen von meinem Hals zu meiner Wange hinaufgleiten, »falls das bedeutet, dass wir da oben rummachen können.«

Ich lache und lehne mich zurück, um in seine wunderschönen Augen schauen zu können. »Mit dir stehen mir noch eine Menge Abenteuer bevor, hab ich recht?«

Er nickt. »An jedem einzelnen Tag.«

Danksagung

Ein Buch zu schreiben, während wir unsere sieben Sachen zusammenpacken mussten, weil wir unser Haus verkauft haben und in einen neuen Bundesstaat gezogen sind – und das alles während einer weltweiten Pandemie –, war nicht einfach. Ich bin so vielen Menschen zu Dank verpflichtet, angefangen bei meinem Agenten, Steven Chudney, und meinen Lektorinnen Erica Finkel und Bethany Strout. Ich danke Euch für Eure Zeit, Erfahrung und Intuition. Danke an alle bei Abrams, die an diesem Projekt mitgearbeitet haben – wow! Ihr habt es wieder mal geschafft. Was für ein wunderschönes Buch.

Meine Beez – meine lieben Freundinnen und engsten Schreibkameradinnen – Liz Parker, Rebekah Faubion und Tracey Neithercott: Ich hätte das (oder irgendwas anderes 2020) ohne Euch an meiner virtuellen Seite niemals geschafft. Ich bin so dankbar für Eure Freundschaft und Ermutigungen. Ich kann es nicht erwarten, Euch alle wiederzusehen.

Danke an Allison Benson, Casie Beldo und Mel Brutger für Eure einzigartigen Beiträge und dafür, dass Ihr mich so angefeuert habt. Wie immer danke an Linda Diaz, Maris Ehlers, Sara Naegle und die ganze UMD-Bande: Heather Green, Jacqueline Bonneville, Jana Oman, Jody Rittmiller, Katie O'Dell, LeeAnn Evans und Teresa Robinson. Ich liebe Euch alle!

Ich habe meine Inspiration für dieses Buch an vielen verschiedenen Orten gefunden und es hat Jahre gedauert, sie erblühen zu lassen. Ich bin meinem langjährigen Nachbarn Bob Dylan und seinem Sohn Jakob Dylan zu Dank dafür verpflichtet, dass sie den winzigen Samen einer Idee in mir gepflanzt haben, ebenso wie Chris Cornell, weil er mir dabei geholfen hat, diesen Samen wachsen zu lassen. Chris, niemand singt mehr wie Du. Dieses Buch würde ohne Deine Geschenke an die Welt nicht existieren. Ich bin Dir für immer dankbar.

Schon ganz zu Anfang habe ich meinem Mann Troy erklärt, dass ich einen Namen für eine Grungeband aus den 90ern brauche, die ein wenig in Vergessenheit geraten war, aber ein erfolgreiches Comeback hingelegt hatte. »Dig Me Under« war sein Vorschlag. »Das ist aus einem Song von Alice in Chains.« Ich habe den Namen im Buch übernommen, und im nächsten Moment schrieb Troy auch schon Songs für Dig Me Under, darunter einen mit dem Titel »The Last Thing You Said« für mein erstes Buch. Die Band wurde plötzlich real, nur der Leadsänger war erfunden. Troy und unsere Freunde Kendall, Debbie und Mike haben ein Album aufgenommen, es digital, auf Vinyl und als CD veröffentlicht und es bei der Launchparty für *The Last Thing You Said* gespielt. Ich finde es wundervoll, wie unsere kreativen Bestrebungen durch dieses Buch zusammengefunden haben. Troy, Du bist mein Fels in der Brandung und mein persönlicher Rockstar. Danke für alles. Ich liebe Dich.

Und ich danke, wie immer, meinen Kindern Jude und Halen für Eure Liebe und Umarmungen. Träumt groß.

Foto: © maris ehlers photography

Autorin

Sara Biren lebt mit ihrem Ehemann und ihren zwei Kindern am Rand von Minneapolis, Minnesota. Als waschechtes Minnesota-Urgestein liebt sie Eishockey und verbringt ihre Freizeit gerne am See. Sie geht außerdem gerne auf Konzerte, schaut mit ihrer Familie Filme und trinkt eine Menge Kaffee. Sara Biren hat einen Master in Kreativem Schreiben von der Minnesota State University und arbeitet als Werbetexterin sowie als freie Lektorin.

Von Sara Biren sind bei cbj erschienen:
Cold Day in the Sun (31373)

Foto: © privat

Übersetzerin

Doris Attwood ist Diplom-Übersetzerin. Nach ausgedehnten Reisen durch Neuseeland und Kanada arbeitet sie nun seit vielen Jahren als freiberufliche Übersetzerin. Am liebsten übersetzt sie Kinder- und Jugendbücher, aber auch Filmuntertitel und Drehbücher, Fantasy-Romane und Reiseführer. In ihrer Freizeit liest sie gerne, genießt auf Trekkingtouren mit ihrem Mann die Natur und testet mit Freunden neue Backrezepte.

Mehr über cbj auch auf Instagram

Sara Biren

Cold Day in the Sun

352 Seiten, ISBN 978-3-570-31373-2

Holland Delviss hat es satt, dass man sie immer nur als das Mädchen im Eishockeyteam der Jungs wahrnimmt. Doch als ein TV-Sender Teams für eine nationale Live-Übertragung sucht, wird ihre Mannschaft genau deswegen ausgewählt. Nicht alle sind von Hollands neuer Berühmtheit begeistert. Doch es gibt einen, der Holland nach Kräften unterstützt. Jemand, von dem sie es am wenigsten erwartet hätte (und in den sie sich definitiv nicht verlieben sollte): ihr rechthaberischer Teamkapitän Wes ...

30483

cbt

www.cbj-verlag.de